光文社文庫

神の子（上）

薬丸　岳

光　文　社

神の子 上 目次

装幀　泉沢光雄
写真　久山城正

神の子

上

プロローグ

書店で立ち読みしているときに、新しいアイデアがひらめいた。

おれは本を閉じて裏表紙の値段を見てみた。三千二百円。最近施行された新しい法律について書かれた本だ。いくら専門書とはいえ、この程度の本に三千円も払わせようだなんてそれこそ詐欺だろうと、内心で笑いながら本を棚に戻した。

頭の中でそのアイデアを練りながら、ちがう本棚を見回した。もうひとつの視界には、先ほど読んだ本の文面が鮮明に映し出されている。だが、その中にはいくつか未知の用語があった。いくつかの法律書を手に取って、その不明な用語の意味を頭の中で埋めていく。がっぽりとはいかなくても、このアイデアはそこそこいけそうだ。

確信が持てたところで、法律書のコーナーをあとにした。エスカレーターを下って地下にある漫画コーナーに向かった。

稔《みのる》の姿を探すと、本棚の前にあぐらをかいて座り、漫画を読んでいた。へらへらと笑いながらページをめくっている。

「みのる、帰るぞ」

おれが声をかけても、稔は漫画を読むことに夢中で気づかない。

そんなに面白い漫画なんだろうか。嬉々《きき》とした表情を浮かべながら、唾液でべっとりと濡れた指で次のページをめくる。

さぞかし奇異な光景に映るようで、他の客が遠巻きにして稔のことを見つめていた。百八十センチ百キロ以上の体格はおれなんかよりもはるかに立派だが、頭の中は子供のままだ。

「お客さん、勝手にカバーを破ってもらっちゃ困ります」店員がやってきて稔をたしなめた。

この書店では、立ち読みできないように漫画はビニールの袋に入れてある。だが、稔にはそのことの意味など理解できまい。破られたビニールが床に散乱していた。

店員から叱責されて、稔が心細そうにあたりを見回した。

「ひろしちゃん……」

おれのことを見つけたようで、泣きそうな顔で助けを求めてくる。

溜め息をついて稔のもとに向かった。

「わるい。ビニールから出した本はちゃんと買うから」

おれの言葉を聞いて、店員は不快そうな顔で稔を見下ろしながらも納得したみたいだ。

おれは稔が持っていた漫画とビニールを破って放ってあった漫画を持って、店員と一緒にレジに向かった。

「そんなに面白かったのか」

書店から出ると、おれは稔に訊いた。

「うん」稔が漫画の入った袋を大切そうに抱きながら頷《うなず》いた。

「どこが面白いんだよ」

「くまがばたばたするところ」

意味がわからない。訊いたおれがばかだった。

池袋《いけぶくろ》にある大型書店から雑司《ぞうし》が谷《や》のほうへ歩いていくと、都電荒川《あらかわ》線の電車が通り過ぎるのが見えた。雑司が谷駅から二分ほどのところにあるマンションがおれの職場だ。

六階建てのマンションのエントランスに入っていくと、オートロックのインターフォンを押した。

「はい」インターフォンから無愛想な声が返ってくる。

「おれだ」

「おつかれさまです」

相手が答えてすぐにガラスドアが開いた。

エレベーターで六階に上がり、部屋のドアを開けると、十足近い靴が乱雑に並んでいた。それらを踏みつけながら靴を脱いで廊下を進んだ。

リビングの扉を開けると、男たちの声と嫌な熱気がまとわりついてきた。

十五畳ほどのリビングにはソファセットと事務用の机が四つ置いてある。向かい合った男たちが机の上の紙を見ながら携帯電話に向かって話している。闇の掲示板で集められた三文役者たちがおれのシナリオをもとに熱演しているのだ。

「おやおや、重役出勤だな」

ソファに座って役者たちの演技に睨《にら》みを利かせていた伊達《だて》が言った。

「リサーチだ」

おれは伊達を一瞥《いちべつ》して言うと、冷蔵庫から牛乳を取ってグラスに注ぎ入れた。

隣の部屋から罵声や怒声が漏れ聞こえてくる。こちらのリビングにいる男たちは警察官や弁護士などを演じながらカモに金を振り込ませているが、あちらの部屋はホームページや出会い系サイトにアクセスしてきたカモへの恫喝系だ。それぞれの部屋には防音ボードを壁に張っているが、それでも多少の声は外に漏れてしまう。

稔が冷蔵庫からヤクルトを二本取って近づいてきた。キャップをはがしてくれとせがんでくる。

「おまえ、昨日のニュースを見たか」

その声に、伊達に目を向けた。

おれはすぐに答えずに、稔が持っているヤクルトのキャップをはがしてやった。

「このシナリオをやってた。もうすぐ使えなくなるぞ」伊達がそう言って男たちのほうに顎《あご》をしゃくった。

昨日のニュースはおれも見ている。おれが作った振り込め詐欺の手口がニュースで紹介され注意を呼びかけていた。しばらく使えるシナリオだと思っていたので、たしかに痛手ではある。

「新しいシナリオは考えてある。室井《むろい》さんと相談してゴーサインが出たらシナリオを渡す」おれは答えた。

室井はおれや伊達の雇い主だ。三LDKのこのマンションも、仕事で使うトバシの携帯や銀行口座や設備もすべて室井が用意したものだ。だが、室井がこのマンションに来ることはない。おれと伊達のふたりにこの仕事をまかせている。

伊達の仕事は闇サイトで仲間を集めて、そいつらに仕事の指示をする実働部隊のトップだ。おれの仕事は主に詐欺の計画を考えてシナリオを作ることだ。それ以外にもコンピューターに関することや専門的な知識が必要なときはおれの出番になる。

ただ、一緒に仕事をしているといっても、お互いを信用しているわけではない。

伊達はおれが室井に拾われる一年前からすでに手下として働いていたらしい。二十三歳ということだが、伊達という名前も含めてどこまで本当のことかはわからない。

ひとつ確かなのは、伊達の全身にはおびただしい数の刺青《いれずみ》があり、いつもそれをちらつかせていばっていることだ。どういう輩《やから》で、今までどんな人生を送ってきたのか容易に想像がつく。

好きになりようのないタイプの人間だが、この仕事ではおれのような人間が必要とされる一方で、伊達のような人間も必要なのだろう。短絡的にこういう場所に集まってくる馬鹿どもを統制するには、伊達の凶暴性がときに役に立つ。

おれはグラスを持って自分の部屋に向かおうとした。

「おい、ポチも一緒に連れていけよ!」

伊達の言葉におれは目を向けた。

「目障りなんだよ。何の役にもたたねえ奴をここに連れてくるな。だいたいなんでそいつにまで報酬を払わなきゃならねえんだ」

「そのぶん、おれが仕事をしているから文句はないだろう。少なくともあんたよりはさ」

おれが言うと、伊達の口もとがぴくりと硬直した。

「室井さんに気に入られてるからってあんまり調子に乗るなよ」伊達が刺すような視線を返してくる。

おれはその視線を無視して、稔を連れて自分の部屋に向かった。

部屋に入ると稔はすぐにあぐらをかいて漫画を読み始めた。

おれは椅子に座ってパソコンの電源を入れた。インターネットを立ち上げると、さっそくさきほど頭に入れた用語のいくつかを検索してみる。画面上にさまざまな情報が映しだされる。マウスで画面をスクロールしながら押しよせてくる情報の波を頭の中に吸収していく。

パソコンに触れるまでは、書店で得られる知識がおれのすべてだった。

書店は無限に広がる知識の宇宙だ。おれは毎日その宇宙を漂いながら、生きていくために必要なことを頭に蓄積していった。もちろん今までに自分のために金を出して本を買ったことはない。立ち読みでじゅうぶんだ。それでも書店では情報を頭の中に入れていくのにそれなりの時間がかかる。だが、パソコンを使い始めてから情報の処理能力は格段に早くなった。

牛乳をひと口飲んだ。ワードを起動させると新しいシナリオを作成するためにキーボードを打った。

クラクションの音におれは振り返った。

黒い車が後ろからやってきて、おれと稔の横で停まった。後部座席のウインドーが下りて室井の顔が見えた。

「今日の仕事は終わりか？」室井が訊いた。

「ええ、これから稔と飯を食って帰るところです」

室井はあいかわらず仕立てのいいスーツを着ている。優しげな目もとと穏やかな声音から、とても裏の世界で生きている人間には思えない。

「そうか。これからちょっと付き合ってくれないか」

室井がドアを開けておれを中に促した。

「ぼくもつれていってくれるの？」稔が訊いた。

「悪いが、これからひろしと仕事があるんだ。先に帰ってくれ」

室井からそう言われると、稔がむくれたように口をとがらせた。

「そうだ、華《はな》で遊んでこいよ」室井が内ポケットから財布を取り出して札束をおれに渡した。

華は池袋にある高級ソープランドだ。一度、稔と一緒に連れて行かれた。

室井が説明しろとおれに目で訴えかけた。

「いいか、店に入ったら男の人にこれを五枚わたすんだ。部屋に入ったら女の人に残りの五枚をわたせ。わかるな」

おれは稔に金を渡しながら噛んで含めるように説明した。

うんと、稔が頷いた。

「帰りに江耀苑《こうようえん》でうまいものを食べて帰るといい」室井が稔に優しげな眼差《まなざ》しを向けながら言い添えた。

室井のつけが利く高級中華料理店だ。

「行こうか」

室井の目配せに、おれは後部座席に乗り込んだ。ドアを閉めると車が走り出した。

「あまりあいつに変なことを教えないでください。我慢ができない奴だから」

おれは楽しいとは思わなかったが、稔はソープランドのサービスが気に入ったようで、また連れて行ってほしいとうるさい。

「社会勉強のつもりだったんだがな」室井がおかしそうに笑った。

「あなたが好みそうな勉強には思えないんですが」

知り合って一年ほどしか経《た》たないが、風俗を好むような男にはとうてい思えない。

「人と知り合うのは大好きだ。どんなところにダイヤの原石が転がっているかわからない。そうだろう?」

室井がおれに目を向けた。

「汚泥の中に手を突っ込んで、誰も気づかない一粒のダイヤを見つけ出すのがわたしの趣味だ」

「どこに行くんですか」おれは訊いた。

「会わせたい人がいる。ところで昨日のニュースは見たか」

おれは頷いた。

「次の手は考えているのか」

「消費者団体訴訟制度というのは知っていますか」おれが言うと、室井が首をひねった。すぐに顎に手を当ててじっとおれを見つめてくる。どんな話が飛び出してくるか楽しんでいる顔だ。おれは室井のこういう顔を見るのがけっこう好きだった。

「今年から施行された新しい法律です」

消費者団体訴訟制度というのは、悪徳商法などの契約トラブルがあった場合に、被害にあった消費者に代わって、内閣府が認定した消費者団体などが業者に対して訴訟を起こし、契約や勧誘の差し止めを請求することができるというものだ。

「それで」室井が先を促した。

「つまり、おれたちが消費者団体を騙《かた》って悪徳業者の被害にあったカモに電話をするんです。あなたは以前この業者から騙《だま》されたことはありませんか。これからこの業者に対して我々は訴訟を起こすつもりなので話を聞かせてほしいと。ただ、訴訟を起こすにしてもそうとうな費用がかかり、とてもうちの団体だけではまかなえない。つきましては、訴訟を起こすためにあなたにご協力いただきたいと」

「そして金を振り込ませるわけか」

「そうです」

「どれぐらいの稼ぎが見込める」室井が訊いた。

「おれおれ詐欺のようにひとりあたり何十万や何百万は無理でしょう。このシナリオのポイントは、自分を騙した奴らに一矢《いっし》報いてやりたいという被害者心理をくすぐることです」

「で、また騙すわけか」

「二万や三万なら出すんじゃないでしょうか。それに、損害賠償請求をして金が戻ってきたら優先的に協力してくれた人に分配するとか言えばさらに効果的でしょう。もっともこの制度では損害賠償は無理ですが。そんなことカモにはわかりません。それに悪徳商法の被害にあったカモのデータならうちにたくさんありますしね」

「たしかにATMの仕組みが変わって、ひとりあたりの振り込み額の多さを求めるにはリスクがあるしな」

法律が改正されてATMから十万円以上の現金振り込みができなくなったことで、おれたちの仕事にも多少の打撃があった。

室井が微笑《ほほえ》んだ。金脈の臭《にお》いを嗅ぎとったみたいだ。

「それでいこう」

おれは頷いて窓外に目を向けた。もうすっかり夜が更《ふ》けている。

月に何度かしか会わないが、室井と話をしていると楽しい。いつも伊達やその手下のような頭の悪い人間とばかり接しているせいだろうか。

おれの中で人間の区別は一通りしかない。

頭がいい人間か、頭が悪い人間か——だけだ。

男と女でもなく、金持ちと貧乏人でもなく、いい人間と悪い人間でもない。

勾配《こうばい》を上っていくと正面にでかい門が見えた。近づいていくと門が両側に開いて車が中に入っていく。いつか見た小学校の校庭ぐらいの広さの敷地を進んでいくと、二階建ての大きな建物が見えた。

背広姿の男がふたり立っている横に車が停まった。室井が車から降りるのを見て、おれも反対側のドアを開けた。

「お待ちしておりました」目の前に立っていたふたりの男が室井に頭を下げた。

男たちに案内されて建物の中に入っていく。長い廊下を進んで正面のドアの前で立ち止まった。

「室井さんがおみえです」

男のひとりが声をかけると、中からドアが開いた。

「お待たせしました」

室井が声をかけながら部屋に入った。おれに目配せする。室井に続いて部屋に入ると、座敷机の向こうで鷹揚《おうよう》にかまえている白髪《しらが》の年配の男が目に留まった。ドアのそばにも室井と同年代ぐらいの男が立っている。

「先にやっていたぞ。まあ、座ってくれ」

室井とおれは男の向かいに腰を下ろした。

「そいつか、面白い奴というのは」

年配の男が煙草をくわえた。ドアの近くに立っていた男が俊敏な動きで隣に座って煙草に火をつける。

「そうです。アカギさん」室井が言った。

「そう緊張するな。まあ、一杯やれ」

アカギという男が陶製の口のすぼんだ器を手に持ってこちらに向けた。

「彼は飲めないんです」室井が言った。

「少しぐらいならいいだろう」アカギが器を向けてくる。

「精密機器のようなものです。デモンストレーションに支障が出るといけないので、終わってからにしましょう」

室井に言われ、アカギがつまらなそうな顔で器を引っ込めた。

「名前は」アカギが訊いた。

「小沢《おざわ》稔です。名義上は……」

「名義上って、なんだそりゃ。本名はなんだ」アカギが怪訝《けげん》そうな目を向ける。

「本名はありません。室井さんは一応、ひろしと呼んでくれています」

アカギがおれを見つめながら首をひねっているが、そうとしか答えようがない。

「言葉足らずで申し訳ありません。ちょっと緊張しているようです。彼には戸籍がないんです」

室井が言うと、アカギが驚いたように目を見張った。

「戸籍がない？　今どきの日本にそんな奴がいるのか」

「彼の話によるとそういうことらしいです」室井がそう言っておれに目を向けた。

頭の悪い女が頭の悪い男に引っかかって妊娠した。男に捨てられた頭の悪い女は、後先のことに考えが及ばずにおれを生んだそうだ。将来、学校にやる金も惜しいと考え、施設に預けるといったまともな思考も働かなかった頭の悪い女は、しかたなく部屋の中でおれを飼うことにした。

一応、ひろしという名前をつけられたがまったく意味がない。おれは法律的に存在していない人間なのだから。自分のペットにポチとかタマとか便宜上つけているのと何ら変わらない。

「いくつなんだ」アカギが興味を覚えたように訊いた。

「たぶん十八ぐらいです」

とうぜん、おれは自分の誕生日すら知らない。薬のやりすぎで頭がいかれて数もまともに数えられない女だ。おれが十八ということすら怪しい。

「小沢稔ということでは二十一歳ですが」室井が笑みを漏らしながら言い添えた。

「学校にも行かなかったのか？」

「ええ」

おれが答えると、アカギが室井に目を向けた。何か言いたげだ。こんな野良犬や野良猫まがいの男を連れてきた理由を問うているのだろう。

「彼は義務教育すら受けていません。でも、恐ろしいほどに頭がいいんです。いや、天才といってもいい」室井が言った。

「どういうことだ」

アカギが値踏みするようにおれを見つめてきた。

「彼と知り合ったのは一年ほど前です。新宿《しんじゅく》で悪さしているのを見かけてスカウトしました。話を聞くと三年前に家出をして、それ以来自分の力だけで生きてきたそうです」

「何をやってたか知らんが、そんなガキが今までよく生活してこれたな」

「書店で二時間ほど立ち読みをすれば、生きていくうえで必要な知識は得られますよ」おれはそう答えた。

あの女はおれが部屋から出るのを極端に嫌った。誰かにおれの存在が知られることが怖かったのだろう。テレビや本すらない生活の中でおれはただ最低限の餌を食って排泄《はいせつ》して寝るという、まさに動物のような日々を送ってきた。

家にはとっかえひっかえ男が転がり込んできた。どいつもろくな男ではなかったが、最後の男はどうしようもないクズだった。薬に溺れ、退屈しのぎにおれをさんざん殴ったり蹴ったりした。どうにも我慢ができなくなって男の腹を刺して家を飛び出した。

あいつらが生きているのか死んでいるのか知らない。おれにとってはもうどうでもいいことだ。

「彼には特別な能力があるんです。尋常ではない記憶力の持ち主です」

「記憶力？」室井の言葉に、アカギが訊き返した。

「たとえば本を見るとそのほとんどのことを頭に記憶しているんです。そしてその事柄を理解できる能力も長《た》けています。ほんの三、四年前までは読み書きすらまともにできなかったはずなのに、今では法律に関してもパソコンに関してもかなりの知識を持っています」

室井がどんなに力説しても、アカギはぴんとこないようでしきりに小首をかしげている。

「おい、新聞あるか」

アカギが隣に座った男に言った。男が鞄《かばん》の中から新聞を取り出してアカギに差し出す。半分に折った一面を机の上に放った。

「上半分でいい」

アカギの言葉に、おれは新聞に目を通した。

一面は厚生労働省を舞台に起こった薬害事件についての記事と、アメリカで起きた銃乱射事件についての記事だ。

一分ほど目を通すとアカギが新聞を取り上げた。自分のほうに紙面を向けておれに頷きかけた。

おれはアカギを見つめながら、もうひとつの視界に映し出されている文字を暗唱していった。

おれの顔と新聞記事を交互に見ていたアカギの表情が変わっていく。さらに暗唱を続けていると、アカギが「もういい」と手をかざした。

「どういうことだ」アカギが奇怪なものを見せられたという顔で室井に目を向けた。

「彼には直観像記憶が備わっているのではないかと思われます」

「直観像記憶?」

「見たものを写真撮影したように記憶に焼きつける能力です。数百人から数千人にひとりの割合でそういう能力を持った人間がいるそうです。ただ、彼の能力はそれだけでは語りきれませんが……」

「どういうことだ」

「記憶しているというだけでは知識にはなりません。知識にするためにはその事柄を理解して応用していく力が必要ですから。彼にはそのふたつの能力があるということでしょう」

「見たものが頭に残るのか?」アカギがおれに目を向けて訊いた。

「頭に記憶するというよりも、もうひとつの視界にその記憶が映っているようなイメージです」

室井が言ったように、ただ記憶に残っているだけでは知識にはならない。おれにも未知の言葉や意味のわからない言葉がたくさんある。だが、その言葉の意味をさらに調べていくことで知識として蓄積されていくのだ。

もちろん、すべての事柄に関してすぐに理解できるというものではない。だが、おれの人生の中で必要な知識というのはかぎられている。なにも科学者や数学者になろうというのではないのだから。

「たしかにおまえが言うとおり面白い奴だ。こういう連中を集めているというわけか」

「彼は別格です」室井が誇らしそうに微笑みを浮かべた。

「デモンストレーションも終わったんだ。もういいだろう。小僧、サカズキを受けろ」

アカギがそう言ってふたたび器をこちらに向けたが、サカズキというものが何であるかわからず室井に目を向けた。

「おまえの目の前にある小さな器だ」室井が言った。

「何だ、おまえは。そんな頭脳を持っているというのにサカズキも知らんのか」

アカギが大声をあげて笑った。


「どうしておれを引き合わせたんですか」

おれが訊くと、隣に座った室井がこちらに顔を向けた。

「説明会のようなものだ」

「説明会？」おれは意味がわからず訊き返した。

「あの人はわたしのスポンサーのようなものだ。わたしがやりたいことのために出資してくれている」

「そうなんですか。てっきりやくざの親分なのかと……」おれは思っていたことを言った。

「同じようなものだ。もっとも看板を掲げて組長を名乗っているわけではない。裏からそいつらを束ねる存在だ」

「室井さんはやくざではないんですか？」

一年近く接しているが、室井がどんな存在なのかいまだによくわからない。

「ちがう。ただ、それに近いよう見せかけてはいるけどね」

室井の横顔を見つめながら、おれは首をひねった。

「振り込め詐欺で得た金を収めていればあの人たちはとりあえず納得する。金にしか目が向かない俗な人間の集まりだ」

「おれや伊達以外にも手下がいるんですか？」

先ほどのアカギの言葉を思い出しながら訊いた。

「ああ。たくさんいる。だが、手下ではない。わたしについてきてくれる人間は手下でも部下でもなく、同志だ」

「同志……」

「振り込め詐欺のシナリオを書かせるためにおまえを拾ったわけではない。おまえは……わたしにとって同志以上の存在になれると思ったから、泥の中から引き上げたんだ。おまえがいれば、おまえとわたしが力を合わせれば望んでいるものが得られると思ったから」

「室井さんは何を望んでいるんですか？」

「この世界を変えたい。この腐りきった世界を変えたい。ただそれだけだ」

おれは窓外の漆黒の闇に目を向けた。

たしかに目に映るものすべて腐りきった世界だった。

「わたしについてきてくれるか？」

その声に、室井に目を向けた。優しげな眼差しの奥に潜んだ得体の知れない磁力に引き寄せられた。

「わたしについてきてくれたら、今まで見たこともなかった素晴らしい世界を見せてやろう。自分が生まれ、生きていることを、心から喜べるような世界を」

そんな世界があるなら見てみたい。おれは頷いた。

「ただ、そのためにはひとつだけ約束してくれ」

「約束？」

「血はつながっていないが、わたしはおまえと同じものを共有していると思っている。血よりも深い、神から与えられた定めだ。それがあるかぎり、わたしはおまえのためにどんなことでもしてやれるだろう。おまえもわたしに対して、そうしてくれるか？」

「おれにそんな世界を見せてくれるというなら、あなたについていきますよ」

おれが答えると、室井が微笑みを浮かべた。

「稔とはいつまでつるんでいるつもりだ」室井が訊いた。

何を言いたいのか察しがついたが、答えようがなかった。

「わたしについてくるというなら、必要のない存在だ。それとも情が移って家族のような感情でも抱いているのか」

そんな感情など一度も持ったことはない。

「利用しているだけですよ」おれは鼻で笑いながら答えた。

「そうか。それなら早く切るんだ。あそこを引き上げて新しいことをやってもらいたい」

おれは曖昧《あいまい》に頷いて、ふたたび窓外に目を向けた。


激しく揺さぶられて、おれは目を開けた。

「ひろしちゃん、ひろしちゃん……」

目の前で稔がおれの肩を揺すりながら騒いでいる。

あたりに目を向けた。ソファで寝ていたようだ。

「いったい何だよ」おれは稔の手を振り払ってソファから起き上がった。

「ひろしちゃん、震えてたから……苦しそうにばたばたしてたから……」

稔の言葉に、先ほどまで見ていた夢を思い出した。

「そうか。ありがとうよ」

おれは稔の肩をぽんと叩いて洗面所に行った。ばしゃばしゃと顔を洗って夢の残像を払い落とそうとした。

だが、いくら顔を洗っても、あの記憶が頭から離れてくれない。

襖《ふすま》を細く開けると、ふたりの男女が注射を打って恍惚《こうこつ》とした表情でよだれを垂らしている。男は注射を打ってしばらくすると、いつも狂ったように暴れだし、おれのことを殴ったり蹴ったりする。それがわかっていても、おれは逃げることもできず、押し入れの中でからだを震わせながらじっと身を潜めているしかなかった。

部屋に戻ると、稔が台所に立って何やらやっている。

おれはソファに座ってテレビをつけた。先ほど室井から言われたことを思い出しながら画面を見つめた。

たしかにもう潮時なのかもしれない。

稔と初めて会ったのは、ヒモの男の腹を刺して家を飛び出す一年ほど前のことだ。

おれが外に出ることを極端に嫌っていた女だったが、男が家に来てセックスするときだけは有無を言わさずに追い出された。金もなく行く当てもないおれは、しかたなく近所の公園で時間をつぶしていた。その公園で稔と知り合った。

初めは薄気味悪い男だと思った。自分よりもはるかにからだの大きな男が公園を走り回りながらひとりで何とかごっこをしているのだ。

公園でひとしきり走り回った後、稔はいつもベンチでおにぎりを食べていた。ある日、稔はおれを呼んでおにぎりをくれた。自分で握ったのか、でこぼこの形の悪いおにぎりだ。だが、見栄えはともかく腹を空かせていたおれはむしゃむしゃとそのおにぎりを頬張った。

知識も言語能力も同等だったからかもしれないが、それからは隙《すき》を見て家から出ると稔と公園で遊ぶようになった。稔はいつもおにぎりをふたつ持ってきて、ひとつをおれにくれた。

おれよりも年上であることはからだつきからわかったが、稔は学校に行っているわけでも、仕事をしているわけでもなさそうだった。

ある日、腹が減っているのにいつまで待ってもやってこないことに苛立《いらだ》ったおれは、稔が住んでいる家まで行ってみることにした。塀越しから様子を窺っていたおれの耳に、女の人から口汚く罵られ泣き叫ぶ稔の声が聞こえてきた。どうやら稔がいつも持ってくるおにぎりは家人に無断で作っていたもので、それを叱られているようだった。

それ以来、公園で稔と会うことはなかった。再会したのはおれが家出をしてから一年ほど経ったときだ。街中でばったり稔の姿を見かけた。

おれは書店で覚えた手口で詐欺や窃盗をしながら、ネットカフェなどのねぐらを転々としていた。

女の人から口汚く罵られるのを聞いた直後に、稔はあの家から追い出されたそうだ。今は埼玉にあるパン工場で働きながら寮で生活しているという。

寮といっても六畳ほどの部屋に六人ほどの人間が押し込められ、一日十数時間も立ったままで働かされ、ことあるごとに暴力を振るわれるそうだ。

そのときにはわからなかったが、今ではその仕組みがわかる。

パン工場の経営者は障害者雇用によって国から交付される助成金を得ることを目的に障害者たちを雇い、蛸部屋《たこべや》のような寮に住まわせ、安い給料でこき使っていたのだ。

実際に稔の顔やからだには無数のあざや傷があった。

工場の寮を出ても稔には帰る家がないという。詳しい事情はわからないが、子供の頃に両親がいなくなり、それから親戚の家をたらい回しにされたようだ。公園の近くにあった家の住人も、どんな形であれ稔を就職させて厄介払いしたかったのだろう。

そこまで話を聞いたおれは、これから一緒に生活しないかと切り出した。

だが、それは稔のことを思っての行動ではない。稔の戸籍が欲しかったのだ。

おれは稔を工場の寮から連れ出すと稔の住民票を手に入れて原付免許を取得した。

住民票と免許証があるだけでおれの世界は大きく変わった。それまで稼いだ金で家を借りることができ、ふたりで一緒に暮らし始めた。

稔の戸籍を奪ったことについての罪悪感はまったくなかった。稔が持っていてもそれほど役に立つものではないし、おれの稼ぎで毎日腹いっぱい飯を食べられ、暴力を振るわれることもなく安心して生活できたのだ。

だが、そんな関係ももうおしまいだ。

今まで貯めた金はすべて稔にくれてやるつもりだ。それをどう使おうが、これからどう生きていこうがおれの知ったことではない。

「ひろしちゃん……」

ふいに呼びかけられ、おれは振り返った。

「食べよう……これ食べたらげんきになるよ」

稔がおれの前に皿に載せたおにぎりを置いた。


マンションのエントランスから出るとクラクションが鳴った。

おれは目の前に停まっていた車に目を向けた。ウインドーが下りて運転席から伊達が顔を出した。

「ちょっといいか」伊達が言った。

「何だ」

「室井さんから連絡があって手伝ってほしい仕事があるそうだ。乗ってくれ」

伊達の言葉に、おれは隣にいた稔に顔を向けた。

先に帰ってろと言おうとしたときに、「そいつも一緒だ」と伊達が言った。

「倉庫にある荷物を運び出さなきゃいけないから、そいつがいてくれると助かる。他の連中には知られたくない代物らしいから」伊達がマンションに向けて顎をしゃくった。

後部座席のドアを開けて稔とともに乗り込むと、伊達が車を出した。

「今回のシナリオ、なかなかいいぞ。生意気に感じるところも正直あるが、さすが室井さんが見込むだけのことはある」

伊達は気持ちが悪くなるほど上機嫌だった。

「あんた、いつから室井さんと知り合いなんだ?」おれは訊いた。

「二年前だ。組でいろいろあってくさっていたときに拾われた。血の結束さえ破らないかぎり、こんなおれでも温かく迎え入れてくれる」

「血の結束?」おれは訊き返した。

「そうだ。室井さんと、組織を裏切るなってことだ」

その言葉に、少し嫌な予感を抱いた。

「ひとりで生きていけないんじゃないかと、そいつを切ることをためらってんのか？」

伊達に訊かれたが、おれは何も言わなかった。

「室井さんはそこらへんのところもよく考えてるよ。そいつの処遇についてはきちんと考えているそうだ」

「どういう処遇だ？」

「具体的なことは聞いてない。一仕事したら話をしようと言ってた。おまえの代わりにそいつの面倒を見る奴でも用意してるんじゃないのか。もしかしたら華のみどりを買い取ったのかもな。そいつのお気に入りなんだろう」

何を想像しているのか知らないが、下卑《げび》た笑い声を上げた。

大きな通りを進んでいたが途中で細い道に入った。外灯の乏しい道を進んでいく。

「ここだ」伊達が車を停めて言った。

おれは窓外に目を向けた。薄闇の中に工場らしき建物が見えた。

伊達が車から降りてその建物に向かっていく。おれも稔とともに伊達の後に続いた。

建物の前には一台の軽トラックが停まっている。重そうな鉄の扉の前に立つと、伊達が扉の鍵を開けた。

「この中にある物を軽トラックに移してくれ」伊達が鉄の扉を横に移動させた。

おれと稔が建物の中に入ると伊達が電気をつけた。

何の工場だかわからないが、錆びついたプレス機があり、鉄片やパイプが床に転がり、ドラム缶がいくつも積み上げられている。

稔が物珍しそうに工場内を見回している。

「扉を閉めてくれ」伊達がおれに目を向けて言った。

「運び出すんなら開けたままのほうがいいだろう」

「荷物を移し替える。万が一にも誰かに見られたらやばいからな。おまえはあそこのドラム缶の蓋《ふた》を開けてくれ」伊達がドラム缶を指さしながら稔に命じた。

おれは重い鉄に手をかけて扉を閉めた。

閉め切る直前に背後から悲鳴がして振り返った。

少し離れたところで伊達が鉄パイプを稔の背中や後頭部に続けざまに叩きつけている。稔が地面に崩れ落ちると、すかさず稔の横っ腹を靴先で蹴り上げた。

「何をするんだ！」おれは叫んで伊達に向かっていった。

伊達が「止まれ」とこちらに鉄パイプを向けた。

「室井さんからの伝言だ。小沢稔はふたりもいらない。自分の手で本当の小沢稔になれとな」

おれは地面に転がった稔を見た。苦しそうに呻《うめ》いている。

「どういうことだ」

伊達は鉄パイプを放り投げるとポケットから小型のビデオカメラを取り出した。カメラをこちらに向ける。

「簡単な話だ。おまえの手でこいつを殺せということだ。そこの棚にナイフが置いてある」

伊達が顎をしゃくったほうに目を向けた。棚にナイフがあった。

「別にナイフじゃなくてもいい。ここにある鉄パイプで殴ろうが、首を絞めようが、方法は何でもいい。室井さんの命令でしょうがねえから処理だけは手伝ってやる」

「どうしてそんなことを……」

「テストだ。室井さんに忠誠を尽くすかどうかの」

「やめて……やめて……」

嗚咽《おえつ》が聞こえて、地面に倒れている稔に目を向けた。伊達が嬉々とした表情でカメラを稔のほうに向けた。

「こいつが死のうが生きようがおまえの人生に何か変化があるか？　室井さんはそんなやわな人間は求めちゃいない。さあ、早く殺《や》れよ。こいつを殺ったら、おまえを同志だと認めてやる」

おれは動けなかった。

「ここでこいつを殺らなきゃ、室井さんにとっておまえは裏切り者だ。一生逃げることなどできないぞ」伊達が冷淡に言い放った。

おれは足を動かして棚にあるナイフを手にした。ゆっくりと地面に転がった稔に近づいていく。

伊達がにやにやしながら、おれのすぐそばからカメラを向けている。

稔が泣きながら近づいていくおれを見つめている。それを見て、おれの胸に激しい痛みが走った。

「どうした？　早くやれよ！」

伊達の言葉に煽《あお》られるように、おれは稔の真上に立ち、ナイフを握りしめた。

おれを見つめながら泣きじゃくる稔を前に目を閉じた瞬間、あるものが浮かび上がってきた。

でこぼこの形の悪いおにぎり――

おれは目を開けて振り返ると、ナイフの切っ先を伊達に向けた。

「車のキーをわたせ」おれは言った。

「本気で言ってるのか」

ナイフを向けられても伊達は少しも動じることなく笑っている。

「本気だ」おれはナイフを持っていない左手を差し出した。

ナイフを持っているおれに分があるはずだ。伊達を縛り上げてできるだけ遠くに逃げるんだ。

車の運転をしたことはないが何とかなるだろう。

「しょうがねえなあ……」

伊達が溜め息をついてポケットからキーを取り出した。床に投げる。意識がそちらに向いた瞬間、右手に激しい痛みが走った。右手に蹴りを入れられ、握っていたナイフが飛んだ。

伊達が持っていたカメラを投げ捨てて頭からおれの腹に突っ込んでくる。そのまま壁に背中を叩きつけられた。体勢を立て直す間もなく、続けざまに内臓を左右の拳でえぐられた。立っていることも苦しいが、背中を壁に押しつけられていて倒れることも逃れることもできない。手を下におろして腹を守ろうとすると、今度は顔面に拳が飛んできた。

血で赤く滲《にじ》んだ視界の中で伊達が笑っている。それすらもぼんやりとかすんできた。意識が朦朧《もうろう》として、そのまま地面に崩れ落ちた。

伊達がおれから離れていくのがかすかにわかった。金属がコンクリートをこする嫌な音が聞こえてきた。

気力を振り絞って重い瞼《まぶた》を開けた。伊達が鉄パイプを持っておれの前に立っている。

「気に食わねえ奴だったからすっきりしたぜ。室井さんには叱られるかもしれねえが、最後にご自慢の頭を叩き割ってやるよ」

伊達が鉄パイプを振りかぶった。振り下ろそうとしたとき、伊達の背後から人影がかぶさった。鉄パイプを手から離しからだを崩した伊達を見ながら視界が真っ暗になった。

神経が悲鳴を上げて、おれは目を開けた。

「ひろしちゃん……ひろしちゃん……」

ぼんやりとした視界の中に稔の顔があった。稔がおれの肩を揺すりながら泣きじゃくっている。

どうやら気を失っていたようだ。

おれはゆっくりと上半身を起こした。全身がやけどしたように熱い。

伊達が床にうつぶせになって倒れているのが見えた。

すぐに視線を稔の手に向ける。血に染まった右手にナイフが握られていた。

おれは稔の手を払うと這うようにして伊達に近づいていった。伊達の背中からおびただしい量の血が流れている。

生きているようには見えなかったが、一応伊達の首筋に触れてみた。しばらくすると指先に振動が伝わってきて、びくっとした。

伊達の体内から発せられているのではないことはすぐにわかった。伊達のポケットを漁《あさ》って携帯を取り出した。

携帯を見つめながら迷ったが、通話ボタンを押した。

「伊達か――？」

室井の声が聞こえた。

おれは携帯を耳に当てながら息をひそめた。

「もしもし……どうした？」

異変を感じたように室井が何度も問いかけてきたが、声を発することができなかった。

「ひろしか？」

やがて室井が探るように言った。

「そうです……」

「伊達はどこにいるんだ？」室井が問いかけてきた。

「ここにいます。電話には出られません」

「どういうことだ」

「伊達は死にました」

長い沈黙があった。

「室井さん……取引です」おれは沈黙を打ち消した。

「取引？」

「おれはこれから警察に通報します。おれと稔のことはもう放っておいてください。そうしてくれれば警察に行っても、室井さんのことも、組織のことも、今までの仕事のこともすべて黙っておきます」

おれは稔を見た。あいかわらず泣きじゃくっている。

稔に警察を欺《あざむ》くことはできない。今日のことや仕事のことなどを迂闊《うかつ》にしゃべってしまえば、室井からの報復を受けることになるだろう。

「わたしよりもあの男を取ったということか？」室井が訊いた。

「そうじゃない。だけど……あなたにはついていけない」

「おまえのことを誰よりも求めていたのに……馬鹿な奴だ」

最後の言葉が胸の奥深くに沈み込んでいく。

「そうかもしれません」

ひとつ大きく息を吐《つ》くと、おれは電話を切った。

ゆっくりと立ち上がって、伊達が持っていたビデオカメラを探した。ビデオカメラを見つけて電源を切ると稔を呼んだ。

稔が服の袖で涙と鼻水を拭《ぬぐ》いながらやってきた。おれはポケットから財布を取り出した。免許証だけ抜き取ると財布を稔に握らせた。

「いいか、よく聞け。これを持ってどこか遠くに逃げるんだ。朝霞《あさか》の家には絶対に戻るな。おまえは小沢稔になってはいけない。ちがう名前を名乗ってどこかで生きていくんだ」

小沢稔に戻ってしまえば室井から狙われることになるかもしれない。

「ひろしちゃんは?」

「おれはこれから警察に行く。これからは別々に生きていくんだ」

「いやだ。ひろしちゃんといっしょにいる」

「それはできない。いいか、この中に銀行のカードが入っている。暗証番号が一〇一七だ……おまえにだって覚えられるだろう」

稔にもわかるように誕生日に設定し直しておいた。

「口座には三百万円入ってる。全額引き下ろしたらこのカードは捨てろ。誰かに金を取られないように気をつけてな。無駄遣いするなよ」

「いやだー! ひろしちゃんといる!」

「ふざけるな!」

おれは稔を突き飛ばした。

なの？」

「ひろしちゃん、ぼくのこときらい？　おかあさんみたいにひろしちゃんもぼくのこときらい

稔が寂しそうな眼差しで訴えかけてくる。

「ああ、だいっきらいだよ。うっとうしいんだよ。早くどっかにいけよ」

おれはふらふらしながらも、床に落ちていた鉄パイプを拾って振り回した。

「早くいけよ！」

おれを見ながら立ち尽くしている稔の近くに鉄パイプを投げつけた。からんという乾いた音に驚いて、稔がおずおずと後ずさる。稔は鉄の扉を開けて表に出ていった。だが、表からしばらくこちらを見ている。

おれはもう一度鉄パイプをつかんで扉の近くに思いっきり投げつけた。稔が大きな音に驚いて走り去っていく。

からんからんと床を転がる虚しい音がしばらく耳に響いていた。

おれはあたりに視線を巡らせた。缶とスコップになりそうな工具を見つけるとビデオカメラと伊達の携帯を持って表に出た。

缶の中にビデオカメラと免許証と携帯を入れると、地面を深くまで掘ってそこに埋めた。公衆電話を探して警察に通報した。

パトカーの車内から窓外に広がる漆黒の闇を見つめていた。

おれはこれからどこに行くんだろうか。

この数年間であらゆる知識を貯め込んできたおれにも、その答えはわからなかった。

歩道をとぼとぼと歩く大柄な男の背中が目に留まった。サイレンの音にこちらに目を向けた男と目が合った。

ほんの一瞬のことであったが、その記憶がもうひとつの視界に映し出されたまま、なかなか離れてくれない。

おれの中で人間の区別は一通りしかない。

頭がいい人間か、頭が悪い人間か——だけだ。

稔はおれの中で区別のつかない初めての人間だった。

おれは窓外から視線をそらし、前を向いた。

第一章

1

教官室に向かう途中、内藤信一《ないとうしんいち》はグラウンドに目を向けた。

「かけ足、前にー進め！」

塩谷《しおや》の号令で、少年たちが一列縦隊で駆け足を始める。トラックを何周も回る。

「全体～、止まれ！　足踏み！　イチニ、イチニ、イチニ……。よーし小休止！」

考査寮の生徒たちが鬼教官の塩谷にしぼられている。

この少年院では入院した最初の九日間を考査期間として単独室のある考査寮に入り、これからの集団生活に適応できるよう訓練を受ける。

少年院での移動は団体でもひとりでも、必ず行進するのが鉄則だ。整列をして、点呼をとった後に、行進して移動する。そういった基本的な動きをからだに覚え込ませるのが新人教育の課題だ。

少し休んだらすぐに腕立てや腹筋などの筋トレを始めさせた。塩谷がひとりの少年に竹刀《しない》で活《かつ》を入れている。いつにも増して気合が入っているようだ。

内藤はその少年に目を留めた。

町田博史《まちだひろし》——

教官たちの間で話題になっている少年だ。

内藤は教官室に入ると、棚から町田の少年調査記録を取りだした。家庭裁判所から送られてきた少年審判に使われた少年調査票や鑑別結果通知書を綴《つづ》った書類だ。

町田は三ヶ月前に殺人を犯して逮捕された。調査記録によると不良同士の喧嘩《けんか》の末の犯行のようだ。ここに入院してくる少年たちによく見られるケースである。だが、この調査記録の中で、もっとも特筆すべきところは町田の経歴だろう。

町田にはつい最近まで戸籍がなかったのだ。取り調べの中でそのことを知らされた刑事は愕《がく》然《ぜん》としたという。

最近話題になっている離婚後三百日問題や、不法滞在の外国人が子供を生んだケースなどで無戸籍という話はたまに聞くが、ずっと日本に住んでいる十八歳の少年に戸籍がないなんて話は内藤自身今までに聞いたことがない。

町田は四年前に母親と住んでいた家を出て、それからはホームレスとして生活してきたそうだ。刑事が、家出するまで住んでいた朝霞《あさか》市内のアパートに行き、近所の人たちから話を訊いてみると、たしかにその時期に学校にも行かずにふらふらしているそれらしい少年を見かけたことがあったという。

母親の町田典子《のりこ》は覚せい剤の所持で逮捕され、現在は刑務所に服役中とのことだ。刑務所にいる母親は子供を生んで出生届を出さなかったことを認めた。戸籍もなく、学校にも行かされず、社会と何の接点も持てないまま生きていかざるをえなかった少年……

内藤は今までに様々な境遇の少年たちを目《ま》の当たりにしてきたが、これほど悲惨な生い立ちの少年も珍しいだろう。

少年鑑別所に入所している間に、町田は戸籍を取得することができた。

少年審判では、あまりにも劣悪な環境にあったために起こした犯罪として、少年院に送致して教育を施すのが一番だと判断をしたようだ。中等少年院での長期処遇というのが町田への処分になった。

難しそうな少年だ——と、内藤は思った。

新人教育が終わったら、内藤が町田の個別担任を受け持つことになっているが、どういう指導をしていけばいいのか不安があった。

町田は義務教育すら受けていない。学校での集団生活もまったく経験したことがなく、社会的な常識をどれぐらい身につけているのかもわからない。

鑑別所の技官が作成した鑑別結果通知書に目を向ける。社会生活を営むために必要な知能レベルは充分すぎるほどありながら、協調性や人に対する共感性が著しく欠如している——と記してあった。

内藤はそこに書かれている数字を見て、我が目を疑った。

IQ161以上。

異常なほど高い数字だ。きっと、鑑別技官の測定間違いだろう。

内藤は少年調査記録を閉じて棚にしまった。

「内藤先生——」

その声に振り返ると、私服に着替えた塩谷と若手教官の鈴本《すずもと》が立っていた。

「たまには飲んでいきませんか」塩谷が微笑《ほほえ》みかけてきた。

「はあ……」正直なところ気が乗らない。

「今度入ってきた新入生のことも少しお話ししておきたいですし。内藤先生が個別担任をされるんですよね」

町田のことを言っているようだ。

「酒はあまり強くないので少しでしたら」

内藤はしかたなくそう答えると、塩谷たちと教官室から出た。

塩谷たちに連れられて『ふく屋』という居酒屋に入った。官舎の近くにあるということで教官たちの溜まり場になっているそうだが、内藤はここに赴任してから二回しか来たことがない。いずれも職員の歓送迎会だけで、個人的な飲みの誘いはいっさい断っている。

店内ではすでにふたりの教官が飲んでいた。合流してすぐに、少年たちの処遇に関して熱い議論が交わされた。

どこの教官も変わらないなと、どこか他人事《ひとごと》のように議論を聞きながら、ちびちびとビールを飲んでいた。

内藤は二年前に神奈川県にある少年院から栃木にあるこの少年院に転任してきた。

法務教官には酒好きが多い。二十四年前に法務教官に拝命されたとき、最初の赴任地の先輩が言ったことは、まず酒に強くなれ、だった。その言葉どおり、宿直のとき以外は、毎日のように官舎で先輩と酒を飲んだ。内藤に後輩ができてからは、同じようによく酒に誘った。

法務教官はとても重圧のかかる仕事だ。

少年たちの生命を預かる重さ、少年たちを教育してまっとうな形で社会に送り出さなければならないという責任感、逃走事故などリスクを背負う日常的なストレス、万が一の事故のため官舎に縛りつけられるような不自由な私生活。だが、みなそれぞれ使命感があるからやっているのだ。気晴らしのために飲んでいるのに、いつの間にか必ず仕事の延長線のような話になっているのがその証拠だ。

内藤にも三年前まではそういう使命感や情熱があった。

親を憎み、社会に反抗し、罪を犯してここにやってきた少年たちが、教官たちの働きかけによって心を開いてくれるようになったときには、何ものにも代えがたいやりがいを感じることができた。そんな思いで二十一年間がむしゃらに仕事を続けてきた。だが、今ではすべてがわずらわしかった。

いつの間にか、教官たちの話題は町田博史のことになっていた。

「いったいどんな少年なんですか」

あまり黙ってばかりでは何だと思い、内藤は塩谷に訊いてみた。

「手ごわい相手ですよ」

塩谷が肩をすくめて鞄の中から数枚の紙を取りだした。原稿用紙だ。生徒たちには新人教育の間に毎日課題にそって作文を書かせている。

「課題。なぜ、少年院に入院することになったのか——」

塩谷が読み上げて、原稿用紙を机の上に置いた。原稿用紙いっぱいの大きな字で『運命』と二文字書いてある。

「集団生活で大切なこと——」

——『猜疑《さいぎ》』

「わたしの長所と短所——」

——『頭脳』

「わたしの家族について——」

——『売女《ばいた》』

「学校にも行っていないのに、よくそんな言葉を知ってますね」鈴本が笑った。

「おもしろい奴だよ。一見、ただの反抗的な奴って感じだが、どうもそういうのとは違うような気がしてくる」

「どう違うんですか」内藤は訊いた。

「うまく言葉では言えませんが、しいていえば、反抗っていうよりも、反骨って感じがするんです。この数日、厳しくしごきましたが、他の新入生がへろへろになる中で、奴だけはどんなに過酷なことをやらせても絶対にギブアップしなかった。課題作文ではこんなふざけたことを書きながら、あいつはおそらく……相手が誰であっても負けを認めることが嫌なんでしょう。死にそうな顔で腕立て伏せを二百回してたくせに、やり終えた瞬間、おれの顔を見て鼻で笑いやがった」

「ある意味厄介じゃないですか。新人教育でしごきまくるのは、ここでの生活の厳しさや教官の命令には絶対服従って観念を叩きこむためでしょう」鈴本が言った。

「そうだな。そういう意味では厄介な奴かもしれない。あいつの中には自分に対しての確固たる自信があるように思う。その自信がどこからくるものなのかはわからないが……少なくとも、おれたち教官を自分よりも上の人間だなんてことは思っちゃいないだろう。そういう人間に、これからどういう教えをしていくのか。全身全霊でぶつからなきゃならない相手だってことは間違いない。ねえ、内藤先生」

塩谷に言われて、内藤は顔を上げた。

「ひとつ救いがあるとすれば、変な意味で利口じゃないということでしょうか。楽をするために簡単に人に迎合したり、早くここから出ていきたいがために、表面的に反省の態度を示したり、いい子を装ったりする。そういうタイプの人間ではないと思うんです。変わるときには劇的に変わるんじゃないでしょうか」塩谷が熱っぽい目で見つめてくる。

「明日早いんで、そろそろ帰りますね」

内藤は腕時計に目を向けて立ち上がった。店員にみやげの焼き鳥を何本か包んでもらい店を出た。


ドアを開けて電気をつけると、二LDKの侘《わび》しい光景が浮かび上がってきた。

内藤はまっすぐ台所に向かった。人前では醜態《しゅうたい》をさらすことを恐れてあまり飲まないようにしている。日本酒をコップに注《つ》ぎ、ふく屋で包んでもらった焼き鳥を皿に盛るとリビングに行った。

焼き鳥を箪笥《たんす》の上にある和也《かずや》の遺影の前に置くと、内藤は目の前であぐらをかいた。

「かんぱーい」

虚しい声を上げると、遺影にコップを向けて酒を飲み干す。

「おまえはばかだなー。こんなにうまいものを知らずに死んじまうなんて……」ひとり言を呟《つぶや》いた。

そんなことを呟いている自分自身が一番の大ばか野郎だと自覚しているが、家に帰って和也の遺影を見るたび、何か言わずにはいられない。

和也が生まれたときは、二十歳《はたち》になって一緒に飲める日を楽しみにしていたのに。

和也は三年前に亡くなった。十五歳のときだ。悪い仲間と一緒に、盗んだバイクを走らせているときに事故に遭ったのだ。

搬送された病院に駆けつけ、遺体と対面したときには、目の前の光景が信じられなかった。

幼い頃から非行に走らぬよう、厳しくしつけてきたつもりだった。家族が住む官舎は少年院と隣接している。和也と出かけるたびに、あのフェンスの中には絶対に入っちゃだめだと言い聞かせてきた。

だが、今から考えると、それらはすべて表面的なしつけで、本当の意味で和也の心と向き合っていたのかと問われると自信がない。

内藤はただ、法務教官としての自分の倫理観や価値観を、和也に押しつけていただけではなかったか。

現に内藤は、和也が死んだ事実よりも、和也が罪を犯していたということのほうに強い衝撃を受けていたのだ。そのときのことを冷静に振り返ってみると、自責の念に苦しめられる。

「あんた、何にもわかってねえよ」

事故が起こる数日前、生活態度を注意しているときに和也が言った。

その言葉は和也にとっての何かのシグナルだったのかもしれない。今となっては和也がどんなことを思っていたのか知ることはできない。

フェンスの中では敏感に感じ取れるシグナルなのに、そのときの内藤は、あんた――という言葉にただ反応して、和也の頬《ほお》をはたいて仕事に出かけていった。

自分の息子の心さえ推《お》し量《はか》ることのできない人間が、どうやって赤の他人の心を……

「なあ」

内藤は自虐的に息子の遺影に問いかけた。

2

「内藤先生、お願いします」

その声に、磯貝隼人《いそがいはやと》はドアに目を向けた。

塩谷とジャージを着た男が入ってきて、内藤の前に立っている。新入生だ。

「町田博史だね。わたしはきみの個別担任の内藤だ。よろしく」

内藤があいかわらずやる気のない声を新入生にかけた。町田と呼ばれた新入生はそんな内藤を見ながら何も答えない。それればかりか、どこか小馬鹿にしたような冷笑を浮かべている。

「声が聞こえないのか?」

内藤の語気が荒くなった。だが、新入生は不敵な笑みを浮かべたまま内藤を見据えるだけだ。

内藤のほうが怯《ひる》んだように視線を塩谷に向けた。塩谷が肩をすくめた。

「では、内藤先生、よろしくお願いします。町田、がんばれよ」塩谷が声をかけて出ていった。

いつまで続くかわからないがなかなか威勢のいい奴だと新入生を見ているうちに、どこかで見覚えのあるような気がしてきた。

「この後にやる集会できみのことを紹介するから、とりあえず荷物を部屋に置いてくるんだ。朝倉《あさくら》はいるか?」

内藤が呼ぶと、朝倉が「はい。先生」と向かっていく。

朝倉と同室とは、あの町田という新入生も運が悪い。

「彼は第一学寮の寮長をしている朝倉くんだ。何かわからないことがあったら彼に訊くといい」

教官の前ではいい子ぶっているから寮長を任されているが、裏ではえげつないことをしている。しかも自分では手を出さず、手下たちにさせているのだ。いわば第一学寮の裏番といったところだ。

「朝倉、町田を部屋に案内してやってくれ。四号室だ」

朝倉に連れられて町田という男が部屋のほうに向かった。

磯貝は何だか気になって、少し間を置いてから後についていった。自分の部屋である二号室に向かうふりをして四号室の前を通った。四号室のドアの前に立っていた朝倉と目が合った。

ちらっと部屋の中に目を向けると、やはり奥のほうで五人の男たちに押さえつけられて腹を殴られている町田の姿があった。

「よくわかっただろう。おまえみたいな非力な奴がここで生きていきたいなら、もうちょっと愛想よく振る舞うんだな」

背後から朝倉の声が聞こえた。

二号室に入ると同室の新田《にった》と目が合った。

「どうした？」

磯貝の表情から何かの異変を感じたように新田が訊いてきた。

「いや、何でもない」

どこかで見たことがある男だと思っているが、どうにも思い出せない。

それにしても、かなり骨のある奴だと感じている。身長は百七十センチあるかないか。体格もどちらかというと華奢《きゃしゃ》な感じだ。だが、男たちに殴られながらも、町田という男はぎゅっと歯を食いしばりながら朝倉のことを冷ややかに見ていた。

「これからおもしろくなるかもしれないぞ」磯貝は言った。

毎日単調で退屈な生活なので祭りが起こることをどこかで期待している。

「集会でーす」

部屋の外から朝倉の声が聞こえ、磯貝と新田は部屋を出て集会室に向かった。

いつものように内藤を囲むように置かれたパイプ椅子に新田と並んで座る。

「町田、遅いぞ」

内藤の声に、磯貝は振り返った。

腹を押さえながら集会室に入ってきた町田をここにいる全員が冷ややかに見ている。

「じゃあ、町田、前に出て自己紹介をして」

内藤が指さすと、町田がゆっくりとそちらのほうに向かった。指示された場所で立ち止まると、それまで伏せていた顔を上げた。

緊張しているのか、先ほどの洗礼に動揺しているのか、町田はその場に突っ立ったまま何も言葉を発せられないでいる。

新入生にとってこれから第二の洗礼が始まるのを予感しているのかもしれない。

「町田、どうしたんだ……名前と年齢と、あと辛いだろうが自分が犯した罪名と、少年院での目標を言うんだ」内藤が言った。

「名前は町田博史……」

ようやく覇気のない声が聞こえた。

「町田くん、会話の後には、です、ってちゃんと言わなきゃだめですよ」

誰かが野次って笑いが起きた。

最初の自己紹介では自分もさんざん野次られて自尊心をズタズタにされた。

磯貝もここに来るまではそれなりにいきがっていたが、少年院に入ってくるような奴らにこれだけ囲まれて野次られると、初日から牙をぽきりと折られたような気分になる。

生徒たちの野次を止めないのは、新しく入ってくる悪ガキを調子づかせないための教官たちの作戦なのではないかと勘繰《かんぐ》っている。

「年は十八……」

「だからー、『年は十八歳、です』だってばー」

みんながはやしたてる。

「おいっ、騒ぐな」内藤がやんわりと注意した。

「だって、先生、町田くんにここでの言葉づかいを教えてあげてるんですよ」

生徒のひとりがそう言って、またみんなで笑う。

その様子を見ていた町田の口もとが歪んだ。笑っているようだ。自分のまわりにいる者たちを馬鹿にするような笑いに思えた。

その薄笑いを見ながら、目の前の男のことを思い出した。

雑司《ぞうし》が谷《や》にいたあの男だ――

「罪名は殺人……」

町田が言うと、潮が引いたようにあたりが静まり返った。

ここで殺人を犯しているのは朝倉だけだ。磯貝も人を死なせているが傷害致死だ。

「町田くんはどうしてそんなひどいことをしちゃったんですか」

町田のすぐ目の前に座っている朝倉がふざけたように言った。

「どうして……」

町田が一歩前に出て朝倉を見下ろした。朝倉は受けて立つように町田を睨みつけている。

「おまえみたいな馬鹿そうな顔をしていたからさ」

その言葉に激昂《げっこう》して朝倉が立ち上がろうとした瞬間、町田が頭を思いっきり振り下げた。ごつんという大きな音とともに血が飛び散った。町田が額で朝倉の鼻を打ちつけたのだ。

朝倉が手で鼻を押さえながら絶叫してその場に崩れた。

あたりが騒然とする中、内藤がすぐに立ち上がって後ろから町田を羽交い絞めにした。朝倉は鼻から血を吹き出しながらのたうちまわっている。

薄笑いを浮かべながら内藤に連れ出されていく町田に目を向けながら、磯貝はあっけにとられていた。

3

内藤は教官室のモニターから単独室の様子を見つめていた。

何を考えているんだ――

悪びれた様子も見せず、黙々と本を読んでいる町田の姿に苛立《いらだ》ちを感じた。

内藤は教官室を飛び出すと単独室に向かった。

「町田と話がしたいんですが」

塩谷に告げると、鍵を持って部屋の前まで案内してくれた。

小窓から覗《のぞ》くと、机に向かって町田がじっと本を読んでいる。

「町田――話がある。入るぞ」

声をかけると、町田がこちらを向いた。すぐに興味がないというように視線を本に戻した。

「話が終わったらボタンを押して知らせてください」

内藤が頷《うなず》くと、塩谷が錠のロックを外して鉄扉《てっぴ》を開けた。部屋に入ると後ろからロックのかかる音がした。

「どうしてあんなことをしたんだ――朝倉は鼻の骨を折ったそうだ。規律違反を犯せばおまえにとって損になるだけだぞ」

町田の視線は本に据えられたまま微動だにしない。まるで、おまえなど空気ほどの存在感もないと言われているようだ。

内藤はベッドに腰かけた。じっと本を読む町田の横顔を見つめる。

こいつは本当に読んでいるんだろうかと怪しくなった。

ほんの十秒か二十秒ほど本を見つめては、すぐにページをめくっている。

よく見てみると、町田の瞳が精密機械の回路のようにせわしなく動いていた。

「本が好きなのか？」内藤は訊いた。

瞬間、町田の瞳の動きがぴたっと止まる。ゆっくりとこちらに顔を向けた。

「ここに来て、唯一ためになるものだろう」町田が答えた。

「本を読むことも勉強することも大切だが、ここで学ぶことはそれだけじゃない」

「それは、目の前にいる先生とやらが教えてくれるのかい？」

町田の目を見てぞくっと背中が粟立《あわだ》つのを感じた。人の心を見透かしたような、苦手な目だった。

あんた、何にもわかってねえよ——

あのときの和也の目を思い出して、少し視線をそらした。

「ここの教官はどうしてみんな先生って呼ばれるんだい？」町田が訊いた。

「おまえたちを教え、導いていく立場の人間だからだ」

そう答えると、町田がおかしそうに笑いだした。狭い室内で耳ざわりな笑い声が響く。

「何がおかしいッ！」

頭に血が上って、内藤は怒鳴りつけた。

「すぐにわかると思うけどさ、おれ、あんたらよりもずっと頭がいいよ。そういうあんたらがおれに、いったい何を教え導くっていうのさ」

「頭のいい人間は人殺しなんかしない」

「そうだね。ここを出たら次は気をつけるよ」

気をつける——罪を犯さないという意味ではないと感じ取った。

「でもさ、おれはここに来たことをけっこう嬉しく思ってるんだ。人の金で三度三度飯が食えて、フィットネスジムに通うよりも効果的な運動ができる。おまけにおれ好みの本も読み放題だ。ここにいる間に詰め込めるだけ知識を詰め込んで出ていくつもりさ」

「そうやって得た知識を何に生かす？」

「生き残るために使うさ」

「生き残るため……？」

「ああ。おれはこの頭だけを頼りに今まで生きてきた。これからもそうさ。生き残るためには手段を選ばない」町田が口もとを歪めて笑った。

4

「おい、もうすぐ着くぞ」

男の声に目を開けると、膝の上に置いた手にかけられた手錠が見えた。

雨宮一馬《あまみやかずま》はゆっくりと窓外に目を向けた。前方にフェンスで囲まれた建物が見えてきた。

「あそこが……？」

雨宮が問いかけると、隣に座った男が頷いた。

「ああ。あそこが少年院だ。しっかり教育を受けて改心するんだぞ」

少年院が近づいてくるにつれてからだが震えだした。

「心配か？」

男の声に、雨宮は頷いた。

「まあ、何かあったら先生に相談しなさい」

「はい……」

車が停まると、建物の中から制服を着た男が出てきた。隣に座った男と何か話している。

「降りなさい」

制服を着た男に言われて、雨宮は車を降りた。

ちらっと車のほうを見ると、助手席に座った男が「がんばりなさい」と声をかけた。

建物に向かう途中、大声が聞こえて、広いグラウンドに目を向けた。

「いっちにッ、いっちにッ、いっちにッ……」

ジャージを着た雨宮と同世代に見える少年たちが行進している。

「せいれーっ」

行進していた少年たちが立ち止まり、素早く整列する。

「いちッ、にッ、さんッ、しッ、ごッ、ろくッ、しちッ、はちッ、くッ、じゅッ」大声で番号を数える。

「こっちだ」

制服の男に腰縄をつかんで引っ張られ建物の中に入った。

部屋に入ると、裸になるよう言われた。尻の穴からからだの隅々まで調べられて、渡された制服に着替えた。その後、別の部屋に連れて行かれてバリカンで頭を丸刈りにされた。

建物を出て、隣にある平屋に向かう。

「塩谷先生、鑑別所から新人一名、お願いします」

部屋のドアを開けると、今まで付き添っていた男が言った。

「了解しました」

椅子に座っていた男が立ち上がった。自分と同じぐらい大きなからだつきをしている。耳がつぶれ、鼻がひしゃげていた。

「わたしは考査寮の担当の塩谷だ。これからはここにいる教官は全員先生と呼びなさい」

「はい……」雨宮は呟いた。

「声が小さい！」

目の前の男に怒鳴られて、雨宮はびくっとして顔を上げた。

「不安なのはわかるが、はきはきとしたほうがおまえにとってもいいぞ。これから九日間、この単独室で生活してもらう。その期間で、集団生活に入っていくために必要な規律と体力を身につけるためだ。わかったか」

「はい！」

雨宮が大きな声で言うと、目の前の男がふっと微笑んだ。

「そうだ。それでいい。そこに置いてある物を全部持って九号室に入れ」

男が指さした机の上に目を向けた。下着やタオルや運動靴などの日用品が置いてある。

雨宮はそれらを持って九号室に入った。一畳ほどの部屋にベッドと机があった。その奥にカーテンがかかっている。

「今日はゆっくり休むんだな」

男はそう言うと、鉄扉を閉め、ドアをロックした。


スピーカーから流れるチャイムの音で、雨宮は目を覚ました。

雨宮はベッドから起き上がるとジャージに着替えた。扉のロックが外れる音がして、鉄扉が開いて塩谷が入ってきた。

「今日から外に出る」

塩谷に連れられてグラウンドに出ると、ジャージを着た六人の少年がすでに集まっていた。

「みんなに紹介する。今日からおまえたちの仲間になる新入生だ。じゃあ、自己紹介を」塩谷が雨宮の背中をポンと叩いた。

「あの……えっと……ぼく……あまみやかずま……です。よろしく……です」

まわりの視線に怯むようにしながら雨宮は言った。

その場にいたほとんどの者が馬鹿にするように笑っていたが、ひとりだけ表情を変えずにこちらを見つめている男がいた。

「よしッ、じゃあ、まずランニングからだ。新入生は二十周。町田、おまえは四十周だ」

塩谷が笑わなかった男に指を向けて言った。

雨宮は思わず町田と呼ばれた男を見つめた。

「さあ、走れ走れ!」

塩谷の声にみんなが走り出したので、雨宮もついていった。

全力で走るのなんて何年かぶりなのでからだがついていかない。他の人の背中がどんどんと遠くなる。特に町田と呼ばれていた男はかなりの速度で走っていて半周分ぐらいの差がついていた。

「雨宮――! もっと気合い入れて走れ! 三十分を切らなかったら連帯責任で十周追加するからな」

そんなことを言われても、息が上がって足を止めたくなった。

背中を叩かれて目を向けた。いつの間にか町田という男が横にいた。

「がんばれ。連帯責任になったら後でひどい目に遭わされるぞ」

そう言うと雨宮を抜き去っていく。雨宮はその背中に必死についていくように走った。

5

内藤は廊下の窓からグラウンドを見つめていた。

新入生に混じって町田が体育の授業を受けている。塩谷から罰を言い渡されたようで、この一週間町田だけ他の生徒たちの倍の距離を走らされていた。

町田は素直にそれに従っているようだが、少しは心を入れ替えただろうか。

今日で町田の謹慎は終わる。ふたたびこの第一学寮に戻って来るのだ。

さすがに町田に鼻骨を折られた朝倉とは同室にしないよう手配をした。だが、それでもまた厄介な問題が起きるのではないかと気が気ではない。

内藤は町田から視線を外し、遅れて走る大柄な少年に向けた。

雨宮一馬——

彼も内藤が個別担任を受け持つことになっているが、町田とは違った意味で、難しい生徒のようである。

町田と同じ十八歳で、罪名は殺人――

雨宮は建築工事現場から金属ケーブルを盗んだりする窃盗グループの一員だった。ある日、犯行中に警備員に見つかってしまった。警備員は現場から逃げた雨宮を追い、追い詰められた雨宮が警備員を殴って死なせてしまった。捕まるのが怖かったからと、雨宮は警察で泣きながら供述したと少年調査記録に書いてあった。

さらに雨宮の知能指数は57とのことだ。軽度の知的障害と言えるだろう。

雨宮は窃盗グループの中で主導的な役割ではなく、むしろいいように使われていたのだろう。身長185センチ、体重92キロの巨漢の雨宮は、重い金属ケーブルを運ばせるにはうってつけの存在だ。しかもその体格に似合わず、何でも人に従ってしまう性格のようだ。

不遇な生い立ちでもある。父親は三歳のときに亡くなり、母親は十二歳のときに雨宮と四歳年上の姉を置いて蒸発してしまった。雨宮はそれから親戚の家に預けられたそうだが、虐待を受けるなどの辛い経験をしている。雨宮はほとんど中学校に行っていない。二年後、離れて暮らしていた姉が雨宮を引き取ったが、それからも中学校には行かないまま形だけの卒業をした。姉は風俗店で働きながら弟の面倒を見ていたという。

自分にはまともに働ける場所がなく、姉のために少しでも金を得たかったと、窃盗グループに入った動機を答えている。

犯してしまった罪は重大だが、いくらでも更生が可能な少年だと思う。

簡単ではないだろうが、ここで行っている職業訓練で何とか技術や資格を身につけさせて、いい形で姉のもとに帰してやりたい。

「がんばっているみたいだね――」

その声に振り返ると、首席専門官の熊田《くまだ》がグラウンドを覗き込んでいた。

首席専門官は、院長、次席に次ぐ少年院のナンバー3で、教育部門の現場責任者だ。

「町田ですよ」

すぐに言葉を発せないでいた内藤に、熊田が言った。

「はあ……」

「考査寮を出て数時間で謹慎をくらうのはうちの最短記録じゃないか。だけど、この一週間を見ていると真面目にやっているみたいだね。明日戻って来るんだろう？」

「体育の授業はそうみたいですが……矯正はかなり難しいんじゃないでしょうか」内藤は答えた。

「簡単に結論を出しちゃうんだね。神奈川にいた頃は熱血教官で有名だと聞いていたが」

その言葉に、内藤は何も言えなくなった。

熊田は町田の真の姿を知らない。

今までにいろいろな少年と接してきた。中には手に負えないほど暴力的な少年もいたし、おれは人を殺してきたんだとすごんでくる少年もいた。町田に対して感じた怖さはそういう種類のものとは異質のものだ。

おれ、あんたらよりもずっと頭がいいよ――

「お話ししたいことがあるんですが……」内藤は言った。

「何ですか」

「彼の少年調査記録にひとつ誤りがあるようなんです。ＩＱ１６１以上というのは……」

「本当らしいよ」

内藤の言葉を遮《さえぎ》って、熊田が言った。

熊田の目を見つめながらとても信じられないでいる。

「わたしもとても信じられなくてね、彼の調査と面接をした鑑別技官に直接訊いてみたんだよ。技官の話によると、町田は間違いなく常人離れした知能を持っているそうだ。義務教育すら受けてないのにまったく信じられないがね。それに知能だけじゃなく記憶力もすごいらしい」

「記憶力？」

「たとえば、本を数十秒見ただけでその事柄をすべて記憶しているらしい」

「そんな馬鹿な」内藤は思わず笑った。

だが、脳裏に単独室で町田と対峙したときの光景が浮かび上がってくる。

精密機械の回路のように瞳を動かしながら本を見つめていた町田の姿――

まさか……

「それを確かめることもきみの仕事だ。正しい方向に導いてやれれば、学者にでも研究者にでもなれる資質があるそうだ。もっとも我々の仕事は天才を育てることじゃない。知識よりももっと大切なことを伝えてやることだろう」

まっすぐ見つめてくる熊田の視線に耐えられなくなって顔をそらした。

町田は生き残るために自分の頭を使うと言っていた。もし、本当にそれだけの頭脳があるなら、ここを出て行ってからいくらでも生きていく術《すべ》はあるだろう。だが、どんなに頭がよかろうが、町田にはもっとも大切なものが欠けているような気がする。

生きるために何をするかを考えるのは頭だが、何のために生きるのかを決めるのはあくまで心なのだ。

かぎられた時間の中で、自分はそのことを町田に伝えることなどできるのだろうか。

6

錠のロックが外れ、鉄扉《てっぴ》が開いた。

「雨宮、荷物をまとめて部屋から出ろ」廊下から塩谷が言った。

雨宮は塩谷に言われたとおり荷物をまとめて立ち上がった。

「今日から第一学寮で生活を始める」

廊下に出ると荷物を持った町田がいた。どうやら町田も一緒に行くようだ。

町田はこの一週間、さりげなく自分を勇気づけてくれていた。友達になれそうだと、雨宮は嬉しくなった。

「今までありがとう。これからもよろしくね」

てくれなかった。

雨宮は町田に近づいていって声をかけたが、昨日までとは打って変わって笑みひとつこぼし
「私語は禁止だ。行くぞ」

塩谷に叱られて町田と一緒に考査寮を出た。隣の建物に入ると二階に上がって廊下を進んで
いく。塩谷が『第一学寮』と札のついたドアの鍵を開けた。

「内藤先生、お願いします」

塩谷が声をかけると、奥から冴えない感じの中年の男がやってきた。町田のほうを見たがす
ぐに視線を外してこちらに目を向ける。

「雨宮一馬だね。わたしはきみの個別担任の内藤だ。よろしく」

「よ、よ……よろしくお願いします……」雨宮はおどおどしながら言った。

「挨拶するときにはもっと元気よく。さあ、来なさい」内藤が言った。

「それでは内藤先生、よろしく願いします。雨宮、がんばれよ」

塩谷の声に、振り返って頭を下げた。

「町田、もう戻って来るなよ」塩谷はそう言うとドアを閉めた。

「朝倉――」

内藤が呼ぶと、「はい、先生」と、鼻にガーゼのようなものを当てた背の高い男がこちらに
向かってきた。

朝倉と呼ばれた男はそれまでにこやかな表情をしていたが、町田のほうに目を向けると一瞬

視線が鋭くなった。

「今日から入る雨宮だ。おまえと同室だから部屋の案内と荷物の整理を手伝ってやれ」

「はい、わかりました」

内藤に目を向けた朝倉がさっと笑顔になった。町田に近づいていく。

「町田くん……この前はぼくもちょっとふざけちゃってたと思う。ごめん。仲直りしよう」朝倉が町田に向けて右手を差し出した。

「町田、おまえもちゃんと謝るんだ」内藤が言った。

「ずいぶんと男前になったじゃないか」

「町田！」内藤が怒鳴りつけた。

「先生、いいんです。これから雨宮くんを案内します。じゃあ、行こうか」

朝倉に案内されて雨宮は廊下を進んだ。

「雨宮くん、ずいぶんといいからだをしてるね」

朝倉が雨宮の背中を叩きながら言った。

四号室と札のついた部屋に入る。畳敷きで、八畳ほどの広さの部屋だ。

「そこに荷物を置いて」

朝倉が部屋の隅を指さしたので、雨宮は言われたとおりにした。

「そうそう素直でいいね。おれの命令は絶対だから」

「どうして？」雨宮は意味がわからずに訊いた。

「どうしてもなんだよ！」

「だって……だってさ……」

雨宮が問いかけていると、五人の男が部屋に入ってきた。

「とりあえずガタイがいいから、歯向かわないようにいろいろと教えてやって」

朝倉がそう言いながら部屋を出ていくと、五人の男が雨宮に向かってきた。

男たちに羽交い絞めにされ、口に雑巾《ぞうきん》を突っ込まれ、男たちから次々と腹にパンチを入れられた。倒れた雨宮の横っ腹に今度は蹴りが入る。雨宮は雑巾を噛みしめながら男たちの攻撃に耐えた。

7

「内藤先生、ぼくが町田くんを案内しますよ」

磯貝はそう言いながら内藤と町田のもとに近づいていった。

「ああ、ちょうどよかった。磯貝と同じ二号室だ。よろしく頼む」

同室になるとはラッキーだと思いながら、町田に目を向けた。

「町田くん、磯貝です。じゃあ、部屋に案内するから行こう」磯貝は笑みを浮かべながら言って、町田を二号室まで連れていった。

部屋に入ると、町田に私物の置き場所を一通り説明した。

「町田くんっていうから気づかなかった。あの頃はオザワと名乗っていたよね」

磯貝が言うと、町田が手を止めてこちらを見上げた。

警戒させてしまったようだ。

「おれのこと覚えてない？」

磯貝が言うと、冷ややかな眼差しで見つめ返してくる。

「誰だ、おまえ……」町田がようやく口を開いた。

「雑司が谷の事務所で……役者として一ヶ月ほど仕事をしていたけど、使えないって伊達《だて》さんに切られたけどね」

そこまで言うと町田が思い出したように小さく頷いた。だが、眼差しから警戒心は解けていないのがわかった。

「何をやってここに入ってきたんだ」町田が訊いた。

「傷害致死。あの仕事をクビになってから昔のダチと出会い系の美人局《つつもたせ》をやってたんだ。それでちょっとやりすぎちゃって……」

「いつ、捕まったんだ」

「半年前」

そう答えると、眼差しから警戒心が少し緩んだのを感じた。

「そうか」

「町田くんって十八歳なんだね。もっと上かと思ってた。おれよりもひとつ年下だけど、きみのことすごいと思ってたんだ」

「すごい？」

町田はいつも大柄な男と一緒に仕事場に来て、すぐに個室に入っていった。何をやっているのか自分のような末端にはよくわからなかったが、どうやら振り込め詐欺のシナリオをすべてひとりで考えている、とんでもなく知恵が働く男だと噂になっていた。

こいつを仲間に取り込めれば出院後は楽に稼げるかもしれない。

「オザワっていうのは偽名だったの？」磯貝は訊いた。

「もうひとりいた男の名前だ。オザワミノル」

「ポチ？」

町田といつも一緒にいた男は大柄だが、とろくて何もできなかったから伊達からポチと呼ばれていた。

「どうしてあの人の名前を」

「おれは生まれたときから戸籍がなかった。だからもらったんだ」

「戸籍がなかった？」

その言葉に愕然として訊き返すと、町田が頷いた。

そういえば、町田はいつもポチのことをミノルと呼んでいた。

「警察に捕まって戸籍をもらったが、苗字も名前も気に入らない」

「この前の集会で人を殺したって言ってたけど、いったい誰を……」

「伊達だ」

町田の目を見つめながら、磯貝は息を呑んだ。

「仲間割れ？」

「気に食わなかっただけだ」町田が素っ気《そけ》なく答えた。

「ポチ……いや、あのミノルという男は今どうしてるの？」

「さあね。どっかで野垂れ死んでいるかもな」そう言った町田の表情が少し陰った。

「おれ、きみをリスペクトしてるからあえて忠告するけど、ここでは反抗的な態度は損だよ。演技でもいいから、教官の言うことには絶対に服従しなきゃ。いつまで経ってもここから出ていけないから」

「そんなに早くここから出たいか？」

「そりゃ一日も早く出たいよ。どっかの軍隊に入ったみたいでここにはまったく自由がないから。息が詰まって死にそう」

それに少しでも早く菜摘《なつみ》に会いたい。

「早くここを出て一緒に楽しもうよ」

磯貝の言葉に、町田が苦笑した。

「集会でーす」

外から声が聞こえた。

「さあ、行こう」

磯貝は町田とともに部屋を出た。集会室に入ると町田と並んでパイプ椅子に座った。町田がドアのほうを振り返った。視線を追うと、先ほど朝倉に連れられていった新入生が腹を押さえながら部屋に入ってくる。すぐに正面の内藤に目を向けた。

鈍感な内藤には朝倉の本性はわかっていないだろう。

「じゃあ、今日から第一学寮に新しく入ってきた仲間を紹介する。アマミヤ、前に出て自己紹介をするんだ」

内藤が言うと、新入生がおずおずとした足取りで前に向かった。何を話していいかわからないようで、助けを求めるようにしきりに内藤の顔を窺っている。

「名前と年齢と自分が犯してしまった罪と、少年院での目標を言うんだ」内藤が頷きかけながら言った。

「あのお……えっと、なまえはあまみやかずまです。十八さいです……」新入生がおどおどしながら答える。

「あまみやかずまくんは漢字でどう書くの？」

まわりの者が失笑しながら野次を飛ばした。

「えっと、えっと……」

てのひらに指をなぞって書いてみるが、どう説明していいのかわからないようだ。もじもじとしている。そのしぐさを見てさらにまわりから笑いが漏れる。

まわりに目を向けると、みんなスケープゴートを見つけたと言わんばかりの嬉々とした表情を浮かべている。

その中で町田だけは笑っていなかった。どこか心配そうな表情で新入生のことを見つめている。

そういえば目の前の新入生はポチ……いや、あのとき町田と一緒にいたミノルという男に似ていると感じた。

全体の雰囲気もそうだし、体格の割に子供っぽい言動がそっくりだ。

「何だか彼、ミノルくんに似てるね」

磯貝は呟いたが、町田は何の反応も示さなかった。

「静かにしろ！」

内藤が珍しく生徒たちを一喝《いっかつ》すると、立ち上がってホワイトボードに『雨宮一馬』と書いた。

「じゃあ、少年院での目標を言ったらそこに座りなさい」

「少年院でのもくひょうは……えっと……たくさんトモダチをつくることです」

雨宮が言った瞬間、ふたたび笑いが巻き起こった。

「雨宮、もう座っていいから。これからオリエンテーションを行う」

「先生、そういえば町田くんの少年院での目標をまだ聞いてなかったんですが」朝倉が手を上げて発言した。

内藤が町田を見た。必死に感情を押し隠しているようだが、忌々《いまいま》しく思っているのがわかる。

「そうか……じゃあ町田、前に出て少年院での目標を言うんだ」

町田が立ち上がってゆっくりと前に向かった。

「少年院での目標ね……」

町田がそこまで言って、ここにいる全員をゆっくりと見回した。

「頭の悪い人間は相手にしないことさ――」

8

気後《きおく》れしながら『ふく屋』の暖簾《のれん》をくぐると、奥の座敷が妙に騒がしかった。それとなく聞き耳を立てると、教官たちが町田の話で盛り上がっているみたいだ。

昼休みに熊田がやってきて、今夜ここで飲もうと誘われた。

いささかうんざりしながらも、熊田の誘いであれば行かないわけにはいかない。

内藤は溜め息をついて座敷に上がった。

「おじゃまします」

座敷には熊田の他に塩谷と鈴本がいた。

「内藤先生、おつかれさまです」

内藤が座ると、塩谷が目の前にあったコップに日本酒を注いだ。

「塩谷先生、先ほど言っていた直観なんとかという話なんですが……」熊田が塩谷に訊いた。

「そうそう……話の途中でしたね。直観像記憶というものがあるらしいんですよ。先日観たテレビ番組の受け売りなんですけどね、瞬間的に見たものを写真のように記憶する能力を直観像記憶というらしいんですよ」

「直観像記憶ねえ……」熊田が小さく頷きながら呟《つぶや》いた。

「子供の中にはまれにそういう能力を持っている者がいるそうです。ただ、成長するにしたがってその能力も薄れてしまうことが多いらしいんですけどね」

「町田にはその能力があるというのかね？」熊田が塩谷に訊いた。

「何ともわかりませんが、他の先生たちから聞いた話を総合するとそう考えるしかないでしょうね。彼の記憶力は尋常じゃないとみんな目を丸くしていますから」

町田の話にうんざりしながらも、内藤も彼の常人離れした能力を認めざるをえなかった。

少年院は刑務所とは違って罪を犯した少年たちに教育を施す場所である。だから、義務教育で必要な教科や、必要があれば中等教育や高等教育に準ずる教科を教えたりもする。また、さまざまな資格を取得させるための職業補導も行う。

町田が第一学寮に入って一ヶ月が経つが、彼の知識の吸収力の速さに他の教官たち皆が舌を巻いていた。

「ここにいる間にいったいいくつの資格を取得するでしょうね」鈴本がはしゃぐように言った。

「いや、それどころか、高卒認定にだって合格するかもしれない。義務教育すら受けていなかった人間がここにいる一年ちょっとの期間で大学受験の資格を得られるんですよ。そうすればここを出てからすぐに大学に行くことだってできる。これはすごいことですよ」塩谷が興奮した口調で言う。

まわりの人間が盛り上がっている中、内藤の心の中に何とも言えない苛立《いらだ》ちが募ってきた。

「煽《あお》りすぎじゃないですかね」

内藤が醒《さ》めた口調で言うと、一斉に視線を注がれた。

「たしかに彼は他の少年たちよりも頭がいいかもしれない。だけど、それが何だっていうんですか。彼は人を殺してここにやってきたのだということを忘れてはいけないんじゃありませんか」

少年院は少年たちに教育を施すだけの場ではない。自分が犯した罪を反省させ、反社会的な考えを矯正させる場でもあるのだ。

たしかにこの一ヶ月間、町田は特に問題になるような行動を起こしてはいない。おとなしく学業に打ち込んでいるようにも思える。

だが、そんな町田の態度はまやかしだと内藤は思っている。

「わたしはこの一ヶ月間、町田の担任として何度も面接を行ってきました。彼が、自分が犯した罪ときちんと向き合えるようにといくつかの試みもしてみました。だけど、わたしはちっとも彼のことがわからない。彼の感情がまったく見えないんです」

内藤はそこまで言うと、鞄《かばん》の中から何枚かの紙を取り出してテーブルに置いた。三人が紙を手に取って読み始めた。

「ロールレタリングですね」

熊田が訊いたので、内藤は頷いた。

ロールレタリング（役割交換書簡法）とは、矯正教育の現場などで導入されている心理技法のひとつで、たとえば、一人の少年が『自分』と『相手』の二役を演じながら、往復書簡のやりとりを繰り返すものだ。自分の立場から感情を訴え、相手の立場でそれを受け止めて返信する過程で、自己洞察を深められたり、他者理解の気持ちを生じさせる。

町田には、自分が殺してしまった被害者と、被害者の親に対してロールレタリングをさせた。

内藤はこの手紙を人に見せることをずっとためらっていた。人間としての感情が少しでもあるなら、自分が殺した者やその家族に対してとてもこんなひどいことは書けない。

手紙を読んでいた三人の表情がみるみる曇っていく。

「たしかに、内藤先生がおっしゃりたいこともよくわかります――」

内藤は目の前のコップに手を伸ばした。酒を一気にあおる。

「彼の心は荒れ果てた土地なのかもしれませんね。一方では種をまいただけで、水をやらなくとも豊かな緑をいくらでも育《はぐく》める土地を持っているというのに」

熊田が言って、小さな溜め息をついた。そして、内藤を見つめた。

「荒れ果てた土地はいくら耕しても無駄ですか？　種をまくのももったいないですか？」

「わかりません……そもそも、わたしにはそんな力はないのかもしれません」内藤は正直に答えた。

それで、法務教官を辞めろと言われれば、そうしようとも思っていた。

和也が死んでから、ずっと心の底で思っていたことだ。

「先ほど鈴本先生から聞いた話なんですが……町田は非常に頭がいいが、小学生が当たり前のように知っていることを知らないそうなんです。コンピューターや法律などに関しては恐ろしいほどの知識を持っているというのに、チューリップという花の名前や、すずめという鳥の名前、それがどういうものなのかをまったく知らなかったそうです。おそらく警察に捕まるまで、そんな知識を必要としない世界で彼は生きてきたんでしょう。いったいどんな世界だったんでしょうね……」熊田が静かに語った。


時計を見ると深夜の十二時だった。そろそろ就寝後の見回りをしなければならない。

内藤は机に置いてある懐中電灯を手に取って、教官室を出た。

第一学寮は薄闇に包まれ、しーんと静まり返っている。一号室を回って、二号室の扉を開けると、小さな呻き声が聞こえてきた。懐中電灯の光を部屋の中に向けた。三人の少年が布団《ふとん》で寝ている。

町田の顔に光をあてた。顔中に脂汗《あぶらあせ》を滲ませ、顔を左右に激しく振りながら、うなされている。

悪い夢でも見ているのだろうか――

あまりにも苦しそうだったので起こしてやろうと思い、町田の布団に近づいた。

「ミノル……ミノル……」

手をかけようとしたとき、町田がうわ言を言った。

「ごめん……」

その言葉に、内藤は動揺して思わず手を引っこめた。

内藤はじっと町田の寝顔を見つめた。町田と対峙するときはいつも空恐ろしさを感じるのに、こうやって見ると、少し幼ささえ残るただの少年の顔だった。

内藤は二号室から出て、他の部屋を見回り、教官室に戻った。

棚から町田の少年調査記録を取りだした。次々とめくり、ミノルという名前を探した。だが、記録の中にその名前はなかった――

ミノルとは誰だろう。

夢の中で町田を苦しめる存在――あの町田が子供のような顔で謝るような人物……

いったいどんな世界だったんでしょうね――

昨日、熊田が言っていた言葉を思い出した。

町田が生きてきた十八年の人生とはどういうものだったのだろうか。それはきっと町田にしかわからないのだろう。

この調査記録は、家庭裁判所の調査官や少年鑑別所の技官などが町田のことを調べて作成している。だが、その者たちがいったい町田のことをどれだけ知り得たというのだろう。

町田は今まで一度も学校には行っていない。唯一の肉親である母親は刑務所に入っている。学校の先生や同級生や家族から町田のことについて聞けたわけではないのだ。

ここに書かれていることはほとんどすべて、町田自身が語ったことにすぎないだろう。町田が自分をさらけ出して話していることだとはとうてい思えない。

町田を逮捕した警察も、彼のことを調査し少年院に送致した家庭裁判所も、そして自分たち法務教官も——だれも、町田が今までどんな人生を歩んできたのかを知らないのだ。

チューリップという花の名前さえ知らない少年。

彼はどんな世界を生きてきたんだろう。

交代の教官がやってくると、内藤は急いで帰り支度を始めた。

少年院の門を出ると隣接している官舎には戻らず、すぐに近くのバス停に向かった。バスで宇都宮駅に向かい、そこから宇都宮線に乗った。

内藤は腕時計を見た。二時を過ぎている。ここから横浜市内にある霊園まではそうとう時間がかかる。夕方近い時間になってしまうかもしれない。

霊園にたどり着いた頃にはもう夕闇が迫っていた。和也の墓の前に行くと花が供えてあった。妻の静江《しずえ》だろう。

内藤も花と線香を供えて墓前で手を合わせた。

出口に向かって歩いていると、向こうのほうから静江がやってきた。

内藤は金縛りにあったようにその場に立ちすくんだ。夫婦だというのに一年ぶりの再会で緊張している。

「霊園に入っていくあなたが見えたから」

「ああ、遅くなってしまった」内藤は決まりの悪い思いで呟いた。

「わざとこの時間にしたわけではないでしょう」

離れて暮らしているといっても夫婦なのだから連絡を取り合えば一緒に来ることはできる。だが、もうそうできる関係でもない。和也は夫婦別々に墓参りにやってくる両親をどんな思いで見つめているだろうか。

「今日はこのまま向こうに帰るの？」静江が訊いた。

「ああ。明日も仕事だ」

「少しだけ時間をもらえないかしら。話したいことがあるから」

話したいこと――だいたいの想像がついた。

「それじゃ、近くの喫茶店にでも行こう」

内藤は出口に向かって歩き出した。喫茶店に入ると向かい合わせに座ってコーヒーを注文した。

「仕事のほうはうまくいっているのか？」内藤は訊いた。

「ええ、何とかやっていってるわ」

二年前、内藤が神奈川の少年院から栃木に転任となったとき、静江はついてくるとは言わなかった。もっとも内藤もついてきてくれとは言わなかったのだが。

神奈川の官舎を出て内藤は栃木に行き、静江は横浜市内で新しいアパートを借りてひとり暮らしをしている。結婚してからずっと専業主婦をしていたが、離れてからは友人がやっているブティックを手伝い始めた。第二の人生を歩むための準備だろう。

「あなたのほうは？」静江が訊いた。

「どうかな……わからないな」内藤は正直に首を振った。

法務教官を辞めたいと告げたら、静江は何と言うだろう。

新しい生活を始めたいと訴えたなら、ふたりはまたやり直せるのだろうか。

結婚以来、静江には苦労をかけてきた。静江だけでなく息子の和也にもだ。住むところは職場である少年院のすぐ近く。家にいても、いつも仕事のことばかりを気にしている夫であり、父親であった。

和也が死んだとき、「おまえがちゃんと教育していなかったからだ」と静江を責めた。内藤は子供の頃から厳しく和也をしつけてきたつもりだった。それなのに、和也は盗んだバイクで事故に遭って死んだのだ。

あんた、何もわかってねえよ――

和也の言葉が胸に突き刺さってくる。

心の中ではわかっていた。自分は子供にちゃんと向き合えていなかったのだと。今までそれを認めることが嫌なだけだった。

静江が鞄から封筒を取り出してテーブルの上に置いた。中に何が入っているのかは訊かなくてもわかる。

「これを書くのに二年かかったわ」静江が呟いた。

「ああ……」

「あなたはいいわね」

「何が？」

「あなたにはまだ子供がたくさんいるんだから。わたしにはもう家族はいないのよ」

「あそこにいる少年たちは家族じゃないよ」

内藤が言うと、静江が見つめてきた。悲しそうな眼差しだった。

「和也が死んでからおれも変わった。変わったというか、気づいてしまったんだ。おれの家族はフェンスの外にいるおまえと和也でしかないんだと……気づくのが遅すぎたんだが……」

「和也はよく友達にこう言っていたそうよ。あのフェンスの中に入れば、きっと父親は自分のことをちゃんと見てくれるだろうって」

静江の言葉に衝撃を受けた。

「いい父親であったのか、いい夫であったのかはわからない。だけど、いい法務教官であったことはたしかよ。和也は父親がやっている仕事に誇りを持っていた」

静江の言葉に激しく胸が痛んだ。同時に、胸の底から何か熱いものがこみ上げている。

「和也はもういない。あなたが求めているものは、もうフェンスの外にはないの」

ガチャーンという大きな音に内藤は反応して目を向けた。

夕食をテーブルに運んでいた雨宮が転んでしまったようだ。床に夕食の汁や割れた牛乳瓶が散乱している。

「誰か、モップとほうきを持ってきてくれ」

内藤は言いながら雨宮に近づいていった。雨宮は床に倒れたまま泣いている。雨宮を起き上がらせた。

「あーあ、ドジな奴だなあ。人数分しかないんだから今日はメシ抜きだな」

雨宮のすぐ横で座っていた朝倉が言った。

「じゃあ、おまえが代わりにそれを食え」

声が聞こえた瞬間、朝倉が激しい勢いで床に倒れた。背後から町田が朝倉のからだを押さえつけている。

「うまいか？　うまいか？」

朝倉の顔を濡れた床に押しつけながら町田が言った。

食堂内が騒然となった。

内藤は町田のからだをつかんで、朝倉から引き離そうとするがなかなか動かない。何とか町田を羽交い絞めにして起き上がらせた。

「てめえ、この野郎！」

朝倉が立ち上がって町田に向かってくる。

「朝倉、やめろ！」

町田の顔に殴りかかろうとした瞬間、後ろから雨宮が朝倉のからだを押さえつけた。

「やめてください。やめてください」雨宮が泣きながら訴えている。

朝倉がすごい形相《ぎょうそう》で向かってこようとするが、雨宮に押さえつけられてそれ以上向かってこられない。

「みんな静かにしろ!」内藤が一喝すると、騒ぎが静まった。

「町田、こいッ!」

内藤は町田のからだを押さえつけながら単独室のある考査寮に連れていった。


内藤は教官室のモニターから単独室の様子を見つめていた。

あいかわらず、町田は机に向かって黙々と本を読んでいる。

昨日の事件で町田には二十日間の謹慎処分が下った。町田を単独室に連れていったとき、塩谷は明らかに落胆の表情を浮かべていた。最近は真面目にやっているかと思っていたのに……と。

だが、内藤は塩谷とは反対に、昨日の町田の行動に少し嬉しさを感じていた。

初めて、町田の人間的なところを見られたような気がしたからだ。

内藤は見逃さなかった。雨宮が転んだとき朝倉は足を出していた。雨宮の足を引っかけて転ばせたのだろう。

迂闊だった。普段は教官たちに対して従順で寮長までやっている男だからと油断があった。

内藤は教官室を出て、単独室に向かった。塩谷に頼んで町田がいる部屋のドアを開けてもらう。

「入るぞ」

部屋に入っても、町田はぴくりとも動かない。内藤を無視するように本に目を向けている。

ベッドに腰かけて、しばらく町田の様子を見ていた。

「ひとつ訊きたいことがあるんだが……ミノルってどんな人物なんだ」

内藤が訊いた瞬間、町田の肩がびくりと反応した。ゆっくりとこちらに顔を向ける。表情にわずかな動揺が浮かんでいるように思えた。

「知らねえなあ、そんな奴」町田が無表情になって答えた。

「そうか……まあ、それはいい。明日ここを出て二号室に戻るんだ」

「謹慎処分は二十日間じゃないのかよ」

「謹慎っていうのは本人にとって辛いことじゃなきゃ意味がないからな。これからおまえが何をしようともう単独室に入れない。ひとりにはさせないぞ」

「そうかい。学習したね」町田が鼻で笑うように言った。

「明日から雨宮をおまえと同じ二号室に入れる。おまえは明日から雨宮の教育係になるんだ。雨宮はここから出たとしても、なかなかいい仕事に恵まれるかどうかわからない。おまえがつきっきりで勉強を教えて、ここを出るまでに何でもいいから資格を取らせるんだ」

「はあ？　何でおれがそんなことをしなきゃならないんだ」町田が抵抗した。

「言っただろう。謹慎っていうのは本人にとって辛いことじゃなきゃ意味がないんだ。おまえはこの少年院を出るまでずっと謹慎処分だ」

内藤はそう告げると部屋を出た。

9

「もっとよく考えてみろ。ここにケーキがふたつあったとするだろう。それぞれのケーキを八等分したとする。そのうちおまえはこっちのケーキを一個食べた。ここにいるおれたち四人で一切れずつケーキを食べて、おまえはもう一切れ食べた。これを表すにはどう書けばいい?」

隣に座った町田がノートにケーキの絵を描きながら説明する。

「えっと……八個あるケーキのうちぼくたちが四つ、いや……ぼくがもうひとつ食べたから五つ食べたから残りは三つ。こっちのほうに八つあるから……」

後ろから笑い声が漏れ聞こえてきて雨宮は振り返った。磯貝と新田がおもしろそうにこちらを見ている。

「何笑ってるんだよ」

町田が睨みつけると、ふたりがわざとらしく視線をそらした。

「雨宮——」

その声にドアに目を向けると内藤が立っていた。

「面会だ」

内藤の言葉に、嬉しさがこみ上げてきて立ち上がった。

雨宮は内藤に連れられて面会室に向かった。部屋に入ると美香《みか》がソファに座っていた。

「一馬……元気だった？　ここの生活は辛くない？」

雨宮を見るなり、美香が立ち上がって泣き出した。

「おねえちゃん、だいじょうぶだよ……」

自分の姿を見て泣きじゃくる美香の姿を見ておかしくなった。

「座りなさい」内藤に肩を叩かれて、雨宮は美香の向かいに座った。

内藤は自分たちと少し離れた椅子に座った。テーブルの上にはコーラの缶が置いてある。

「一馬、コーラが好きでしょう」

「いただきなさい。優しいお姉さんだね」内藤が頷きながら言った。

雨宮はプルトップを開けてコーラを飲んだ。ひと口だけ飲んでうつむいた。美香の顔を直視するのが辛かった。自然とからだが震えてくる。ぎゅっと唇を嚙みしめていた。もう我慢ができない——

「あの、先生……この子、人がいると緊張しちゃってうまく話せないんです」美香の声が聞こえた。

「わかりました。じゃあ、わたしはちょっと席を外します。面会時間は三十分なのでふたりでゆっくり話してください」

「申し訳ありません」

「いえいえ」

ドアが閉まる音が聞こえた瞬間、堪《こら》えていた笑いを吐き出した。

「あねき、笑わせんじゃねえよ。そんなしおらしい態度はちっとも似合わねえよ」雨宮は顔を上げて言った。

「しょうがないでしょう。それよりも本当なの。あの男と友達になったっていうのは」

「ああ、本当さ。しかも今じゃおれの教育係をやってる」

「まずは第一段階を突破したってことね」

「そうだな。これからどうすればいいか室井《むろい》さんに連絡を取ってくれ」

「わかった。ところでどんな男なの？」美香が興味津々《しんしん》という表情で訊いた。

「たしかに室井さんが言っていたようにおれたちよりもさらに頭はいいみたいだ」

雨宮はそう言いながら激しい嫉妬を感じていた。

「そう……」

「だけど、それ以外はどうってことない男だ。なんたっておれの演技をしっかり信じ込んでるおめでたい奴だ」

「どうしてそんな男のために室井さんはわざわざ……」

「知らないさ」

雨宮も室井がどうしてあんな男にこだわるのかまったく理解できないでいる。

「町田はどれくらいここにいる予定なの？」

「長期処遇だから一年くらいだろう」

「じゃあ、一馬と一緒だね。町田と友達になれそう？」

「今まで見たところ……あいつはかなりの人間嫌いのようだ。オリエンテーションのときに少年院での目標を訊かれて何て答えたと思う？　頭の悪い人間は相手にしないことさ——だぜ。笑っちゃうよな」

「大丈夫なの？」

「ああ……室井さんが言ったようにおれに対してだけは心を開きかけている」

ひとしきり今後の話をしているときに、ノックの音がしてドアが開いた。

とっさに雨宮は気弱な表情を作った。

「そろそろ時間です」

内藤が部屋に入ってきて告げると、先ほどまですれた調子で話をしていた美香が急に涙目になって立ち上がった。

「先生……一馬は本当は心の優しい子なんです。あんな事件を起こしてしまったのも悪い友達にそそのかされてしまって……いえ、きちんと一馬のことを見てあげていなかったわたしのせいなんです。先生、どうか一馬のことをよろしくお願いします」深々と頭を下げた美香の目から涙がこぼれた。

今の仕事で鍛えられているせいか、美香の演技力もそうとうなものだと一馬は感心した。

「お姉さんの気持ちはよくわかります。ただ、一馬くんが罪のない人を死なせてしまったのも事実です。彼にはここにいる間に被害者やそのご家族に対しての謝罪の気持ちを深めていってもらいたいんです」

「もちろんです。弟がしたことはわたしの責任でもあります。これからどんなことでもする覚悟です」

「おねえちゃん……ごめんなさい……」一馬は涙を流した。

「雨宮くんにはこれからいろんなことを学んでもらいます。ここを出てからきちんとした生活ができるように職業訓練も行うつもりです。どうか一馬くんが更生して戻ってくるのを楽しみに待っていてあげてください」内藤が美香に微笑みかけながら言った。

「よろしくお願いします。一馬、先生の言うことをよく聞いて、頑張るのよ」

「うん……おねえちゃん……またきてくれる？」雨宮は涙を拭いながら美香に訴えた。

「ちゃんと会いにくるから。一馬もちゃんと手紙をちょうだいね」

美香が内藤にわからないようにウインクした。


二号室に戻ると、雨宮はちらっと町田を見た。町田は机に向かって黙々と本を読んでいる。

「面会って誰だったんだ？」磯貝が訊いてきた。

「おねえちゃん」

「おい、雨宮。おまえ目が真っ赤だぞ。面会で、おねーちゃん、おねーちゃんって泣いたんだろう」

磯貝と新田が馬鹿にするように笑った。

雨宮は心の中で舌打ちしながら、「うん」と頷いた。

「おまえの姉ちゃんって美人か？」磯貝が訊いた。

「どうだろう……」

「おれも彼女に会いてえよ。ここは家族以外面会ができねえんだよな。こんなところにいる間に他の男とデキちまってないかと考えると気が狂いそうになってくる。早くここから出てナツミと会いてえよ」磯貝が頭をかきむしりながら言った。

「ナツミって、磯貝くんの彼女？」新田が訊いた。

「そう。超かわいいぜ」

磯貝が馬鹿みたいに得意げな顔で言った。

「ここを出たら合コンをセッティングしてもらってくれよ」新田がにやつきながら言った。

「親は来ないのか？」

珍しく町田のほうから雨宮に声をかけてきた。

「うん……いないんだ……おとうさんは三つのときに死んじゃって、おかあさんはぼくが十二のときにどこかにいなくなっちゃった……」

「そうか……」

雨宮を見つめる町田の目が陰りを帯びたように感じた。

初めて町田のこんな表情を見る。何を考えているんだろう。もしかしたら、家族の話題は町田にもっと近づくチャンスかもしれない。気持ちを昂《たかぶ》らせて同情を買おうと思うのだが、本当の話をしているときにかぎって涙が出てこない。

「そういえば、町田くんの家族は？」新田が訊いた。

「いない」

この話題に興味をなくしたように、町田が本に視線を戻した。


「消灯――」

見回りに来た内藤が言うと、磯貝が部屋の明かりを消した。

雨宮は布団に入った。左隣には新田が寝ている。右隣が町田で、その隣に磯貝がいる。この部屋に来てから寝る場所は決められていた。

十分ほどすると左隣からいびきの音が漏れ聞こえてきた。

「町田くん……寝ちゃった？」磯貝の小声が聞こえた。

雨宮は目を閉じながら耳を澄ませた。磯貝のことが少し気になっている。

何度か少年院に入る前の話をしていたが、どうやらふたりは知り合いのようだ。

もしかしたらこいつも自分の仲間かと思ったが、磯貝が逮捕されたのは半年以上前だという。

町田が室井のもとを離れる前だ。

「町田くんはここを出たらどうするつもり？」磯貝が訊いた。

「別に……」町田の面倒くさそうな声が聞こえた。

「ここを出たら一緒に仕事をしようよ。昔のように町田くんが詐欺の手口を考えてさ。実行する奴らはおれが捜すから」

やはり室井の組織がやっていた仕事をしていたようだ。自分とは違って末端の使い捨てだろうが。

「いくら未成年っていったって人を殺したらまともな仕事なんかないよ。おれと組んでがっぽがっぽ稼ごうよ」

「うるせえ。早く寝ろ——」町田がうっとうしそうに撥《は》ねつけた。

「おれたちみたいな奴はここを出たとしても、金がなきゃ惨《みじ》めな生活しかできない。ろくな人生は送れない」

ろくな人生は送れない——

そうだろうな。

人を殺して、少年院に入って、普通に考えればおまえらのこれからの人生などろくなものではないだろう。

だけど、そういう選択をしたとしても自分は後悔しない。室井のために働けるからだ。

室井に拾ってもらうまで、雨宮はろくでもない人生を歩んできた。

こんな人生を歩むことになったのはすべて親のせいだ。父親がどんな男だったのか雨宮は覚えていないが、母親のことはよく覚えている。どうしようもない雌《めす》だった。

子供がふたりもいるというのにまったく働こうとせず、母子家庭に支給される児童扶養手当と生活保護で何とか生活していた。その金のほとんどは母親の酒代に消えていく。いつも飲み屋に入り浸り、そこで適当な男を引っかけて一馬たちが寝ているアパートに連れ込んでまぐわっていた。

雨宮と姉の美香はろくに食事も与えられず、ぼろぼろに擦り切れた臭い服を着て学校に通っていた。学校に行っても教師からは白い目で見られ、同級生からはいじめられ、次第に登校拒否になった。

雨宮が小学校六年生のときに母親がいなくなった。どこかの男と蒸発したのだろう。雨宮と美香は母親の兄に預けられることになったが、この男は母親に輪をかけたろくでなしだった。本来は肝《きも》の小さな小者《こもの》のくせして、自分よりも弱い者に対しては容赦なく暴力を振るう。その頃は小柄で非力だった一馬は抵抗できずにいつも殴られていた。

男の家に預けられて二ヶ月ほど経ったとき、十六歳だった美香がいなくなった。美香がいないことで男の雨宮への虐待はさらに激しくなった。学校にもほとんど行くことができず、家で男の理不尽な暴力にひたすら耐える地獄の日々が続いた。

それから二年ほど経ったとき、近所を歩いていると物陰から声をかけられた。美香だった。自分を捨てて逃げ出した憎しみを美香にぶつけた。

美香は住む家を見つけたら雨宮を迎えに行くつもりだったのだと謝った。最近、ようやくアパートを借りることができたので、男の家を出て一緒に住まないかと言ってきた。

雨宮は男の家を出て、美香のアパートで一緒に暮らすことになった。ぼろくて狭い部屋だったが、美香と一緒に心穏やかな日々を過ごすことができた。

美香は自分の仕事を話そうとしなかったが、池袋《いけぶくろ》にあるひと抜き七千円のヘルスで働いているのを雨宮は知っていた。

何とか美香に今の仕事を辞めてもらいたい。中学校に行かないまま、形だけの卒業をした雨宮は仕事を探した。だが、どんなに探しても、学歴のない雨宮を雇ってくれるところはなかった。どの会社の人間も、ほとんど学校に行っていないから簡単な読み書きさえままならない雨宮のことを馬鹿にするように追い返した。

社会は偏見に満ちている。大人たちは誰一人として雨宮のことをひとりの人間としてまともに相手にしてくれない。一馬はそんな世の中を憎悪していた。

誰も与えてくれないのなら自分で奪ってやるだけさ——

雨宮は非合法な手段で世の中を生き抜いていく覚悟をした。盛り場で知り合った数人の仲間で路上強盗を始めた。

この数年で急速に体つきがよくなっていた雨宮は、気がついたらグループのリーダーになっていた。狙うのは背広姿の中年だ。会社の面接でいつも雨宮のことを嘲《あざけ》っていたような奴らだ。そいつらを殴り倒し、有り金をちょうだいしていく。何とも痛快な日々だった。

ある日の夜、駐車場に停めたジャガーから四十歳くらいの男が出てきた。男の整った身なりを見て、今日はついていると思った。乗っている車といい、男が着ている仕立てのいいスーツといい、かなり金を持っていそうだ。男は革の鞄を片手に夜道を歩いていく。雨宮と五人の仲間は男の後をつけて、人気《ひとけ》のないところで一気に襲った。

　次の瞬間、信じられないことが起きた。あっという間に雨宮たちは男にのされてしまった。何が起きたのかわからない。雨宮は顔面に数発のパンチを食らい路上に倒れて失神していた。目が覚めたときには他の五人が雨宮を置いて逃げ出すところだった。雨宮も立ち上がって逃げようとしたが、足に激痛が走って歩くこともできない。男の蹴りを受けたときに骨折してしまったのかもしれない。雨宮はその場にへたり込みながら覚悟を決めるしかなかった。

　男はじっと雨宮を見下ろしていた。後をつけていたときには華奢に見えていたからだがやたらと大きく感じた。男は涼しい顔で雨宮を見つめながら近づいてきた。

「立て」と言って、雨宮に肩を貸して駐車場まで歩いていき、ジャガーの助手席に乗せた。

「警察なら電話すりゃすむだろう」

　雨宮がむくれながら言うと、男は「警察が好きか？」と訊いて車を出した。

　警察ではないのならどこに連れて行くつもりだと考えて、雨宮は蒼ざめた。こいつはやくざにちがいない。これから雨宮を事務所に連れて行ってあの路上ではできなかった制裁を加えるつもりなのだろう。

　逃げ出そうと隣の男をちらちら見ながら反撃の機会を窺ったが手を出せずにいた。前を見て車を運転しているというのに、男のからだに一切の隙《すき》を感じなかったのだ。

　地下駐車場に車を停め、男が降りた。雨宮に肩を貸してエレベーターに向かう。男の肩はごつごつしていた。ここで男を振り切ったとしてもこの足では逃げ切れまい。エレベーターに乗せられた雨宮は観念していた。

部屋に通された雨宮は中央にぽつんと置かれたソファに座らされた。男は雨宮を座らせると別の部屋に行った。

三十分ほどすると、男が白髪のじいさんを連れて戻ってきた。じいさんが雨宮のもとにやってきて足を触った。激痛にのた打ち回ると、じいさんが持っていた鞄の中からはさみを取り出して、雨宮のズボンを膝のあたりから切った。じいさんは雨宮の足と鼻の治療を終えると男に会釈をして出て行った。

「どういうことだよ……」

雨宮は薄気味悪くなってそばに立っている男に訊いた。

「その顔で病院に行ったら、間違いなく警察に通報されるからここで治療してもらった」男は当たり前というように淡々と答えた。

「そういうことじゃねえよ！　おれをどうしようっていうんだよ」雨宮は不安から激昂した。

「どうもしないさ」

男は雨宮の向かいに座って、かすかに笑みを浮かべた。

「どうもしない……？　嘘つくなよ。警察にも行かずおれをこんなところに連れてきていったい……」

「どうして警察に行く必要があるんだ？」

「どうしてって……おれたちはあんたを襲ったんだぞ」

「だから？」

「だからって……おれたちは犯罪をしたんだ。悪いことをしたんだよ。警察に通報するのが当然だろう」雨宮はむきになって言った。

「犯罪は悪いことじゃない。だから警察に行く必要はないんだ」

男の言葉を聞いて、雨宮は察した。

この男自身がきっと犯罪者なのだ。警察から指名手配されているのかもしれない。だから、警察に通報することをやめたのだ。だけどそれなら雨宮を叩きのめした後、さっさと立ち去ればいいではないか。それとも雨宮が逆に通報してしまうと思ったのだろうか。

「おれを殺すつもりか？」雨宮は恐る恐る訊いた。

「殺すかもしれないね。必要なければ」

男は微笑んだまま答えた。内ポケットから何かを取り出した瞬間、雨宮はびくっと身構えた。だが男が取り出したのは帯がついた札束だった。

「きみの人生を聞かせてもらおう。おもしろければこれをあげるよ」

何なんだ、この男は……雨宮は札束と男を交互に見ながら混乱していた。おれを怖がらせて楽しんでいるのか？

「おもしろくなけりゃおれを殺すのか？」

「おもしろくない人生なんかないさ。だから、生きることにも死ぬことにも価値がある」男が雨宮の目をじっと見つめながら答えた。

　言っている意味はよくわからないが、男の何ともいえない磁力に雨宮は自分の人生を語らずにはいられなかった。

　子供の頃のこと、姉の美香のこと、そして今まで感じてきた社会に対する憎悪を吐き出した。

　雨宮が話すことを男は真剣な表情で聞き、時折頷いた。

　それは初めての感覚だった。親からも、教師からも、今まで接してきたどんな大人からも感じたことのない包容力がこの男にはあった。

「ありがとう」

　雨宮が今日までの出来事を話し終えると、男はそう言ってポケットから鍵を取り出してテーブルに置き、立ち上がった。

「わたしはこれで失礼するよ。別にすぐに帰ってもかまわないし、薬が効いて痛みがひくまでここにいてもいい。帰るときに鍵を閉めてドアポストの中に入れておいてくれ」

　本当にこの札束をくれるというのか？

　狐につままれたような気分で男を見上げた。不思議ともう少しこの男と話したいという欲求があった。

「ちょっと待てよ……」

　雨宮が言うと、男がこちらを向いた。

「あんたさっき、犯罪は悪いことじゃないって言ったよな。それはあんたも犯罪者だからそう思うのか？」

「ある人はわたしのことを犯罪者と言うかもしれない。だけど、そう言われることが嫌でそんなことを言っているわけじゃないんだ。犯罪っていうのはセツリなんだよ」

「セツリ――？」聞いたことのない言葉だった。

「きみの年だとちょっと難しい言葉かな。セツリというのは神の計らいや意思、という意味だよ」

　ますますわからなかった。

「犯罪というのは神が求めていることなんだ」

「神が犯罪を求める……？」雨宮は首をひねった。

「そう。人間が生まれ、他の動植物を食らいながら生きて、いつか死んでいくこと、それらはすべて神のセツリだ。人間だけじゃない。この世に存在するあらゆるものが神によって導かれているんだ。戦争だってそうさ――」

「どうして？」

「多くの人はこの世に戦争なんかなければいいのにと思っているだろう。だけど、戦争がまったく存在しない世界を想像してごらん。どういうことになる？　世界の人口は今よりも爆発的に増加しているはずだし、そうすれば食糧だって資源だって人が住むところだってこの地球からとっくになくなっていただろうな。人は人を殺すことをしなければいつかは自分たちの首を絞めることになるんだ。そうならないように神が『人は人を殺すものだ』という働きを与えたとは考えられないかな？」

「だから犯罪は悪いことじゃないと？」

「同じように犯罪がまったく存在しない世界を想像してごらん」

雨宮はそんな世界を想像しようとしたが、この世に貧富があるかぎり、憎しみや悪意や欲という感情があるかぎり、犯罪がない世界などありえないと思い至った。

「きみもさっき言っていたように……残念ながらこの世界は平等ではない。幸せな人間がいれば不幸な人間もいる。幸せな人間は不幸な人間に対して、幸せになるために努力をすればいいではないかという。だけど、努力ではどうにもできないこともある。幸せか不幸かを決めるのは『運』でしかないんだ。きみは子供の頃から親や社会から虐《しいた》げられてきた不幸な人間だ。金が欲しいという幸福を得るために人を襲って金を奪った。そうだね？」

男に問われて、雨宮は頷いた。

「犯罪というのは不幸な人間を少しだけ幸福にし、幸福な人間を少しだけ不幸にする。世の中のバランスを保つのに不可欠なものなんだ。自分の幸福というのは必ず誰かしらの不幸の上に成り立っている。きみが襲った人間だって、今までに誰かを不幸にしてきたかもしれない。きみのことを嘲《あざけ》ってきた人のようにね。直接人を不幸にしていなくても、不幸な人を見過ごすことで現在の幸せを手にしている」

「だけど不幸な人が犯罪の被害に遭ってさらに不幸になることもあるんじゃないですか」雨宮は訊いた。

「そうだね。かわいそうというしかない。わたしの力が及ばないことだ」

「あなた……いったい何者なんだ？」

「わたしは幸福な人間を不幸にするため、不幸な人間を幸福にするために生きている。それだけだ」

男は雨宮を見つめて言った。澄んだ目をしていた。

「そろそろ失礼する。向こうのキッチンに食べ物と飲み物があるから自由にやってくれ。明日のこの時間にもう一度ここに来る。わたしの話に興味がなければそれまでに出て行ってくれ。わたしには必要ない人間だ――」男はそう言って部屋を出て行った。

雨宮はテーブルの上に置かれた札束を見つめながら、一晩中男の言ったことを考えていた。新手の宗教ではないだろうかと勘繰ったりもした。神だとか、セツリだとか、雨宮にとっては訳のわからない話ばかりだ。ただ、男の言ったことで理解できたのは、この世界が平等ではないという雨宮が味わい続けてきた現実と、犯罪によってその不平等さを埋めるという自分の心の中にもある願望だった。

二十四時間、けっきょく雨宮はその部屋にいた。

ドアを開けて入ってきた男は雨宮の姿を見て少し微笑んだ。

「わたしと一緒にいたいかい？」

男の言葉に雨宮は頷いていた。

「それならばその資格があるかどうかテストしたい」

雨宮はその日のうちに大学の研究室のようなところに連れて行かれた。訳のわからないテストをやらされて部屋を出ていくと、男が「合格だ」と言って微笑みかけてきた。男は自分のことを室井と名乗って握手を求めてきた。その手は温かかった。

室井が率いる組織で働くことになった雨宮は横浜にある雑居ビルの一室に派遣された。そこは振り込め詐欺グループの拠点になっている事務所だ。何十人もの若い男が働いていたが、そこで室井のことを知っているのは雨宮を含めて三人だけだった。ここで仕事をしているうちに次第に組織の一端がわかってきた。

室井は雨宮と同じように自分の仕事を手伝わせるための若者をいろいろなところからスカウトしているようだ。雨宮がさせられたのと同様のテストを受けて合格した者の中からさらに、身体能力が秀でている者、演技力や人心掌握術に長《た》けた者など、室井が評価した人間が幹部になれるという。

もちろん雨宮も詐欺グループの役者として精一杯仕事をしていたが、それは幹部になりたいという思いだけではない。純粋に室井に認めてもらい褒められたかった。小さな頃に父親を亡くした雨宮にとって室井は自分の思いを受け止めてくれる父親のような存在になっていたのだ。

だが、いくら室井と近しい関係になっても実像は謎に包まれたままだ。

もしかしたら自分たちはやくざの手先として働いているだけなのだろうかと疑問を感じることもあったが、雨宮はそうではないと信じていた。

室井は私利私欲のために生きているのではない。室井には崇高な理念があるのだと。

その証拠に、室井は恵まれない子供たちを支援する団体を作り、そこから全国の施設などに多額の寄付をしていることを他の幹部から訊いた。

不幸な人間を少しだけ幸福にし、幸福な人間を少しだけ不幸にする――

たしかに室井はそのことを実践しているのだ。

まるで神の配剤のように、犯罪によって社会のバランスを保っている。

室井はある意味、犯罪という手段で不平等な社会を変えようとする神のような存在なのだ。ならば、その仕事の一端を担っている雨宮たちは『神の子』ということになる――

雨宮は自分たちがこの不公平な社会を変えているのだという使命感に酔っていた。

組織にはいくつかの掟があった。ひとつは、室井の存在は絶対に幹部候補生以外の人間に知られてはならないというものだ。たとえ自分たちが警察に捕まったとしても室井の存在を明かせば裏切り者として血の制裁が待っている。もうひとつは、室井の命令は絶対というものだ。室井からの命令を破ったり断ったりすれば『必要のない人間』として葬られる。

雨宮はそのひとつを破ってしまった。

組織に入ってから、今までに見たことがないような大金を手にすることができた。もともと姉の美香にヘルスの仕事をさせたくないということで始めた闇の仕事だ。雨宮は思い切って仕事を見つけたからヘルスを辞めてくれと美香に言った。だが、美香は雨宮が差し出した金を見て激しく問い詰めてきた。当たり前だ。どう考えても自分のような男が手にできる金額ではないのだから。美香に問い詰められ、しかたなく雨宮は室井と組織のことを話した。

美香なら、不幸な人間を少しだけ幸福にし、幸福な人間を少しだけ不幸にするという室井の理念を理解してくれるのではないかと感じたからだ。

雨宮の話を聞いた美香は複雑な表情を浮かべた。

「一馬はそんなことをしていて罪悪感を覚えないの?」

「そりゃ……まったくないとは言わないけど……だけど、おれたちはずっと不幸だったんだ。少しぐらい幸せになったっていいじゃねえか」

「一馬にだけそんな思いをさせていい生活が送れたとしても……幸せだって思えるわけないじゃない」

それから数日後、美香は十二歳のあの頃のようにいきなり自分の前から姿を消した。

雨宮はわけがわからなかった。どうしてこれからいい生活ができるというのに、美香は消えてしまったのか。犯罪組織に入った弟に嫌気がさしたのだろうか。それとも、まさか室井の存在を話したことがばれて……

室井に確かめたかったができなかった。そんなことをすれば自分が室井の存在をしゃべってしまったことがばれてしまうのだ。雨宮は美香の安否を確かめる術も見つからないまま不安な日々を過ごした。

翌々日、美香がアパートに戻ってきた。今までどこにいたのかと問い詰めると、雨宮が組織の話をした翌日に突然目の前に室井が現れたという。

そして、雨宮のときと同じように、美香の人生を聞かせてくれと言ったそうだ。どんなことを話したのかまでは雨宮に話さなかったが、美香自身も直接室井と話して何らかの感銘を受けたのだろう。テストにも合格し、室井の組織に入ることに決めたのだと誇らしげに言った。

ある日、雨宮は室井に呼び出された。

「きみは芝居がうまいそうだね」

室井の言葉に雨宮の胸が高鳴った。自分の仕事を評価して幹部にしてくれるのではないかと期待した。

室井は近くにあった大型テレビをつけて、「これを観てくれ」と言った。

天井から部屋を映し出した映像だった。おそらく隠しカメラで撮ったものだろう。椅子に座ってパソコンに向かっている男の姿があった。

「この男はわたしの意に反して組織の仲間を殺した。警察に捕まって今は少年鑑別所にいる。おそらく数週間後、家庭裁判所の審判を経て少年院か少年刑務所に行くだろう」

室井の話を聞きながら背中がぞくりと粟立った。

裏切り者には血の制裁が待っている――

あくまでも裏切り者を出さないための与太話かと思っていたが、まさか少年院や少年刑務所の中まで追っていってそれを実行しようだなんて。何という執拗さなんだ。

雨宮は初めて室井の本当の怖さを垣間《かいま》見たような気がした。

「この男を殺すんですね……」

室井の命令は絶対だ。雨宮は覚悟を決めていた。

「いや、この男と友達になってほしい——」

「友達になる？」

「そうだ」

「何ていう名前なんですか？」

「数日前に町田博史という名前になったそうだ」

雨宮はその言葉の意味がわからず首をひねった。

「この男には今まで戸籍がなかったんだ」

室井の言葉に、雨宮は驚いた。

画面の中の町田はパソコンに向かったり、本を読んだりしている。町田の背後にもうひとり男の姿があった。かなり大柄で、壁に寄りかかってスナック菓子を食べながら漫画雑誌を読んだり、寝転がったりしている。

「その男が小沢稔《みのる》——町田博史のウィークポイントだ」

「ウィークポイント……」

「町田と友達になるためにこの男をよく観察して役作りをするんだ」室井が机の引き出しから札束を取り出して重ねた。

「一千万円ある。支度金だ。この仕事は今のわたしにとって一番重要なものだ。警察に捕まって少年院か刑務所に入らなければならないというリスクがあるし、運も試される。だが、博史と出会って取り込むことができた暁《あかつき》にはそれ相応の見返りを与えよう——」

画面を見つめる室井の眼差しに憂いのような色が浮かんだ。

その目を見た瞬間、頭の中が熱くなった。いつも冷静で超然とした室井からは信じられない寂しげな表情だった。

室井にこんな表情をさせる町田博史とはいったい何者なんだ――

雨宮は必死に悔しさを抑え込みながら仕事の準備に取りかかった。

映像を観ながら稔という男の役作りをしているうちに、室井がどうして雨宮を抜擢《ばってき》したかがわかった。

小沢稔は二十一歳ということだが、挙動や言動がどうも変わっていた。おそらく知的障害を抱えているのだろう。

未成年者が逮捕されると家庭裁判所に送致される。その後、少年鑑別所で様々な調査を受けることになる。知能テストや面接、そして家族や学校の教師などへの聞き取り調査だ。親がなく、学校にもほとんど行っていなかった雨宮はそれらの調査を欺くにはうってつけの存在だ。それに、全体的なからだつきや顔もどことなく稔に似ている。

雨宮は役作りの一環として四年ぶりにあの男の家に行った。男は雨宮を見て愕然としていた。それもそうだろう。あの頃男にいたぶられた小柄で非力な雨宮はもういない。雨宮はあのときの礼にと男をさんざん痛めつけてやった。そして口裏を合わせるように男を脅した。調査員が来たときに、自分が書いたシナリオと違うことを言ったら必ず殺すぞと。

そして室井の組織に入る前に強盗をやっていた仲間をふたたび集めた。

て上げさせた。

それなりの謝礼を払う代わりに、そいつらが知っているのとは別人の雨宮一馬を警察に仕立て上げさせた。


隣から町田の寝息が聞こえてくる。

何も知らずに暢気《のんき》なもんだぜ、まったく……

やがて寝息が呻きに変わっていった。

「ミノル……ミノル……」町田が苦しそうに顔を歪めながらうなされている。

まあ、これから楽しくやろうぜ――

雨宮は町田の苦しそうな寝顔に笑いかけながら呟いた。

10

「内藤先生――」

廊下を歩いていると熊田に呼び止められた。

「町田の様子はどうですか？」

熊田に訊かれてもなんとも答えようがなく、内藤はその場で唸った。

「もうすぐ彼の新入時教育も終了でしょう」

「はい、そうです」

この少年院での長期処遇は、考査寮を出てからの新入時教育で一ヶ月半、中間期教育では八ヶ月、社会に戻っていく前の出院準備教育に二ヶ月半の期間を設けている。新入時教育の目標は非行の反省や問題点の確認のほか、職業訓練に必要な学力や体力を身につけることにある。町田はこの一ヶ月半の間に義務教育で学ぶべき事柄のほとんどを吸収していた。

だが矯正教育という観点からいうと、問題は山積みだった。毎日のように個別面接を行っても、町田の情緒面での変化はほとんど窺えない。あいかわらず内藤や教官たちに反抗的な態度をとり、院生たちとのいさかいも絶えなかった。自分が犯してしまった罪について反省や謝罪の気持ちを芽生えさせることもまるでない。

ただひとつ変化があったとすれば雨宮と接しているときの町田の態度だ。町田には雨宮の教育係を命じていた。嫌々ながらかもしれないがそれでも町田はそのことに関してだけきちんとこなしている。

雨宮はほとんど中学校に行っていないこともあってか学力がそうとう遅れている。町田は部屋に戻ってからずっと雨宮に勉強を教えていた。もっとも町田は小学校にすら一度も行ったことがないのだが。

町田は間違いなく常人離れした能力を持っている。それはもはや疑いようがないだろう。この能力がこれからも続いていくのか、ある一定のところで落ち着いていくのかはわからない。

スポンジのようなものだ。乾いたスポンジはどんどん水を吸収していく。だが、一定の水を含むとそれ以上吸収しない。そのことを心のどこかで願っている。だが、もし町田の脳がいくらでも知識を吸収できるスポンジであったなら……

彼には無限の可能性があるだろう。だが、悪いほうに進めばとんでもない災いを引き起こすような存在にもなりうる。

町田の心は頭と違ってからからに乾いている。そして、何かを感じたり、吸収することを頑《かたく》なに拒んでいる。

どうすればいいのだろうと、頭を悩ませる毎日だ。

「ひとつ考えていることがあるのですが」内藤は切り出した。

「ほう。どんなことですか」

「町田の母親がもうすぐ出所する予定なんです」

母親は覚せい剤所持で現在刑務所に服役している。

「母親に会わせようというのですか？」熊田が訊いた。

「町田は母親のことを憎悪しています」

当たり前だろう。ずっと戸籍すら与えずに虐待していた母親だ。しかし……

「町田の心の根っこにあるのは母親に対する激しい憎しみだと思います。だから、何とかその母親と気持ちを通わせることができれば、関係を修復することができたなら、町田の心にも変化が現れるんじゃないだろうかと……あくまでも希望的観測ですが」

「賭けに近いですね」熊田が言った。

「そうですね。へたをすると町田の情緒をさらに悪化させてしまうかもしれません」

「今度、他の先生たちとミーティングをしてみましょう」

「ええ」

内藤は熊田と別れて二号室に向かった。

部屋を覗くと机に向かって町田が雨宮に勉強を教えている。小学校の算数を教えているようで付きっ切りになってひとつひとつ丁寧に問題を解説している。

「町田くん、これでいいのかな？」

雨宮がプリントを町田に見せた。町田がすぐに採点する。

「そうそう……合ってるよ。やればできるじゃないか」

町田に褒められた雨宮が満面の笑みを浮かべる。それを見て、町田の横顔にかすかな笑みが浮かんだ。

初めて見る町田の素直な笑顔だった。

「何かあの頃のことを思い出すなあ。いつもべったりと町田くんにくっついていたミノルのことを……」

壁際でふたりのことを見ていた磯貝が言った。

その瞬間、町田の顔から笑顔が消え、すごい形相で磯貝を睨みつけた。

ミノル――

その名前を聞いて、内藤はいつかのうわ言を思い出した。

ミノル……ミノル……ごめん……

ミノルという人物に似ているから、町田は雨宮にだけ少し心を開きかけているのだろうか。町田にとってミノルという人物とはどんな存在なのだろう。

その人物こそ町田の心を揺り動かすことができる鍵なのかもしれない。

「あっ、先生……」

ドアの外に立っていた内藤に気づいて、磯貝がばつが悪そうな顔で言った。

町田がこちらを向いた。能面のような無表情でじっと内藤を見据えてきた。

「町田、雨宮の勉強はいったん中断してくれ。これからおまえの個別面接をする」

何とかその鍵で町田の閉ざされた心を開きたい。

「まったく無意味なことが好きな人だねえ……」

町田が面倒臭そうな顔で立ち上がると挑むようにこちらに向かってきた。

面会室に入ると内藤は先に座って、町田に向かいの席に座るよう命じた。

「で、今日はいったいどういう話なんだい。ヤク中の女の話か？　それともおれに殺された哀れな男の話か？」

椅子に座るなり、町田が憎まれ口を叩いた。

「雨宮のことで相談したくてな」

内藤の言葉が意外だったようで、町田が訝《いぶか》しそうにかすかに首をひねった。

「おまえたちは来週から中間期教育に入る。そうなったら雨宮にも職業訓練を受けさせようと思っている。ここを出たらきちんと職を得られるように何か資格を取らせたい。雨宮にはどんな資格が向いていると思うか意見を聞きたくてな」

「知るかよ、そんなこと……あいつと直接話せばいいだろう」

「いちばん身近にいるおまえに聞いたほうがいいと思ってな。おまえも気になってるんじゃないのか」

「何が……」

「あいつのこれからを」

「知ったことじゃねえよ。どうしておれがあんな奴の……」

「ミノルという人物に似てるからじゃないのか」

内藤が言うと、町田の瞳が大きく揺れた。

「ミノルという人について話してくれないか。おまえの友達なんだろう。どこに住んでいるんだ?」

「知らないな」町田が素っ気なく返した。

「知らない? おまえにとって大切な人じゃないのか?」

「おれには大切な人なんかいない」

「そうかな……」

内藤は町田の心の中を覗き込みたくて見つめた。だが、町田の鋭い眼差しが必死にそれを拒もうとしている。

「おまえは寝ているときによくその名前を口にしているんだ。うなされるように『ミノル……

ミノル……ごめん……』って」

　そう言うと、町田の頬のあたりがぴくりと動いた。奥歯をぎゅっと噛み締めたようだ。

「ミノルという人との間にいったい何があったんだ？　おまえは何を望んでいるんだ？　どうすればおまえの苦しみは少しでも癒《いや》される？　おれはそれが知りたいんだ」

　内藤は必死に訴えかけたが、町田の憎悪の眼差しを見て、自分の想いは届いていないと察した。

「わかった。今日の面接はおしまいだ」

　内藤は立ち上がってドアに向かった。

「そんなにミノルのことが知りたいか？」

　後ろから声が聞こえて、内藤は振り返った。

「ああ……」

「あいつはおれのペットだ」町田がじっと内藤に視線を据えながら薄笑いを浮かべている。

「ペット？」

「そうさ。そばにいるだけで役に立たない犬猫と同じさ。哀れだから拾ってやったけど邪魔になったから捨てた。それだけさ」

11

「磯貝、ちょっと来てくれ」

部屋の外から内藤に呼ばれ、磯貝は立ち上がった。

「これから面接をする」

こんな時間にいきなり面接とはどういうことだと、怪訝な思いで内藤に続いた。

面接室に入ると内藤が向かいの席を促した。磯貝は椅子に座ると探るように内藤を見つめた。

「町田とはここに入る前から知り合いだったのか?」

内藤の問いかけを聞いて、磯貝はどきっとした。

「い、いえ……町田くんとはここで初めて会ったんですよ」磯貝ははぐらかした。

「だけどこの前、おまえはあの頃のことを思い出すなと言ってたじゃないか」

やはりあのときの会話を聞かれていたのだと、頭を抱えたくなった。

振り込め詐欺の仕事をしていたときの話は、絶対に誰にも話すなと町田から口止めされている。

「そんなこと言ったかなあ。先生の聞き間違いじゃないですか?」磯貝はとぼけた。

「ごまかすな。別にそのことを聞いてどうしようというわけじゃない。ただ、町田と親しかったらしいミノルという人物のことが知りたいだけだ。教えてくれないか?」内藤がこちらに視線を据えながら身を乗り出してきた。

「知らないですよ。ミノルなんて人は……」

「そんなことはないだろう。おまえはあのとき確かに……」

ノックの音がして、内藤が振り返った。

「内藤先生――塩谷先生がいらっしゃっています。新入生だそうです」

外から聞こえてくる声を聞いて、内藤が思い出したというように立ち上がった。

「この続きは後にしよう」

磯貝はとりあえず胸を撫で下ろしながら立ち上がった。

後でふたたび訊かれたときにどう言い訳しようかと考えながら面接室を出た。

広間に戻るとドアのほうに目を向けた。塩谷と一緒に立っている新入生を見て、磯貝は顔をしかめた。

蛭海《ひるみ》だ――

綾瀬《あやせ》で活動する不良グループのメンバーで、磯貝が所属しているグループと反目している。

磯貝が逮捕される一ヶ月ほど前だったか、繁華街でグループ同士の喧嘩になり、蛭海をぼこぼこにした。

蛭海がこちらに目を向けた。磯貝に気づいたようで口もとを歪めた。自分に対する敵意ではなく、どこかあざ笑うような笑みが気になった。

「朝倉――部屋に案内してやってくれ」

内藤に言われて朝倉が駆け寄っていった。

蛭海と朝倉がこちらに向かってくる。蛭海が朝倉に何か声をかけ、磯貝のすぐ前で立ち止まった。

「こんなところで会うとは奇遇だな」蛭海が磯貝を見据えながら言った。

「ああ……あのときは悪かった。ここでは仲良くやろう」

「そうだな。なんたって兄弟だからな」

「兄弟?」

意味がわからず首をかしげると、蛭海が耳もとに顔を近づけてきた。

「菜摘って女なかなかよかったぜ。おれだけじゃなく、五人ぐらい兄弟が増えたな」

その言葉に目の前が真っ暗になった。次の瞬間、胸の底から激しい感情が衝き上げてくる。

「てめえ、殺す!」

磯貝は蛭海の胸ぐらをつかんで殴りつけた。

12

「今までおとなしかった磯貝があんなことをするとは……」塩谷が溜め息を漏らした。

今日、磯貝が新入生の蛭海と殴り合いの喧嘩になった。先に手を出したのは磯貝だったが、双方激しい殴り合いになったため、ふたりとも謹慎処分になり単独室に入れた。

「理由は何だったんですか？」鈴本が訊いた。

「はっきりしたことはわかりません」

磯貝と蛭海に喧嘩の理由を問い質したが、ふたりとも何も答えなかった。

「でも、ふたりとも綾瀬の近くに住んでいるので、もしかしたら過去に何らかの諍《いさか》いがあったのかもしれません」

「町田と朝倉といい……最近、うちはちょっと荒れてますね。町田といえば、最近はどうですか？」

塩谷が訊いた。

「あいかわらずですよ……」内藤は苦笑を浮かべた。

最近では話のネタも尽きている。いや、ネタが尽きているというよりも、町田との心の距離を縮められないでいる自分に話せることなどないというだけだった。

あいつはおれのペットだ――

町田が言ったことを鵜呑《うの》みにしているわけではない。町田はよくその名前を呟きながらうなされている。

町田が言ったような存在ではないはずだ。

どうしてそこまで隠そうとするのだろう。町田とミノルという人物の間にいったい何があったというのか。

それを知ることが、町田の頑なな心を解き放つ鍵になるのではないかと内藤は感じていた。

「出院するまでに高卒認定は取れそうですか？」鈴本が訊いた。

「どうでしょうね……」内藤は言葉を濁した。

中間期教育に入ってから、町田には高卒認定を取るための勉強をさせている。たった一年ほどで、高等学校で三年間学ぶ事柄を吸収しなければならないのだ。そうとう難しいだろうが、町田なら不可能ではないと思える。

だが、高卒認定が取れたからといって何なのだ、という思いが心の中でくすぶっている。

人生に目標がなければ高卒認定を取ったところで意味がないのではないか。どんなことを学んでいきたいのか、いや、それ以前に、人としてどう生きていきたいのか、それが定まっていなければ無駄なものでしかないだろう。

「やあ、やってますね」

座敷の外から声がして、内藤は振り返った。

首席専門官の熊田が靴を脱いで上がってきた。

「あれっ、珍しいですね。奥さまは大丈夫ですか？」塩谷が茶化すように笑った。

愛妻家の熊田が飲みに交じってくるのはたしかに珍しい。以前飲んだのは町田が入院してまもなくの頃に誘われたときだ。

「今日は皆さんとちょっと議論したいと思いましてね」

「何の議論ですか？」塩谷が興味深そうに身を乗り出した。

「少し前に内藤先生からある提案があったんですけどね……」

熊田がちらっとこちらを見た。何か提案しただろうかと思い出していると、熊田がポケットから紙を取り出して目の前に置いた。そのメモを見て思い出した。

「町田の母親の所在ですか？」

「そうです。以前、町田と母親を会わせてみたらどうだろうと提案しましたよね」

「ええ」

「町田の母親ってたしか……」塩谷が言った。

「覚せい剤所持で先週まで刑務所に服役していました。今は埼玉県の飯能《はんのう》市内にある女性専用の更生保護施設に入所しているとのことです」

更生保護施設とは、刑務所や少年院を出たものの身元引受人や帰るところがない人たちを一時的に保護する施設だ。

「彼の心の根っこにあるのは母親に対する激しい憎しみだから、その母親との関係を修復することができたら心に変化があるんじゃないだろうかと内藤先生はおっしゃってたんですよ」

「なるほど……」顎《あご》に手をやり熊田の話に耳を傾けていた塩谷が頷いた。

「だけど……関係を修復させることなんてできるんですかね。自分の子供の出生届すら出さずにずっと無戸籍のままにしていた母親ですよ」鈴本が反論した。

「たしかに……わたしもちょっと危険かもしれないなと感じています」熊田が考え込むように両腕を組んだ。

「今の母親の姿を見てみないと何とも言えないんじゃないですか？　もしかしたら、この数年で自分の行いを反省して、息子に対して申し訳ないと思っているかもしれない。ねえ、内藤先生」塩谷が見つめてきた。

「そうですね……町田と会わせるかどうかはともかく……母親に会いにいこうと思います。何か町田を変えるきっかけが見つかるかもしれないですし」

「いやいや、熱血教官の復活だね」熊田が内藤を見ながら笑っている。


次の休日、内藤は町田の母親に会いに行くために官舎を出た。

バスで宇都宮駅に行き、電車を乗り継いで飯能駅に着いたのは十二時を少し過ぎた頃だった。駅からタクシーに乗り施設に向かう。

勢いでここまで来てしまったが、施設が近づくにつれ、不安がこみ上げてきた。

町田の母親は自分と会ってくれるだろうか。

施設の電話番号は知っていたが、あえてアポイントは取っていない。電話口で拒絶されてしまえばそれまでだからだ。

施設のドアをくぐると、玄関口にいた女性たちが訝しそうな目で見つめてきた。

「職員のかたはいらっしゃいますか？」

内藤が訊くと、女性は面倒くさそうな顔で名前を呼びながら奥の部屋に入っていった。しばらくすると、年配の女性が出てきた。

「ここの職員の渡辺《わたなべ》ですが、何かご用でしょうか？」

「わたしは内藤と申します。こちらに入所してらっしゃる町田典子《のりこ》さんとお会いしたいのですが……」内藤は名刺を差し出した。

「少年院の……？」

渡辺は名刺を見ながら怪訝そうな表情を浮かべている。内藤は簡単に来意を告げた。

「まあ……彼女が会いたいと言うかどうかはわかりませんが……とりあえずどうぞ」

食堂に通され十分ほど待っていると、茶髪の髪をぼりぼりとかきながらジャージ姿の女性が入ってきた。

「わたしに会いたいっていうのはあんた？」女性が気だるそうに言った。

「町田典子さんですか？　わたしは内藤と申します」

立ち上がって挨拶すると、急に典子が腕をからませてきた。

「表行こうよ。ここじゃ落ち着いて話できなーい」

甘えるように言い、内藤の肘《ひじ》を自分の胸に押しつけてくる。

「わ……わかりました……外で話しましょう」どぎまぎしながら典子の腕を解いた。

典子に案内されるまま、施設から二十分ほど歩いたところにある店に入った。

「ここは昼間でも飲めるの。もちろんおごりよね？」

向かい合って座ると典子はそう言って焼酎のロックを頼んだ。煙草に火をつける。

「あそこは酒の持ち込みができないし、まったく退屈でしょうがないよ。やってらんないよね。早く男をつかまえてあんなところ出なきゃ……」

内藤はジュースを飲みながら話のきっかけを探った。

熊田が教えてくれたところによると、典子は三十七歳とのことだ。町田を生んだのは十九歳ということになる。

男好きのする顔だなと内藤は感じた。目の前にいる典子は頬がこけ、肌つやもよくないが、若い頃はそうとうモテたのではないかと思える。目もとが少し町田に似ていた。

「ねえ……」

典子が身を乗り出して見つめてきた。

「今のわたし……いくらぐらい？」

意味がわからなかった。

「いくらだったらわたしを抱きたいと思う？」

内藤は困惑した。

「この近くにホテルがあるよ。そこで飲み直さない？」

「いや……妻がいるんで……」

嘘をついた。元妻だ——

「つまんない男」

典子が興味をなくしたように椅子に深くもたれた。

「今日、お伺いしたのは……息子さんのことなんです」

このまま飲み相手として付き合うつもりはない。内藤は切り出したが、典子はつまらなそうに煙草を吹かしている。

「わたしは博史くんが入っている少年院で教官をやっています」

その言葉に反応して典子がこちらに目を向けた。すぐに鼻で笑った。

「人を殺したんだってね。警察の奴らが刑務所にやってきて色々と訊いていったよ。馬鹿な奴だよね。いい気味だ」

おれ、あんたらよりもずっと頭がいいよ——

そう言い放った町田が、自分の母親から馬鹿呼ばわりされていると知ったらどう思うだろうか。

「博史くんが家出をしたのはいくつぐらいだったんですか？」内藤は訊いた。

「さあね……四年ぐらい前だったかな」

「どうして、捜索願を出さなかったんですか」

内藤が訊くと、典子が睨みつけてきた。

「あいつはわたしの男を刺したんだよ。わたしの有り金を全部持って逃げやがったんだよ。あいつがどこでどうなろうと知ったことじゃないだろう！」

「男を刺した？」

初めて聞く話だった。

「そうだよ。けっきょく死ななかったけどね。警察や救急車を呼ぶわけにもいかなかったし、あのときは大変だったんだよ」

警察や救急車を呼ぶわけにはいかない——町田に戸籍がないことがばれるのを恐れたか。それともふたりで薬物か何かをやっていたのか。

十四歳だった町田はそれからひとりで生きてきた。少年院に入るまでどんな生活を送ってきたのだろう。

おれはこの頭だけを頼りに今まで生きてきた。これからもそうさ。生き残るためには手段を選ばない——

いつか町田が言った言葉を思い出している。

「博史くんのお父さんは？」

「知らない」典子はふてくされるように答えた。

「知らない？」

「あの頃は毎日ちがう男とやってたからね。中で出すなって言ってたのに、連中のうちのどんくさい男の子供さ。あんなに苦しい思いをして生んだっていうのに何の役にも立たない……失敗作だね」

典子に対して激しい反発を抱いた。これ以上話していても無駄なのか。だが、目の前の女性を見ていると、このまま帰るのも気が治まらなかった。

今までたくさんの子供たちを見てきた。その多くが親の犠牲になって自分の目の前にやってこざるを得なかったのだろうと思える。子供に愛情を注げない無責任な親のせいで——

「そんなに苦しい思いをして生んだのなら、どうして出生届を出さなかったんですか」

「面倒くさかったから。それに将来学校にやらなきゃならなくなると金がかかるでしょう。女だったらよかったのに」

「どうしてです？」

「子供でも稼ぎ口があっただろうし」

内藤は返す言葉をなくしていた。

「そろそろいいかな……何かうっとうしくなってきちゃった」

そう言って立ち上がった典子に、「ひとつだけいいですか」と呼び止めた。

「あなたはさっき……彼のことを何の役にも立たないとおっしゃいました。でも、わたしはそうは思わない。彼はとてつもない可能性を秘めています」

「可能性……人を殺したあの馬鹿にどんな可能性があるっていうのさ」典子がおかしそうに高笑いした。

「忘れないでください……人は変われるんです」

そうだ――絶対に変えてみせる。

内藤は目の前の哀れな女性を見つめながらそう心に決めていた。

飯能駅から電車を乗り継いで町田が住んでいたという朝霞に向かった。

以前から訪ねてみたいと思って少年調査記録から住所を控えていたが、なかなか埼玉まで来られる時間がなかった。

町田が過ごしていた場所をどうしても見てみたかった。町田が歩んできた、もしくは彼が見てきたものを少しでも知ることが、彼の心を理解するきっかけになるのではないかと思った。

四年前まで町田が住んでいたというアパートの前に立った。

この近辺の住人たちは誰も町田の存在に気がつかなかったのだろうか。戸籍がなく、学校に行くこともできない町田のことを。

内藤は町田のことに覚えはないかと周辺の住人に訊いて回った。

「なんか……そんな子がいたような気がするわねえ……」

何軒目かで訪ねた家の主婦が言った。

「学校がある時間なのにここらへんをふらふらしたり、そこの公園で遊んだりしてて……不思議だなあって思ってたんですけど……」

「彼はいつもひとりでしたか？」

内藤が訊くと、主婦は「うーん……」と考え込んだ。

「小沢さんところのお子さんと一緒に遊んでいるところを見たことがある」

「そうなんですか」

町田が完全な孤独ではなかったと知って、少しだけ安堵《あんど》した。

「まあ、お子さんっていっても本当の子供じゃないんだけどね」

「どういうことですか？」内藤は訊いた。

「身寄りがないのでしかたなく預かっていたみたい。ミノルくんっていったかしら」

「ミノル？」

内藤はその名前に反応して身を乗り出した。

「知的障害を抱えているお子さんでね……両親はいないということで、親戚の小沢さんがしかたなく……」

「その小沢さんというかたはどちらにお住まいなんですか」

主婦から小沢家の場所を聞くと、内藤はさっそく向かった。

公園のそばにある一軒家のベルを鳴らすと、「はい――」と女性の声が聞こえた。

「お忙しいところ申し訳ありません。わたくし、内藤と申しますがこちらに住んでらっしゃるミノルさんはいらっしゃいますか」

「どういったご用件でしょうか」女性が怪訝そうに言った。

「この近くに戸籍のなかった少年が住んでいたことはご存知でしょうか」

「ええ、まあ……何か、殺人事件を起こしたっていうやつですよね。マスコミのかたですか？」

「いえ。実はわたしは少年院の教官をしておりまして、その少年のことについて調べておるのですが……その少年とミノルさんが顔見知りだったようだということで、ぜひミノルさんからお話をお聞きしたいのですが」

「おりませんが」女性が素っ気なく言った。

「連絡を取らせていただくことはできないでしょうか」

「ミノルがどこにいるかなんて知りません。ここを出て工場の寮に入っていましたけど、三年ぐらい前にそこを飛び出してそれから連絡はありませんから」

「捜索願などは……」

「そんなもの出していませんよ。せっかく苦労して探した仕事だったのに勝手に飛び出したんですから」

女性は腹立たしそうに言うとインターフォンを切った。

ミノルという人物に会えれば、町田の情緒を引き出すきっかけを得られたかもしれないが。

内藤は溜め息をつくと、町田とミノルが遊んでいたという公園に行ってみた。

あたりは薄闇に包まれていた。公園で遊んでいた子供たちが次々に帰っていく。

内藤はベンチに腰をおろすとあたりを見回しながら、多感な少年時代に町田が見ていたであろう光景を目に焼きつけた。

学校にも行けず、社会から抹殺されたような生活を送っていた町田にとってミノルは、唯一の友達であり、外界とのたったひとつの接点だったのかもしれない。


「町田——これから個別面接をするから来てくれ」

内藤が声をかけると、町田が大仰《おおぎょう》に溜め息をついて立ち上がった。

部屋から出ていくと面接室に向かう。部屋に入ると向かい合わせに座った。町田はあいかわらず顔をそらしている。

「昨日、おまえのお母さんに会ってきた」

いつもは自分の言葉にそれほどの反応を示さないが、さすがに町田が驚いたようにこちらに顔を向けた。

「へえ……そうかい……あの女は生きてたのか」

「ああ」

「あの女はどうだった？」町田が薄笑いを浮かべて訊いた。

「どうだった？」

「あの女から誘われただろう。おつむはそうとう弱かったけどそういうところは達者だったみたいだからな。おかげで働かなくても何とか生きてこれた。世の中うまくできてるよな」

「町田……おまえが今までどんな過酷な環境の中で生きてきたのか、何となくだが想像できる」

「あんたに何がわかるというんだ」町田が冷笑した。

内藤はポケットから携帯を取り出した。携帯で撮った写真を画面に映し出して町田に向けた。

画面を見た町田が弾《はじ》かれたように顔を上げた。

町田がミノルと遊んでいたという公園の写真だ。

「おまえはもうあの頃のおまえじゃない。長いトンネルから抜け出したんだ。おまえが求めさえすれば、これからどんな生きかただってできる。人のために何かをしたり、たくさんの友達を作ったり……ここにいたときには求めても叶わなかったことがこれからいくらでもできるんだぞ」

「余計なお世話だ！」

町田が携帯をつかんで壁に投げつけた。

「自分をしっかりと持って一所懸命に生きていけば大切だと思える人がもっとたくさん現れる。オザワミノルのような――」

町田がその名前に反応した。

「ミノルに会ったのか？」言った後、しまったという表情をした。

「いや……親戚の人の話によると、三年ほど前から連絡がとれなくなっているらしい。オザワミノルのことが気になるのか？」

「別に。言っただろう。あいつはただのペットだって」町田が冷めた口調で言った。

13

美香が面会に来ていると聞いて、雨宮は弾む気持ちで面会室に向かった。

定期的に町田や同室の奴らの近況を書いて美香に手紙を送っていた。もちろん、やばそうなことは暗号を使ってだ。だが、美香が面会に来るのはあのとき以来だ。

室井が自分に対してどんな評価をしてくれているのかを聞くのが楽しみだった。

面会室に入ると、美香がソファに座っている。

「おねえちゃん……」

雨宮の顔を見ると、美香が目を潤ませて立ち上がった。

「先生……」

ちらっと内藤を窺うと、「じゃあ、面会時間は三十分なので……」と部屋を出て行った。

「なかなか面会に来れなくてごめん。こっちの仕事もちょっと忙しくて」

「室井さんにはちゃんと報告してくれたか？」雨宮はどかっとソファにもたれた。

「もちろんよ……ものすごく喜んでた」

雨宮がきちんと任務を果たしていることを喜んでいるのだろうか。それとも町田の姿を捉えたということになのか。

二ヶ月以上町田のそばにいて観察しているが、いまだに室井があの男にそれほどこだわる理由がよくわからない。

たしかに自分が想像していた以上に町田の知能は高いようだ。義務教育すら受けていなかった男がたった三ヶ月ほどで高等学校の勉強をしている。本を読むスピードも異様に速い。だが、それだけだ。

あいつが室井の右腕として働くには絶対的に欠けているものがある。

ようは脇が甘いのだ。雨宮の演技を完全に信じ切って優しさを見せてしまう甘さ。室井に信頼され、室井が求めているような仕事をするためには隙のなさと非情さが必要なのだ。自分のように――

「それで……おれはこれからどうすればいいんだ？」雨宮は訊いた。

「室井さんは一日も早く町田を欲しがってる」美香がじっと雨宮を見つめながら答えた。

「一日も早く？」

「そう。とても難しいことだってことはわかってる。でも室井さんは何とか町田をこの少年院から外に出せないかって」

「つまり脱走ってことか？」

「うん。ここから近くの山林にでも連れだせれば、あとは室井さんのほうで何とかするって」

組織の人間が町田を拉致《らち》するということか――

「無理かな？」

雨宮は唸った。

正直なところ、難しいと思っている。

少年院から脱走することはそれほど不可能だとは思わない。刑務所と違って敷地を遮《さえぎ》るものは三メートルほどのフェンスとその上にある有刺鉄線《ゆうしてっせん》だけだ。運動や草むしりのときに教官の隙を縫って脱走することはできるだろう。

だが、脱走というのは本人にその意思がなければできないものだ。

町田はここでの生活をけっこう気に入っているようだ。どんなふうに誘えば、脱走計画に乗ってくるだろう。

「町田を脱走させた後……おれはどうなる？」

「町田を拉致した後に一馬だけ少年院に戻ってもいいし、もし町田と一緒についてくるなら新しい戸籍を用意するって。いずれにしても町田の脱走を成功させられたら一馬には幹部の席を用意するって室井さんは言ってた」

憧れていた幹部の席が目の前まで迫っている——

「わかった……何とかしてみる」

「本当に？」美香の目がぱっと輝いた。

「ああ……ただ、もう少し時間が欲しい。へたに事を急いで町田から怪しまれることになったら元も子もない。できれば一週間後の今日、また面会に来てくれ。そのときに町田の反応とこれからのことを話そう」

「わかった。がんばってね……」

面会が終わり、二号室に戻る途中、雨宮は複雑な心境に陥っていた。

室井さんは一日も早く町田を欲しがってる——

そのくせ、自分にはそのまま少年院に戻ってもいいと言っているという。室井にとって自分の価値とはそんなものなのか。

たしかに幹部になれるのは嬉しい。だが、そこまで求められている町田が室井の組織に戻ったら、おそらく幹部以上の扱いを受けるだろう。雨宮はどんなに頑張っても町田よりも下ということだ。

何であんな奴がと、悔しくてしかたがないが、他に道はない。

雨宮自身、あと一年近くこんな芝居を続けていくことに正直うんざりしていた。早く娑婆《しゃば》の空気が吸いたいし、酒も飲みたいし、女も抱きたい。とにかく何としても町田を脱走計画に引きずり込んでやる。

「面会はどうだった？」

二号室に戻ると町田が訊いてきた。

「うん……」

これからどういう作戦を取るかはわからないが、とりあえず寂しそうな表情を見せた。

「ただいま……」

振り返ると、磯貝が部屋に入ってきた。

磯貝は蛭海を殴った懲罰で一週間単独室に入れられていた。

くそっ——昨日までに室井の指令を聞いていれば、もう少し話を進めやすかったかもしれないのに。

両端からいびきが漏れ聞こえてきた。

しばらくすると瞼の裏に光が降り注いだ。教官の夜の見回りだ。足音が遠ざかっていく。

雨宮は頭から布団をかぶった。

おかあさん……おかあさん……小声で呟きながら、すすり泣きをする。

「どうした」町田の呟きが聞こえた。

やった。食らいついてきた——だが、焦ってはいけない。

「ううん……なんでもない……」

必死に泣き声を我慢するふりをした。

「今日の面会で何かあったのか？」町田が訊いてきた。

そろそろいいだろう。

「うん……おかあさんに……おかあさんに会いたい……」

「母親はどっかにいなくなったって言ってなかったか？」町田が言った。

「うん……ぼくが十二のときにどこかにいなくなっちゃったんだけど……おねえちゃんがおかあさんがいるところを知っているんだって……」

「そうか……よかったな」

「だけどもう会えない……」

「どうして？」

「おかあさん重い病気で入院してるんだって。あと一ヶ月生きられるかどうかわからないって……おかあさんは最後に一目だけでもぼくに会いたいって言ってるっておねえちゃんが……ぼくもおかあさんに会いたい……」

「教官に頼んでみたらどうだ」

「だめだって……ぼくは悪いことをしたからあと一年はここから出ちゃいけないって……」

嘘だった。教官になど話していない。

「どうやったら出られるかな……どうやったらおかあさんに会えるかな……」

「馬鹿なことを考えるな。脱走して捕まったら教官たちから痛めつけられるぞ」

「それでもいい……ぼく……ぜったいにここを出ていく。町田くんはどうしても会いたいって人はいないの……?」

長い沈黙があった。

「ひとりいる」

「いっしょに……いっしょに……」

それ以上は口に出さない。嗚咽《おえつ》を嚙み殺す。

「わかった……」意外なほどあっさりと町田が言った。

「何とかしてやる。だから……もう寝ろ……」

「ありがとう……」

雨宮は胸を撫で下ろしながら目を閉じた。


庭の草むしりをしながらあたりを見回した。フェンスの向こう側には鬱蒼《うっそう》と生い茂った森が見える。

さて——町田の同意は取りつけたし、あとはどうやってここから脱走するかだな。

だが、注意しなければいけないのは自分からは脱走のプランは示さないことだ。ここにいる雨宮はつねに受身のキャラなのだ。

ちらっと町田を見た。あとはあんたのご自慢の頭で何とか策を練ってもらおう。

正門が開いてマイクロバスが敷地に入ってきた。バスの中から一号室と三号室の連中が降りてくる。みんな学生服を着ていた。

そういえば、朝食の後からあの連中の姿を見かけなかった。

「あいつら、どこに行ってたんだ？」

町田も疑問に感じていたのだろう、磯貝に訊いた。

磯貝は心ここにあらずといった感じで軽く首を傾げた。あの事件で謹慎を食らってから磯貝に元気はない。うっとうしい奴だと思っていたからいい気味だが。

「院外教育ですよ」近くにいた新田が答えた。

「院外教育？」

「老人ホームを慰問したり、公共施設の草むしりをやらされたり、まあ、かったるいことですよ。今日が一号室と三号室の奴らならおれたちも明日行かされるはずですよ」


「消灯――」

教官の号令で室内の明かりが消えた。

雨宮はこの就寝の時間を待ちわびていた。脱走計画の話などみんなが寝静まったあとでなければできない。町田がどんなプランを考えているのかを聞きたい。

いびきが漏れ聞こえてきて、教官が見回りにやってきた。教官の足音が遠ざかっていく。

「町田くん……」

雨宮が呟いた瞬間、「おい、雨宮」と磯貝が小声で呼びかけてきた。

「おれも昨日の話に乗ってやるよ」

言っている意味がわからない。

「ねえ、町田くん……おれも加えてくれ」

何を言っているんだ、こいつは――いいわけないだろう。

町田は黙っている。

「町田くん……やるんだったらチャンスは明日しかない」磯貝が言った。

「どういうことだ？」町田が訊いた。

「さっき一号室の奴らに聞いたんだ。おれたちが明日行く老人ホームは栃木市内にあるんだ。場所を訊いたらおれが中学校まで住んでいたところと近くて土地鑑がある」

勝手に話を進めるんじゃねえ――

雨宮は腹立たしさに奥歯を嚙み締めた。

「ここから脱走してもすぐに捕まるのがオチだよ。ジャージ姿でここら辺を歩いていたら目立つし、移動しようにも金だって一円もない。あそこだったら近くに昔の仲間が何人かいるから助けてくれるかもしれない。成功率が高くなる。やるんだったら明日しかない」

「教官には絶対服従じゃなかったのか？」町田が言った。

「ここから出たいんだよ……いや、どうしても出なきゃいけないんだ」

「蛭海が原因か？」

「あいつとは地元でワルやってるときに何度かやりあったことがあったんだ。おれがここに入ってくる少し前にも喧嘩になってぼこぼこにしたことがあって……あの野郎……おれがここに入れられている間におれの女を……おれの彼女を……」磯貝のむせび泣きが聞こえた。

「知り合いを訪ねたらすぐに捕まるぞ」

「そんなことはわかってる。だけど、ほんの少しでもいいから彼女に会いたい。会わなきゃいけないんだ……」

「わかった。雨宮、そういうことだ……今日はちゃんと寝とけ」

おいっ——わかったってどういうことだよ。勝手に決めるな。ふざけんじゃねえ。

雨宮は必死に頭を働かせて、明日の脱走を回避する言い訳を探した。だが、言い訳を探している間に町田の布団から寝息が聞こえてきた。


「整列っ——」

内藤の号令で二号室と四号室の院生がバスの前で整列した。

「これからみんなで栃木市内にある老人ホームに慰問に行く。思いやりといたわりの気持ちを持って接するように。じゃあ、バスに乗って」

くそっ——けっきょくいい案が浮かばないまま朝を迎えてしまった。

雨宮は恨めしい思いでバスに乗る町田と磯貝の背中を見つめていた。

町田が振り返った。小さく雨宮に頷きかける。バスに乗った雨宮は新田の隣の席に座った。

こうなったら腹をくくるしかない――

この脱走に失敗すれば、これからずっと教官たちの監視の目が厳しくなるだろう。チャンスは今日しかない。とにかく老人ホームから無事に脱走することだ。それからは磯貝をまいて、町田とふたりになろう。ふたりきりになれば力ずくで町田を押さえつけてでも美香の携帯に連絡を入れる。

たとえ半死半生の目に遭わせてでも、室井の組織が迎えに来るまで町田を放したりしない。

半死半生――か。

雨宮はそのときを想像しながら顔には出さないようにほくそ笑んだ。

安心しろ。室井から失望されたくないから、大切な頭だけは傷つけないでおいてやる。

14

「全員、乗ったな――」

内藤は運転席の横から車内を見回した。

町田、朝倉、磯貝、蛭海の姿を捉えて、嫌な予感がこみ上げてくる。

一番前に座った塩谷と目が合った。微笑みかけてきた。

まあ、大丈夫だろう――四人も教官がついているのだ。

る。

「それではお願いします」

運転席に座っていた教官の江原《えはら》に言うと、バスが走り出した。

内藤は院生たちに目を向けながら一番後ろの席に向かった。鈴本の隣に座って正面を見据える。

「何だか嫌な天気ですね」

鈴本の言葉に窓の外を見た。灰色の雲が空一面に垂れこめている。午後からは雨になるかもしれない。

内藤は正面に向き直った。通路を挟んで、二号室と四号室の院生が四人ずつ座っている。自然と磯貝と蛭海の頭に視線が向く。

慰問先の老人ホームで何か問題が起きなければいいが。

注意しなければ――と、内藤は気を引き締め直した。

院生たちが少しざわついている。外の景色を見ながら隣同士でおしゃべりを始めたのだ。

「おまえら、静かにしろ！」

塩谷が振り返って怒鳴ると、院生たちのおしゃべりがぴたっとやんだ。

院生たちの気持ちもわからないではない。もう何ヶ月間もフェンスに囲まれた世界に隔離されているのだ。ひさしぶりに外の世界に触れて浮かれているのだろう。

三十分ほどすると、窓の外を流れる景色がのどかな田畑に変わっている。少し先の丘陵地に二階建ての建物が見えた。これから訪ねる老人ホームは緑豊かな田園風景の中にあった。移動にはいささか不便かもしれないが、そこで暮らす人たちにとってはいい環境と言えるだろう。すぐそばには老人ホームが所有する畑があり、そこで収穫した作物を入居者への料理に使っているのだそうだ。

五年前から、この少年院では老人ホームの慰問を始めている。農作業をさせることで社会性を育んで、人生経験豊富なおじいちゃんおばあちゃんの話から院生たちに立ち直りのきっかけを得てもらいたいという院長の考えに、老人ホームの職員が賛同してくれたことがきっかけだという。

バスを追い越すように大きな鳥が飛んでいった。

内藤は鳥が飛んでいくほうを目で追った。ふと、視線を戻すと、少し前に座る町田の横顔が目に入った。無表情のまま、じっと窓外を見つめている。町田も山に向かって自由に飛んでいく鳥を見つめているのだろうか。

老人ホームの敷地にバスが入っていく。玄関の前に立っていた職員がこちらを見ながら会釈した。施設長の平沼《ひらぬま》だ。

「さあ、おまえら——早くバスから降りて整列しろ」

塩谷の一喝で院生たちがぞろぞろとバスの前部に向かっていく。その後に内藤と鈴本が続いた。運転していた江原がキーを抜いた。一緒にバスを降りる。

「よろしくお願いします」

塩谷が平沼に挨拶すると、整列していた院生たちも「よろしくお願いします」と覇気のない声で小さく頭を下げた。

「こちらこそよろしくお願いします。ここに入居しているかたがたも皆さんが来てくれることを楽しみにしているんですよ」平沼が建物の中に促した。

院生たちは戸惑ったような表情で塩谷の後に続いた。玄関で革靴を脱いで下駄箱に入れると、施設に入っていった。

「農作業の前に体操着に着替えさせてもらいたいんですが」

塩谷が言うと、平沼が「職員用の更衣室を使ってください」と案内した。

15

雨宮は周囲に視線を配りながら塩谷に続いて広い廊下を進んだ。

通りがかったじいさんやばあさんが奇異な目で自分たちのことを見ている。

その表情を見ていると、先ほど職員が言っていた話が与太話だということがわかる。ここにいるじいさんばあさんたちが自分たちの来訪を歓迎しているわけがないだろう。

おれたちは犯罪者なんだ。人を殺したり傷つけたりすることが大好きな人間なんだ。

雨宮たち院生は更衣室に入ってジャージに着替えた。もちろん塩谷や内藤たちも一緒に入って、院生たちの一挙一動に目を光らせている。何か脱走の手助けになりそうなものはないか、教官に隙はないかと探ったが難しかった。

ここで下手な真似をして教官たちに自分たちの計画を悟られてしまったら元も子もない。

「よし、着替えたら運動靴を持って外で整列――」

雨宮たちは鞄から運動靴を取ると外に出て整列した。

それにしても――ちらっと町田と磯貝を見た。

こいつらは本当にここから脱走するつもりなのだろうか？

そうだとすればどうやって――

玄関に向かって歩いていると、町田がちらっと視線を向けた。一瞬だったが、壁に貼られた建物の案内図を見ていたようだ。

案内図を見て脱走経路でも考えているのだろうか。

だが、町田の表情を見てもこの男が何を考えているのかさっぱりわからない。

建物を出ると、雨宮たちは敷地の隣にある畑に連れていかれた。サツマイモやカボチャやニンジンなんかが植えてある畑に入った。

「今日の昼食はここでとった野菜を天ぷらにするから頑張って収穫しろよ」

塩谷は二号室と四号室の院生を分けて農作業を始めさせた。当然のことながら、鍬《くわ》やスコップなど凶器になりそうなものは与えられていない。素手で土を掘り起こす。

雨宮はそれとなくあたりを見回した。一面に畑が広がっている。そして四方から四人の教官が農作業する院生たちを監視していた。

こんな状況でどうやって脱走しようというのだ。老人ホームに戻って隙をついて脱走したとしても、こんな畑ばかりの土地だったらすぐに捕まってしまうのがオチだ。

「おいッ、雨宮！　なんだ、そのへっぴり腰は！　ちゃんとやれ、ちゃんと！」

こんな重労働をさせやがって、おまえらは高みの見物か。

むかついたが、教官たちと距離が離れているおかげで町田や磯貝たちと話ができそうだ。

「ねえ……ほんとうにやるの？」雨宮は小声で町田と磯貝に訊いた。

町田は何も答えない。

「今さら何言ってんだよ……今日しかチャンスはねえ」磯貝がサツマイモを掘りながら思い詰めた顔で答えた。

「でも……どうやって……」

「わかんねえ。あそこにいるじいさんかばあさんを人質にでも取るか」磯貝がヤケになったように呟いた。

それを聞いて雨宮は安心した。昨晩は偉そうなことを言っていたが、磯貝にはまともな脱走プランなどない。行き当たりばったりだ。この状況で脱走は難しいと言えばあきらめるかもしれない。

どう考えても脱走は延期するに越したことはない。美香ときちんと計画を立てて、室井の組織からの協力を仰げるような形でないと失敗するのは目に見えている。

脱走に失敗すれば、町田を室井に差し出すことができなければ、自分の幹部昇進の夢は泡と消えてしまう。こんな単細胞に邪魔されてたまるか。

「冗談だよ。昨日来た奴の話によるとこの後はレクリエーションだとか、じいさんばあさんの世話をしたりだとか色々なことをやるらしい。きっと教官たちにも隙が出る。その隙をついて建物から出てあっちにある林まで逃げるんだ」

磯貝が顔を向けたほうを見た。あの小さく見える林のことを言っているのだろうか。

いったいどれくらい距離があると思ってるんだ。それに相手は車を持っているから、あの林にたどり着くまでに捕まるに決まっている。

「ムリだよお……」雨宮は気弱な表情を作りながら訴えた。

「じゃあ、他に方法があるのかよ。おまえ、おふくろさんに会いたいんじゃねえのかよ」

「さっきからいったい何の話をしてるんだ?」新田が怪訝そうに訊いてきた。

「おれたち三人はここから脱走する」

磯貝が告げると、新田がぎょっとした。

「嘘だろ?」

「本当だ。おまえも来るか?」

「おれはいいよ……捕まったら大変なことになるぞ」

「この三人は覚悟の上だよ」

「悪いけど、おれはやめとく……」

「なあ、新田……頼みがあるんだ」

磯貝が言うと、新田が露骨に嫌な顔を向けた。

「この後、食事のときに四号室の奴らに喧嘩売ってくれないか？」

「どうしてそんなことしなきゃいけないんだよ」

「頼むよ。おまえが四号室の奴らと喧嘩して教官たちの意識がそっちに向いている隙に……」

「冗談じゃないよ。そんなことしたらおれが謹慎処分を食らっちゃうだろ。それにへたしたらおまえらの脱走を手助けしたってことになって……いや、教官たちは絶対にそう思う。おまえらが何をしようと勝手だけどおれを巻き込まないでくれよ」

当たり前の反応だ。この新田は部屋での存在感は薄いが、少なくとも磯貝よりはまともな頭を持っているらしい。

「やっぱり……」

今日の脱走はやめよう——

「無理に協力する必要はない」町田がぼそっと言った。

「だけどさあ……」磯貝が町田に目を向けた。

「おまえ、あのバス運転できるか？」

「あのバスって……少年院の？」

「ああ」町田が磯貝を見据えた。

「動かすだけなら動かせるけど……まともな運転はできないかもしれない」

「十分ほど畑に突っ込まないで走らせられればいい」

「それぐらいなら」

「ひとつだけ約束してくれ」町田が新田に視線を向けた。

「何だよ」

「密告はやめてくれ。おまえは何も知らなかった。教官たちにはそう言えばいい」

「なにかいい方法があるの？」雨宮は思わず訊いた。

「運を天に任せるだけさ」

町田が額の汗を拭いながら答えた。

16

「よーし、そんなもんでいいだろう。野菜を入れたかごを持ってきてくれ」

塩谷が声をかけると、かごを持った院生たちが畑から出てきた。

一瞬、磯貝と蛭海の視線が交錯したように感じた。だが、喧嘩をする様子はない。気にしすぎだろうか。

「内藤先生、何だか今日は表情が硬いですね」塩谷が近寄ってきて言った。

「まあ、あんなことがありましたから……」

内藤は磯貝と蛭海のほうに目を向けた。

「大丈夫ですよ。せっかくの院外教育なんです。あいつらにいい思い出を作ってやりましょう。それに……」

「仲直りのきっかけですか?」

内藤が訊くと、塩谷が微笑んだ。

数日前、二号室と四号室の院生を同じ日に院外活動させることについて教官同士で議論になった。

内藤は内心では避けるべきだと考えていた。二号室の磯貝と四号室の蛭海は喧嘩騒ぎを起こしたばかりだ。それに、最近ではおとなしく振舞っているが、町田と朝倉の間にも因縁がある。違う部屋の組み合わせのほうがいいだろうと思っていた。

だが塩谷は、そんなときだからこそ一緒に活動させたほうがいいのではないかと提案した。少年院とは違う空気の中で、お互いが協力し合って何かを経験することで結束が強まるのではないかと。

塩谷の意見も一理ある。問題が起きることを恐れるのなら、はなから院外教育などさせなければいいだけだ。あとは少年たちを信頼できるかどうかだろう。

塩谷は院生たちの間では鬼教官で通っているが、実際のところはここにいる少年たちのことを誰よりも一番信頼しているのかもしれない。塩谷と共に行動していると、心配ばかりしてびくびくしている自分が嫌になってくる。

「おう、たくさんとれたな。なに、疲れただって? 馬鹿言ってんじゃねえよ。おまえたちがいつも食べているものは農家の人たちがこうやって大変な思いをして作っているんだぞ」

院生たちと雑談しながら歩く塩谷の後ろ姿を羨ましい思いで眺めた。

老人ホームに戻ると、院生たちに着替えをさせて厨房《ちゅうぼう》に集めた。

「じゃあ、これからみんなで手分けをして料理を作ってもらう。自分たちだけじゃなくてここにいる人たちにも食べてもらうんだから心をこめて作るように。野菜を切るのは、そうだな……雨宮と新田」塩谷が指をさしながら指示した。

さすがに包丁を握らせるだけに塩谷も人選を考えているようだ。

「揚げ物担当。誰かやりたい奴はいるか?」

塩谷が訊いたが、誰も名乗り出なかった。こんな蒸し暑い日に率先して油の前にいたい者などいないだろう。

「じゃあ、おれが……」厨房の奥に立っていた町田が手を上げた。

町田が率先して何かを主張するなんて——内藤は意外な思いで町田を見た。

「へえ……珍しいな」

塩谷も自分と同じ思いのようだ。

「ひとりで生活していたときにたまにやってた。他の奴らに任せてまずいものを食わされたくないからな」

憎まれ口は変わらない。

「そうか。じゃあ、任せよう」

塩谷が他の係を決めて作業が始まった。

手前の流しで朝倉と蛭海が泥だらけの野菜を洗っている。その後ろで雨宮と新田が不器用な手つきで野菜を切って奥の町田のもとに持っていく。町田はこちらに背を向けるような恰好で野菜に衣《ころも》をつけ、黙々とフライヤーに入れている。

言うだけのことはあって、なかなか器用な手つきでてんぷらを揚げている。新聞紙の上に次々と置かれるてんぷらを磯貝と他のふたりが皿に盛りつけて食堂に運んでいった。

自然と手前で包丁を握っている雨宮と新田に目が向く。危なっかしい手つきでひやひやする。

「おまえら、本当に不器用だな」塩谷が呆れたように言った。

ガシャーンと食器の割れる音に、内藤は振り返った。

「てめえ、邪魔なんだよ！」

磯貝が蛭海に食ってかかった。

どうやら料理を運んでいた磯貝と蛭海が接触して床に落としてしまったようだ。

「おまえからぶつかってきたんだろッ！」

蛭海が言い返すと、磯貝が胸倉をつかんだ。

内藤は雨宮と新田が持っている包丁に視線を向けた。危険を感じて急いでふたりのもとに駆け寄る。

「おまえら、やめろ！」

すぐに塩谷が仲裁に入ったが、磯貝と蛭海は激しく揉み合っている。

「とりあえず包丁をしまえ」

内藤は言うと、塩谷のもとに向かっていき磯貝のからだを押さえつけた。塩谷と一緒に磯貝と蛭海を厨房の外に連れ出す。食堂にいた鈴本と江原が駆け寄ってきた。

「おまえら、こんなところに来てまで何やってるんだ！　帰ったら謹慎処分だからな」

塩谷が一喝して、大丈夫ですからと目配せした。

やれやれ――恐れていたことが起きてしまった。

厨房に戻ると院生たちが呆然とした様子で内藤を見つめている。町田はこちらに背を向けたまま、我関せずといった感じでてんぷらを揚げていた。

まったくクールな奴だ――

「さあ、作業を続けて」

雨宮と新田が棚にしまった包丁を取り出してふたたび野菜を切り始めた。


「昨日とはちがって今日のてんぷらはおいしいねえ」

食卓を囲んでいた老人のひとりが言った。

「そこの彼が揚げたんですよ」内藤はテーブルの端で食事をしている町田を指さした。

「お兄ちゃん、学校を出たら料理人になったらいいよ」

老人の褒め言葉に、町田が口もとをわずかに緩めた。まんざらでもない顔だ。

褒めてもらっているのだからもう少し愛想よく受け答えすればいいのにと思うが、そこまで求めるのは欲張りだろうか。

今日の町田は頑張っていた。二十人近い入居者と院生や教官たちの分を含めると、三十人分以上のてんぷらをひとりで揚げたことになる。

いつも町田の並外れた頭脳ばかりに目がいっていたが、案外、ものを作ったりして人に奉仕するような仕事が向いているのかもしれない。

町田の意外な可能性を見た気がして、内藤は少しだけ嬉しかった。

「それに後片付けもちゃんとしてくれて助かったわ」近くにいた女性職員が言い添えた。

ふと、他のテーブルにいる磯貝に目が向いた。目の前の料理に箸をつける様子もなくうなだれている。先ほどの塩谷の叱責が応えているのだろうか。

いや——

違うテーブルに目を向けると、じっと磯貝のほうを見つめている車椅子に乗った老人がいた。いや、見つめているというよりも睨みつけていると言ったほうがいいだろう。磯貝は老人のほうを見ないようにしながら萎縮《いしゅく》したようにからだを丸めている。

先ほどの喧嘩を見た老人が磯貝への心証を害してしまったのだろうか。それにしても、老人が磯貝に向ける鋭い眼差しはそれ以上のもののように思えた。

食事を終えると、同じ場所でレクリエーションの時間が設けられた。院生たちは歌を披露したり、入所者たちと話をしている。

ドアの近くでその様子を見ていると塩谷が近づいてきた。

「あれ……」

塩谷の視線の先にはテーブルでひとりの老女と話をしている町田の姿があった。

「あいつのあんな顔、初めて見た」塩谷が微笑みながら言った。

老女と話す町田の表情は朗らかだった。老女も町田のことを自分の孫のように愛おしそうに見ながら何か話していた。

先ほどから、同室の雨宮と磯貝がちらっちらっと町田のことを見ている。彼らも町田のあんな姿を意外に思っているのかもしれない。

「何だかんだ言って……あいつも普通の少年ってことか」

少年調査記録の中には町田の祖父母に関する記述はなかった。あの母親を見れば、町田は自分の祖父母と交流など持てずに生きてきたことが想像できる。

自分の心を包み込んでくれるような人に出会っていれば、彼の今までの人生は大きく変わっていたかもしれない。

人を信じることができ、人のために何かをしたいと思えるような人間になっていたかもしれない。

これからそういう人に出会えることを願った。

突然、館内に警報器の音が響き渡った。

「いったいどうしたんでしょう――」

室内を見回すと、厨房のほうから煙が漏れてきている。

火事――？

警報器の音と、食堂に漏れてくる煙に、院生や入居者たちが騒然となった。

内藤と塩谷は厨房に向かった。わき上がってくる煙の中から炎が見えた。

「火事だ――！　皆さん避難してください！」

内藤が叫ぶと、職員や院生たちが入所者を誘導しながら食堂から出て行った。

食堂に置いてあった消火器を取って厨房に入った。火の手は奥のフライヤーのそばにあるごみ袋からのようだ。内藤は火元に向けて消火液を噴射した。

しばらくすると火の手は収まった。焦げくさい臭いが鼻をついた。

内藤は溜め息をついて、額の汗を拭った。

「大事にならなくてよかったな」塩谷もほっとした様子でドアに向かった。

「火事ですって――？」

消火器を抱えた平沼と鈴本が入ってきた。

「もう大丈夫です。消し止めました」

食堂を出ると、院生や入居者たちが怯えたような表情で立っていた。

「厨房の中のごみ箱から出火したようです。先ほど料理を作ったときに火の不始末があったのかもしれません。本当にご迷惑をおかけしました」

内藤と塩谷は入居者や職員に頭を下げた。

とりあえず鎮火したということで、入居者や職員は安堵の表情を浮かべた。

院生たちのほうを向くと、町田と雨宮と磯貝の姿がないことに気づいた。

「町田と雨宮と磯貝は……？」内藤は同室の新田に訊いた。

「いや……わかりません……」

自分も今気づいたというように、きょろきょろとあたりを見ながら新田が答えた。

「江原先生は……？」塩谷が鈴本に訊いた。

「そういえば……」

鈴本も今気づいたようだ。

教官同士、顔を見合わせながら、血の気が引いていくのを感じた。

鈴本と残った院生たちを食堂に待機させ、内藤と塩谷は館内を捜した。だが、いくら名前を呼んでも応答はない。

「先生――先生――！」

廊下を歩いていると、更衣室から出てきた職員が呼んだ。

「どうしました？」

職員のもとに向かうと、血相を変えて部屋の中を指さしている。足を踏み入れると、更衣室の床に江原が倒れていた。

「江原先生――！」

内藤は駆け寄って江原を抱きかかえた。息はある。失神しているだけのようだ。

顔を上げると窓が見えた。その瞬間、頭に血が上った。江原を床に寝かせ、窓に向かった。窓を開けてスリッパのまま外に飛び出す。垣根を越えて駐車場に出た。

そこにあるはずのバスが姿を消していた。

17

「いやー、すごいっ。町田くん、マジですごい！」

ハンドルを握った磯貝が興奮したように騒いでいる。

「これからだ。すぐに追手《おって》がやってくる。事故るなよ」町田がたしなめた。

雨宮は斜め後ろの席から、地図を見つめている町田の横顔を見ていた。

何て野郎だ——本当に脱走を成功させやがった。

あのとき、警報器が鳴って食堂に煙が漏れてくると、町田は立ち上がって一緒に話していたばあさんを誘導するようにドアに向かった。そして、雨宮と磯貝に目配せをした。

「火事だ——！　皆さん避難してください！」

内藤の叫び声が聞こえて、食堂から院生やらばあさんやらじいさんやらが血相を変えて廊下に飛び出してきた。

「江原先生——更衣室の中に消火器がありました！」

町田が出てきた江原に声をかけ、更衣室に誘導した。更衣室に入った江原の後頭部を何かで殴りつけると、上着のポケットからバスの鍵を奪った。運動靴を履いて窓から外に出ると一直線にバスに向かった。

しかし、どうやって火事を起こしたというのだ。

雨宮たちが厨房で調理をしてから何時間も経っている。調理を終えてから、院生も町田も厨房には入っていない。それとも、火事は偶然に起こっただけのことか。

「町田くん、いったいどうやって火事を起こしたんだ？」

雨宮と同じ疑問を磯貝も抱いているらしい。

町田は地図を座席に放り投げて大きく伸びをした。

「おれが蛭海に喧嘩を売っている間に何かしたんだろう？」磯貝がさらに訊いた。

やはり、計画的なものだったのか。

料理を皿に盛っているときに町田が磯貝に何やら耳打ちしていた。

「別に。ただ丸めた新聞紙を油に浸してごみ箱に捨てただけだ」

「それだけ？」

「ああ。油っていうのは酸素に触れると酸化反応を起こす。そのときに熱が発生して、それが蓄積されていくと高温状態になって自然に発火することがある。もちろん条件が揃わないと発火はしないけどな」

「条件……？」

雨宮が訊くと、町田がこちらを向いた。口もとに笑みを浮かべている。おまえに説明したってわからないだろうと言われているようだ。

「『酸素』『温度』『密度』だ。紙を油に浸すことで酸素との接触面積を増やし、ごみ袋を密閉することで熱が蓄積されて高温になる」

そういえば調理の後、町田は職員に「後片づけをしておきます」と言って、ごみ袋をしばっていた。

「そして今日の蒸し暑い天気——自然発火を起こしても不思議じゃないと踏んだ」

正直なところ、町田の説明はちんぷんかんぷんだった。

「ただ、その条件が揃っても必ずしも自然発火するという保証はなかった。仮に発火したとしてもどれぐらいの時間がかかるかはわからない。もしかしたら明日の朝に発火したかもしれないってことさ」

運を天に任せるだけさ——とはそういう意味だったのか。

「だけど、もし火事にならなかったらどうしてたんだ。今日の脱走はあきらめるつもりだったのか？」磯貝が訊いた。

「あの時間帯に火事にならなかったら、おまえが言ってたBプランに変更するしかなかったな」

町田がズボンのポケットから小型のアイスピックを取り出した。

こいつ、いつの間に——

「ばあさんを人質に取るならこれで充分だろう。一番動けそうなばあさんを捕まえていたからな」

にやっと笑った町田の口もとを見て、全身を悪寒が駆け巡った。

もしかしたら町田のことを見誤っていたのかもしれない。

自分の演技に騙されて優しさを見せてしまう脇の甘い男だと思っていたが、本当はとんでもなく冷酷な奴なのかもしれない。

「後はおまえの出番だ。何てったっておれたちは一文なしだからな。できればこんなものは使いたくない」町田がそう言ってアイスピックを床に捨てた。

「ああ。昔、溜まり場にしていた店に行ってみよう。マスターのテツさんって人に頼めばきっと助けてくれるにちがいない」

「どれくらいかかる?」

「車で二十分ってところかな」

「そこの山道に入れてくれ」町田が指を向けた。

「乗り捨てるのか?」

「ああ」

山道に入っていくとしばらく行ったところでバスを停めた。町田と磯貝がバスを降りていく。ふと目を留めると、足もとにアイスピックが転がっていた。雨宮はふたりが見ていないことを確認してアイスピックを拾ってポケットに入れた。

バスを降りるとあたりは薄暗くなっていた。鬱蒼と生い茂った木々が不気味な音を立てている。ぽつりぽつりと雨の滴《しずく》が落ちてきた。

「歩きだったらかなり時間がかかっちゃうけど」磯貝が言った。

「こんなものに乗っているよりはましだ」町田がバスのボディーを叩いた。

遠くからサイレンの音が響いてきた。

「急ごう」磯貝が歩き出した。

町田の背中を見つめながら、雨宮はこれからのことを考えていた。

まさかこのまま磯貝とずっと一緒にいるということはないだろう。店で金を調達したら磯貝と別れて町田とふたりで行動する。そして、町田の隙をついて美香に連絡を入れよう。その隙がないのなら、力ずくでも町田を――

「そういえば……おまえのおふくろはどこの病院に入院してるんだ？」町田が振り返って訊いた。

返答に困った。磯貝がこれからどこに行こうとしているのか知らないからだ。へたに近い場所を言って、ついてこられたらたまらない。

「知らないんだ……だから……おねえちゃんにれんらくしなきゃ……」

「遠くなければいいな」町田がそう言って前を向いた。

山道を歩いている途中で雨が激しくなってきた。雨宮たちはずぶ濡れになりながら山道を抜け、街に入った。

できるだけ人目につかない道を選んでいるのだろうが、警察に見つからないだろうかと思うと心臓が波打ってくる。

別に警察が怖いわけではない。ただ、計画が失敗に終わり、室井に失望されることが怖いのだ。

18

内藤は厨房の中の燃えかすを見つめながら絶望感に打ちひしがれていた。

まさか――あの三人が脱走を図るなんて。

いったいどうして……どうしてそんな馬鹿なことを……考えれば考えるほど怒りがわき上がってくる。

首謀者は町田か磯貝か、いや、おそらく町田だろう。

どんな方法で火災を引き起こしたのかはわからないが、こんなことを考えつくのは町田しかいない。

今日一日の町田の笑顔はすべてこの脱走のための演技だったというのか。

心の底から怒りがわき上がってくる。脱走した三人に対してだけではない。自分の甘さと隙に対してだ。

「内藤先生――」

塩谷に呼ばれて振り返った。

「後は警察に任せて我々はとりあえず戻りましょうか」塩谷が力なく言った。

先ほどまで警察からの事情聴取を受けていた。今は脱走した三人を捜索している。

「でも……」

「あいつらをこのままにしておくわけにはいかないでしょう」

食堂にはまだ他の院生を残している。

憔悴《しょうすい》しきった塩谷の顔を見ているのが辛かった。

自分と同じように、いや、自分以上にこの事件に衝撃を受けているだろう。

「もう少し……もう少し残っていてもいいでしょうか」内藤は言った。

ここに残ったとしても、あの三人を捕まえるために自分が役に立つとは思えない。だが、このままではどうしようもなくやり切れないのだ。

「わかりました。院長にはわたしから報告しておきます」

「嫌な役割をさせてしまって申し訳ありません」内藤は頭を下げた。

「いや……ひとりは残っていたほうがいいでしょう。何かあればすぐに連絡をください」

「わかりました」

「あいつら……いや……」塩谷が言葉を濁した。

言いたいことはわかった。あの三人がこれ以上の罪を重ねずに捕まってほしい。願っていることは教官全員同じだ。

「みんな、帰るぞ――」

食堂にいた院生たちを整列させて部屋を出て行く。塩谷の背中を見送ると、立ちくらみがして椅子にもたれた。頭を抱えた。

自分が今までに町田に対して思ってきたことは何だったのだろう――

あいつには自分の思いは何も伝わっていなかった。人の心を正しい方向に導こうだなんてことはしょせん変えることなどできないのだろうか。

思い上がりでしかないのだろうか。

バスの中で、遠くに飛び去っていく鳥を見つめていた町田の横顔が脳裏をよぎった。

おまえはただ逃れたいだけなのか？

今まで生きてきた社会の裏側に戻っていくつもりなのか？

そこには本当の自由なんかないというのに。

「なあ、先生──」

誰かに呼ばれて顔を上げた。

車椅子に乗った老人がこちらに向かってくる。食事のときに磯貝をじっと見つめていた老人だ。

「何でしょうか……」内藤は老人に声をかけた。

「あいつは……どんな悪いことをして少年院に入ったんだ？」

「あいつ？」

「脱走したひとりだよ。背が高くて痩せた……」

「磯貝のことですか？」

内藤が訊くと、老人は頷いた。

「申し訳ありませんが、彼らのプライバシーに関することはお話しすることはできないんですよ」

「そうかい」老人がゆっくりと車椅子を反転させてドアに向かった。

「あの……磯貝のことをご存じなんでしょうか」

内藤が訊くと、車椅子が止まった。老人がこちらに顔を向ける。

「いっときは孫のように感じとったこともあったなあ。あいつは近所に住んでてなあ、孫と同級生だったからよくうちに遊びに来てたんだ」

「そうだったんですか……」

「まあ、ちょっと複雑な家庭だったみたいだから、うちぐらいしか居場所がなかったのかもしれんけどな。うちはパン屋をやっとってな、よく孫と一緒に店番を手伝ってくれたりしてさ。かわいかったよ。あの頃は本当の孫のように思ってた。それなのに……」老人が嘆息を漏らした。

その話を聞いて、磯貝に向けた鋭い視線の理由が理解できた。

孫のようにかわいがっていた知り合いが罪を犯して少年院に入っていたと知ったら――

「ショックでしたか」

「そりゃもう……でもね、あいつにだけ腹が立ったわけじゃないんだ。何だか自分にも腹が立ってしまってね」

「どうしてです？」

「小学生の頃の話だけどねえ、店番をしてくれているときにあいつは孫と一緒に店の金をくすねたことがあったんだよ。それを知ってね、わたしは孫の顔を思いっきりはたいた。だけど、一緒にいたあいつのことをはたけなかったんだよね。遠慮があったのかな。孫と同じようにかわいがってたつもりだったんだけどさ。うちの孫はできが悪くてねえ、そういうことがあってからもあいつとつるんで暴走族とかに入ったり、悪いほうにふらふらしてね……でも、孫にはつねに悪いことをしたら叱ってくれる人間がまわりにいたからさ、今は何とかまともにやってるみたいだけどね」

「彼を殴ってやらなかったことを……」

ずっと、後悔しているのだ。

「もしかしたら何かが変わっていたかもしれないってさ……思っちゃったわけさ」老人が寂しそうに呟いた。

「磯貝に会ったら代わりに殴ってあげますよ」内藤は微笑みかけた。

「ああ、そうしてやってくれよ。じゃあ、おやすみ」

老人が軽く頭を下げてドアのほうに向かっていった。

磯貝だけでなく、町田のことも、雨宮のことも、思いっきり殴ってやりたかった。

まだ殴れる距離にいてほしいと願った。

早く——一刻も早く——あの三人を見つけ出さなければ。

あの三人が重大な罪を犯してしまうようなことになれば、もう自分の手の届かない遠い所に連れて行かれる可能性だってあるのだ。

そんなことを考えていると焦燥感がこみ上げてくる。同時に、ひとつの考えが頭の中を駆け抜けた。

「すみません!」

内藤が叫ぶと、老人がびっくりしたようにこちらを向いた。

「お孫さんと連絡を取れませんか!」内藤は椅子から立ち上がって老人のもとに走っていった。

19

「ここだ——」

磯貝が今にも朽ち果てそうな雑居ビルを指さした。

赤錆の浮いた鉄階段を三階まで上っていく。ドアの前に『ワイルドブラッド』という髑髏《どくろ》の飾りがついた看板が出ていた。いかにも族が好みそうな店構えだ。

磯貝が取っ手を握ってドアを開けようとしたが開かなかった。どんどんと叩いてみるが応答がない。

「九時オープンって書いてある」町田が看板を指さして言った。

「開店時間が変わったのかな」

「どうする。学生服を着た坊やが三人こんなところにいたら怪しまれるぞ」

「大丈夫だよ。おい、雨宮、ちょっと来い」磯貝が顎をしゃくって階段を下りていった。

偉そうにしやがって——行き当たりばったりの馬鹿な野郎に素直についてきたことを後悔した。

一階まで下りると磯貝が路上に転がっていた大きめの石をつかんだ。

「ちょっと肩貸せ」

電柱を上って三階のベランダに飛び移るらしい。あたりを気にしながら磯貝を肩車した。雨宮の肩を踏み台にして磯貝が電柱の取っ手をつかんで上まで登っていく。磯貝が電柱からベランダに飛び移った。

足を滑らせて落っこちればしめたものだと思ったが、そうはならなかった。ガラスが割れる音が聞こえて、ふたたび階段を上った。

三階に着くと、開けられたドアから町田が中に入っていくところだった。

雨宮も店内に入った。カウンターにテーブル席が二つ、中央にビリヤード台が置いてある。

磯貝がカウンターを飛び越えて中に入った。身をかがめて中を漁《あさ》っているようだ。

「金は置いてない」

そう言いながらカウンターの上に缶ビールを三本置いた。

「あと二時間ばかしここでマスターを待とう」

「牛乳あるか」町田がカウンターの椅子に腰かけて訊いた。

「ビールは嫌いなのか？」

「この街にいるかぎり一時も油断できない。そうだろう」

「そうだね」

磯貝がグラスに牛乳を注いで町田の前に出した。磯貝はコーラを飲むことにしたようだ。数ヶ月ぶりに酒瓶を見て無性にアルコールが飲みたかったが雨宮もコーラで我慢した。

「電話……かけてもいいかなあ……」

雨宮が言うと、磯貝がカウンターの奥の壁を指さした。壁に電話がかかっている。

こいつらの前で美香に電話しなければならないのか。

舌打ちしたい気持ちを抑えながらカウンターの中に入り受話器を取った。美香の携帯に電話をかけたがなかなか出ない。十数コール目で「もしもし……」と警戒するような美香の声が聞こえた。

「もしもし……おねえちゃん？　ぼく！　かずま！」

驚いているようだ。電話口で絶句している美香の顔が浮かんだ。

——一馬？　本当に一馬なの……？

「うん……ほんとうだよ……」

——どうして。どうして電話なんかしてこれるの！　何かあったの？

町田と磯貝がじっとこちらを見ている。

「うん……ぼく……きょう……あそこからにげたんだ」

——逃げてきたって少年院を脱走したってこと？

「おこんないでよ！　どうしてもおかあさんにあいたかったんだ。おかあさんもぼくとあいたいんだよね？　ぼく……ぼく……いま、にげてるんだ。どうしてもおかあさんにあいたいから……」

怒るな――というのは美香との暗号で『不測の事態』という意味だ。

――わかったわ。一馬……今どこにいるの？

カウンターの上に置いてある店の名刺が目に入った。住所と電話番号が書いてある。だが、ここで住所を告げることはためらった。美香にこの店の住所を告げれば町田は自分を置いて行ってしまうかもしれない。姉が来るなら自分がついて行く必要はないと。

「そう……おかあさんは日光《にっこう》にある前田《まえだ》病院というところにいるんだね。電話番号も教えてくれる？」

雨宮はひとり芝居をしながら、そばにあった紙に病院名と適当な住所をひらがなで書き記した。

確認のために電話番号を復唱するふりをして、この店の電話番号を言った。

――そこにいるのね？

「うん……」

雨宮は涙を拭いながら電話を切った。

電話番号からこの店の所在地はすぐにわかるだろう。

あとは組織の仲間がここに来るまでどれくらいの時間がかかるか、町田をどれだけこの場に留めておけるかだろう。

いざとなれば――
雨宮はポケットに手を入れて鋭い切っ先の感触を確かめた。

20

西村《にしむら》ベーカリーは老人ホームから車で十五分ほどのところにあった。

内藤は老人ホームの職員から借りた軽自動車を店先に停めた。ちょうど閉店時間なのだろう。シャッターは半分閉じられていて、雨に濡れながら看板を店内に入れている青年の姿があった。

あの青年が西村諒一《りょういち》だろうか――

脱走した磯貝たちは一円も金は持っていないはずだ。逃走を続けるためには磯貝が昔この近くに住んでいたときの知人や同級生を頼る可能性があると内藤は考えた。

「あの、すみません――」

内藤は車から降りると傘を差して青年に近づいた。

「西村諒一さんでしょうか？」

「はい……じいちゃんが言っていた内藤さん？」諒一が手を止めて内藤を見つめた。

「そうです。突然、申し訳ありません」

「イソが逃げたとかどうとか言ってたけど……どういうことなんですか？　じいちゃんの話は要領を得なくって」諒一が困惑したように言った。

「磯貝くんはおじいちゃんがいる老人ホームで院外活動中に脱走したんです。他の院生ふたりと一緒に」

「院外活動……脱走って——」諒一はまだ事態をよく飲みこめていないようだ。

「彼は少年院に入っているんです」

「少年院？」諒一が目を丸くして訊き返した。

「わたしはそこで教官をしています。磯貝くんは中学生までこの近くに住んでいたんですよね」

内藤が訊くと、諒一が頷いた。

「彼が頼りそうな知人や立ち寄りそうなところがあったら教えていただきたいんです」

「ちょっと待っててもらえますか」

諒一が濡れた看板を雑巾で拭いて店内に入れた。そのまま奥に入っていったが、しばらくすると調理着を脱いでTシャツ姿の諒一が出てきた。携帯電話と地図を持っている。

「親父に言ってきたんで付き合いますよ」

「ありがとうございます。乗ってもらえますか」内藤は諒一を助手席に促した。

「正直なところ当てはそれほどないんです。中学時代の同級生や共通の仲間は何人かいますけど、イソがそいつらに頼るかどうかはわかりません。ここから出て行ってから交流はなかったみたいだし……」

「かまいません。とりあえず思いついた人を教えてください」

内藤はエンジンをかけて車を出した。

この付近一帯を警察は捜索しているはずだ。そう都合よく自分の手で磯貝たちを見つけられるとは思っていない。ただ、居ても立ってもいられなかっただけだ。

諒一の誘導で近くにある公営団地に向かった。中学時代まで磯貝が住んでいた団地で、そこにかつての同級生が住んでいるはずだと諒一は話した。

「あいつは……どうして少年院なんかに入ったんですか？」

そう問いかけてきた諒一にちらっと目を向けた。暗い表情をしている。

「申し訳ないけどあまり話せません」

「プライバシーの保護ですか」

「そうです」

それだけではなかった。老人の話によると、諒一と磯貝はかなり仲が良かったようだ。それに老人も磯貝のことを本当の孫のようにかわいがっていたと語った。そんな人たちに、磯貝が人を死なすような事件を起こしたとはとても言えない。

「彼とはかなり仲がよかったんだよね」重苦しい雰囲気を何とかしたいと話題を変えた。

「ええ……小学校中学校と同じ学校だったし、クラスも一緒のことが多かったから。お互い落ちこぼれってところでも気が合ったんでしょう。それに、じいちゃんもイソのことをかわいがっていたから」

「ふたりで店の手伝いをしたんだってね」

老人から聞いた話をすると、諒一が少し複雑な表情を浮かべた。子供の頃の悪さを思い出しているのかもしれない。

老人が言うように磯貝の家庭は複雑だった。

両親は磯貝が幼い頃に離婚した。父親の生活能力は乏しく母親が磯貝を引き取ったが、けっきょくこちらもひとりで育てることができず、兄夫婦のもとに預けたという。伯父の家で肩身の狭い思いをしながら十五歳まで磯貝はここで暮らした。再婚したことにより生活に余裕ができた母親は子供を引き取ることにして東京に呼んだが、磯貝は新しい父親との折り合いが悪く、入った高校をすぐに中退して家を出てしまった。

「彼と最後に会ったのは？」内藤は訊いた。

「一年ぐらい前だったかな。ひさしぶりに電話があって東京で会うことになったんです。ずいぶん羽振りがよさそうだったな」

家を出た磯貝はしばらく住み込みで働ける仕事をしていたが長続きしなかった。そして、仲間たちと窃盗や恐喝などの犯罪に手を染めるようになった。

「いい仕事があるんだけどおまえもやらないかって誘われたけど……おれはもうあの店を手伝ってたし、断ったんです。おれ、ちょっと前まで悪いことばかりやってたんだよね。よく警察に捕まったり鑑別所に入ったこともあった。せっかく入った高校も中退しちゃって……それでも親父もお袋もじいちゃんも懲《こ》りもせずおれのことを……」

「きみはまわりに恵まれてたね」

「そう、恵まれてた。だから、一年前にあいつに会ったときに何か言えなかったかなって……ちょっと後悔してる」

だが、そんなことを言ってくれる友人がいる磯貝も恵まれているのだと内藤は思った。施設を出るときに老人に呼び止められた。少年院を出たら自分が築いてきたパン屋を諒一と手伝うように言ってくれと内藤に託した。

何としてでも彼らを見つけ出したい。彼らがこれ以上の過ちを犯す前にどうしても見つけ出すのだ。

だが、かつての同級生や仲間たちを訪ねても、磯貝たちと接触した様子は見受けられなかった。

「おれが思いつくイソの友人っていうのはこれぐらいです。それほど親しくなかった同級生ってなるともっといますけど……そいつらを当たるんなら家に戻って卒業アルバムを見なきゃわからないですね」諒一が言った。

「お願いしてもいいかな」

どんなに少ない可能性であっても今はすがるしかない。内藤は車を諒一の実家に向けた。

前方に爆音を轟《とどろ》かせながら蛇行して走る数台のバイクがあった。暴走族のようだ。彼らのせいで前を行く車の流れが悪くなる。もどかしさと苛立ちがこみ上げてきた。

「今、こうやって傍から見ると恰好いいもんじゃないっすね」諒一が苦笑した。

「きみたちも入っていたんだろう？」

「ええ……さっきの彼も元メンバーですよ」

先ほど訪ねた青年のことだろう。今は不動産屋の営業をしているそうで、とても元暴走族には思えない爽やかな笑顔をしていた。

「あっ……！」

何かを思い出したように諒一が声を上げた。

「族やってた頃に溜まり場にしていたバーがあるんですよ。ここ数年行ってないから今もあるかどうかわからないけど……」

「行ってみよう」

21

雨宮はじりじりとした時間を嚙み締めながら割れたガラスに目を向けた。激しい雨音が聞こえてくる。

薄暗い店内を見回すと、磯貝はカウンターの中で落ち着かないといった様子で歩き回っている。町田はテーブル席の椅子にもたれ目を閉じていた。遠くからサイレンの音が聞こえてきて、磯貝がびくっとしたように窓のほうに目を向けた。町田は微動だにしない。

「町田くん、起きてる？」磯貝がそわそわしながら訊いた。

「ああ」

「落ち着いてるね」

「慌てたってしょうがないだろう。そのマスターとやらが来ないことには話は進まない」

「そうだけど……おれがこの近くに住んでいたことを教官は知っているだろうから、時間が経てば経つほどこのあたりに警察が集まってくるんじゃないかって気が気じゃなくて……」

雨宮はこうやってここで待っていることに異存はなかった。すべての手は打っている。あとは組織の人間がここにやってくるのを待つだけだ。あとどれくらい待てばいいだろう。

雨宮は壁に掛けられた時計に目を向けた。八時半を過ぎたところだ。美香に電話をしてから二時間が経っていた。

「町田くんはここを出たらどうするの？」磯貝が訊いた。

「こいつをおふくろが入院している病院まで連れて行く」町田が雨宮に視線を向けた。

「その後は？」磯貝がさらに訊いた。

「さあな……」

町田が視線をそらした。遠くのほうを見つめている。

小沢稔を捜すつもりなのだろうと考え、心の中で笑った。

おまえにそんな自由はない――

あと少ししたら、組織の人間に捕えられ、おまえの頭は室井に差し出されるのだ。

それでおれの任務は終わる。こんな糞みたいな生活からおさらばして、憧れだった組織の幹部になるのだ。

「おまえはどうするんだ?」しばらくすると町田が磯貝に目を向けて訊いた。

「地元の綾瀬に戻る。早くナツミに会いたい。ひとこと謝りたい。そして……そしたら自首するつもりだ」

「自首?」

町田の言葉に、磯貝が頷いた。

「もううんざりなんだ。おれ自身にもううんざりしてる。ナツミがあんな目に遭ったのはおれのせいだ」

雨宮にとってはどうでもいい話だったが、町田は真剣な表情で磯貝を見つめている。

「おれはずっと逃げていたんだ。家庭環境が悪い……おれなんか何をやったって誰も認めてくれない……だから悪いことでも何でもやって生きていってやるって。そんな考えに逃げていたんだ。だけど、気の合う仲間や優しいことを言ってくれた人はけっきょくおれにとっての逃げ道でしかなかった。そこに明るい光なんかない。自分に明るい光を見せてくれるのは辛くても厳しいことを言ってくれたり、叱ってくれたりする人なんだって。ナツミもそうだった。高校の頃からの付き合いだけど、学校を辞めてからもずっとおれのことを心配していた。中退してもいくらでもやり直しはできるから通信教育で何か資格を取ったらどうだとか、給料が安くたってどこかできちんと働いたほうがいいだとか……あのときはあいつの説教じみた言葉がうっとうしくてしょうがなかった。だけど……それはおれのことを思ってくれているからの言葉だったんだって……今頃気づくなんて本当に馬鹿だよ。そんな大切な人たちを裏切ってしまったけど、おれはまともな人間に生まれ変わりたい。こんなおれでもまだ間に合うんじゃないかって……」

涙ながらに訴える磯貝に拍手を送ってやりたい気持ちだった。こんなに笑える光景を見せてもらえたのはひさしぶりだ。

おまえみたいな中途半端な野郎はしょせん光を見ることなどない。

この世で光を浴びる人間はかぎられている。表の世界でエリートになれる人間と、闇の世界でエリートになれる人間——そのどちらかでしかない。

おれは闇の世界で光をつかむ。それももうすぐだ。

「もちろん警察に捕まっても町田くんやこいつのことは絶対に黙っているから」

店の外から物音が聞こえて、三人が同時にドアのほうに目を向けた。耳を澄ますと、鍵穴に何かが差し込まれる音がする。

組織の人間だろうか——それとも……

雨宮は組織の人間であることを願いながらドアを見つめていた。

ガチャッと鍵が外れてドアが開いた。店内に足を踏み入れた男がぎょっとして立ち止まった。ひげ面の大柄な男だ。Tシャツからはみ出しそうな二の腕には洋モノの刺青が彫ってある。

「何だ、おめえら」睨みを利かしながら男が言った。

「テツさん……おひさしぶりです」

磯貝の声に、男がカウンターを向いた。

「誰だ……ここで何をやってる」磯貝を見ても男の警戒心は緩まない。

「おれですよ、おれ。イソです。ブラックバードのメンバーだった」

「磯貝……？」

それでも男の鋭い視線は変わらない。怪訝な表情で店内を見回す。割れた窓ガラスに視線を止めた。

「何やってんだ、てめえら。勝手に人の店に忍び込んで」

「テツさん、ごめんなさい。どうしてもテツさんの助けが必要で……」

「助け？」

「少しばかり金を貸してもらいたいんです。もちろん必ず返します。それにあの窓も弁償しますんでお願いします」磯貝が頭を下げて懇願した。

険悪な空気に包まれていた。町田はあい変わらず椅子に座ったままじっと磯貝と男のことを見ていた。雨宮はとりあえず成り行きを見守るしかなかった。

店の人間が先に来てしまう可能性を当然考えていたが、できれば避けたい事態だった。この状況では組織の人間も簡単に店に踏み込んでくることはしないだろう。

いや――あの組織のことだ。必要とあればどんな無茶なことでもしてしまうかもしれない。

「普通じゃねえな。おまえら何やったんだ」

「脱走してきて逃げているんです」

「脱走？」

「少年院を……テツさんには絶対に迷惑をかけませんからお金を……お金を貸してください」

「断る。そんなことには協力できねえな。早くここから出ていけ」男が言い放った。

「お願いします」

磯貝が頭を下げて頼むが、男はポケットから携帯を取り出した。

「警察に通報するぞ」

そう言ってボタンに指をかけた瞬間、磯貝がカウンターから飛び出してきた。磯貝に包丁をつきつけられ、男の表情がこわばった。

「テツさん、ごめんなさい。こんなことしたくないんだけど……どうしても今は捕まるわけにはいかないいんだ」

それでも男は観念しないようだ。じっと間合いを窺いながら磯貝のことを睨みつけている。

「おいッ、雨宮——テツさんを縛れ！」

ここでもう少し時間稼ぎをしたいところだが、警察に通報されるのだけは勘弁してもらいたい。

雨宮は椅子から立ち上がって男のもとに向かった。男が威嚇《いかく》するような視線を雨宮に向ける。雨宮と同じくらいの背丈でがっしりとした体格をしている。包丁を突きつけられても怯まないところを見ると、そうとう腕っ節《ぷし》に自信があるのだろう。

雨宮につかみかかってきた瞬間、男の背後に回り後頭部に肘打ちを喰らわせた。一撃で床に崩れ落ちた男を見て、磯貝は呆気《あっけ》にとられたようだ。だが、すぐにしゃがみ込んで男のポケットから財布を取り出した。

「町田くん、早く行こう」

札をつかむと、町田を促して店を出ていった。

「おまえももたもたするな――」

外から聞こえてくる声に、雨宮もドアに向かった。ふと、立ち止まる。男が握った携帯をポケットに突っ込んでから店を飛び出した。

磯貝と町田を追うようにビルの階段を駆け降りる。どしゃ降りの雨の中、路地を走った。まぶしい光が迫ってきた。ワンボックスカーが向かってきて雨宮たちの横を通り過ぎる。すぐ後ろから急ブレーキの音が聞こえた。振り返るとドアが開いてスーツを着た男たちが飛び出してきた。雨宮たちを追いかけてくる。

警察か――？

いや、組織の人間だ。くそッ――あと一分早ければ。

「町田くん……まって……！」

雨宮は叫んだが、町田も磯貝もその声に気づいていないようで全力で走っている。

男たちの怒声を背後から聞きながら、今はあのふたりについていくしかない。

22

反対側の歩道を走り抜ける三人の姿を捉えてブレーキを踏んだ。

「どうしたんですか?」助手席の諒一が驚いたように訊いた。

「いや」

内藤は振り返って目を凝らして見た。間違いない。磯貝と町田と雨宮だ。走っていく彼らの後をスーツ姿の三人の男たちが追っている。

内藤は車をUターンさせて反対側の車道を走らせた。しばらく行ったが町田たちの姿はなかった。路地にでも逃げ込んだのかもしれない。路地を入ったすぐのところで町田たちを追っていた三人の男たちの姿を見つけた。

車を停めて男たちのもとに向かった。諒一もついてくる。

男たちはずぶ濡れになりながらあたりを見回している。スーツの上からでも屈強なからだつきがわかった。

「間違いなく雨宮と町田だ——何としても捜しだせ!」

町田たちの捜索をしている警察官なのだろう。

「あの、すみません。町田たちは……」

内藤は男のひとりに声をかけた。

「何だ、てめえは」男が睨みつけて言った。

「失礼しました。彼らが入っている少年院の教官の内藤といいます」

内藤が告げた瞬間、男が怯《ひる》むような表情をした。

「ああ……そうでしたか。それは失礼しました」

男は言葉が続かないようで、先ほど発破をかけていたもうひとりの男に目を向けた。

「どうした？」と、内藤を見据えながらもうひとりの男が近づいてきた。

屈強な男たちの中でもひと際《きわ》威圧感を放っている。上司だろう。

「彼らの……少年院の教官だそうです」

男が困ったような顔で上司に説明した。

「我々の不手際で申し訳ありません。さっき追いかけていたのは町田と磯貝と雨宮ですよね」

「ええ……あなたはここで何を？」内藤の様子を窺うように男が言った。

「とても力になれるとは思えないんですが、居ても立ってもいられなくて自分なりに彼らのことを捜そうと……」

勝手なことをするなと一喝されると思っていたが、男は「そうですか」と表情を崩した。

「わたしは栃木署のミツイといいます。責任を感じておられるんでしょうが、あまり無茶なことはしないでもらいたい」

「わかっています……」

「もし、彼らの姿を見つけたら自分の手で捕まえようとはせずにわたしに連絡してくれませんか」

　ミツイと名乗った男が自分の携帯番号を教えた。

「一一〇番通報ではなく、こちらの番号に――」

「わかりました」

　ミツイは軽く微笑むと、「行くぞ」と他のふたりを促して路地を走っていった。

「さっきの刑事さん……拳銃を持っていましたね」諒一が呟いた。

　内藤もスーツの隙間から覗いたホルスターを見て気づいていた。携帯しているだけで少年たちに対して使用することなどないと思うが、それでも焦燥感がこみ上げてくる。

「このあたりは細い路地や裏手に山林があったりするから歩いて捜したほうがいいかもしれません」

　諒一が提案した。

「そうだね……ふた手に別れようか。だけどさっきの刑事も言っていたけど、磯貝の姿を見つけても自分で何とかしようと思わないように」

「わかってます。さっきの刑事さんに連絡すればいいんですよね」

　内藤は先ほど聞いた携帯番号を教え、諒一と別れた。

　このあたりの地理はまったくわからないが、とにかく限界まで走り回るしかないと自分のからだに鞭《むち》を打った。

23

雨宮は山林を駆け下りながら後ろを振り返った。

組織の人間は完全にまかれてしまったようだ。

店を出てから雨宮は走り続けていた。前のふたりに追いつかなければと必死だった。

とにかく警察から逃げ切る。そして磯貝と別れる。そうすればどうとでもなると思った。自分には腕力と先ほど男から奪った携帯がある。

「どこに向かってるんだ！」町田が前を走る磯貝に訊いた。

「もうすぐだよ！　この先の林道を突っ切ったら……」

磯貝が後ろを振り返って叫んだ。

瞬間、眩しい光が磯貝のからだを包み込んだ。磯貝の姿が消えた。続いて急ブレーキの轟音があたりに響き渡った。

「磯貝——！」町田が叫びながら林道に出た。

雨宮も速度を上げて町田についていく。

林道に磯貝が倒れていた。少し先にトラックが停車している。近づいていったが磯貝はぴくりとも動かない。トラックの車輪に巻き込まれたようで、両手がいびつに曲がっている。雨に打たれてまるでぼろ雑巾《ぞうきん》のように転がっていた。

町田はすぐにしゃがんで磯貝の脈をとった。「しっかりしろ！」と磯貝の上に乗って人工呼吸を始めた。

トラックから男が出てきて近づいてきた。タオルではちまきをした中年の男は身を震わせながらあたふたしている。

「その子が急に飛び出してきたんだよ……」

「うるせえ！　早く救急車を呼べ！」人工呼吸をしていた町田が男を見上げて一喝した。

「おれ、携帯電話持ってないんだよ……公衆電話か民家を探してくる」

泣きそうな顔で、トラックのエンジンをかけたままどこかに走り去っていく。

「磯貝、しっかりしろ！　死ぬなッ！」

町田がすごい形相で訴えかける。

「町田くん……町田くん……はやくいかなきゃ……」

雨宮は声をかけたが、町田の耳には届いていない。懸命に人工呼吸をしている。

こんなところで立ち往生しているわけにはいかない——

救急車や警察が来ればすべての計画は水泡に帰する。早く何とかしなければ……

雨宮はトラックに目を向けた。

ここで町田を絞め上げてあのトラックで逃げればいいだけだ。適当なところでトラックを乗り捨てて携帯で美香に連絡すればいい。

抵抗するなら多少乱暴なことをしてもかまわない。手足の一本や二本折れたところで室井は何も言わないだろう。室井はこいつの頭さえあればいいのだから。

雨宮はゆっくりと町田の背後に忍び寄った。激しく上下する首筋に手を伸ばそうとした。

「雨宮――！」

その声に振り返った。

こちらに向かって走ってくる男の姿を見て、心の中で思いっきり舌打ちした。

24

内藤は教官室でモニターを見つめていた。

単独室の中で雨宮がうなだれるようにずっと泣いている。

もうひとつのモニターに目を向けると、机に向かって涼しい顔で本を読んでいる町田の姿があった。あんな事件を起こした張本人であるというのにまったく反省の色が窺えない。

この少年院始まって以来の不祥事だ――

町田と雨宮にはとりあえず二十日間の謹慎処分を言い渡し、単独室に入れている。だが、ことは重大だ。これからの審理によってはそれ以上の処分を科さなくてはならないかもしれない。

この少年院に連れ戻された雨宮は何を訊いてもただ、「ごめんなさい……ごめんなさい……」と泣くばかりだった。

町田に事情を聞くと、自分がすべての計画を立てて雨宮と磯貝のことを誘ったのだと淡々と語った。たしかに老人ホームでの火事など、町田がある程度の計画を練ったのだろう。

だが、町田が本当の首謀者なのだろうかという疑問が胸中にくすぶっている。

「磯貝ッ！　しっかりしろッ！　死ぬなッ――死ぬなッ――！」

救急車が到着するまで必死の形相で磯貝の人工呼吸を行っていた町田の姿が脳裏によみがえってきた。

町田が首謀者であるなら、ただ自分が逃げたかったのであれば、事故に遭った磯貝を見捨てていくことだってできただろう。それに……

内藤はあのとき林道に立っていた雨宮に声をかけたときのことを思い返した。

こちらを振り向いた雨宮の顔が忘れられない。憎悪のこもった目で内藤を睨みつけていた。今までに見たことがない雨宮のもうひとつの顔がくっきりと浮かんでいた。

人工呼吸をする町田に向かっていったとき、背後で何かの気配を感じた。はっきりと見たわけではないが、後で調べてみると近くの草むらにアイスピックと、彼らが潜伏していたバーのマスターの携帯が落ちていた。

雨宮が捨てたところをはっきりと見たわけではない。だが、自分たち教官は雨宮に対して何かを見誤っていたのではないだろうかという疑念が拭えないでいる。

おまえはいったい何者なんだ――

モニターの中で泣きじゃくっている雨宮に向かって問いかけた。

ポケットから携帯を取り出した。もう一度、ミツイに電話をかけてみる。だが、やはりつながらなかった。

町田たちを発見したとき、内藤はけっきょくミツイという男の携帯に連絡を入れなかった。町田たちに逃走する様子は見られなかったし、救急車とほぼ同時にパトカーが到着したからだ。町田たちとともに警察署に同行した内藤は、栃木署の刑事の中にミツイという男は存在しないと知った。しかも、捜索に加わった警察官の中で町田たちに遭遇した者もいなかったと。

胸もとに拳銃らしきものを忍ばせた屈強そうな男たち――

どうにも不穏な影を感じずにはいられなかった。

「内藤先生、そろそろ始めましょうか」

熊田が声をかけた。

立ち上がって別室に入ると、すでに院長や他の教官たちが座っていた。これから町田と雨宮の今後の処遇についてみんなで話をすることになっている。

「やはり町田博史は我々の手に余るということでしょうか」院長が切り出した。

犯罪傾向の進んだ町田には特別少年院への転院も考えられている。いずれにしても、このまま町田と雨宮を同じ少年院に入れておくべきではないだろう。

「内藤先生、担当教官から何か意見はありますか?」熊田が内藤にふった。

「少しよろしいでしょうか……」

内藤はここにいる全員に視線を配りながら立ち上がった。

25

いつまでこんな猿芝居を続けなければならないんだ。

雨宮はからだの底から湧き上がってくる悔しさと苛立ちを噛み締めていた。

あともう少しだったのに——幹部の座はすぐ目の前まできていたというのに。

ここにある机を思いっきり壁に叩きつけ、憂《う》さを晴らしたいが、監視カメラで二十四時間見張られたこの部屋ではそれすらもできない。

自分はこれからも気弱な雨宮一馬を演じなければならないのだ。次のチャンスのために。そうだ、まだチャンスは残されている。

今回のことでは室井を失望させてしまったかもしれない。だけど、まだ終わってはいない。自分は町田の心をつかんでいる。まだまだ自分は室井にとって必要な人間なのだ。でなければ、娑婆での生活を捨て、殺人という前科を背負うリスクを犯してまでこんなところにやってきた意味がないではないか。

「雨宮、入るぞ——」

内藤の声が聞こえて雨宮は顔を上げた。内藤が目の前に立ち、じっと雨宮のことを見下ろしていた。

「せんせい……ごめんなさい……ごめんなさい……もうしません……」涙腺を全開にして内藤

を見上げた。

「ここを出る。今すぐ支度をするんだ」内藤が抑揚のない声で言った。

「ここを出るって……きんしんは……おわりですか？」

「いや――おまえはこれから千葉にある少年院に転院になる」

転院――？

「町田くんは……町田くんはどうなるんですか……？」

最も気になることを訊いた。

「町田はこのままここで矯正教育を受ける」

その言葉を聞いた瞬間、瞳いっぱいに溜めていた涙が一気に乾いた。

内藤の顔を見つめた。何か言いたげな視線を向けている。

「早く支度するんだ」

内藤が冷めた口調で言うと、単独室から出ていった。

26

「町田、入るぞ――」

塩谷に錠を開けてもらい、内藤は単独室に入った。

机に向かって本を読んでいた町田がちらっとこちらを見た。すぐに内藤には関心がないというように視線を本に戻す。

「こっちを見ろ」内藤は言った。

「また説教かい？」

町田は机の上の本に視線を向けたままだ。机の上に学生服を放ると、やっと町田がこちらを見た。

「これから出かける。すぐに支度しろ」

廊下で町田の着替えを待った。しばらくすると学生服を着た町田が面倒くさそうな顔で出てきた。

「いったい何だよ」

その質問には答えずに、町田を連れて考査寮を出た。

少年院の門扉《もんぴ》の手前に停まった車に向かう。運転席のドアの外で鈴本が待っていた。

内藤は車に乗る前に町田の両手に手錠をはめ、腰縄をつけた。町田を後部座席に乗せ、内藤はその隣に座った。鈴本がエンジンをかけ、車を少年院から出した。

「どこに行くんだよ？」町田が怪訝そうな顔で訊いてきた。

「すぐにわかる」

三十分ほど車を走らせると大きな建物が見えてきた。磯貝が入院している病院だ。

内藤は三日前に磯貝に会った。ようやく意識を取り戻したと聞いて駆けつけたのだ。

言いたいことはたくさんあった。伝えたいこともたくさんあった。

諒一のおじいちゃんの代わりに磯貝を殴ってやりたかった。そして、少年院を出たら諒一と一緒にパン屋で働けとおじいちゃんが言っていたと伝えたかったが、そのどちらもけっきょくできなかった。ただ、ずっと無言のまま放心したような磯貝を見ているしかなかった。帰り際に磯貝はぽつりと町田に会いたいと呟いた。

病院の駐車場に入って車が停まると、内藤はポケットから手錠の鍵を取り出した。町田の手首をつかむ。

「大丈夫ですか？」鈴本が後部座席を振り返って言った。

「ふたりいるから大丈夫だろう」

手錠の鍵と腰縄を外して車から降りた。町田の両脇を挟むように病院に入った。廊下を進んでいき病室の前でノックした。

「内藤だ。入るぞ――」

「ぼくは外で待っています」

鈴本の言葉に頷いて、内藤はドアを開けた。町田の肩に手を添えて病室の中に促した。

次の瞬間、手のひらに小さな震えを感じた。目の前の光景に衝撃を受けたのだろう。町田が息を呑んだのがわかった。

ベッドに寝かされた磯貝は上半身を少し持ち上げる恰好でこちらを向いていた。布団から出された両腕には肘の先辺りからがなく、包帯が巻かれていた。

どんな理由で脱走を図ったのかはわからないが、どうしようもなく高い代償を磯貝は払うことなってしまったのだ。

「町田くん……」

以前会ったときには虚空を見つめるように、感情を窺うことができなかったが、今日は町田の顔を見て少しだけ表情を変化させた。

長い沈黙が続いた。

町田も今の磯貝の姿を見て何を話していいのかわからないのだろう。

「町田くん……町田くんがおれのことを助けてくれたんだって？」

磯貝が町田を見つめながら言った。

「ありがとうって……礼を言うべきなのかな？　だけどさ、目が覚めたとき、この姿を見たときは正直言って町田くんのことを恨んだ。こんなんだったら死んだほうがましだって。どうして死なせてくれなかったんだって……」

「恨み言を言いたくておれを呼んだのか」町田が磯貝を見据えながら言った。

「そうかもしれない……誰かにこの気持ちをぶつけたかった。おれはもうナツミを抱きしめることができない。真面目に働こうと思ったって仕事だってもう……おれにはもう永遠に光は見えない。それならばあのまま死んだほうがよっぽどましだったって……」

磯貝が町田に見せつけるように、なくなった両手をぶらぶらさせる。

町田は何も言わない。ただ、じっと磯貝を見つめている。

「だけど……だけど今は少しだけ感謝している。命があれば自分が傷つけてきた人たちに謝ることができるから。すべては自業自得なんだ。おれはいっぱい人を傷つけてきた。ナツミだけじゃなく、おれに殴り殺された会社員や、その家族の人たちを——そんな当たり前のことに気づかせてくれた。おれのこれからの人生には光なんかないかもしれないけど……町田くん……町田くんには光を見つけてほしいんだ。おれのようになる前に。町田くんが見つけた光をおれにも聞かせてほしい。それがおれを生かした町田くんの義務なんだ」

磯貝の目から涙が流れ落ちた。涙を手で拭うこともできないまま嗚咽を嚙み締めている。

町田の横顔を窺った。磯貝を見つめる表情は変わらない。だが、町田の目を見つめているうちに不思議な感情が湧き上がってきた。

何度も裏切られてきた。そう簡単に信じるわけにはいかない。こんな感情を抱く自分は甘いのかもしれない。

だけど、その眼差しを見つめて、磯貝の流した涙が町田の乾いた心に染みわたっていくのを内藤は確信した。

「おまえ、いつか言ってたな。おれと一緒に仕事がしたいって」

磯貝が涙をこぼしながら頷いた。

「考えといてやるよ」

町田はそう言うと、磯貝から背を向けて病室を出ていった。

駐車場に戻るまで三人とも言葉を交わさなかった。車に戻ると、町田が両手を差し出した。

「必要ないだろう」

内藤の言葉に鈴本がこちらを向いた。内藤は鈴本に頷きかけて、手錠をしないまま町田を後部座席に座らせた。

少年院に戻る車中、町田はずっと窓の外を見つめていた。流れる風景は田園風景に変わっている。その向こうに山なみが広がっていた。走る車の前方を大きな鳥が横切っていった。

「でかい鳥ですね。何て言うんだろう」

運転していた鈴本がひとりごとのように言った。

「あれはサシバっていうタカ科の渡り鳥さ……」町田が呟いた。

山に向かって悠然と飛んでいく鳥の姿をいつまでも見つめている。

第二章

1

二時限目の授業を終えてカフェテリアに行くと、窓際の席にサークルのメンバーが集まっていた。五人のメンバーがいくつかの宿のパンフレットを見ながら、あれこれと意見を交わしている。

「お待たせ――」

為井《ためい》純《じゅん》が声をかけると、みんなが一斉にこちらを向いて「おつかれさま」と返した。

「ちょうどみんなで夏合宿の宿を選んでいたところなの」

夏川《なつかわ》晶子《しょうこ》が弾《はじ》けた笑顔を向けながら言った。

今日の晶子は白いワンピースに薄緑色のサマーカーディガンを羽織っている。窓から差し込んでくる温かい陽射しに照らされて、いつも以上に輝いて見えた。

為井は空《あ》いていた晶子の斜め向かいの席に腰かけて、ペットボトルの紅茶を口に含んだ。

「やっぱり夏っていったら定番の軽井沢《かるいざわ》か海でしょう」

「だけど、軽井沢も海も毎年行ってるから飽きてきたなあ。たまには何か違うことをやりたく

いぜ」

「それじゃ、群馬の水上《みなかみ》でラフティングなんてどう？　ジェットコースターみたいでおもしろ
ない？」

「わたし、怖いのだめなの」

為井はみんなの話に耳を傾けながら、パンフレットと晶子の顔を交互に見ていた。

「為井くんはどこがいいと思う？」

急に晶子から振られて、為井は口ごもった。

「だって、今年の新入部員は為井くんだけなんだもん。為井くんの意見を尊重しようよ」

「いや……おれはどこでもいいよ」

為井が曖昧《あいまい》に言うと、晶子が「あっ、そうだ」と声を上げて仲間を見回した。

「いつかサークルの部長になったときのために、今回の合宿は為井くんに企画してもらうって
いうのはどうかしら」

晶子が提案すると、その場にいたみんなが、「そいつはいいな」とか「次代を担うエースだ
からな」とか、勝手なことを言いながら押しつけようとする。

「いや、だけど……おれは入ったばかりでこのサークルのことよくわからないし」為井は困惑
しながら手を振った。

「大丈夫よ。うちのサークルは楽しいことならば何でもいいんだから。予算はひとり三万円以
内で何かおもしろいことを企画してよ。わたしもいろいろと手伝ってあげるから」

晶子からそんな目で見つめられると断れなくなってしまう。

「おれは遊びのことに関してあまり詳しくないから、みんなが楽しめるような企画なんか考えられるかどうかわかんないけど……まあ、夏川が協力してくれるっていうんなら……」

為井は困った顔を作って言ったが、内心ではまんざらでもなかった。

このことにかこつけて、今まで以上に晶子と連絡を取り合えればさらに親しくなれるのではないかと期待した。

このサークルはいわゆる何でもサークルだ。スポーツやイベントや飲み会など、楽しそうなものなら何でもやってしまうという軟派なサークルなのだが、今の為井にとってはそんな軽さが妙に心地よかった。

昨年までの、息が詰まるような大学生活とはまるで違う。

為井は今年、ある私立大学の経済学部から、ここ東協《とうきょう》大学理工学部に転学してきた。

思い悩んだ末の失意の転学だった。

為井の父である光彦《みつひこ》は、大手ドラッグチェーン『タメイドラッグ』の社長だ。

タメイドラッグはもともと祖父がやっていた為井薬局という小さな店だった。祖父の跡を継いだ父が社名をタメイドラッグに変えて、その商才でまたたくまに店舗を拡大していったのだ。ユニークなCMで世間の話題をさらい、品揃えにしても戦略にしても従来の薬局という概念を変えて、今では全国に五百店舗以上の店を構える会社に発展させた。

学校でもどこでも、為井が知り合う人の中でタメイドラッグを知らない者は誰もいなかった。

為井は子供の頃からそれだけの会社に育て上げた父のことを尊敬していた。同時に、ずっと大いなるプレッシャーにさらされながら生きてきた。

長男である自分は、いつか父の会社を継がなければならなくなるだろうと思っていたからだ。子供の頃から勉強があまり好きではなかったが、父の期待に応えようと為井なりに努力した。一浪して何とか私立の経済学部に入り、いつか来るべきときに備えて経営について学んだ。楽しいキャンパスライフなどない。大学の勉強についていくだけで必死だった。

家に帰れば父からも帝王学を叩き込まれた。自分に社長など務まるのだろうか、二千五百人以上の従業員をきちんと守っていけるだろうかというプレッシャーに押しつぶされそうになりながらも、必死に食らいついていた。だが昨年の夏、突然、父に呼び出されて告げられた。

「おまえには申し訳ないが、将来は明《あきら》に会社を任せようと思う」

明は、為井のひとつ年下の弟だ。たしかに明は為井と違って子供の頃から勉強ができた。一流大学の慶西《けいせい》大学経済学部に昨年ストレートで入学した。

「おまえには経営の才覚がないと判断した。向いてないことを任せるのは、おまえにとっても会社にとっても不幸なことだ」

別に長男だからといって必ずしも社長になれるものだとは思っていなかった。明のほうが経営の才覚があるというなら、自分が社長になれないとしてもそれはしかたがないことだろう。

ただ、見切るのがあまりに早いのではないか。今以上に頑張るから、もっと競争させてくれよ――

だが、為井はその言葉を口にはできなかった。

「このまま大学を卒業してうちの会社に入っても別にかまわない。将来は、子会社の社長か取締役として明を支えてくれればありがたいからな」

父として情けをかけたつもりだろうが、それは為井にとってこれ以上ない屈辱だった。自分は弟よりも劣っていると突きつけられたようなものだ。

父の会社にいるかぎり、死ぬまでそのことを突きつけられ続けるのだ。

為井は悩んだ末に通っていた大学を辞め、違う道を選んだ。

こちらにもプライドがあったから、屋敷のような広い実家を飛び出してアパートでひとり暮らしを始めた。

理工学部を選んだのは特に理由はない。

子供の頃から何となく機械いじりが好きだったことと、経営や経済とはまったく無縁のことを学んでみたかったからだ。

失意を抱えての新しいスタートだったが、悪いことばかりではなかった。

入学して間もない頃、キャンパスを歩いているときに、向こうから晶子がやってくるのを見かけた。

晶子は高校の同級生だ。とはいっても、クラスが同じだったわけではないから一度も話をしたことはない。晶子はその容姿で学校中の男たちからの憧れの的だった。もちろん、為井もその中のひとりだった。

声をかけてみようかと緊張しながら歩いていくと、意外にも、晶子のほうから声をかけてきた。

自分のことを知っているのかと問いかけると、「だって、化粧品はいつもタメイドラッグで買ってるよ」と笑い、一緒にいた仲間たちに為井を紹介してくれた。

そして、その場で晶子が入っているというサークルに勧誘された。断る理由はどこにもない。為井はすぐに入部届けを書いた。

期待という重荷を脱ぎ捨てて、今までに得られなかった楽しい学生生活を謳歌《おうか》してやろうと、自分を納得させた。

これから新しい四年間が始まる。卒業後にどうしようかということはまったく考えていない。理工学部卒だとメーカーが多いらしいが、できれば就職ではなく自分の力で起業したいという思いが心の底にあった。

おまえには経営の才覚がないと判断した——

その言葉を吐いた父と、明のことをいつか見返してやりたい。

ドラッグストアなど今ある商品をただ流通させるだけじゃないか。自分はもっと、新しい何かを見つけて、それを世間に広げてみせたい。

その思いが、為井にとっての最後の意地だった。

「そろそろ三時限目が始まるな……」

サークルのメンバーたちがそう言いながらぱらぱらと席を立ち、その場に残ったのは為井と晶子だけになった。

「夏川、三時限目は？」為井は訊いた。

「今日は取ってない。あとは帰るだけ」

晶子がパンフレットから視線をこちらに向け、長い黒髪をかき上げた。

これはチャンスではないだろうか。

「なあ、もしこれから用事がないんなら……旅行会社とか回って合宿の企画を考えないか？」

「うん、いいよ」晶子が微笑して立ち上がった。

為井も勢い込んで立ち上がると晶子と一緒に出口に向かった。

あの憧れだった晶子とふたりきりで出かけられる。旅行会社を回ったら、一緒に企画を考えようという名目で食事にでも誘ってみようか。

どの店がいいだろうかと頭の中で考えていると、晶子が券売機の近くで立ち止まってテーブル席を見つめた。

「どうしたの？」為井は訊いた。

「あの人……例の町田博史《まちだひろし》さんじゃない？」

為井は周囲の喧騒の中で、ひとりぽつんと座ってカレーを食べている男を見つめた。

町田博史――

「為井くんもこの前の飲み会で水木《みずき》さんから話を聞いたでしょう」

先週、サークルの飲み会で水木というＯＧを紹介された。

水木は理工学部の高垣《たかがき》教授の研究室に在籍している大学院生で、最近、研究室に出入りしている一年生のことを興奮気味に話していた。

何でも、その町田という男は一年生であるにもかかわらず、高垣教授が舌を巻くほどの秀才らしい。研究室の院生たちとも対等に話し、いや、それ以上の知識を持っているようだと、なかば畏怖《いふ》するような表情を浮かべながら水木は力説していた。

そんな馬鹿なと思いながら、為井は町田という男の年齢を訊いてみた。

一年生だっていろいろある。違う学校で長い期間学んで自分のように転学したとすれば、院生と同等の知識を持っていたとしても不思議な話ではない。

町田は為井よりもひとつ下の二十歳だという。

まあ、そんなことはどうだっていい。早く旅行会社に行こうと隣を向くと、晶子が町田の席に向かって歩いていった。

「おい……」

しかたがないので、晶子についていった。

「町田さんですよね」

テーブルの前に立って声をかけた晶子に、町田がゆっくりと顔を上げた。

全体的に幼い顔つきをしているが、こちらに向けた眼差しだけは大人びているというか、妙に冷めていた。

「お食事中にごめんなさい。わたし、夏川晶子といいます。ところで、町田さんはもうどこかのサークルに入っていますか？」町田の視線に臆することなく晶子が訊いた。

町田は興味がないという顔をして、ふたたびカレーを食べ始めた。

「水木さんのことご存じですよね。彼女もこのサークルの出身なんです。町田さんの話は水木さんから聞いたんです」

晶子がバッグからチラシを取り出した。

「水木……」

カレーを食べ終えた町田が顔を上げて、コップの水を飲んだ。

「ええ。高垣教授の研究室にいる院生の水木加奈子《かなこ》さんです」

町田が、「ああ……」と軽く反応した。

「別にすぐに決めなくてもいいですからチラシだけでも見てください。みんなでわいわいやる楽しいサークルですよ」

晶子が笑顔を浮かべながら町田の目の前にチラシを差し出した。

「悪いけど、興味がない」

受け取ったチラシをテーブルの上に放ると、町田はカレー皿の載ったトレーを持って立ち上がった。

何なんだ、あの態度は——

「すかした野郎だな」

町田の背中を目で追いながら、為井は小声で吐き捨てた。

どことなく明と雰囲気が似ているところも気に食わなかった。

「うん。何かクールね……」

その言葉に、えっと思い、隣の晶子に目を向けた。

晶子が何だか遠い目をして、カフェテリアから出ていく町田の背中を見つめていた。

2

物音がして、前原悦子《まえはらえつこ》は機械を止めた。

半分閉じたシャッターから町田が入ってくる。

「おかえり。今日は遅かったのね」

悦子は手で鼻の下の汗を拭いながら町田に近づいていった。悦子を見ながら頬を緩ませている町田を見て少しうれしくなった。

「何……？」町田が不思議そうな顔で訊いてきた。

「いや、博史くんも笑うんだなと思って。なかなかチャーミングよ」

町田と知り合って一年経つが初めて見る顔だった。

「そんな顔を向けるからだよ」

町田の言葉の意味がわからないまま、近くに立てかけてあったステンレス板に自分の顔を映し出した。黒い油が鼻の下についてひげのようになっている。

「いやだあ。いい男の前でこんな顔を見せちゃった」悦子は笑った。

「手伝おうか」

町田が上着を脱いでTシャツ姿になった。

「今日は大丈夫よ」軍手を手にした町田に言った。

「こんな遅くまでおっさんをこき使ってると過労死するぜ」

町田が奥で作業する徳山《とくやま》に目を向けて憎まれ口を叩いた。

あいかわらず素直ではない。

「だって、お孫さんに誕生日プレゼントを買ってやりたいから残業させろって言うんだもん。それよりも博史くんには他に頼みたいことがあるの」

悦子が言うと、町田が見つめてきた。

「楓《かえで》の勉強をみてやってくれないかな。この前、学校の三者面談に行ってきたんだけど、このままじゃ尚友《しようゆう》学園どころか、どこの高校も無理ですって言われちゃったの。博史くんなら何とかしてもらえるんじゃないかと思って」

「人にものを教えるのは苦手だ」町田がぶっきらぼうに答えた。

「そんなこと言わないで。おかず一品増やしてあげるから」

別におかず一品に心を動かされたわけではないだろうが、しばらく考えて町田が頷《うなず》いた。

軍手をもとに戻すと上着を羽織った。

「鍋にカレーが入ってるから温めて楓と一緒に食べて」

頷きながらシャッターをくぐっていく町田の背中を見つめた。

3

前原楓がアイスを食べていると、コンビニの中から拓也《たくや》と健吾《けんご》と雄太《ゆうた》が出てきた。

「楓、ちょっと付き合えよ」

拓也がコンビニの前に停めたバイクを指さして言った。

「えー、またマッポに追いかけられるのはいやだ」

楓は拓也のごてごてと色んな物がついた改造バイクを見ながら首を横に振った。

「じゃあ、カラオケでも行こうぜ」

「お金ない」

「やらせてくれるんならおごってやるよ」

「あたしはそんなに安くないよ」

楓は怒ってみせた。だけど、完全に誘いを断るつもりはない。

拓也は楓が通っている中学校の卒業生だ。今は学校に行っているのか働いているのかよくわからないが、夜の街中をぶらついているとたびたび会うのがきっかけで自然と仲良くなった。

「じゃあ、どっか洒落《しゃれ》たところに連れて行ってくれるんなら付き合ってもいいよ」

「洒落たところって何だよ」

「ちょっと前に蒲田《かまた》に新しいクラブができたでしょう」

「クラブかよ。まったく、高くつくなあ」拓也がぼやいた。

「どうする？」

「わかったよ。その代わり友達も呼べよな。男三人に女ひとりだと納まりが悪いからさ」

「ちょっと訊いてみる」

楓は携帯電話で何人かの友達に声をかけてみた。智美《ともみ》と千里《ちさと》が行きたいと言ったので、蒲田駅前で待ち合わせをして電話を切った。

「家に帰ってバイクを置いていくからとりあえず楓も乗れよ」拓也がヘルメットを差し出してきた。

ヘルメットをかぶろうとしたとき、いきなり後ろから肩をつかまれ、びくっとして振り返った。

町田が立っている。

「帰るぞ」

町田が楓の手からヘルメットを奪い取って拓也に投げつけた。そして、ぐいっと楓の腕をつかんだ。

「ちょっと、あんた、いったい何なのよ！」

楓は町田の手を振りほどいて叫んだ。

「これから飯食って勉強だ」町田が抑揚のない声で言った。

「何でそんなこと、あんたに指図されなきゃいけないのよ！」

「おれの指図じゃない。社長からの指図だ」

「何者なんだよ、おめーは。さっきから楓が嫌がってるじゃねえか」

しばらく呆然とこちらの様子を窺っていた拓也も加勢した。

「ただの居候だよ」町田が拓也に視線を向けた。

「イソウロウ……？　どうでもいいけどイソウロウさんよ、怪我《けが》しないうちにとっとと帰ったほうがいいんじゃねえか」

拓也たちがバイクから降りて町田を取り囲んだ。

「母さんに知れたら怒られるから手加減してよね」

拓也たちは武闘派で知られる暴走族に所属している。三人が本気で町田に向かっていったらただでは済まないだろう。

「わかってるよ。軽くこいつにわからせてやるだけだ」

町田はじりじりとにじり寄ってくる拓也たちを涼しい顔で見つめている。町田の眼差《まなざ》しを見ているうちになぜだか背中がぞくっとしてきた。拓也たちも楓と同じ感覚を覚えているようだ。手を出すことも退《ひ》くこともできないまま立ち尽くしている。

町田と拓也たちの間に緊迫した空気が流れている。

「わかったよー。まったくウザイなー！　帰りゃいいんでしょう」楓は息苦しさに耐えられなくなって叫んだ。

「おい、帰るって……」拓也が言った。

「しょうがないよ。また、こんど遊ぼう」

「そうか。わかったよ。またこんどな」

拓也たちは強引に引き止めることもしないでバイクに乗って去っていった。

家までの道のりを歩きながら智美と千里に断りの電話を入れた。電話を切ると、ふと、隣を歩く町田に目を向けた。

いったいこの町田という男は何者なのだろう。

町田がうちにやってきたのは一年ほど前のことだった。

内藤《ないとう》という父の友人に頼まれて人を預かることになったと、いきなり母から告げられて楓は驚いた。

今のうちには他人を預かる余裕などないはずだとわかっていたからだ。

五年前に工場を仕切っていた父が脳溢血《のういっけつ》で亡くなった。父が亡くなってからは、今まで専業主婦だった母が工場の仕事を必死に覚えて切り盛りしている。

祖父の代から続いている工場だから、父の遺志を引き継いで何とかして続けていきたい、というのが母の口癖だった。

だが、この数年続く不景気の波で、工場の経営はかなり苦しくなっていたようだ。

二年前には七人いた従業員も、唯一祖父の代から働いている徳山を残して辞めてもらった。

そんな状況でどうして居候を受け入れるのか不思議でならなかった。

町田は社員寮にしていた家の二階に住むことになり、工場の仕事を始めた。その仕事ぶりに母も徳山もいつも驚きの言葉を投げかけていた。

母が三年近くかかって覚えた仕事を、町田はわずか二週間足らずで覚えてしまったというのだ。

それからしばらく経って、町田は大学に行くことになった。

いったい誰がその金を払っているのかわからないが、もしうちから出しているとしたら腹立たしい。

母は楓に工場を継がせるために、尚友学園という工業高校に入れたがっているが、高校に行くつもりはなかった。

この五年間の母の苦労を誰よりもそばで見ているから工場など継ぎたくはない。勉強も好きではないから中学校を卒業したら就職するつもりだった。

あの工場を畳んでも、母娘《おやこ》ふたりで働けば生活していくことができるだろう。母も何もあんな苦しい仕事を無理して続けることはない。自分が引導を渡してやるのだ。

それにしても、いったいどういういきさつで町田を預かることになったのか知る由もないが、楓は初めて対面したときから町田のことが苦手だった。

町田の感情の乏しい醒《さ》めた表情と、時折向ける冷たい眼差しが――

たとえ少しばかり勉強ができたとしても、父や徳山に抱いたような人間的な魅力を感じない。

父が亡くなってからの母の苦労はわかっていたから今までいい子でいたが、町田の存在がうっとうしくて夜遊びをするようになってしまった。

「勉強しろってうるさく言うけどさ、いったい何のために勉強なんかしなきゃいけないんだよ」

楓は腹立ちまぎれに町田に訊いた。

「さあな、おれにもわからない」町田が冷ややかに答えた。


その夜はなかなか寝つけないでいた。

もう何時間もベッドから薄暗い天井を見つめている。ちょうど真上にある部屋を町田は使っていた。

天井を見つめながら、コンビニでの出来事が頭から離れない。

あのとき、自分よりもはるかに体格の勝る三人の男たちにすごまれても、町田は顔色ひとつ変えなかった。それどころか、腕っ節《ぷし》の強いことが自慢のあの拓也が、町田の視線に完全に怯《ひる》んでいたことがわかった。

町田の凍りつくような冷たい視線に——

楓に勉強を教えると、町田は自分の部屋に上がっていった。楓はふて腐れてベッドに横になった。天井を睨《にら》みつけているうちに、あることに気づいた。一年近くここで暮らしているというのに、今まで町田の部屋から物音らしい物音を聞いたことがなかった。テレビの音や足音も、ベッドのきしむ音さえも聞こえてきたことがない。

町田はあの部屋でどんな時間を過ごしているのだろう。そんなことを想像しているうちに、何だか気味が悪くなって、眠れなくなってしまったのだ。

楓にとって町田は、まるで幽霊のような存在だった。

ベッドの脇に置いた携帯の画面を見ると、もう夜中の一時を過ぎていた。完全に目が冴えてしまっている。

オレンジジュースでも飲もうと、楓は部屋を出て台所に向かった。

台所から明かりが漏れている。母はまだ起きているようだ。ちらっと中を窺うと、ダイニングテーブルに向かって母が伝票の整理をしていた。疲れた顔で溜め息を漏らし、ペンを持った手で頭を掻いている。自慢の茶髪がほつれていた。

まだまだわたしも女なんだからオシャレには気を遣わなきゃねと言って、三年前に髪を染め始めたのだが、工場の仕事で苦労が絶えず増えてきた白髪《しらが》をごまかすためだと、楓は気づいている。

「どうしたの？」

気配に気づいたのか、母がこちらを向いた。

「何だか眠れなくてね」

「もう一時過ぎよ。早く寝なさい」

母の小言を無視して、楓は冷蔵庫に向かい、パックのオレンジジュースを取った。コップに注《つ》いでひと口飲む。

「博史くんからちゃんと勉強を教わった？」

母の質問に曖昧に頷いた。

「この前の三者面談でも言われたでしょう。このままじゃ、尚友学園どころかどこの高校も無理ですって。それに早退も多いって……いったいどういうこと？　お母さんが工場にかかりっきりだからって、あなた何やってるのよ。昔はもっと勉強ができたでしょう」母が電卓のキーを押しながら言った。

小言を聞かされるのは苦痛だったが、自分の本音をぶつけるいいチャンスだとも思った。

「学校なんてくだらない」楓が言うと、母が手を止めてこちらを向いた。

「尚友学園に行くのがいやなんだったら別に無理には勧《すす》めないから。あなたの行きたい学校に行きなさい」

「わたし、高校に行く気ないから」きっぱり言うと、母が溜め息を漏らした。

「高校に行かないでどうしようっていうの」

「働く」

「働くって……何言ってるのよ」

「先輩が川崎《かわさき》にある介護施設で働いてる。卒業したらそこで雇ってもらうつもり」

「あなたみたいな堪《こら》え性《しょう》のない子が介護士なんか務まるはずがないでしょう」

「もう決めたんだもん」楓は意地になって言った。

「とにかく……」

母が苛立《いらだ》ったように楓の言葉を遮《さえぎ》った。

「冬休みまでに偏差値を今よりも十五は上げるようにしないと行けるところだってかぎられてくるんだからね。それができないっていうなら、友達との外出も禁止するし、お小遣いだってあげないよ。あなたは本当はやればできる子なんだから」

だからやらないのだ――

「これからは一日に最低でも二時間は博史くんに勉強を教えてもらいなさい。わたしから頼んであげるから」

あの男と一日二時間も一緒に過ごすなんて冗談じゃない。

「どうしてあんな奴を預かったの」

母を見据えて訊くと、またその話か、と肩をすくめた。

「今のうちにはそんな余裕なんかないじゃない。どうしてあんな赤の他人の世話なんかしなきゃいけないの。内藤のおじさんに頼まれたら断れない義理でもあるの？」

「そういうわけじゃないわ。それに別に博史くんを世話しているってことでもないでしょう。彼がいてくれてうちも助かっているんだから」

「あの人、いったい何者なの？　何か、普通じゃない。薄気味悪い――」

「そんなことを言うもんじゃないの！」母がちらっと天井を見上げて小声でたしなめた。

「どういう事情があって預かったか知らないけど、とにかく二階には入れないようにしてよ。わたしだって年頃のオンナなんだから」

楓はシンクにコップを叩きつけるように置くとドアに向かった。

「ねえ、楓――」

母に呼び止められて振り返った。

「生まれてから一度も学校に行ったことがない生活なんて想像できる？」

問いかけられたが、言っている意味がよくわからない。

「想像できるわけないじゃん。なんでさ？」

「ちょっと訊いてみただけ」母はそう言うとふたたび伝票に目を落とした。

4

内藤は官舎を出る前に、和也《かずや》の遺影に線香をあげた。

目を閉じて手を合わせながら、少しばかりの罪悪感を噛み締めている。

自分の子供は五年前にバイク事故で亡くなった和也ひとりだ。それは自分の心の中でもいっさい変わることはない。

内藤は少年院に入ってくる多くの少年たちの成長を見守っている。それが自分の仕事だ。ただ、ある少年の成長した姿を見ることを心待ちにして、どうしようもなく浮き立った気持ちになっている自分に気づいたとき、息子に対する罪悪感がふっと湧き上がってくるのだ。

時計を見ると、まだ十時を過ぎたばかりだ。

悦子には三時頃に伺うと言ったからさすがにまだ早いのだが、内藤は線香の火が消えるのを待って官舎を出ることにした。

官舎から出ると、少年院のフェンスの向こうから少年たちの掛け声が聞こえてくる。ふと、正門の前で足を止めた。

一年前に、町田とともにこの門を出て行ったときの記憶が脳裏をかすめた。

あのときも、町田は相変わらず醒めた表情をしていた。だが内藤は、町田のまっすぐに据えられた眼差しを見て、これから社会に出るということへの怯《おび》えと、不安と、そしてわずかばかりの希望を感じ取っていた。

バスで宇都宮駅に行くと、新幹線に乗って東京に向かった。

町田のことを引き受けてくれた悦子には本当に感謝している。悦子は内藤の親友だった男の妻だ。

前原正彦《まさひこ》とは子供の頃からの付き合いだった。小学校、中学校と同じ学校に通っていて仲がよく、内藤が親の仕事の都合で大森《おおもり》から出て行ってからも友人関係は続いた。内藤が法務教官になり、神奈川県内の少年院に配属されると、家が近くなったこともあり、家族ぐるみの付き合いになった。

和也を事故で亡くしたとき、悲嘆に暮れていた内藤や妻の静江《しずえ》を一番に支えてくれたのが前原夫妻だった。

そんな正彦も和也と同じ年に亡くなった。

悦子は気丈な女性だ。以前はどこかおとなしくて線の細い印象があったが、正彦が亡くなってからは夫の遺志を継いで工場を支えるため、そしてひとり娘を守るために頑張っている。そんな彼女の姿を見るにつけ、いつまでも和也の死の痛手を拭い去れずにいる自分が恥ずかしくなった。

町田の出院が近づくにつれ、内藤の中に大きな悩みが芽生え始めた。

町田には身元引受人となる人物がいなかったのだ。一応、母親はいるが、とても身元引受人になれるとは思えない。少年院を出た後に行き場所のない者たちを収容する更生保護施設というものがあるが、できればそこには入れたくなかった。

町田には家庭的な温《ぬく》もりと、そこから育《はぐく》まれる厳しさの中で、新しい社会生活を始めてほしかった。

そういう意味で、悦子こそ適任ではないかと思った。

悦子は町田の母親と同世代だ。親の愛情をいっさい知らない町田にとって、悦子が持っている強さと優しさこそが彼を更生させるのに不可欠なものではないかと感じた。

だが、それは内藤の勝手な願いだ。

今の前原家に赤の他人の面倒を見る余裕などないことは容易に想像できた。

内藤は断られることを覚悟で、町田のすべてを話し、悦子に相談してみた。悦子は意外なほどあっさりと、町田を預かることを承諾してくれたのだった。

大森駅に着いたのはまだ一時前だった。

少年時代に過ごした街を散策しながら適当に時間をつぶすことにして歩き出した。

しばらく街中を徘徊して、商店街を歩いているときに、「内藤さん――」と後ろから声をかけられた。

振り返ると悦子が立っている。

「こんなところでどうしたんですか」

「ちょっと早く着き過ぎちゃったんでぶらぶらしてました」内藤は照れ笑いしながら言い訳した。

「それなら連絡してくだされぱよかったのに。少しでも早く彼に会いたいんでしょう」

悦子と一緒に前原家に向かった。途中にある前原製作所の工場のシャッターが半分開いている。

「今日も仕事があるんですか」

日曜日は休みだということで今日伺うことにしたのだが。

「いえ。博史くんが自分の作業をしているんです」

「自分の……?」

悦子がシャッターをくぐって工場に入っていく。内藤も後に続いた。薄暗い工場の奥で、町田が何やら作業をしている。

「博史くん、内藤先生がいらっしゃったわよ」

悦子が声をかけると、町田が機械を止めてちらっとこちらを見た。

「今、忙しい」

相変わらずぶっきらぼうな口調だ。

町田はすぐに視線を戻してふたたび機械を動かした。内藤のことなど気にも留めない様子で作業に没頭している。

「何をやっているんですか」内藤は悦子に訊いた。

「わたしもよく知らないんですけど、工場が終わった後や休みのときを利用して義手を作っているみたいなんです」

「義手——？」

「ええ。自分でどこかから材料を集めてきてあれやこれややっているみたいなんですけど……どうしてそんなものを作っているのか不思議で」

内藤にはすぐにわかった。

「せっかく遠いところから会いに来てくださったのよ。一緒にケーキでも……」

「いや」

内藤は手で制した。

「まあ、放っておきましょう。それにふたりで話したいこともありますし」

「そうですか……」

工場から出ると、悦子とふたりで前原家に向かった。

居間に通してもらい、すぐに正彦の仏壇に線香をあげた。目を開けると、ちょうど悦子が盆の上にコーヒーとケーキを載せてやってきたところだった。内藤は正彦の遺影を見ながら立ち上がると悦子と向き合うように座った。

「内藤さんとお会いできてあのひとも喜んでいるわ」悦子がふっと微笑んだ。

「面倒なことを頼むだけ頼んでおいて、なかなかお伺いできずにすみません」

「いえ。いいんですよ。お仕事忙しいでしょう」

「ええ、まあ……ところで楓ちゃんは?」

「どこかに遊びにいっちゃったみたい。本当に最近は親の言うことも全然聞かなくて、反抗期なのかしら。十五歳って本当に難しい年頃ですね……」

言ってから、悦子がばつが悪そうな表情をした。

和也のことを思ったのだろう。

「ごめんなさい……」悦子が呟《つぶや》いた。

「気にしないでください。でも、うちの……いや、ぼくのことは反面教師にしたほうがいい」

しばし、ふたりの間に沈黙が流れた。

「町田はこちらでご迷惑をおかけしていませんか?」

内藤はコーヒーをひと口飲んで話題を変えた。

「迷惑だなんて……正直言ってものすごく助かっています。大学に通い始めてからは仕事を手伝ってくれる時間もかぎられますけど、それでもうちみたいな零細企業にとってはありがたい存在ですよ」

「町田が大学に入学したと聞いてぼくもびっくりしましたよ。あいつが行きたいって言いだしたんですか？」

「それが……東協大学の教授の強い勧めがあったんです」

悦子の話によれば、そもそもは東協大学理工学部の高垣という教授が前原製作所に実験用に使用する装置の製作を発注したことがきっかけだという。

そのとき工場の手伝いをしていた町田が装置の図面をしばらく眺めると、その場で高垣教授にこの計算だと装置はきちんと機能しないからもう一度計算し直したほうがいいと進言したそうだ。最初は高垣教授もアルバイト工員でしかない町田の言うことを真に受けなかったそうだが、研究室に戻ってもう一度計算し直してみると、たしかに町田の言うとおりの誤りがあったという。

悦子は専門用語を交えてどれだけすごいことかというのを力説したが、理系ではない内藤には何のことやらさっぱりわからなかった。

ただ、大学教授が愕然とするほどの能力を町田が持っているということだけは理解できた。

後日、工場にやってきた高垣教授が町田を大学に行かせるべきだと悦子に強く勧めたそうだ。

当初、町田は大学進学にまったく興味を示さなかったそうだが、高垣教授のしつこいほどの説得に根負けして渋々受験することにしたという。

見事合格した町田は奨学金を得て大学に通っている。

「内藤さんから彼の話を聞いたときには、正直、とても信じられなかったんですけど……博史くんは義務教育すら受けていなかったんでしょう」

内藤は頷いた。

戸籍もなく、学校に行くこともできなかった町田は少年院に入っていたわずか一年強の期間に、義務教育の九年間で習うべき知識を吸収したうえで、大学受験の資格を得られる高卒認定試験に合格したのだ。

「わたしの友達が近くの図書館に勤めているんですけどね、博史くんは毎日のように五冊の本を借りていくんですって。きっと本の装丁だけ眺めたら返しにくる変わった子だって笑ってましたけどね」

悦子につられて内藤も笑った。

だが、おそらく町田はすべてに目を通しているだろう。

「ところで、彼は毎日どんな生活を送っていますか。生活面や、交友関係なんかで何か変わったところは……」

町田がふたたび犯罪に手を染めるようなことがないかどうかが一番気になっていることだ。

「変わっているといえば、すべてが変わっていますよ。それは内藤さんもよくご存じでしょう。でも、心配するようなことは今のところ何もありません。大学に行って、うちの工場を手伝ってくれて、あとは部屋でずっと読書をしているみたいです」

「将来については……」

「さあ、どうなんでしょう……そういう話はいっさいしませんね。あれだけの能力があれば就職に困ることはないでしょう。まあ、協調性という面ではいろいろありますけどね」悦子が意味ありげな笑みを浮かべた。

「まったくです」

「ひとつだけ心配なのは普通の生活を送っているようでそうではないところです」

「普通の生活ではない……？」

「だってそうじゃないですか。普通、大学に行けばサークルだとか飲み会だとか楽しいことがいろいろとあるでしょう。友達ができたり、恋愛をしたり。そういうことにまったく関心がないところがわたしの唯一の気がかりなんです。一日五冊本を読むことが趣味だなんてやっぱりおかしいですよ」

「だけど、こうも考えられますよ。友人や恋人ができたら、いつか自分が傷つくことがあるかもしれないと」

どんな生活を送ろうとも、町田が人を殺《あや》めたという事実は消せないのだ。

「そうかもしれませんけど……内藤さん、博史くんは本当に人を殺めたんでしょうか」

悦子にじっと見つめられ、内藤は小さく頷いた。

「わたし、博史くんと接していてどうしても信じられないんです」

内藤にその事実を打ち消してほしいという、すがるような眼差しに思えた。

「彼が人を殺めたというのは事実です。これは消しようがありません。ただ、人間は変わることができるというのがぼくの思いでもあります。変わるためにはまわりの人たちの支えがとても大切です。どうか、これからも町田のことをよろしくお願いします」

内藤はそろそろ辞去しようと礼を言って立ち上がった。

「帰りに工場に寄っていかれたらどうですか」

「ええ、そうしてみます」

襖《ふすま》を開けた内藤は、目の前に立っている女の子を見てぎょっとした。

「か、楓ちゃん、こんにちは」

内藤が声をかけても楓は引きつった表情を向けながら黙っていた。もしかしたら先ほどの町田の話を聞かれてしまったのではないだろうかと不安になった。

「楓、ちゃんとご挨拶しなさい」

そう言った悦子も、どこか決まりの悪そうな表情を浮かべていた。

「こんにちは」

感情のこもらない声で言うと、楓が廊下を走って部屋に入っていった。

内藤はまずいことになったと悦子に目を向けた。しばらく顔を見合わせていたが、悦子が「大丈夫ですよ」と小さく頷いた。

内藤は一応シャッターを叩いてから、工場に入っていった。

町田は内藤に気づいていない様子で、機械の前で作業をしている。機械の振動音にかき消されて、ノックは聞こえなかったようだ。時折額の汗を拭いながら物作りに没頭している町田を見つめながらゆっくりと近づいていった。

すぐそばまで来ると、作業台の上に置かれた二本の義手が見えた。

そういう方面は疎《うと》いからよくわからないが、素人が作ったわりにはかなり精巧そうな義手だ。

「磯貝《いそがい》のか――」

内藤が声をかけると、町田がこちらを向いた。

返事はしない。だが、しかたないなという顔で機械を止めた。

「ひとりで作ったのか。ずいぶんと立派なものだな」

「ここにある設備と材料じゃこの程度が限界だ」町田が少し悔しそうな表情で言った。

「磯貝と会っているのか？」

「悪いか」

「いや……」

次に会ったらいろんなことを話そうとあれこれ考えていたが、実際に町田を目の前にするとなかなか言葉が浮かんでこなかった。

「ここの人たちに迷惑をかけるんじゃないぞ」

無理に言葉を絞り出すと、つい、教官口調になってしまう。

「迷惑……かけられているのはこっちのほうさ。ガキのおもりを押しつけられてな」

町田の表情が少し笑ったように見えた。

「おまえにはそういう役回りが似合っているのかもな──」

何気なく言った言葉だったが、同時に、いやなことを思い出してしまった。

雨宮一馬《あまみやかずま》──

彼のことを思い出すたびに、内藤は得体の知れない不安に苛《さいな》まれる。

町田たちと脱走を企《くわだ》てたときに見せたあの表情。そして、あの夜に出会った刑事を騙《かた》り町田たちを探し回っていた拳銃らしきものを持った男たちの存在。

町田たちを捕まえた後、内藤の判断で雨宮は他の少年院に転院になった。

転院先での雨宮の状況を聞いた内藤は自分の悪い予感が当たっていることを確信した。

栃木の少年院に入ってきたとき、雨宮は知能指数57の軽度の知的障害だと診断されていた。罪状である殺人に関しても、気の弱い雨宮が他の悪い仲間にそそのかされて起こした事件だというのが大方の見方だった。実際に自分もそう思い続けていたのだ。

だが、転院先での雨宮は今までとは打って変わって粗暴になり、知的障害という判断も疑わしいものだと報告を受けた。とするなら、雨宮は知的障害を装い、自分の本性を偽って少年院に入ってきたということになる。

しかし、何のためにそんなことをしなければならないのだ。

思い当たる理由はひとつだけだ。

ミノルという少年──

あの当時、町田の琴線に唯一触れることのできた人物だ。

まさか雨宮は町田に近づいて脱走させるために、ミノルという人物に自分を似せ、人を殺して少年院に入ってきたのではないか。

だけど、それは馬鹿馬鹿しい考えだとすぐに否定した。

事件を起こして少年院送致になっても、どこに行くかは当人には決められないのだから。それに、知的障害を装うといってもそれは簡単なことではない。たとえ知能指数をはかるテストでごまかせたとしても、事件を起こして家庭裁判所に送致されれば、調査官が家庭や学校などに出向いてその人物についての調査をするのだから。これらの調査を欺《あざむ》くためにはそうとう周到な準備が必要なはずだ。

しかし、その後もこの件に関して調べていた内藤は信じられない事実にぶつかった。

雨宮が入院した同じ時期に、全国の中等少年院に軽度の知的障害を抱え、雨宮と体格のよく似た少年たちが十人近く入ってきていたという事実だ。

自分の考えすぎだと思いたい。だが、どうしても一度こびりついた不安は簡単には拭《ぬぐ》いきれなかった。

町田の周辺には、自分の想像をはるかに超えるような底知れぬ闇が横たわっているのではないかと――

「雨宮とは会っているのか?」内藤は思い切って訊いた。

「雨宮? 連絡先すら知らないんだから会えるわけないだろう。そういえば、今ごろどうしてるんだろうな」町田が呟いた。

5

「磯貝さん――」

女の声が聞こえて、磯貝は窓の外を見ていた視線をドアに向けた。

介護士の千春《ちはる》が立っている。

「磯貝さんにお客さんですよ」

その言葉に、心が薄闇に包まれた。もっとも、もともと自分の心に晴天などないが。

「帰してくれ」

自分を訪ねてくる人間などひとりしかいない。

「どうしてです。せっかく来てくださったのに。テレビばかり観てないで、たまには人とお話ししなきゃ」

「余計なお世話だ」

「帰ってもらうんなら自分で言ってください。それぐらいできるでしょう」

「ああ、わかったよ」磯貝は面倒くさくなって立ち上がった。

部屋から出ると千春とともに一階にある食堂に向かった。

「ちょっとしょんべんしてえ」磯貝はトイレの前で立ち止まり、千春に目を向けた。

「後で福富《ふくとみ》さんに頼んでください」

ばばあの介護士だ。

「漏れそうなんだよ」

「おむつをしているから大丈夫でしょう。それに前みたいな変なことを頼まれても困りますから」

千春にぴしゃりと拒絶され、しかたなく歩き出した。

食堂に入ると椅子に座った町田が見えた。町田も磯貝に気づいたようでこちらに目を向ける。

テーブルの上に紙袋が置いてあった。

「元気か？」

町田の言葉には答えず、千春が後ろに引いた椅子に座った。

「水が飲みてえな」

千春に言うと、「はいはい」と微笑して厨房《ちゅうぼう》に向かった。

町田が紙袋を開けて義手を取り出して磯貝の前に置いた。

「まさか、本当に作ってきたのかよ」

磯貝が呆れながら言うと、町田が義手に目を向けてかすかに微笑んだ。

「大学生ってのはよほど暇なんだな」

「まあな」

磯貝の嫌味を町田が軽くいなした。

一ヶ月ほど前に、どこで調べたのかわからないがいきなり町田がやってきた。町田は磯貝に会うなり、義手を作りたいからサイズを測らせてくれと言ってきた。

今、何をやっているのかと訊くと、東協大学の理工学部の学生をやっていると答えた。

少年院での町田との付き合いはほんの三ヶ月ほどであったが、畏怖するほどの頭の良さは思い知らされている。高卒認定試験に合格して大学に入ったのだろうと思った。だが、同時に昔の町田を知っている自分からすれば、町田がまっとうな生活を送っていることがどうにも不可解でもあった。

「これ、動くんですか?」

その声に目を向けると、水を持ってきた千春が興奮したような顔で義手を見ている。

「これは筋電《きんでん》義手というんだ」

「筋電義手?」磯貝は訊き返した。

「筋肉が収縮することによって発生する表面筋電位をスイッチにして、内蔵されたモーターで、握る、つかむ、開く、包み込むなどの手の動きを再現することができる義手だ」

あいかわらず機械のように抑揚のない口調で説明した。

「さっそくつけてみてくれ」

「先に水が飲みたい。人の手を借りなきゃ水すら飲めないんでな」

千春が忘れていたとばかりに磯貝の前にコップを置いた。磯貝は前のめりになってコップにさしたストローをくわえて水を飲んだ。

町田が立ち上がってこちらに回り込んだ。左右の肘に義手を装着する。

こんなものが本当に動くのかと、訝《いぶか》しい思いで左右の義手に目を向けた。

「気持ちを集中させて、子供の頃からやっていたように手を握る動作をしてくれ」

磯貝は馬鹿馬鹿しいと思いながら言われたとおりに、手を握れと頭に念じた。

小さなモーターの音とともに義手の指が動いたのを見て、驚いた。

「すごい！」

千春の歓声に、磯貝は驚きを顔から消して、町田に目を向けた。

町田は磯貝ではなく、食い入るような表情で義手を見ている。

「今度は開いてみてくれ」

町田に言われて、磯貝は頭に念じた。義手の指が開いていく。

磯貝は義手を目の前に置かれたコップに向けた。いつの間にか義手の指先に意識を集中させている。義手がコップをつかんだ。そのままゆっくりとコップを持ち上げた。もうすぐだ。もうすぐだ。だが、口もとに持っていく途中で、義手からするりとコップが落ちた。

テーブルの上でコップが割れる音とともに、それまで心の中にあった高揚感も砕けた。

「もう少し訓練が必要だ。慣れればスプーンを持つことだって蛇口をひねることだってできる」

町田はそう言いながらも、満足げな表情だった。

「おもちゃだな」

磯貝が言うと、町田が弾かれたように見つめてきた。

「おまえは天才だろうけど、しょせんこの程度のものしか作れないんだな」精一杯とげとげしい口調で言った。

「これは試作品だ。次に来るときにはもっと改良してくる。不具合があるところを言ってくれ」

町田がデイパックからペンとメモ帳を出して開いた。

「こんなつまらないものを作るぐらいだったら、もっと他のことに時間を作ったらどうだ。そのほうがよっぽど有意義だろう。邪魔だからさっさと取ってくれねえかな」磯貝は吐き捨てた。

「磯貝さん、せっかく作って来てくれたのに言い過ぎじゃ……」

千春の言葉を遮るように、磯貝はテーブルに義手を叩きつけた。

「うっとうしくてしょうがないんだよ！」

目の前の男の顔を見ているとなぜだかわからないが苛立ってきてしょうがない。

「こんなもの早く取ってくれ！」

町田が立ち上がって義手に手を伸ばした。義手が外されると、磯貝はすぐに立ち上がって胸の中にからみつく苛立ちから逃れるようにドアに向かった。

6

工場の前を通りかかると、半分開けられたシャッターの隙間から明かりが漏れていた。

徳山源次郎《げんじろう》は腕時計に目を向けた。もうすぐ深夜の十一時だ。

今日は早く上がったが、もしかしたら社長は残って仕事をしているのだろうか。

気になってシャッターをくぐった。機械の音はしなかったが、奥のほうに人の気配があった。

近づいていくと作業台の前に町田が立っている。じっと作業台の上を見つめて腕を組んでいた。

「こんな遅くまで何やってんだよ」

徳山が声をかけると、驚いたように町田がこちらに顔を向けた。

「社長にはちゃんと許可をもらってる」

あいかわらずかわいげのない答えだ。

「そんなこと言ってるんじゃねえよ」

徳山はさらに近づいて作業台を見た。義手が置いてある。そういえば一ヶ月ぐらい前から仕事の合間に何やらやっていた。

「おまえが作ったのか?」徳山は義手のひとつを手に取りながら訊いた。

「ああ」

「筋電義手か」

徳山が言うと、そんなことを知っているのかと意外そうな目で見た。

「おれの計算だともっとスムーズに動くはずなのに、どうもうまくいかないんだ」町田がそう言って作業台の上の図面に目を向けた。

「誰の義手だ」

「ただの知り合いだ」

「ただの知り合いのためにこんなものを作るのか?」

「悪いか」

町田がうっとうしそうな目で言った。

「社長から十一時には閉めてくれと言われている」

時間がないから早く出て行けと言わんばかりの顔だ。

「計算や理屈だけじゃ動かないものもある」

義手を置いて背を向けると、「じゃあ——」と声が聞こえた。

「そういうときにはどうすればいいいんだよ」町田が理解できないというような目で問いかけてくる。

「さあな。いろいろと試してみるしかねえんじゃないか」

「答えになってねえよ。適当なこと言って邪魔するな」

「おまえはこの機械と同じだ」

町田の前にある一番新しい機械に近づき、がんがんと手で叩きながら言った。

「叩くなよ。社長に怒られるぞ」

「ボタンで数字を入力すれば十分の一ミリ単位で精密に動く。優秀だが面白味のねえやつだよ」

「何が言いたい」町田が苛立たしそうに言った。

「おれがこの工場で働き始めた頃なんてのは、とうぜんそんな優秀な機械なんてなかったからさ。だけどあの頃のほうが仕事は楽しかったぞ。素材ひとつひとつと向き合いながら、すべて自分の勘と、経験に裏打ちされた感覚を頼りにするしかない。それをつかむまでは失敗の連続で、おれもよく先々代にどやされてはたかれたっけな。だからこそうまくいったときには達成感があったのかもしれない。人間関係とちょっと似てるかもな」

最後の言葉に、町田の目が少し反応した。

「そうだろう。計算や理屈だけじゃ人の心は動かない。それと同じだ。こちらも全身全霊を傾けなきゃ素材も答えてくれねえ」

「意味がわからねえよ」町田が徳山を見つめて言った。

「たまには飲みに付き合え。そうすりゃちったあわかるようになるかもな」

徳山は町田の肩を叩くと、シャッターのほうに向かった。

7

「ねえ、楓——まだ帰んなくて平気なの？」

ゲームオーバーになったところで智美が訊いてきた。

楓は時計に目を向けた。もうすぐ十時になる。携帯を取り出してみると、母から何件かの着信とメールが入っていた。ずっとマナーモードにして無視していた。用件は見なくても想像できる。

今日は学校が終わってから智美の家に寄ってずっとテレビゲームで遊んでいる。

「平気平気——」楓は携帯をしまいながら答えた。

「本当に？　楓のお母さん、けっこう厳しいんでしょう。電話ぐらいしといたら？」

「いいって」

母が心配しているだろうことは充分承知のうえだ。だけど、徹底的に心配をかけてやろうと心に決めていた。

それが自分の抗議の気持ちだと、母もわかるだろう。

母は今まで大切なことを楓に隠していた。町田はここに来るまで少年院にいたという。しかも、人を殺した罪だ。

それを聞いてもさほど驚きはなく、むしろ納得できた。

拓也たちと向かい合ったときに見せた凍りつくような冷たい視線——

あれを見れば、町田がまともな人間ではないことは十五歳の自分にだってよくわかる。

楓が何よりも信じられなかったのは、人殺しだということを知りながら、母が町田を家で預かったということだ。

年頃の娘がいるというのに、楓の身などどうでもいいのだろうか。

楓に対する裏切り以外の何ものでもない。せいぜい心配させてやればいいのだ。

「それじゃ、ちょっと表に遊びにいかない？」智美が提案した。

「智美のお母さん、今日は夜勤？」

楓が訊くと、智美が頷いた。

「うん。だから食事代もらってるし」智美がポケットから千円札を二枚取り出して笑った。

智美は楓と同じ母子家庭だ。別にそれだけが理由ではないが、クラスで一番仲がいい。智美の母親は近くの総合病院で看護師をしている。

出かける準備をしているときに携帯が震えた。着信画面を見てうんざりした。

「お母さんからだ」

「うちに泊まるんだったらお母さんに伝えておきな。もし何か言われたらうちで一緒に勉強してるって答えればいいし。電話代わってあげるよ」

智美に説得され、楓はしかたなく電話に出た。

「楓——あなた、今どこにいるの！」

思ったとおり、電話に出るなり母は金切り声を上げた。

「智美んち。今日は泊まっていくから。明日、そのまま学校にいく」

「あなた、何言ってるの。そんなこと許しませんよ。今すぐに迎えにいくから。智美ちゃんのおうちね」

「来たって無駄だよ。これから夜遊びに出るつもりなんだから」楓は鼻で笑いながら言った。

「馬鹿なことを言うんじゃありません。十五歳の女の子がこんな時間に外なんか出歩いたら危ないでしょう。これから迎えにいくからそこで待ってなさいっ！」

「人殺しがいる家に帰るよりも外で遊び歩いてたほうがよっぽど安全でしょう！」そう言い放つと電話を切った。


駅前のゲームセンターに行くと拓也たちを見つけた。

拓也はいつもつるんでいる健吾と雄太と来ていて、しばらく智美と五人で一緒にゲームを楽しんだ。

「楓――何か、しけた顔してるな。どうしたんだよ」拓也が心配そうに訊いてきた。

拓也の顔を見ながら、溜め込んでいた感情があふれ出しそうになった。

「拓也にちょっと相談があるんだ……」楓はうつむいた。

「何だよ、相談って。珍しくしおらしいじゃん」

「外で話そう」

拓也を連れてゲームセンターの外に出た。自動販売機でジュースを買って立ち飲みする。

「で、何だよ、相談って」拓也が訊いた。

「一昨日《おととい》、コンビニにやってきた男がいるでしょう」

「ああ、あのイソウロウって奴か」

町田の話をするなり、拓也が不機嫌そうな顔になった。

「わたし……あの男のことが嫌いなの。どうしても家から追い出したいの。何かいい方法はないかな」

「何か、いけ好かないっていうか不気味な奴だよな。だけど、楓の家から追い出すっていってもおれがどうこうできることじゃないしな」

「たとえばさ……」

心の底から湧き上がってきた考えに怖くなって、楓はそこで言葉を切った。

「たとえば……何だよ」

自分はいつからそんな恐ろしいことを考える人間になってしまったのだろう。だけど、それほどに町田のことを嫌悪している。町田はいつか自分や自分の大切な人たちに災いをもたらす存在になるのではないかと、嫌な予感がしてならないのだ。

「誰かがあいつを痛めつけてくれるといいんだけどな。病院送りにでもなれば……」

楓の言葉を聞いて、拓也がぎょっとした顔になった。

「おっかないこと言うね。だけど、それだったらそうとう長いこと入院してもらわないと意味がないよな」拓也がすぐににやりと笑った。

「そうだね。それで退院したらまたすぐに同じような災難に遭えば……」

「この土地と相性が悪いことに気づいて大森から出ていきたくなるかもな」

「そうなってくれたらうれしい」楓は頷いた。

「だけど、楓がそこまで嫌っているとはね。何か特別な理由があるのかよ」

「生理的に嫌なの」

町田が人殺しだということは言わないことにした。人を殺していると聞けば、いくら暴走族でならしている拓也といえども恐れをなしてしまうかもしれない。

それに町田はそう簡単にやられないかもしれない。もしかしたら拓也が返り討ちに遭うことだって考えられる。だけど、そうなれば町田はふたたび警察に捕まることになる。これで母の目も覚めるだろう。

「で、報酬は何だよ」拓也が訊いた。

「報酬って……そんなにお金持ってないよ」

「じゃあ、やらせてくれ」拓也がからだをすり寄せながら言った。

後には引けなくなって、楓は小さく頷いた。

「本当か？　そうと決まったら、こっちもいろいろと準備してやるから。楽しみに待ってな」

拓也がにやにやと笑いながら言った。

8

公園のベンチに座って垣根の外を眺めていると、エリカが中年の男と腕を組んで歩いてくるのが見えた。ひっそりと静まり返った暗い夜道をネオンに向かって歩いていく。

雨宮は吸っていた煙草を地面に捨てると立ち上がった。公園を出てゆっくりとエリカと中年男の背中に近づいていく。目の前にはラブホテルのネオンが瞬いている。

「エリカ――」

声をかけると、ふたりの背中がびくっと震えて同時に振り返った。

「ショウ——どうしてこんなところに……」エリカが雨宮を見て怯えたように言った。

「どうでもいいだろうが、そんなこと。それよりも隣にいるおっさんは何だよ！」

中年男は雨宮を見ながら凍りついたように直立不動になっている。

「てめえッ！　おれに隠れて浮気してやがったのか」

雨宮はエリカに向かっていき、頰のあたりに拳を突き出した。同時に、エリカが地面に倒れる。

「ちょ、ちょ……」

中年男が上擦《うわず》った声を上げながら地面に倒れたエリカを見た。顔を上げたエリカの鼻のまわりにはべっとりと赤いものがこびりついている。

「ごっ、誤解ですよ。ぼ、ぼくたちはまだ何も……何も……」

エリカの顔についた血糊《ちのり》を見て、中年男がからだを震わせながら必死に弁解した。

「おっさん。こんなところをおれのオンナといちゃつきながら歩いてて誤解もへったくれもねえだろう。ちょっとそっちで話をしようや。おめえは家に帰ってからいたぶってやるからそこで待ってろ！」

エリカに向かって吐き捨てるように言うと、中年男の肩に手を載せて公園に連れていった。

「とりあえずこの始末はどうつけてくれるんだ？」中年男を公衆トイレの壁に押しつけて脅しをかけた。

「かっ、勘弁してください。テレクラで知り合っただけで本当に何も……」

雨宮はみぞおちのあたりに拳を突きたてた。中年男のからだがくの字に折れ曲がる。

男のからだを支えながら、背広の上着やズボンのポケットを手で探った。上着の内ポケットに入っていた財布を取り出して札を抜き出す。名刺入れから男の名刺と何枚かのそれ以外の名刺を取り出してポケットに突っ込んだ。

「授業料だよ」

耳もとで囁《ささや》いて、支えていた手を離してやると、中年男が地面に崩れ落ちた。


ドアが開く音に、雨宮はカウンターから目を向けた。

胸もとが大きく開いた赤いドレスを着た妖艶《ようえん》な女が入ってきた。この店に似つかわしくない客の出現に店内がざわついた。

女は雨宮から四席離れたところに座り、バーテンにマルガリータを頼んだ。ちらっと女がこちらを見た。カクテルを飲んでいる間も、何度かこちらに視線を向けてくる。

むしゃぶりつきたくなるぐらいいい女だと思っていると、トイレに行っていたエリカが戻ってきた。

「今日の演技はちょっとオーバーだったかな」エリカが旨そうにラムのストレートを飲んで言った。

「そんなことねえんじゃねえか」

「面が割れないうちにそろそろ池袋《いけぶくろ》から離れたほうがいいかもね」

エリカと話をしながら女のことが気になっている。この店に入ってから何人もの男が声をかけにいったが、女はまともに相手をしなかった。

ここは荒くれ者が集まる店だが、不思議なことにみんなおとなしく引き下がっていく。

全身から発する雰囲気から、かたぎの女ではないと感じているからだろう。雨宮自身もそう感じている。どこかの組長のオンナか――

女が立ち上がってこちらに向かってくる。雨宮とエリカの背後で立ち止まった。女がカウンターに肘《ひじ》をついて雨宮に顔を寄せてきた。

「ちょっと、あんた、何なのよ」エリカが女に文句を言った。

それでも女はその場を動かず、じっと雨宮を見つめてくる。

何なんだ、この女は――

「こんなしょうもない女と組んで美人局《つつもたせ》で日銭を稼いでいるなんて。ケチなチンピラに逆戻りね」

女の声を聞いて、心臓が跳ね上がりそうになった。

あねき――

容貌はまったく変わっているが間違いない。

「室井《むろい》さんがあなたを呼んでるけど――来る？」美香《みか》が妖《あや》しい笑みを浮かべながら言った。

美香の目を見つめながら、雨宮は言葉を失っていた。次第に様々な感情が胸の底から突き上げてくる。一番大きな感情は、ひさしぶりに姉に会ったことの懐かしさではなく、怒りだった。

だが、雨宮よりも先に隣に座ったエリカが感情を爆発させた。

「あんた、いったい何だっていうのよ！　こんなしょうもない女とはどういう意味さッ！」

エリカが怒りに任せて美香の腕をつかんだ。だが、すぐに美香に手首をつかまれ、ひねり返される。

「痛いッ！　放せ——放してよッ！」

カウンターの前で身をよじって痛がるエリカを、美香は涼しい顔で見つめている。

「おい、あねきッ！　放せよ」

雨宮が止めに入ると、美香がつかんでいたエリカの手首を放した。

「あねきって……」

椅子から倒れ落ちそうになったエリカが呟いた。そのままの姿勢でじっと美香の背中を睨みつけている。

「ああ、そうだ……悪いけど少しふたりで話させてくれ」

雨宮はポケットから財布を抜くと、一万円札を二枚取ってエリカに差し出した。

「どこかで飲んでてくれ。話が終わったら電話するから」

エリカは二万円を受け取ると、美香の横顔に一瞥《いちべつ》をくれてから店を出て行った。

「今夜も江古田《えこだ》のボロアパートに帰るつもり？」美香が訊いた。

自分たちが住んでいるアパートまで調べられているようだ。

に答えた。

「ああ。ボロだろうがなんだろうがおれにとっての唯一の家だからな」雨宮は吐き捨てるように答えた。

二年前、脱走に失敗した雨宮は栃木から千葉にある少年院に転院させられた。それからは一度たりとも美香は面会に訪れなかった。それればかりか、退院するときに身元引受人を頼もうとしたら、行方《ゆくえ》さえわからなくなっていたのだ。

たしかに雨宮は手痛いミスを犯した。町田を脱走させるという任務に失敗し、室井からの信頼を失ったことは容易に想像できる。

だが、それでも美香だけは自分の味方だと思っていた。自分にとっての唯一の家族なのに、そんな美香にすら見捨てられたのだという怒りが拭えなかった。

少年院を出て、行く当てもなかった雨宮は更生保護施設というところに入った。規則ばかりのつまらない施設だ。施設の生活に耐えられなくなって飛び出した雨宮は、室井の組織に入る前に遊んだことのあるエリカの部屋に転がり込んだのだ。

「今ごろ何の用だよ」雨宮は冷ややかに言った。

「だから言ってるでしょう。室井さんがあなたを呼んでるって」

美香を見つめる。あらためてまじまじと見ても、あの美香だと信じられないぐらいに顔や全体の印象が変わっている。目だけはかすかに雨宮が知っている美香の面影があった。

室井に命じられて全身整形でもしたのだろう。

まるで着せ替え人形。いや、室井の操り人形だ——

じっと美香の目を見つめていると、哀れみのような感情があふれ出してきそうになる。

「面会に行かなかったことをすねてるの。あいかわらず甘ったれね」

美香が雨宮の手を引いてまわりに人がいないテーブル席に移動した。向かい合わせに座るとハンドバッグから煙草を取り出した。きらきらとダイヤのようなものが装飾された高そうなライターで火をつける。

「あねきはまだおれの家族なのか？　それとも組織の人間なのか？　室井さんが呼んでるってことは家族として会いに来たんじゃないんだな」雨宮は小声で問いかけた。

「両方よ」

美香が薄い煙を吐き出して答えた。

「面会にも行きたかった。だけど、新しい指令が入って忙しかったのよ」

「姿を消したのはどういうことだよ。おれに何も告げずに」

「しばらく一馬と接触するわけにはいかなかった。雨宮美香という存在を消す必要があったから。わかるでしょう、組織にいた人間なら。今のわたしは雨宮美香ではなく『華原恭子《かはらきようこ》』という女よ。雨宮美香という女は消えてなくなったの」

いったい美香は室井から何をさせられているのだろう。知りたかったが、何を訊いても答えないだろう。

「あの人がおれを呼んでるって……もしかして、何かの制裁か？」

室井はミスを許さない。そして、裏切り者は決して放っておかない。

室井の命令に逆らったり、裏切った者には血の制裁が待っている。『必要のない人間』として闇に葬られるのだ。

雨宮は室井を裏切ったわけではない。何とか任務を遂行しようと精一杯のことはやったつもりだ。ただ、運が悪かっただけだ。だが、室井がどう考えているのかはわからない。へたに組織の内情を知っている人間を放っておくはずがない。

「あねきに呼ばれたらホイホイついて行くとでも思ったか。だけど、ついて行ったら最後、二度と娑婆《しゃば》の空気は吸えねえんだろうな。それとも、海にでも沈められるか」皮肉を込めて言いながら、美香の反応を窺った。

「一馬の言うとおり、裏切り者には血の制裁が待ってる。あなたが裏切り者ならこの場でわたしが制裁を下している。だけど、あなたは裏切り者じゃない。室井さんはまだあなたのことを買ってる。あなたにしてほしい仕事があるから呼んだのよ」

どこまで信じていいのかわからない。だが、美香の眼差しに一瞬、寂しい影がよぎったのがわかった。

自分の弟を殺すために組織に売り渡すほどは、家族の血は捨て切ってはいないだろう。いや、そう思いたいだけだ。

「室井さんはこの社会を正すために命を賭けている。そのためにわたしたちもすべてを投げ打って働いている。美人局なんてつまらないことをやっている一馬を見ているのが辛いの。もう一度、組織のために、理想の社会を作るためにわたしたちの同志になってほしい」

この社会を正すために命を賭けている。

以前までは雨宮もそう思っていた。

室井は社会から取り残されている弱者のために、犯罪という手段を使って、この世界を正しい方向に導こうとしているのだと信じて疑わなかった。

だが、今ではわからない。

「わかった。室井さんに会って話だけは聞く。だけど、嫌なことなら断る。そのときは江古田のアパートまで送ってくれ。あねきとして約束してくれ」

「わかった。約束する」

チェックを済ませると、ふたりで店を出た。

美香が携帯を取り出してどこかに電話をかけた。繁華街を通って大通りに向かう。

「あなたを迎えに来るのでなかったら、こんなところには二度と足を踏み入れたくなかったわ」

繁華街のけばけばしいネオンに照らされながら美香が呟いた。

昔のことを思い出しているのだろう。

わずか数年前に、美香はこの近くにあるひと抜き七千円のヘルスで働いていた。その頃の店の従業員も客も、今の美香とすれ違っても誰も気づきはしないだろう。

室井と知り合ってからの数年間で、地べたを這いつくばっていた惨めな幼虫が華やかな蝶になったのだ。

だけど、それが本当に幸せなことなのだろうか。

美香にとっての、自分にとっての、本当の幸せなのだろうか。

大通りに出ると、黒塗りの高級車が目の前に停まった。運転手が出てきて後部座席の扉を開ける。美香が乗り込んだので、雨宮も隣に座った。

流れる景色とともに、しばらく美香の横顔を見つめていた。

「何……？」美香がこちらに目を向けた。

「あねきは……あねきは今、幸せか？」

どうしても訊かずにはいられなかった。

雨宮の問いに、美香はしばらく黙っている。やがて、頷いた。

「幸せよ。あの人と出会って、誰かから必要とされる幸せを初めて知った。それまでは、わたしは誰からも必要とされない人間だったから……」

そんなことはない。雨宮はずっと美香を必要としていた。本当に美香を必要としているのは室井ではなく、自分なのだ。だが、その思いは言葉にできなかった。

しばらくすると、車は地下駐車場に入っていった。

「降りて」

雨宮は車を降りた。美香について行き、エレベーターに乗った。

美香がエレベーターの操作盤に鍵を差し込んで最上階のボタンを押した。

ドアが開くと、間接照明だけの薄暗い部屋が目の前に広がった。

雨宮がエレベーターから降りるのと同時に、窓一面の夜景に背を向けるように立っていた人影がこちらに顔を向けた。

「失礼しました」

美香の言葉に室井から視線を外すと、壁際のソファに若い女が座っていた。

「いや、いいんだ」

室井がそう言ってソファのほうに目配せすると、若い女が立ち上がった。女がこちらのほうに向かってくる。

「気をつけて帰りなさい」

室井に声をかけられ、女が振り返って頷いた。雨宮たちのほうを見て会釈をするとエレベーターに乗り込んだ。

雨宮と同年代のように思えるが、どうやら優遇された幹部のようだ。

「ひさしぶりだね」

室井がこちらのほうに歩み寄りながら言った。

自分に据えられた眼差しが露《あら》わになった。微笑んでいるように思えた。

「ふたりだけで話がしたい。少し外してもらえるかな」

「下におりますので、何かありましたらおっしゃってください」

室井に吸いつくような微笑を残して美香がエレベーターで戻っていく。

「座ってくれ」

室井に言われてソファに近づいていった。雨宮は座ったが、室井はそばにある巨大な水槽の前で立ったままこちらに目を向けている。

「今までご苦労だった」

想像もしていなかったねぎらいの言葉に少し戸惑った。

「ただ、幹部にはなり損ねましたけどね」

皮肉しか思い浮かばなかった。

「手痛いミスだったな。きみにとってもわたしにとっても——あのときのわたしはすぐにでも博史を欲していた。どんな手を使ってでも彼を取り戻したいと思っていた」

関係ないと思いつつ、室井にそんなことを言わせてしまう町田への嫉妬心がふたたび湧き上がってくる。

「いまさらおれに何の用があるんですか。ミスを犯した人間は組織からお払い箱でしょう」

「きみから届いた手紙をずっと読んでいた」

手紙——少年院から美香に送った手紙のことだろう。

手紙の中で同室だった町田の様子をそれとなく書き記していた。院内での日常生活やたわいもない話、町田から勉強を教わっていたことなどだ。

「友達と思われていたみたいだね」室井が言った。

「ええ。すっかり騙されてましたよ」

間抜けな奴だった。三ヶ月近く一緒に生活していたが、室井がどうしてそこまで町田に執着するのかがいまだにわからない。

「あいつは今、何をやっているんですか？　あなたならそれぐらい把握しているでしょう」

雨宮が訊くと、室井はゆっくりと水槽に向かった。

「かれは今、大学生だよ」

意外だった。少年院にいた頃の町田は、大学に通うことなど興味もなさそうなタイプと思っていた。

だがそれを聞いて、少しだけ安堵している自分がいる。なんだかんだいって、あいつも普通の人間なのだ。組織に入って裏側から社会を動かすような器ではない。

「新しい環境の中で、いろいろな経験をしているようだ」

室井が水槽の中で泳いでいる熱帯魚を見つめている。

「きみに次の任務を与えたい」

「また、町田とお友達になれって言うんじゃないでしょうね」雨宮は言った。

「一週間前に小沢稔《おざわみのる》らしい男を見かけたと情報があった。小汚い格好をして上野《うえの》周辺を歩いていたとね。髪もひげも伸ばし放題で昔の面影が薄かったからそのときには確信が持てなかったそうだが」

「まさか、小沢稔を捜せというんじゃ……」

室井が頷いた。

「どうしておれなんですか」

「捜すだけなら誰でもできる。捜しだして小沢稔と友達になってほしい。きみは博史のことをよく知っているから適任だろう」

「いずれ町田を組織に取り込むためですか」

室井はその質問には答えず、水槽に目を向けた。

「奴をそばに置きたいならそんなまどろっこしいことをする必要はないでしょう。さっさと拉《ら》致《ち》してくればいいじゃないですか」

「今はこうやって眺めているだけで楽しい」

熱帯魚の成長を楽しむように町田を見ているのか。それとも、もっと人間的な感情なのか。いずれにしても屈折した思いを室井の眼差しから感じ取った。

「どうだ、やってくれるか」

室井が雨宮に視線を戻して言った。

「もちろん、成功した暁には幹部の椅子を約束しよう」

「ひとつ条件があります」雨宮は緊張しながら言った。

条件など出したらどういう反応を返してくるだろうかと恐れていたが、室井はどこか楽しむような眼差しで雨宮を見つめている。

「その任務をやり遂げたら、あねきを解放してほしいんです」

「解放？」

「そうです。あなたが町田に執着するように、おれが一番求めているのは唯一の肉親であるあねきなんです。美香を普通の女に戻してやってほしい」

どんなに外見が美しくなったとしても、雨宮にとって今の美香はつぎはぎだらけの人形だ。家族としての美香をどうしても取り戻したかった。

どちらかが死ぬ前に——

「わたしは彼女を拘束しているつもりはないよ」

「そんなことわかっています！」雨宮は叫んだ。

先ほど室井に向けた美香の視線ですべてわかった。美香は室井に惚れている。心底、惚れ込んでいるのだろう。

だからどんな任務を与えられようとも室井について行くのだ。本当の自分を捨て去っても。たとえ自分の思いが報われることがなかったとしても。

すべては雨宮が組織に入ったのがきっかけでこうなってしまったのだ。

「あなたから切ってほしい」

射貫《いぬ》くように見つめると、室井は少し思案顔になった。

「きみが思っている以上に、彼女には重要な仕事をしてもらっている」

「それもわかっています。だけど、おれはそれ以上のことをします。あなたが神なら、おれは一番の使徒になります。いや、なってみせます。おれの手と、足と、すべてをあなたに捧げますよ」

室井はじっと雨宮を見つめている。

「わかった——任務に必要なものは下で用意させよう」

室井の言葉を聞いて、雨宮は頭を下げてエレベーターに向かった。

「一馬——」

声をかけられて、振り返った。

「少しはおもしろい男になったな」室井が口もとを緩めた。

初めて一馬と呼ばれたことに気づきながらエレベーターに乗り込んだ。

9

学校から帰ると、居間に人の気配があった。

「楓、おかえり——ちょっとこっちにきて」

この時間には工場に行っているはずの母が自宅にいる。

楓は母の言葉を無視して居間の横を素通りして自分の部屋に入った。すぐに鍵を閉める。しばらくするとノックの音が聞こえた。

「楓、出てらっしゃい。別に昨日のことで怒るつもりはないから。ただちょっと話をしたいの。あなたもお母さんに話したいことがあるんでしょう」

望むところだ。言いたいことは山ほどある。

「着替えたらいく」楓は答えて大きく息を吐いた。

部屋を出て居間の襖を開けると、座卓に向かっていた母が顔を上げた。

「そこに座って」母が微笑して、向かいに促した。

楓は憮然《ぶぜん》とした表情を崩さないまま母の目の前に座った。

母はなかなか話を切り出さなかった。先ほどまであれほど言いたいことがあったのに、不思議と楓も言葉を探している。しばらくお互い見つめ合ったままでいた。

「あなたに内緒にしていたことがあるの。もう知ってるわよね」母がようやく切り出した。

「あいつが人殺しだってことでしょう」楓は母から視線をそらし、天井を見上げた。

「あなたに黙っていたことは悪かったと思ってる」

「わたしに黙っていたことじゃなくて、あんな奴を家に入れたことを悪いと思ってよ！　どうして人殺しなんか預からなきゃいけないのよ」

「わたしは殺人を肯定なんかしない。だから、あなたが博史くんに対して嫌悪感を抱いたってしょうがないと思ってる」

「じゃあ、どうしてよ！　どうしてあんな奴を！」

「わたしと少しだけ似てると思ったから」

母の言葉にきょとんとした。どういう意味なのだ。

「誤解しないでね。わたしは殺人だとか、警察のご厄介になるようなことはとりあえずしてないから」

その言葉に少しだけ安堵すると、母がポケットから一枚の紙を取り出して差し出した。

折りたたまれた紙を広げると、新聞記事をコピーしたものだった。

「図書館にある縮刷版のコピーだからちょっと読みづらいかもしれないけど」

楓は新聞記事に目を向けた。『無戸籍で十八年。殺人容疑で逮捕の少年、義務教育も受けずに成長』という見出しが飛び込んできた。

楓は顔を上げて母を見つめた。

「博史くんのことよ」母が頷きかけてきた。

「戸籍がないってどういうこと?」

記事をひと通り読んでみたが、どうも意味がよくわからない。

「この社会に存在していないということよ」

「どうしてそんな……」

「親が出生届を出さなかったみたいね。学校にやる金も惜しいと……」

生まれてから一度も学校に行ったことがない生活なんて想像できる?——

数日前に母が言っていた言葉を思い出した。

「博史くんにはお母さんがいるらしいけど激しい虐待を受けていたみたい。十四歳のときに家を飛び出して警察に捕まる十八歳までの四年間はひとりで生きてきたって……どんな時間を送ってきたのかしらね」

十四歳といえば、楓よりもひとつ年下の頃だ。

生まれてから一度も学校にも行けず、その年齢からひとりで生きていくなんてとても想像できない。だけど……

「だからといって、人を殺していいわけがない」楓は母に訴えた。

「そうね。あなたの言うとおりよ。殺人は許されることじゃない」

母は素直に楓の訴えを認めた。だが、その表情には『だけど……』という思いが滲《にじ》み出ているのがわかる。

「お母さんと少しだけ似てるって……どういう意味？」楓は母の目を見つめながら訊いた。

「あなたはお母さんのほうのおじいちゃんとおばあちゃんに会ったことはないわよね」

楓は頷いた。

父方の祖父と祖母とは数年前までここで一緒に暮らしていた。何度か母の祖父と祖母のことについて尋ねたことがあったが、その度にはぐらかされたのを思い出した。

「お母さんもね、生まれてからしばらくの間戸籍がなかったの」

「どういうこと!?」

母の言葉に衝撃を受けながら、その意味を頭の中で考えた。

「お母さんは一歳ぐらいの頃に施設の前に置き去りにされていたの——そう。捨て子よ。もっとも生年月日なんてわからないから、自分の正確な年齢だってわからないのよ」

母がふっと微笑んだが、寂しげなものだった。

「それから中学校を卒業するまで施設で暮らしていた」

「施設を出てからは？」

「アパートでひとり暮らしをしながらウエイトレスとして働いてた。そこに客としてやってきたお父さんと知り合ったの」

母が座卓の横にある仏壇に目を向けた。父、祖父、祖母の遺影が置いてある。

「お父さんと結婚したことでお母さんは変われたの。お母さんはずっと大きくなるまで人間不信を抱えていた。血のつながりさえも信じられないんだもの。誰も信じられない、自分はひとりで生きていくんだってずっと思ってた。だけど、お父さんが、おじいちゃんが、おばあちゃんがそんなわたしの頑《かたく》なな心を変えてくれたの。そして、もうひとつ、あなたを産んだことでね」

母がじっと見つめてくる。

「あなたを妊娠したときには正直なところものすごく悩んだの。わたしみたいな人間に、愛情を持ってちゃんと子供を育てられるのだろうかってね。今のお母さんはどう？　ちゃんとあなたに愛情を注げているかな」

楓が頷くと、今度はにっこりと微笑みかけてきた。

「人間は誰でも変わることができる――そんなきれいごとを言うつもりはない。変われない人もきっといるはず。いえ、きっとそういう人のほうが多いかもしれない。だけどね、わたしは人生で一度だけ、ひとりだけでいいから、自分の力で変われるチャンスをあげたいの。わたしがお父さんやおじいちゃんやおばあちゃんや、あなたからもらったような同じチャンスを誰かに与えたかったの……」

楓は言葉をなくしていた。母の気持ちは少しだけ伝わったような気がするが、あまりにも楓にとっては衝撃的な話を聞いた後で、気持ちの整理がうまくできない。

楓は無言で立ち上がると自分の部屋に戻った。

ベッドに横になった瞬間、なぜだか涙があふれ出した。

どうして涙が出たのだろうと考えているうちに気づいた。楓はずっと工場で働く母を不憫《ふびん》に思っていた。祖父が作った工場を、父が亡くなった後に継がなければならない母のことがかわいそうだとずっと感じていたが、母にとっては何の負担でも苦労でもなかったのだとわかったことがうれしかったのかもしれない。

着信音が鳴って携帯に目を向けた。手に取って見ると、拓也からメールが届いている。メールを開けると、『例の話、今日決行する』とあった。

拓也からのメールを見て、楓は戸惑った。

町田を襲ってほしいと頼んだが、まさかこんなに早く動くとは思っていなかった。

もちろん町田に対する嫌悪感は今でもある。母の話を聞いたからといってなくなるものではない。でも、町田を襲ってほしいという昨日の決意が少しだけ鈍っていることに気づいていた。

『今日決行するって、どうやって？』

とりあえず拓也に返信した。

『そのことで楓にも協力してもらわなきゃならない。これから出てこられるか？』

協力——という文字を見て、気持ちが怯んだ。

けれども自分から頼んでおいて、このまま逃げるわけにもいかない。

『わかった』

近くのコンビニで待ち合わせることにして、楓は部屋から出た。

母に気づかれないように廊下を静かに歩く。ちらっと居間と台所の様子を窺ってみたが母の姿はなかった。楓と話をした後、工場に戻ったようだ。

座卓の上に置かれた紙が目に入った。先ほどの新聞記事のコピーだ。

わたしは人生で一度だけ、ひとりだけでいいから、自分の力で変われるチャンスをあげたいの――

母の言葉を思い出したが、楓は紙をくしゃくしゃに丸めると、ジーンズのポケットに突っこんだ。


コンビニに行くと、店前で煙草を吸っていた拓也が「よお」と手を振った。

「今日、決行するって……」楓はためらいがちに口を開いた。

「ああ。おまえのためにあの後すぐに族の仲間と連絡をとったんだよ。十人ほど集めたぜ」拓也はそう言うと、にやっと笑った。

本気でこれから町田を襲うつもりだ。

「それで……わたしに協力って……いったい何を？」楓は訊いた。

「仲間は集まって準備万端なんだけどな、どこであいつを襲えばいいかっていうので悩んでさあ。おれはあいつのこと何も知らないからな。どこで襲えるチャンスがあるかっていうことを楓に訊こうと思って」

拓也に言われたが、楓だって町田の一日の行動を把握しているわけではない。

大学のある日はだいたい夕方の六時頃に部屋に帰ってくる、ということぐらいしかわからない。そのことを拓也に告げた。

「夜、どこかに遊びに行ったりしないのか？」

「たぶんない」楓は首を横に振った。

町田は大学に行っているときと工場を手伝っているとき以外は、ほとんど二階の部屋にこもっているみたいだ。

「まいったなあ。大森駅からおまえの家までの間じゃ襲うことなんかできねえしなあ」拓也が溜め息をついた。

たしかに、大森駅から楓の家や工場までの間では人目がありすぎる。

「ねえ、とりあえず……」

町田を襲うことは先延ばしにしようと言いかけたとき、拓也が「そうだ」と楓に目を向けた。

「こうなったら、あいつを誘い出すしかねえな」

「誘い出すって？」楓は嫌な予感を抱きながら訊き返した。

「おれたちはこれからどこか人気《ひとけ》のないところで待機しているから、楓があいつをそこに誘い出せばいいんだよ」

「そんなことしたら……」

楓が町田を襲うことを仕組んだとわかってしまうではないか。

「自分が関わっているとばれちゃまずいか？」

楓は頷いた。

「ずるい女だな」鼻で笑うように言った。

拓也に言われるまでもなく、自分でわかっている。

自分の手を汚さず、自分とまったく関わりのないところで、町田という存在が消えてなくなればいいと、都合のいいことを考えていた。

「だけど、考えてもみろよ。おれたちがあいつを病院送りにしたところで、あいつがおまえの家から出て行くとはかぎらないだろう。自分がどうして痛い目に遭ったのかその意味がわかんなきゃさ。だろ？」

拓也の言うとおりだ。楓が嫌悪していることを示さなければ、そのことに町田自身が気づかなければ、いくら痛い目に遭ったとしてもあの家から出ていくことはないだろう。

「安心しろよ。楓のことも、おれたちのことも、警察にも誰にもチクらないようにさんざん脅しておくからさ」

警察や母に知られなければいいのだろうか。

楓の思いを知ったとき、町田はどんな顔を向けるだろう。その視線に、自分は耐えられるだろうか。

「もう少し……」

考える時間がほしい――

「何をためらってんだよ。おれたちもそんなに暇じゃねえんだよ。仲間を集めたおれのメンツも考えろ。あいつのことが嫌いでしょうがないんだろ？」

そう言って冷笑を浮かべた拓也に頷きかけると、からだが小刻みに震えだした。

拓也のことが怖いと思う以上に、自分のことが怖くなったからかもしれない。

「じゃあ、おれたちはいつもの公園で待機してるからな。あそこなら多少の騒ぎになっても誰も気づかねえだろう」

大井《おおい》競馬場のそばにある公園のことを言っているのだろう。池などもあるかなり広い公園で、拓也たちはよくそこで騒いでいるらしい。地元の不良少年のたまり場になっているせいか、夜になるとほとんど人が寄りつかなくなっている。

「じゃあ、今夜は楽しもうぜ」

拓也は楓の肩をポンと叩くとバイクにまたがって走り去っていった。

どうしていいかわからないまま、楓は家に向かって歩いていった。

工場の前を通ると、シャッターの隙間から明かりが漏れていた。ちらっと中を覗くと、仕事をしている母の姿が見えた。

「楓――」

楓に気づいた母が声をかけてきた。

「これを終わらせたら家に帰って夕食の用意をするから。もう少し待っててね」母は額の汗を拭って言うと、ふたたび目の前の機械に視線を戻した。

奥では徳山が作業しているが、町田の姿は工場にはなかった。

楓は何も言わずに工場から離れた。家の前にたどり着くと、二階を見上げた。町田の部屋から明かりが漏れている。

わたしは人生で一度だけ、ひとりだけでいいから、自分の力で変われるチャンスをあげたいの――

母は町田を変えたいのだろう。自分と同じように不遇な環境で育った町田を立ち直らせたいと本気で思っているのだ。

母のその気持ちはまったくわからないではない。だけど、理屈ではないところで、どうしてもその気持ちを受け入れることができないのだ。

町田を襲ってここから追い出すことが正しいとは自分でも思っていない。できればそんなことはしたくない。だけどこのままでは、町田という存在を許すことも無視することもできないのだ。

楓は二階に続く階段を上っていった。ドアを開けて廊下を進んでいく。町田の部屋の前で立ち止まると、意を決してドアをノックした。

「何だ」

何度目かのノックで町田の声が聞こえた。

「わたし……」

楓が言うと、ゆっくりとドアが開いた。

「どうした」

町田に意外そうな目で見つめられ楓はわずかに視線をそらした。

「勉強でわからないところがあるのか」

「ちょっと付き合って」楓は射すくめるように町田を見て言った。

町田は一瞬訝しむような表情をしたが、すぐに頷いた。

「ちょっと準備をする。外で待ってろ」町田はそう言うとドアを閉めた。

家の外で待っていると、上着を羽織った町田が二階から下りてきた。

「どこに行くんだ」

町田が訊いてきたが、楓は「こっち」とだけ答えて歩き出した。

拓也たちが待っている公園はここから歩いて十五分ぐらいだ。だが、そのままそこに行くつもりはない。町田の答え次第では引き返すことも考えていた。

ちらっと町田を見ると、夜の散歩を楽しむように楓の後をついてきている。

そんな余裕な顔をしていられるのも今だけだ。

「あんたに訊きたいことがあるんだ」楓は歩きながら切り出した。

「何だ」

「どうして人を殺したの」

楓の言葉に、町田はほとんど表情を変えなかった。

「生きるためだ」町田がこちらに目を向けて言った。

町田の言葉と冷ややかな視線に背筋が冷たくなった。

「自分が生きるために人を殺したっていうの」

「そうだ」町田があっさりと返した。

人を殺したことに何の罪悪感も抱いていないような表情だった。

「おまえさんのように、生まれたときから生きるために必要なものが用意されていたわけじゃない」

町田は戸籍を持たず、十四歳から十八歳までの間はひとりで生きてきたという。楓のように親の愛情を受けることもなく生きてきたことに多少は同情するが、その言い草が癇《かん》に障《さわ》った。

「生きるためにどんなことでもやってきた。ただそのひとつってだけのことだ」

「これからもそうやって生きていくつもり？」楓は訊いた。

「そうかもな……」

その言葉を聞いて、心の中の迷いが吹っ切れた。

拓也たちが待っている公園に向かう。町田は黙って楓の後をついてきていたが、公園の中に入るとさすがに訝しそうにちらちら楓を見た。だが、何も言わずに歩いている。

広場に出ると、淡い外灯に照らされた人影があった。手にバットや棒を持った男たちがこちらに向かってくる。

だが、町田の顔に驚きはなかった。この光景を予期していたというように楓を見て、冷ややかな笑みを浮かべた。

「後はおれたちに任せておけ」

拓也たちがバットを振り回しながら町田に近づいてくる。大勢の男たちに囲まれても町田は動じた様子はない。涼しい顔で自分を取り囲む男たちを眺めている。

「スカしてんじゃねえぞ！」

拓也がバットを振りかぶって町田に向かっていった瞬間、楓は目を覆った。大勢の男たちの怒声が耳に響いてきた。

楓は怖くなってその場から駆け出した。公園から出ると来た道を走った。

自分は悪くない、自分は悪くないと、何度も心の中で念じながら家に向かった。


「楓、どうしたの――？」

母の声に、楓は我に返って目を向けた。

「ぜんぜん食べてないじゃない」

「ごめん。あまり食欲がないんだ……」楓は手に持っていた箸を置いた。

「大丈夫？　顔色がよくないけど……」

「うん。ちょっと疲れているだけだから」

楓は時計を見た。九時を回っている。あれから二時間以上経っているが町田が部屋に帰ってきた様子はない。

さすがに拓也たちも手加減しているだろうと自分に言い聞かせていた。

ちょっと痛めつけてここから出て行くように脅しただけだ。

それに町田が悪いのだ。まったく自分の罪を反省していないような態度をとったあの男が悪いのだ。

そうだ。殺された人が感じた痛みを多少でも受けるべきなのだ。

自分は間違っていない。正しいことをやったとは思っていないが、それほどひどいことをしたわけではない。

「そろそろ寝るね……」

立ち上がろうとしたときにベルの音が鳴って、楓は電話に目を向けた。

「もしもし……前原ですが」

母が電話に出た。

「どういうことでしょうか?」

だんだんと険しくなっていく母の表情を見ながら、嫌な予感がこみ上げてくる。

「わかりました。すぐに伺います……」

電話を切ると、母がこちらに目を向けた。

母の目を直視できず、わずかに視線をそらした。

「博史くんが怪我を負って病院に運び込まれたって……」母が不安そうな声で言った。

「怪我って……どんな……」

「詳しいことはわからない。ただ、かなりひどい怪我らしいの。これから病院に行ってくるわね」母はそう言うと、出かける準備を始めた。


ひとりで家で待ちながら、不安に押しつぶされそうだった。

町田はどんな怪我を負ったというのだろう。

バットで殴られたような怪我であれば、傷害事件として警察が捜査するかもしれない。

拓也たちが警察に捕まったり、町田の口から楓がその事件に絡んでいるという話が出ているかもしれない。

いや、少なくとも、母には話しているにちがいない。

楓が町田を襲わせたことを知ったら、母はどれほど悲しむだろうか。

数時間前まで、そんなことにすら思いを向けられずにいた自分を悔やんだ。

携帯の着信音が鳴って、びくっと身をこわばらせた。

拓也の友人の雄太からだ。

楓は飛び上るような勢いで電話に出た。

「もしもし……さっき病院から電話があってあいつが運び込まれたって。いったいどれだけ痛めつけたの」

「どれだけって……そうとうぼこぼこにしてやったよ」

「どうしてそこまで！　警察沙汰になっちゃったら……」

「しかたないだろう。おれたちが向かっていったら、あいつは拓也に突進してきたんだ。リーダーだと察したのかどうかわかんないけど、おれたちに殴られながら拓也だけをつかまえてぼこぼこにしやがったんだ。しかも顔にはいっさい手を出さずに腹だけを殴ってさ。おれたちもあいつを叩きのめして必死に引き離そうとしたけど、それでもあいつは笑いながら拓也の腹を殴り続けてたんだ。何とかあいつを引き離したけど、拓也も立ち上がれないほど痛めつけられて、完全に怯えちゃってさ。あんな薄気味悪い男が近くにいるおまえとはもう付き合いたくないって……そういうわけだ、じゃあな」

雄太がそこまで言って電話を切った。

今の話を聞いているかぎり、町田はかなりの怪我を負っているようだ。

いきなり手の中で着信音が鳴って仰《の》け反《ぞ》りそうになった。

母からの着信だ。今度は鳴り続ける携帯を見つめながらなかなか電話に出ることができなかった。今の町田の状況を知ることが怖かった。

「もしもし……」楓はためらいながら電話に出た。

「楓──」

母はそう言ったきり、なかなか次の言葉を出さなかった。

「あの人は……」楓は何とか言葉を絞り出した。

「ひどい怪我を負っているけど命に別状はないって……歩道で倒れているところを発見されて

病院に運ばれてきたそうなの」

「そう……」それしか答えられなかった。

「事件性があるとかで警察の人も来ているけど……」

母はまだ聞いていないようだが、それも時間の問題だろう。

「わたし……」

「何も覚えてないそうなの」

楓の呟きをかき消すように母が言った。

「え？」

「博史くん……どうして自分がこんな怪我を負っているのか、何があったのか、まったく覚えてないそうなの。頭を怪我しているから、もしかしたら記憶障害かもしれないって」

本当にそうなのだろうか。もしかしたら楓のことを庇《かば》って……いや、町田はそういう人間ではないだろう。一時的に記憶が混乱しているだけかもしれない。

「それで楓に頼みがあるんだけど……博史くん、検査のためにしばらく入院しなきゃいけないから着替えを持って来てくれないかな。居間の箪笥《たんす》の一番上の引き出しに博史くんの部屋の合鍵が入ってるから、パジャマとかスエットみたいなものをいくつか用意してほしいの」

行きたくないが、断るわけにはいかなそうだ。

「わかった……」

「夜遅いからタクシーを呼んでね」

電話を切ると、居間に行って箪笥から町田の部屋の合鍵を探した。合鍵を手にすると、いったん家の外に出て二階に向かった。

部屋に入ると殺風景な室内を見回した。机と、椅子と、パイプベッドだけの簡素な部屋だ。まるで、いつか何かのテレビ番組で観た刑務所の独居房のようだ。

楓はクローゼットを開けた。こちらも簡素なもので、鞄《かばん》がひとつといくつかの衣類が入れられているだけだ。鞄の中に適当な衣類を詰め込んでいった。

町田とは顔を合わせたくない。荷物を持って行ったら母に渡してすぐに帰ろう。

鞄を抱えて立ち上がったとき、机の上に積み上げられた本が目に入った。一冊だけ背表紙に図書館のシールが貼られていない本がある。

近づいていくと『全国障害者施設一覧』という本だった。

どうしてこんなものを持っているのだろうと怪訝《けげん》な思いでページをめくった。全国の施設の名前や住所が書かれていて、ところどころにバッテンが記されている。最後のページに一枚の写真が挟んであった。

その写真を見て、胸の底からこみ上げてくる薄気味悪さを感じた。

写真には男が写っている。二十代前半に思える男だが、顔中傷だらけで泣いているように見えた。

この写真はいったい何だろうか。

薄気味悪さを感じるのと同時に、どうにもこの写真の男のことが気になる。

楓は机の上に本を戻すと引き出しを開けた。文房具に混じって一枚のディスクがあった。

これはいったい何だろう。

楓は湧き上がってきた興味を抑えられずディスクを手に取った。

ディスクには何も書かれていない。映画か何かを録画したDVDだろうか。それとも音楽が入ったCDか。すぐにその考えを打ち消した。

町田が映画や音楽に関心があるとは想像できない。それ以前に、この部屋にはテレビはおろか、パソコンもCDプレーヤーもないのだ。

別に何でもいいではないかと、ディスクを戻そうとした。だが、先ほど見た写真の男の姿が脳裏にこびりついていて手を離せなかった。

人の物を勝手に観るのはいけないことだとわかっているが、どうにも気になってしかたがない。

楓は鞄とディスクを持って部屋を出ると一階に戻った。自分の部屋に入ると、ノートパソコンの蓋《ふた》を開けて電源を入れた。

父が使っていたパソコンだからずいぶん古い型だ。母はパソコンには疎いので今では楓が使っている。

楓はパソコンのトレーを開けてディスクを入れた。いったいこの中に何が入っているのだろうと固唾《かたず》を呑みながら画面を見つめた。

しばらくするとDVDソフトが起動した。再生ボタンをクリックすると、パソコンのスピーカーから男の泣き声が聞こえてきた。

「――簡単な話だ。おまえの手でこいつを殺せということだ。そこの棚にナイフが置いてある」

泣き声に混じって聞こえてきた男の声に、楓はぎょっとした。

ウインドウを最大にすると、薄闇の中でこちらを見つめる男の姿がはっきりと浮かび上がってきた。

町田だ――

今よりも明らかに幼い顔をしていて髪型も違うが、画面の中にいるのは間違いなく町田だった。

「別にナイフじゃなくてもいい。ここにある鉄パイプで殴ろうが、首を絞めようが、方法は何でもいい。ムロイさんの命令でしょうがねえから処理だけは手伝ってやる」

「どうしてそんなことを……」

「テストだ。ムロイさんに忠誠を尽くすかどうかの」

画面がぶれながら移動した。ズームすると、床にうずくまって嗚咽《おえつ》を漏らしている大柄な男の姿があった。

本に挟んであった写真の男だと思った瞬間、ふたたび画面が町田に移る。どこかの倉庫の中で撮影しているようだ。

それにしても、この映像はいったい何なのだ……

町田はじっとこちらを睨みつけている。

画面の中から漂ってくる何かただならぬ雰囲気に、楓はこのまま観続けるのをためらった。

マウスを動かして停止ボタンに持っていく。

「こいつが死のうが生きようがおまえの人生に何か変化があるか？　ムロイさんはそんなやわな人間は求めちゃいない。さあ、早く殺《や》れよ。こいつを殺ったら、おまえを同志だと認めてやる」

冷ややかな男の声を聞きながら、楓は画面を見つめながら停止ボタンを押せずにいた。

この映像は何なのだ。先ほどから男が口にしている物騒な言葉はいったい何だ。

きっと町田は役者志望だったのだ。仲間内で自主映画でも作ったのだろう。

そう思い込もうとしたが、心臓の鼓動は激しさを増すばかりだ。

「ここでこいつを殺らなきゃ、ムロイさんにとっておまえは裏切り者だ。一生逃げることなどできないぞ」

画面の中の町田はじっとこちらを見据えている。

「どうした？　早くやれよ！」

しばらくすると町田がこちらに向かって歩き出した。右手に何かを持っている。よく見るとナイフだった。

鈍い光を放つナイフを握り締めて、町田が床にうずくまっている男の真上に立った。まさか——

これは町田が人を殺したときの映像ではないだろうか。

楓はたまらなくなって画面を一時停止にした。ジーンズのポケットに手を突っ込んで紙を取り出し、新聞記事に視線を走らせる。記事に載っていた事件があったという日付と、画面の下にある日付を見比べて楓の心臓が跳ね上がった。

同じ日付だ――

町田はこれから、子供のように泣きじゃくっているあの男を殺すのだ。

新聞記事には喧嘩《けんか》の末に起こった事件だと書いてある。だけど、この映像を観るかぎり、とてもそんな風には思えない。無抵抗で泣いている男を殺すのだ。

楓がどうして人を殺したのかと訊いたとき、町田は生きるためだと冷ややかに答えた。生きるためにどんなことでもやってきた。人を殺したのもそのひとつでしかないと、平然と言った町田の顔を思い出した。

とてもこれ以上、この映像を観ることはできない。

これ以上、この先を観てしまったら、自分は間違いなく町田のことを許せなくなるだろう。

いや、観るのだ――

心の底からもうひとりの自分が強く訴えかけてきた。

たとえこれから耐えられない光景を目の当たりにすることになっても、町田がどれだけひどいことをしたのかを、しっかりとこの目に焼きつけなければならない。

そして、町田がどれだけ危険な人間かということをわからせるために、このＤＶＤを母に見せるのだ。

町田の記憶が戻って警察に今回の事件が知れたら、楓はそれ相応の罰を受けることになるだろう。

だけど、母だけは楓がやったことが必ずしも間違っていないのだと、わかってくれるはずだ。町田が犯した罪は母が考えているような生易《なまやさ》しいものではない。少年院に入ったからといって許されるものではない。母の目を覚ますために楓は町田を襲うことを計画したのだと思ってくれるにちがいない。

楓はその場で深呼吸をしてから、ゆっくりとマウスを動かした。

画面の中の町田が床にうずくまっている男に向かっていく。男が顔を上げた。泣きながら何かを訴えかけているようだ。

カメラが町田に寄っていく。町田は冷ややかな眼差しで男を見下ろしている。

楓が最も忌み嫌っている、温かみをまったく感じさせない冷たい視線だ――

町田がナイフを構えたまま静止した。次の瞬間、町田が振り返ってナイフの切っ先をこちらに向けたので、楓は驚いて思わず身を引いた。

「車のキーをわたせ」町田が言った。

「本気で言ってるのか」

カメラを持った男が笑っている。

「本気だ」

町田がナイフを持っていない左手を画面に向けて差し出してくる。

こちらをじっと見つめる町田と目が合った。こんな眼差しを初めて見た。今にも感情が噴き出してきそうな強い眼差しだった。

「しょうがねえなあ……」

金属のすれる音が聞こえた。カメラを持った男が床に鍵を投げたようだ。

鍵を取ろうと町田が下を向いた瞬間、持っていたナイフが吹き飛ばされた。同時に、ガツンという衝撃音が聞こえて画面の位置が変わった。

どうやらカメラを持っていた男がナイフを持った町田の手に蹴りを入れたのと同時に、カメラを床に落としてしまったのだろう。

画面の半分は床で、あとの半分は倉庫の壁を映し出している。

町田はどうなってしまったのだろうか。

画面を食い入るように見つめたが、町田の姿も、カメラを持っていた男の姿も見えない。ただ、壁に交錯するふたつの影が浮き上がっている。肉がきしむ音と、殴られて呻く声が聞こえる。ふたりの姿は直接画面には映っていないが、町田が圧倒的にやられているのが音と影からわかった。やがて影のひとつが棒のようなものをつかんだ。

「気に食わねえ奴だったからすっきりしたぜ。ムロイさんには叱られるかもしれねえが、最後にご自慢の頭を叩き割ってやるよ」

町田ではない声が聞こえ、壁に映った影が棒を振りかぶった。そのとき、もうひとつの影が重なった。男の呻き声とともに、影が消えた。

いったい何があったのだろうか。

「ひろしちゃん……ひろしちゃん……」

男の泣き声が響き渡る。

画面の中で、誰かが立ち上がる気配があった。

「もしもし……」

小さな声が聞こえた。電話で誰かと話しているようだが、はっきりと聞き取れない。

楓はボリュームを最大に上げて、パソコンの小さなスピーカーに耳を近づけた。

「ムロイさん……取引です。おれはこれから警察に通報します。おれとミノルのことはもう放っておいてください。そうしてくれれば警察に行っても、ムロイさんのことも、組織のことも、今までの仕事のこともすべて黙っておきます」

男の泣き声に混じって、町田の声を聞き取った。

「——そうじゃない。だけど……あなたにはついていけない……そうかもしれません……」

しばらくすると、画面が動いた。一瞬、血だらけの町田の顔が映り、すぐに画面が真っ暗になった。

楓は真っ暗な画面に目を向けたまま、動けないでいた。

あまりにも衝撃的な映像を観た直後で、呼吸をすることさえままならない。

携帯の着信音が鳴った。突然の音に、驚いて跳び上がりそうになった。

「もしもし……」楓は呼吸を整えてから電話に出た。

「お母さんだけどどうしたの……まだ来られそうにない？」

「荷物の用意はしたから、これからタクシーを呼んでいく」

母からの電話を切ると、タクシー会社に連絡して一台呼んだ。

パソコンからＤＶＤディスクを取り出すと、居間に置いた鞄を持って町田の部屋に行った。

ディスクをもとの場所に戻すと、家の前でタクシーを待った。

やってきたタクシーに乗り込んで、町田が治療を受けている病院に向かった。

町田はいったいどういう人間なのだろう。

先ほどからそのことばかりをずっと考えている。

ここでこいつを殺らなきゃ、ムロイさんにとっておまえは裏切り者だ——

ムロイとはいったい何者なのか。

おれとミノルのことはもう放っておいてください。そうしてくれれば警察に行っても、ムロイさんのことも、組織のことも、今までの仕事のこともすべて黙っておきます——

あの写真の男はミノルというのだろう。

町田は警察に捕まるまで、いったいどんな世界で生きてきたというのだ。

楓はジーンズのポケットから新聞記事のコピーを取り出した。

記事には、被害者は伊達祥平《だてしょうへい》という二十三歳の男で、逮捕された少年はその日に伊達から仕事を紹介してやると言われて埼玉にある工場についていったが、金を奪われそうになり喧嘩になって持っていたナイフで刺したと供述していると書かれている。

だが、あの映像が事件を映したものだとするならば、記事に出ていることとはまったく違っている。

あの映像を観るかぎり、町田はミノルという人物を助けるために伊達という男を殺したということになる。

いや、それだけではない。あの映像だけでははっきりと断言できないが、もしかしたら伊達を殺したのは町田ではないかもしれない。

だとしたら、どうして人の罪をかぶって警察に捕まったりするのか。

ミノル――

ひろしちゃん……ひろしちゃん……と、ずっと泣きじゃくっていた大柄な男。

その男を助けるために、ナイフの切っ先を向けた町田の目を思い出している。

初めて町田の人間的な一面を見たような気がしていた。


夜の病院はがらんと静まり返っていた。待合室の明かりは半分消えていて、受付のカウンターにも人の姿はない。

楓は心細い思いでカウンターに行くと声をかけた。奥のほうから女性職員が出てきた。

「先ほどここに運ばれてきた町田博史はどちらに……」

「町田さんのご家族のかたですか？」女性が書類に目を通しながら訊き返した。

「ええ、まあ……」とりあえずそう答えておいた。

「町田さんなら二〇五号室です」

楓は軽く頭を下げて二階に向かった。廊下を進んでいくと二〇五号室のドアが開いていた。母を呼び出そうと中を覗くと、ベッドの上で上半身を起こして背広姿のふたりの男性と話をしている町田が目に入り、からだがこわばった。頭に包帯を巻き、顔中にあざや傷を作っていた。左手も包帯でぐるぐる巻きにされ、三角巾で固定されている。

「楓——」

壁際で心配そうにその様子を見ていた母が楓に気づいて呼びかけた。

「じゃあ、その間のことはまったく覚えていないんですか?」背広の男性が町田に訊いた。

「ええ……まったく……なんであんなところに倒れていたんだか……」

「まいったなあ……目撃者もいないし、手がかりがなあ……」

背広の男性ふたりが顔を見合わせた。どうやら刑事のようだ。

「よお、楓——どうしたんだ」

町田と目が合って、心臓が飛び出しそうになった。

「博史くんの着替えを持ってきてもらったのよ」母が言った。

「そうか。悪かったな」

母が楓を手招きする。ふたりの刑事も楓に注目した。

病室に入りたくなかったが、挙動不審と思われるようなことはできない。母のもとに行き、鞄を渡した。

「その前のことはどうですか。あなたが倒れていたのは家からかなり離れた場所ですけど、どうしてあんなところに行かれたか覚えてませんか？」男性が町田に視線を戻して訊いた。

「ええ、まったく覚えてません。ただ、暑かったので風に当たろうと散歩に出たんじゃないかなあと思います」

「そうですか……何か思い出したらご連絡ください」

男性たちはどこか不満そうな表情でそう言い残すと、病室から出て行った。

「楓……お母さんは入院の手続きをしなければいけないから、ちょっとここで待っててくれる？」

母も病室から出て行き、町田との間に居心地の悪い沈黙が流れた。

「本当に何も覚えてないの？」

楓が訊くと、町田はゆっくりとこちらを向いて「ああ……」と頷いた。

楓は信じられない思いで、じっと町田の顔を見つめた。だが、それが本当とも嘘とも楓にはわからなかった。

「数日入院して検査をするらしいが、おそらくすぐに帰れる。そうしたらまた勉強を見てやるから覚悟しとけ」

楓は町田を見つめながら小さく頷いた。

「とりあえず大事に至らなくてよかったわ……」

タクシーに乗り込むと、母は安堵の溜め息を漏らしながら言った。

「ねえ、おかあさん……」

楓が声をかけると、母は「何……？」とこちらを向いた。

あのＤＶＤの中身について話しておいたほうがいいかもしれないと思ったが、言葉に詰まった。

町田が起こしたとされる事件は母が思っているようなものではない。もしかしたら、町田は人を殺していないかもしれないが、たとえそうであったとしても、町田の周辺には母の想像を絶するような恐ろしい影があるかもしれないのだ。

それらのことを知ったら、母はどうするだろうか。

町田のまわりに恐ろしい犯罪組織の影が見え隠れしたとしても、母は更生のチャンスを与えるために家に置こうとするだろうか。

いや、あのＤＶＤを観たら、さすがに母も町田との縁を切ってしまうかもしれない。

「いや……とりあえずよかったね」楓は窓外に目を向けた。

どうして母に話さなかったのだろう。母に告げれば、町田を家から追い出せるかもしれないというのに。

楓は窓の外を流れる薄闇を見つめながら、映像の中の町田の姿を脳裏によみがえらせていた。

10

窓際に花瓶を置くと、悦子はベッドに目を向けた。

彼はどうして寝ているときまでこんなに辛そうな顔をしているのだろう。

悦子はベッドで寝ている町田を見つめながら、彼の今までの人生に思いを巡らせようとした。

だが、いくら想像してみようとしてもわからない。

人よりも多く辛い思いをしてきたはずの自分であっても、なかなか想像することさえできない。

苦しそうな呻《うめ》きがやんでしばらくすると、町田がゆっくりと目を開けた。

一瞬、柔らかな眼差しを向けたが、すぐに何かに引き戻されたようにいつもの硬い表情に戻った。

「来てたのか。工場があるだろう」町田が冷ややかに言った。

「それだけの怪我を負ったんだから心配にもなるわよ」

「たいした怪我じゃない。仕事にはすぐに復帰する」

「そういうことじゃない……」

「ひとつ訊きたいことがある」町田がそう言って悦子を見つめた。

「何?」

「どうしておれみたいな人間を預かったんだ。おれが何をやって少年院に入ってたか知ってるんだろう?」

悦子は町田を見つめ返しながら頷いた。

「博史くんと会う前に内藤さんから聞いていたわ」

「それなら……」

「どうしてそんなことを訊くの?」

町田は何も答えなかった。

「内藤さんから博史くんのことを聞いたときには正直なところ少し迷ったわ。楓っていう年頃の娘もいるしね」

「ああ……」町田が何かに思いを巡らせるように呟いた。

「博史くんが犯した罪に関しては……あなたが自分の一生をかけて償っていかなければならないとわたしは思う」

町田に対して初めて厳しい言葉を投げつけたが、町田は視線をそらさなかった。だが、頷くこともない。

「内藤さんから博史くんのことを聞いたときに、もしかしたら自分に似ているかもって思ったの」

「おれに……似てる?」町田が訝しそうに訊いた。

「わたしは赤ちゃんのときに施設の前に捨てられていたの」

意外だったようで、町田の目がわずかに反応した。

「博史くんと同じようにわたしにも戸籍のない時期があったのよ。もっとも、親なんかいなかったから博史くんのようにひどい虐待にはあっていないけど、それでもいろいろと辛いことはあった。施設での生活も、施設を出てからの生活も……物事がうまくいかなくなるたびに自分の環境を恨んで、偏見の目で自分のことを見るまわりの人たちを憎んだ。ちょうど今の博史くんぐらいの年までまわりにあるいろんなものを憎みながら生きてきたの……」

「どうやって……」そこで言葉を切った。

おそらくどうやって変わったのかと訊きたいのかもしれない。

「人との出会いがわたしを変えてくれたの。わたしにとっては主人とその両親が、頑なだった心を開いてくれた。どうして博史くんを預かることにしたかわかったでしょう」

「あんたはそれでいいかもしれないけど、楓はどうなんだよ」

「正直言って……あまりいい感情は持っていなかったと思う。だけど不思議なもので、人の心って少しずつでも変わっていくものよね。何があったか知らないけど……」

「何が……?」意味がわからないというように町田が訊いた。

「あれ、楓が買ってきてわたしに持たせたのよ」

悦子は窓際に置いた花を指さした。

町田がじっと花を見つめている。

「自分で見舞いに行けばいいって言ったんだけど……恥ずかしいのかな」

ノックの音がして看護師が入ってきた。

「おはようございます。これから検査をしますね」

「じゃあ、仕事があるから帰るね」

「ああ……」町田が素っ気なく返した。

「早く家に帰れるといいね」

悦子はそう微笑みかけてから病室を出ていった。

11

新宿駅新南口の改札を抜けると、為井は急いでバスターミナルを探した。

もうすぐバスが出発してしまう時間だ。寝坊したわけではないが、どんな恰好をしていこうかと迷っているうちにこんな時間になってしまった。

案内板を見ると、階段を下りたところに乗り場があった。ターミナルに入っていくと、バスの前に立っている晶子の姿が見えた。晶子も為井に気づいたようだ。為井と目が合った瞬間、ぱっと明るい笑顔になったのがわかった。

「為井くん、早く早く――」

手を振っている晶子に向かって、為井は早足で駆けていった。

サークルのメンバーはすでに全員揃っているようだ。今回の合宿では為井を含めて男性四人、女性四人の計八人が参加している。

「まったく、幹事が遅刻かよ」とメンバーから口々に笑われた。

「すみません。乗りましょうか」

為井は頭を掻きながらバスに乗った。切符を取り出して席に座る。

「ここ、いいかな？」晶子が為井の隣の席を指さしながら訊いてきた。

「もちろん」

晶子の笑顔を見ながら、為井は舞い上がっていた。

この一ヶ月間、合宿の準備で大変だったが、そのおかげで晶子との距離が縮まったのだと報われる思いだった。

「けっきょく、最後は全部為井くんに任せちゃってごめんね」

バスが出発すると、晶子が為井を見ながら両手を合わせた。

「そんなことないよ。夏川もいろいろとありがとう。最後はおれの独断で決めちゃったからみんな楽しんでくれるといいんだけど」

「合宿で那須《なす》に行くのは初めてだから、みんな楽しみにしてるよ」

「だといいけど……」

そう言いながら、まんざらでもなかった。あのコテージはものすごくいいところだと自信がある。

為井と晶子は学校の帰りや休みを利用して旅行会社を回っていたが、なかなかいい合宿先が決まらなかった。予算はひとり三万円以内で三泊だ。交通費や食事代やテニスなどの遊戯代を引くとなると、一泊五千円ほどの宿を探さなければならない。その予算内で考えると、どこもいまひとつで決め切れなかった。

いや、本音を言うと、簡単に決めたくなかったのだ。今回のことは晶子と親しくなるチャンスだった。できるだけ長く晶子と一緒にいたいという思いが、為井の決断を鈍くさせていたのだ。

晶子と待ち合わせをして旅行会社を回り、ふたりで食事をしながらあれこれ話し合う。為井にとっては至福の時間だった。そのおかげで晶子のことをいろいろと知ることができた。その中で一番大きかったのは、晶子には付き合っている男性がいないということだ。

為井が「もっといいところがあるよ」と決断を先延ばしにしているうちに、予算内の宿はどこもすべて埋まってしまって、もう予約はできないという状況になってしまった。

「どうしよう……みんなに何て言ったらいいんだろう」

落ち込む晶子を見て、為井は責任を感じた。

「あとはおれが何とかするから任せてよ」

為井はそう言って晶子を安心させると、何とか予算内の宿を探そうとひとりで旅行会社を駆けずり回った。

だが、やはり宿は見つからない。どうしようもなく恰好悪いが正直に謝るしかないかと考えているときに、ひとつ奥の手が浮かんできた。それは自分がもっとも使いたくない方法だったが、背に腹はかえられない。

為井は那須にあるコテージに電話をした。昔、家族でよく行ったコテージだった。為井は自分の名を名乗って支配人を呼び出した。難しい相談だろうが何とか予算内で宿を取れないかと頼み込むと、支配人はあっさりと了承してくれたのだ。

あのコテージなら一番安い部屋でもそれなりのクオリティーだ。サークルのみんなも満足してくれるにちがいない。

何よりも楽しみなのはコテージには大きなプールとテニスコートがある。晶子の水着姿が見られるかもしれないと期待している。

「あれか——？」

先頭を歩いていた須藤《すどう》が目の前の建物を指さして訊いた。

フロントやレストランが入った本館の建物だ。その背後にある広大な敷地の中に何十棟ものコテージがある。

「そうです。コテージの他にテニスコートと大きなプールがあるんです。ちょっと足を延ばせば乗馬コースもありますよ。あと、敷地内でバーベキューができるんで、今日はバーベキューをしようかなって思ってるんですけどどうですか？」

為井が答えると、まわりのみんなから歓声が沸き起こった。

「すごくいいところだよね」

「為井くん、すごい——」

「さすが、次代を担うエース」

口々に喝采《かっさい》を浴びた。どうやら朝の遅刻の件はこれで帳消しになったようだ。照れながら晶子を向くと、頼もしいという目で為井を見ているように思えた。

「今日からお世話になる為井です」

フロントに行って受付をした。

支配人の牧田《まきた》を呼び出してもらって礼を言うべきかと思ったが、その場ではためらった。今回の件では、父親の名前を利用したのだという負い目がある。サークル仲間にはそのことを知られたくない。特に晶子には自分の力でこの宿を取ったのだと思っていてもらいたかった。後でこっそりと礼を言えばいいかと思い、鍵を受け取った。

男女分かれてそれぞれのコテージに入る。外からでは気づかなかったが、部屋に入って為井は愕然とした。

一泊ひとり五千円の部屋だから雑魚寝《ざこね》するような部屋だと思っていたが、部屋の広さや置かれている家具を見て、以前家族で泊まったスイートルームだと気づいた。

「部屋、間違えたんじゃないか？」

他の三人は為井以上に驚いている。

「ちょっとフロントに問い合わせてみますよ」

為井は部屋にある電話でフロントに連絡した。

「さきほどチェックインした為井ですけど……部屋のタイプを間違えているみたいなんですけど」

「いえ、牧田からスイートルームを二部屋、三泊でと聞いておりますが」電話に出た女性が答えた。

「予算は一泊ひとり五千円しか用意できないんですよ……」為井は小声で言った。

「はい。そのように聞いております」

為井は頭を抱えながら電話を切った。

「どうやらダブルブッキングがあったみたいで、うちらはこの部屋でいいそうなんですよ」

「へえ。こんな幸運もあるんだな」

須藤たちは為井の言い訳に納得したように部屋を見て回った。


「あの部屋にはびっくりしちゃった——」

バーベキューが始まるとみんなその話題でもちきりになった。

「だけど今年こんなにいい思いしちゃうと来年からなあ……」

「きっと今年の幸運は、為井くんの日頃の行いのおかげだよ」晶子がこちらを見て言った。

そこまで言われると、さすがに決まりが悪い。

「明日はみんなどうする？」部屋の話題を変えたくて、為井はみんなに訊いた。

「さっきプールを見たんだけど、すごく大きかったよ」

「いいねえ。じゃあ、明日はプールにするか」

「わたしはプールじゃないほうがいいな」

晶子の言葉に、為井は反応した。

「どうして？　水着持ってこなかったの？」

為井が訊くと、晶子が頷いた。

「わたし、子供の頃にちょっとやけどして肩のあたりに大きな傷があるの。だから……」

「じゃあ、足を延ばして乗馬コースに行ってみようか」

残念に思いながらそう言うと、晶子が笑顔になって頷いた。

「あれ、何だろう」

須藤の声に、為井は振り返った。

数人の従業員が盆のようなものを持ってこちらに向かってくる。先頭には支配人の牧田がいた。

「みなさま、楽しんでらっしゃいますか」目の前にやってきた牧田が笑顔で言った。

従業員が次々と盆をテーブルの上に置いていった。高級そうな肉や魚介やシャンパンなどをみんなが呆気にとられたように見ている。

「支配人の牧田でございます。この度は当コテージを御利用いただきまことにありがとうございます。純様にはいつもお世話になっておりまして、これは心ばかりのサービスでございます。どうぞお楽しみください」

「ありがとう」為井は仲間から顔をそらして言った。

「純様、ところで明日ですが……」

牧田が何か言おうとしたが、為井は「わかったから」と半ば強引に押し返した。

牧田や従業員たちの姿がなくなり溜め息をついた。振り返るとみんなの視線が為井に注がれている。

「純様って何……？」

誰ともなく訊かれたが、為井は立ち尽くしたまま何も言えなかった。

「もしかして、お父さんに頼んでくれたんだ」晶子が言った。

だが、晶子の表情には為井に対する軽蔑や落胆の色はまったく浮かんでいなかった。

「お父さんって？」

ふたたび仲間から声が上がった。

「実は……為井くんのお父さんは、タメイドラッグの社長さんなんだよね」

晶子が言うと、みんなが驚きの声を上げた。

「本当は今回の宿がなかなか取れなくて今年の合宿はあきらめるしかないかなって状況だったの。そしたら為井くんが自分が何とかするから任せてくれって言ってくれて……きっとわたしたちのためにお父さんに頼んでくれたんだよね？」

晶子の顔には為井に対する感謝の気持ちが浮かんでいた。しかし、晶子のそんな顔を見ても今は心ときめかない。複雑な心境だった。

「タメイドラッグってあのタメイドラッグ？」

「為井くんって御曹司《おんぞうし》だったんだ」

「将来はタメイドラッグの社長かー。すごいな」

みんなが次々と言葉を投げかけてくる。その言葉は冷やかしや馬鹿にしたものではなく純粋な驚きだとわかっていたが、それらの言葉が不快に神経に響いてきた。

「ちがう。ちがうんだ……」為井はうつむきながら首を横に振った。

「為井くんのお父さんってすごいんだね――」

それでもサークル仲間からの驚きと羨望の言葉は途切れなかった。

「ちがう。親父になんか頼んでないっ！」為井は顔を上げると、むきになって言った。

語気の強さに驚いたのか一斉に静かになった。

仲間たちから啞然《あぜん》としたような目で見つめられ、為井は戸惑いながら頭を搔いた。

「いや……たしかにこのコテージには昔家族でよく来てたんです。どこの宿も予約が取れなくてどうしようかって考えていたときにここのことを思い出して……ダメもとで連絡してみたんです。ただ、親父には頼んでませんし、ここを予約したときも親父の名前はいっさい出してないんです」

それはまったくの嘘ではない。ここに連絡したときも、為井は自分の名を名乗って支配人の牧田を呼び出した。父親の名前はいっさい出していない。しかし、牧田が自分の名前を覚えているだろうと踏んだ上でのことだが。

「じゃあ、ここの支配人さんが勝手に気を回したってわけか」須藤がテーブルの上の豪華な食材を眺めながら言った。

「そういうことです。もちろん、ここにはひとり一泊五千円しか出せないとちゃんと話しています」

「どうしたものかねえ……一泊五千円しか出せないのにこんなにしてもらっていいのかなあ」

須藤の言葉に同調するようにみんなが為井を見つめる。

こういう事態になるのだけは避けたかった。対等であるはずの仲間なのに、こういうことがあるとこれから為井に気を遣わざるを得なくなってしまうだろう。このコテージを選んだせいで、楽しいはずの合宿が台無しになりそうだ。

「まあ……せっかくの好意を突き返すってわけにもいかないですし、今回はありがたくいただいちゃいましょう」為井はしかたなくその場を取り繕うように言った。

「そうしましょうよ。でもみなさん、これからお薬や化粧品を買うときは必ずタメイドラッグを利用してくださいね」

晶子の言葉に、みんなから笑い声が漏れた。それをきっかけに、ふたたび和やかな雰囲気に戻ってバーベキューを始めた。

「それにしてもびっくりだよな。あの部屋を見たら、おまえが大会社の御曹司だなんてとても信じられない」

為井と同い年の瀬戸《せと》がビールを飲みながら言った。

先月のサークルの飲み会のとき、遠方に自宅のある瀬戸が帰れなくなってしまったので部屋に泊めてやったのだ。

「どういうこと？」興味を持ったように仲間のひとりが訊いた。

「六畳一間の風呂なし、トイレ共同のアパート。泊めてもらっておいてこういうことを言うのは何だけど、いまどきあんなボロいアパートがまだあるのかって驚いちゃったよ」

「為井くんってどこに住んでるの？」

「板橋《いたばし》です」為井は答えた。

「あれ、為井くんの実家ってたしか田園調布《でんえんちょうふ》じゃなかったっけ」

晶子の言葉に、為井は少し驚いた。

今まで晶子には実家の話などしたことはなかった。どうして知っているのだろう。

「高校のときはクラスも違ったし話をしたこともなかったけど、学校中で噂になってたから。田園調布のものすごい豪邸に住んでるって」為井の疑問を察したというように晶子が言った。

「今年から実家を出てひとり暮らしを始めたんだ」

「それにしても田園調布の豪邸から板橋のボロアパートとは……いったいどうして」須藤が不思議だと言わんばかりに訊いた。

「まあ……いろいろありまして」

為井は言葉を濁したが、それがかえってみんなの好奇心を掻き立ててしまったようだ。

「そういえば、為井くんは他の大学からうちに転学してきたんだよな。前の学校って……」

「専聖大学の経済学部です」

埼玉にあるあまり名の知られていない大学だ。

「去年までは父親の会社を継ぐつもりで経済や経営の勉強をしてきたんですけどね……やめたんですよ」

ある程度の話をするまでこの話題から離れてくれないだろうとあきらめて、為井は話すことにした。

「やめたって？」

みんなが飲み食いしていた手を止めて、為井に注目した。

「タメイドラッグを継ぐことをやめたんです」

そう答えると、みんなが驚いたような表情で「どうして？」と次々に質問してくる。

「理由はひとつじゃないんですけど……まあ、簡単に言うと、親の敷いたレールに乗っかることが嫌になったのかな」為井は思わず嘘をついた。

本当は子供の頃から父の会社を継ぐことだけを考えて生きてきた。プレッシャーにさらされるのは嫌だったが、父の会社を継ぐことが嫌だったわけではない。ただ、自分にその能力がなかっただけだが、そんなことは口にしたくない。

「ぼくは長男だから、子供の頃から親父の会社を継ぐことを前提に生きてきました。親父もそれを願っていましたし、ぼくもそうなれるようにがんばってきたつもりでした。だけどあるとき、ふと、疑問に思ったんです」

「疑問……？」晶子が訊いてきた。

「そう。タメイドラッグはもともと祖父がやっていた小さな薬局だったんだけど、親父が自分の力であそこまで大きな会社にしたんだ。親父が敷いたレールに乗っかる人生でいいのかなって、そんな人生楽しいのかなって……」

「その気持ちはまったくわからないではないけど……でも、やっぱりもったいないよな。何たって天下のタメイドラッグだぞ。おれだったら絶対に跡を継ぐけどな。お父さんだって為井くんが会社を継ぐことを望んでいたんだろう？」

「まあ……でも、決めたことですから」

「それで実家を出たってわけか」須藤が理由を察したというように言った。

「親父の会社を継がないのに実家で甘えた生活をしているわけにもいかないんで」

「それにしても……やっぱりもったいないよな」

須藤の言葉に、まわりのみんなが大きく頷いた。

「ボロアパートでの生活もけっこう楽しいですよ。何だか自分がゼロになったような気がして。ゼロになったから、逆にこれからいくらでもいろんなことができるんだって」

けっして心の中のすべてがそんなにポジティブなわけではない。だけど、そう思っていなければこれからの人生が不安でしょうがなかった。

こんな自分が、父の力をいっさい借りずにこれからどんなことをやっていけるというのだ。

「それで……為井くんはこれからどんなことをやりたいと思ってるの？」晶子が訊いた。

なかなか鋭い突っ込みだった。

「正直なところ……今はまだ何も。今までずっと会社を継ぐことしか考えてこなかったから、とりあえずはいろんなことをやってみたいなと。だけど、最終的には起業したいと思っているんです。何か、世の中の役に立つようなものを見つけて、それを自分の力で広めていきたいって」

苦しまぎれの言い訳だったが、そうでなければ、父や明を見返すことができない。

「何か羨ましいな」

その言葉に目を向けると、晶子が眩しそうな眼差しで為井を見つめている。

「わたしなんか何も考えてないもの。そんな大きな夢や目標なんかない。何でもいいから早く内定がもらえないかなって……そんなことばかり考えてる。為井くんの話を聞いてたら、自分がものすごくちっぽけな人間に思えてきちゃった」

「そんなことないよ」為井は首を横に振った。

「そうだよ、夏川。ほとんどの人間はおまえと同じだよ。夢や目標を持つのはいいけど、地に足をつけることも大切さ。シゲムラみたいになっちまったらコトだろう」

須藤がシゲムラという名前を出すと、まわりから失笑が漏れた。

シゲムラとは誰だろう。

まわりの反応を見ていると、為井以外の誰もが知っているようだ。

「シゲムラさんというのは……？」為井は訊いた。

「為井くんは会ったことないか。昔のサークルのメンバーなんだけど、風変わりな男がいてね」

「風変わりというか変人ですよね」

どこからともなくそんな声が聞こえてきた。

「変人って……いったいどんな人なんですか」そこまで言われてしまう男に興味を覚えた。

「繁村和彦《しげむらかずひこ》っていってな、おれと入学が一緒だったんだ。同じ工学システム学科で昔はよくつるんでたんだけどさ。このサークルも一緒に入ったんだよ」

「須藤さんと入学が一緒ってことは四年生ですか」

「いや、奴はまだ一年生だ。三年留年してる。頭はけっして悪い奴じゃないんだがな……」須藤が大仰《おおぎょう》に溜め息を漏らした。

「何てったって工学システム学科のエジソンですからね」

瀬戸が横から言うと、まわりから大きな笑いが起きた。

「エジソンというよりドクターだろう。ドクター繁村——まあ、一攫千金を夢見てわけのわからない発明に明け暮れてるってわけさ」

「発明ですか……」

「知り合いになると自分の部屋に連れて行っていろいろと発明品を見せたがるんだよね。だけど、どれも脱力ものでさあ……」

まわりの仲間たちも「そうそう……」と頷いて、繁村から見せられたという役に立たない発明品の話で盛り上がった。

「知り合った頃はそういう奴じゃなかったんだけど……いつの頃からか勉強もそっちのけで、自分はいつか必ず人の役に立つ大発明をするんだってね。どこか浮世離れした奴だったな。そんなわけで次第にこのサークルからも遠ざかっていったんだよ」

繁村和彦――

このサークルに顔を出さなくなったということは、おそらく自分と関わり合いになることはないだろう。

「まあ、大きな夢や目標を持つのもいいけど……」

須藤がそこまで言って、為井の肩をぽんと叩いた。

夢みたいなことばかり語っている為井を諭しているつもりかもしれないが、そんな変人と一緒にしてもらいたくない。


翌日、晶子たちと乗馬をした帰りに本館の前を通りかかると、一台の車が目に入った。

まさかと思いながら赤いポルシェ911カレラに近づいていった。

「すごい車ね……」後ろからやってきた晶子が羨ましそうに言った。

ナンバープレートを見て、為井は暗澹《あんたん》とした気分になった。大学入学の祝いに明が買ってもらった車だ。

男女の声が聞こえてきて、為井は本館のほうを向いた。本館から出てきた明と目が合った。

明は同年代らしき男ときれいな女性をふたり連れている。

「兄貴……」

明は為井に気づくと、口もとだけに笑みを浮かべながらこちらに近づいてきた。

どこか自分を馬鹿にしたようなこの表情が昔から嫌いだった。

「こんなところでどうしたんだよ」明が車のドアロックを開けながら訊いた。

「おっ。そちらが噂の明のお兄さん？」

明の隣にいたチャラチャラした男が言うと、連れていた女性ふたりもくすくすと笑い始めた。

「為井くんの弟さんですか。はじめまして。夏川といいます」晶子が明たちに挨拶した。

「はじめまして。弟の明です。よろしくお願いします」

明は為井に対してはいつも嫌味な態度を取るのだが、それ以外の人間には外面《そとづら》がよかった。

「兄貴の彼女さんですか？」

明の問いかけに、晶子が少し戸惑ったような表情をした。

「ちがうよ」為井が代わりに否定した。

「だよなあ。兄貴にはもったいない」明が為井にだけわかるように鼻で笑った。

「為井くんと同じ大学で、昨日からサークルの合宿をしているんです。今晩、ここでキャンプファイヤーをやるんですけど、よかったら一緒にどうですか」

突然の晶子の言葉に、為井は慌てた。

「いや……おれたちだけで勝手に決めるのも……他のメンバーにも訊いてみないと」為井は必

死に阻止しようとした。

「キャンプファイヤーだったら大勢いたほうが楽しいじゃない。みんなも賛成してくれるわよ。でも、そちらにはご迷惑な話かしら」

明は人見知りが激しい男だから断るはずだが、「どうしようかなあ……」と、為井を見ながら思案している。

突然の話にうろたえている為井の姿が楽しいのだろう。

「お邪魔してもいいんですか?」明が薄笑いを浮かべながら言った。


その夜、明たちと合流して一緒にキャンプファイヤーを囲むことになった。

最初は警戒するようにその場にいた明たちも、次第にサークルのメンバーたちと打ち解けていったようで今では楽しそうに酒を飲んでいる。

だが、為井は明の姿がちらつくたびに気が滅入ってしまい、まったく楽しめないでいた。

「みんな、遠慮しないで食べてね」

晶子が明たちのもとに料理を持っていくのが見えた。

誰とでもすぐに仲良くなれる気さくさと明るさが晶子の魅力のひとつだが、今日ばかりはその魅力が恨めしかった。

「みなさん、学生さん?」晶子が明たちに訊いた。

「おれたちは同じ大学なんですけど、彼女たちはモデルをやってるんですよ」

明がある女性雑誌の名を挙げると、晶子たち女性陣は「あの雑誌のランちゃんとユウちゃんだ！」と盛り上がった。

「明くんたちはどこの大学なの？」須藤が訊いた。

「慶西大学の経済学部です」

明がさらっと言うと、まわりからどよめきが起きた。

東協大学もかなりレベルの高い大学だが、慶西大学は日本の大学の中でもトップクラスと言われている。

「それにしてもふたりともすごい車に乗ってるよね。とうぜん自分で買ったわけではないよね」

明はポルシェ911カレラに、友人はBMWに乗っている。

須藤の口調には、羨ましさと多少の皮肉が込められているようだ。

「ええ。慶西大学の経済学部に合格したら買ってもらう契約でしたから」

「契約……約束ではなくて？」

「ぼくにとって親の求める大学に入ることは仕事のひとつでしたから。だから約束ではなく、契約です」

「仕事ということは……将来はタメイドラッグで働くんだ？」

明は微笑を浮かべながらその質問には答えなかった。

「明はタメイドラッグの次期社長だよな」代わりに隣にいた友人が言い添えた。

「まだ二十歳《はたち》なのにそこまで決めているんだ」

「まだ二十歳だけど、二十年間その期待をかけられてきてますから」

「兄弟でもタイプが違うんだね」

「タイプ?」

須藤の言葉に、明が首をひねって訊き返した。

「そう……きみのお兄さんは、父親が作った会社というレールにただ乗っかるのが嫌でタメイドラッグを継ぐのをやめたんだろう。きみと違って贅沢な生活を捨てて、親の力を頼らずにゼロから自分の力で何かを始めようとしている。どっちがいい悪いじゃないけどね」

須藤は明の生意気な言動にどこか腹立たしさを感じていたのだろう。だが、この場で明にそんなことを言ってほしくなかった。

須藤の言葉に、明の顔つきが険しいものに変わった。一瞬、怒り出すかと思ったが、友人たちを見回すと笑い出した。

「兄貴がそんなことを言ったんですか?」

滑稽だと言わんばかりに仲間たちと笑い転げている。

「何かおかしいことを言ったかな?」須藤が不快そうに明に言った。

もうこれ以上何も言わないでほしい。ふたりのやり取りを見ながら、この場から今すぐにでも逃げ出したい気分だった。

「兄貴とはタイプが違うんじゃないんですよ。デキが違うだけです」

明が発した言葉で、その場の空気が一気に凍りついてしまったようだ。

少なくとも為井はキャンプファイヤーの炎を見つめながら、背筋に冷たいものを感じていた。あたりを見回すと、誰もが次の言葉を見つけることができないようで、居心地の悪い沈黙が流れている。

兄弟間のことだから、為井が何とかフォローするべきなのだろう。

まったくそうだよなあ——と、笑い話にしてしまえばいいのだろうが、そうするような余裕が今の自分にはなかった。

「デキって……いくら兄弟でもその言いかたはちょっとひどいんじゃないかな」須藤が不愉快そうな顔を明に向けた。

「たしかにうちは慶西ほどの大学じゃないかもしれないけどさあ……」瀬戸がさらに火種を投げつけるように言った。

サークルのメンバーと明たちとの間に埋めがたい溝ができてしまったようだ。

「別に大学うんぬんの話ではありませんよ。東協大学はすばらしい学校だと思っていますよ。でも、ぼくの言葉で不快に感じさせてしまったのならごめんなさい。そんなつもりではなかったんです」

明が詫びのつもりか軽く頭を下げた。

「ただ、ぼくも友人や彼女の前で甘ったれのぼんぼんみたいな言いかたをされてちょっと納得がいかなかったんで……ねえ、兄貴ならぼくの気持ちがわかるでしょう?」

明が意地悪そうな視線をこちらに向けた。

「明——もういいじゃないか。たしかにおまえの言うとおりだよ。おまえはおれと違ってデキがいいからな」為井は無理に笑いながら言った。

これ以上深手を負わないように、何とかこの場を治めたかった。

「須藤さんはさっき、兄貴は親父の会社というレールに乗っかるのが嫌で、自分から会社を継ぐのをやめたみたいなことを言ってましたよね」

だが、明はこの話を切り上げるつもりはないらしい。昔からそうだ。自分に納得のいかないことがあると、理詰めでとことん相手を責め落とすまで満足しない。たとえ、それで相手がどんなに傷つくとしても。そういう冷徹さは父親譲りなのかもしれない。

「そうなの？」明が為井に冷たい眼差しを向けて訊いてきた。

みんなの視線もこちらに集まってくるが、為井は何も答えられなかった。

「将来、ぼくの下で働くのが嫌だっただけでしょう」

明の言葉が鋭い棘《とげ》になって心に突き刺さった。

からだから血の気が引いていきそうだ。どんな態度をとればいいのか、何を言えばいいのかわからず、とりあえず意味もなく笑った。

「そんなことはないさ」かろうじてそう答えた。

「そうかなあ。親父からトップになれないと引導を渡されて、それに腹を立てて逃げ出したんじゃないの？」

「そうじゃない。親父の会社で働くという選択以外に、もっと自分の可能性を試してみたかったんだ」語気を強くして、せめてもの抵抗を示した。

「じゃあ、ゼロから自分の力で何かを始めようとしているって言ってたけど、いったい何をするつもりなのさ。兄貴にそんな覚悟が本当にあるのかなあ。贅沢な生活を捨てて、親の力を頼らずっていったって……今だってお袋から仕送りをもらってるんでしょう」

やめてくれ。もうやめてくれよ――

心の中で懇願したが、明は攻撃の手を緩めようとしなかった。

「兄貴がやってることは中途半端なんだよ。ぼくがさっき言ったデキっていうのは、別に大学うんぬんのことじゃない。おそらくここにいるみなさんは何かの目的や目標があって今の学校に入ったんでしょう。だけど、兄貴は違う。ただ逃げてるだけなんだ。プレッシャーから逃げて、がんばることから逃げて……」

「やめてくれッ――」為井は両手で耳をふさいで叫んだ。

そうだ。すべて明の言うとおりだ。自分は逃げているのだ。

ゼロから自分の力で何かを始めたいなんていうのも、しょせんはサークルのメンバーに対して恰好をつけているだけだ。

そんなことは明に言われるまでもなく自分が一番よくわかっている。

明の言うことはもっともなのだろう。明は子供の頃から努力してきた。少なくとも為井よりは頑張って勉強してきたのだろう。父親から認めてもらうために。

だから、何も知らない須藤から甘やかされているというようなことを言われて許せなかったのかもしれない。その気持ちはわからないではない。だけど、何も為井の無様さをここまでさらさなくてもいいではないか。こんなところで突きつけなくてもいいではないか。

残酷だ。残酷すぎる。

サークルのメンバーたちがどうしていいかわからないといった表情で、為井のことを見つめている。

哀れむような目でこちらを見ていた晶子と目が合った。

もうどうにも耐え切れなくなって、為井はその場から駆け出した。

ドアの開く音が聞こえたが、為井は布団にもぐりこんだまま、息を潜めて寝たふりを続けた。

おそらく三人とも部屋に戻ってきたのだろうが、為井に気を遣っているのか誰も話をしなかった。テレビと、缶ビールを開けて飲む音だけが聞こえてくる。

このまま本当に寝てしまえたら楽なのだが、いっこうに眠気がやってこない。何とも息苦しい時間だった。しばらくすると、テレビの音が消えた。部屋も暗くなったようだ。

あたりから寝息やいびきが聞こえるようになって、為井は布団から起き上がった。

ベッドで須藤たちが眠っている。時計を見るとまだ十時前だったが、やることもないので寝るしかなかったのだろう。

本来なら楽しく盛り上がる時間のはずなのに、為井と明のせいで台無しにしてしまった。

為井は外の空気が吸いたくて部屋を出ると、当てもなく薄闇の中を歩いた。

あんな恰好の悪いところを見られてしまっては、これからみんなと接していくのも辛くなるだろう。

明日、またみんなと顔を合わさなければならないと考えただけで気が滅入ってしまう。

これからタクシーで駅まで行けば、今夜の電車で東京まで戻れるのではないか。

置き手紙でも置いていけばみんなも心配しないだろうし、きっと為井の気持ちも察してくれるにちがいない。

哀れむような目で為井を見つめていた晶子の姿が脳裏によみがえってきた。

楽しいサークルだけど辞めてしまおうか。

「為井くん――」

突然後ろから呼ばれて、為井はびくっとして振り返った。

あたりは真っ暗なのですぐにはわからなかったが、よく見ると晶子が立っている。

今、一番会いたくない人の姿に、為井は動揺した。

「ど、どうして……」寒いわけでもないのに、声が震えている。

「コテージから出て行く為井くんの姿を見かけたの。それで……」

晶子もその後の言葉を考えあぐねているようで、少し顔を伏せた。

「そ、そう……」為井も言葉が続かない。

「ごめんね。わたしが無理に誘っちゃったから、為井くんにも弟さんにも嫌な思いをさせちゃった」

晶子が為井を見つめながら言って頭を下げた。

「別に夏川のせいじゃないよ。こっちこそ、おれたちのせいでみんなに嫌な思いをさせちゃった。せっかくの合宿だったのに」

晶子が少しだけ表情を緩ませて首を横に振った。

「あの後は？」為井は訊いた。

「すぐにお開きになった」

「そうか。変なことには……」

「大丈夫だよ」

晶子の言葉に少し安心した。あの後、明たちとサークルのメンバーで喧嘩にならなかっただろうかと心配していたのだ。

「だけど、わたしたちにごちそうされるのは嫌だからって食事とお酒代を払っていった。こんなこと言ったらアレだけど、為井くんと違って弟さんはなかなか厳しい性格みたいね」

晶子の言葉に、為井は苦笑した。

「そういう性格じゃなきゃ、大きな会社の経営者は務まらないんだろう」

為井はそばにあったベンチに向かっていき、腰を下ろした。

「為井くんって優しいんだね」晶子が微笑しながら隣に座った。

「そういうわけじゃないよ。弟ながら本当に嫌な奴だと思うけど……でも、あいつの言ったことはほとんど当たっているんだからしょうがない」為井は小さな溜め息をついた。

ここまで来たら、恰好をつけてもしかたがない。

「去年の今頃……親父からこう告げられたんだ。おまえには申し訳ないが、将来は明に会社を任せようと思うって。おまえには経営の才覚がないと判断した。向いてないことを任せるのは、おまえにとっても会社にとっても不幸なことだって」そこまで言うと、奥歯をぎゅっと噛み締めた。

一年経っても、あのときの悔しさは少しも晴れていない。

「子供の頃からずっとタメイドラッグを継ぐことだけを考えて生きてきたのに。親父の期待に応えられるよう自分なりにがんばってきたはずなのに……それなのにどうして今さらそんなことを言うのさって親父のことをそうとう憎んだんだ。だけど……本当にそうなのかなって、心の奥では気づいてたんだな」

「何を？」晶子が問いかけてきた。

「あいつの言うようにずっと逃げてたって」

為井は晶子から視線をそらして呟いた。

「子供の頃からずっとタメイドラッグを継ぐっていうプレッシャーから逃げ出したかった。がんばることから逃げたかったんだ。きっと親父はそのことに気づいていたんだろう。おれはいつも楽なほうに逃げてしまう人間だって……だから、明を後継者に指名したんだろう。おれみたいに逃げてばかりの人間が起業するだとか、ゼロから何かを始めるだとか言って……笑っちやうよね。だけど、それぐらいのハッタリをかまさなきゃ、自分がどうしようもなく惨めで情けなく思えてしょうがないんだ」

話しているうちに涙があふれそうになったが、必死にこらえた。

どうして晶子にこんな話をしてしまったのだろう。ずっと心の奥底にしまっていた情けない自分の感情を――

為井は晶子にこんな話をしたことを後悔し始めていた。

「ハッタリでもいいじゃない」晶子が急に弾けたような口調で言った。

為井はその言葉の意味がわからず、晶子を見つめた。

「別にハッタリでもいいじゃない。ハッタリから始まることだってあるわよ」

呆然と見つめている為井に、晶子は「そう思わない?」と同意を求めながら顔を近づけてくる。

「昨日話してくれた、世の中の役に立つようなものを見つけて、それを自分の力で広めていきたいって……その思いがまったくの嘘っていうわけではないんでしょう」

「そりゃ、まあ……そう……」距離の近くなった晶子にどぎまぎしながら答えた。

「わたし、昨日の為井くんの話を聞いて、なんか恰好いいなって思ったもん」

「だけど、それは……親父や明に対する意地でしかないのかもしれない」

「それでいいんじゃないかしら。何かを始めるのに必ずしも崇高な理由が必要だとは思わないけど。悔しいからとか、誰かを見返したいからとか、そんな理由でも充分じゃない」

「だけど……」

晶子の言葉はうれしかったが、一度はがされた自信は簡単には戻らなかった。

「為井くんは、自分はがんばることから逃げたかったたって言ってたけど、これからがんばればいいだけのことじゃない。わたし、生まれてから死ぬまでの間、ずっとがんばり続けている人っていないんじゃないかなって思うんだ。きっと、人生の中で必死にがんばらなければならないときが何回かあって、そのときにきちんとがんばった人が成功するんじゃないかなって。為井くんが本当にがんばらなければならないのはきっとこれからなんだよ」

そうだろうか。今まで逃げてきた自分でも、これからがんばれば失ったものを挽回することができるのだろうか。

「それにさっき、厳しい性格じゃなきゃ大きな会社の経営者は務まらないだろうって言ってたけど、わたしはそうは思わないいんだ」

「どうして？」

「仕事には厳しさも必要かもしれないけど、人を気遣える優しさのない人がトップの会社に、自分の大切な時間や将来を預けたいとは思わない」

たしかに、もっともな意見だ。

「自分が辛いときでも人のことをまず気遣える。そういう意味で、弟さんよりも為井くんのほうがいい経営者になれるかもしれない」

これだけ自分を褒め上げて元気にしてくれる晶子こそ、もしかしたら一番トップとしての資質があるのかもしれないと思った。

いつの間にか、先ほどまで抱えていた鬱々《うつうつ》とした思いが吹き飛んでいた。

自分の力で会社を立ち上げよう。そして、いつか父や明を見返してやるぞと気持ちが昂《たかぶ》っている。

とはいっても、他の人が今まで見つけられなかった『世の中に広めるべき何か』を、自分は見つけることができるのだろうか。そこがこれからの一番の課題のような気がした。

「昨日、為井くんの話を聞いていてひとつ思ったことがあったの。みんなが話していた繁村さんなんだけど……」

「風変わりとか、変人とか言われてた発明家さん？」

「そう。たしかにちょっと……いや、かなり変わった人なんだけどね。だけど……わたしはみんなとはちょっと意見が違うんだ」

「どういうこと？」

「以前、サークルの人たちと繁村さんの研究室に行ったことがあるのね。研究室といっても狭いアパートの一室なんだけど。みんなが言うように、こんなものをいったい何に使うんだろうっていうものもあったんだけど、中にはおもしろい発明品もあったのね。誰も思いつかないような斬新な発想のものや、もうちょっと改良すれば商品として売り出せるんじゃないかって思えるものなんかがね……」

誰も思いつかないような斬新な発想のものや、改良すれば商品として売り出せるかもしれないもの――」

「いつか必ず人の役に立つ大発明をするんだっていうのが繁村さんの口癖でね……」

世の中の役に立つようなものを見つけて、それを自分の力で広めていきたい――

「一度話をしてみたらおもしろいんじゃないかなあって思ったの」

「おれと？」

為井が言うと、他に誰がいるのよという顔で晶子が頷いた。

「みんな、風変わりとか変人とか言ってるけど、いったいどういう人なの？」為井は迷いながら訊いた。

「うーん。口で説明するのはちょっと難しいかな。ただ、為井くんもきっと今までに会ったことがないっていうタイプだと思う。それぐらい個性的な人」

晶子がいたずらっぽく笑った。

12

夜の街を歩いていると、コンビニから大きな袋を抱えた店員が外に出てくるのが見えた。

雨宮は右足を引きずるようにしながら、店員の後をついていった。店員はコンビニの裏手に置かれた大きなゴミ箱の前で立ち止まり、あまった弁当類が詰め込まれた袋を捨てて蓋をした。

こちらに戻ってくる店員と目が合った。おそらく雨宮と同じぐらいの年だろう。雨宮を見ながら口もとだけで笑った。

自分よりも底辺に近いと思える人間を見て、一瞬だけでも、くだらない優越感に浸っているのだろう。

雨宮はすぐに店員の存在を無視して、ゴミ箱に目を向けた。

先ほどちらっと見たところでは、今夜はひさしぶりにまともな飯にありつけそうだ。

足を引きずりながらゴミ箱に近づいていった。蓋を開けて袋を取り出そうとしたところで、あたりから怒声が響いた。路地に隠れていたホームレスたちがこちらに群がってくる。

雨宮は向かってきたホームレスに袋を取り上げられたうえ、地面に押し倒された。

ホームレスたちが次々に袋の中から弁当を漁っていく。

雨宮は何とか立ち上がって袋の中から弁当を取ろうとするが、この右手の動作ではうまく取ることはできない。そのうち、他のホームレスたちに揉みくちゃにされ、ふたたび地面に倒されたうえに、からだのあちこちを踏みつけられた。

素早く起き上がって殴り飛ばしてやりたかったが、そういうわけにもいかない。

雨宮はしかたなくその場に倒れ込みながら、ホームレスの一団が立ち去るのを待った。

それぞれに今夜の飯を手にしたホームレスがようやく立ち去っていく。

雨宮はゆっくりと時間をかけて起き上がるとゴミ箱に向かった。左手を伸ばして袋を漁ってみる。おにぎりが一個だけ残っていた。

今日もこれだけか――

どうやらキャラ設定に失敗してしまったようだ。

雨宮は舌打ちして袋を開けた。おにぎりを頬張ると、ふたたび当てもなく夜の街を歩き出した。

歩道を行き交う人たちが、ちらっちらっと雨宮に目を向ける。

雨宮の特徴的な歩き方が気になるのだろうか。それとも、何ともかぐわしくなってきた雨宮の臭いにつられてだろうか。いずれにしてもこの一週間で、自分の演技が堂に入ってきたということだろう。

雨宮の今回の任務はホームレスになりきることだった。いや、正確に言うなら、ホームレスとして生活しているであろう小沢稔を捜し出して、友達になれというものだ。

だが、町田博史を追って少年院に入ったときのように、純粋にやりたくて受けた指令ではない。組織の幹部の席にまったく関心がないといえば嘘になるが、昔ほど胸ときめくような褒美では自分の中ではなくなっている。それよりも、姉の美香を室井のもとから奪い返したかった。

この任務をやり遂げたら、室井は美香を解放すると約束してくれた。

いや、解放ではないか。室井は自分にとっても組織にとっても、もう必要がないものとして美香を切ってくれるだろう。

室井に惚れている美香はショックを受けるにちがいない。だが、そのほうがいいのだと雨宮は強く思っていた。

昔の姉に戻ってほしかった。組織の人間ではない、自分の唯一の家族に戻ってほしいのだ。

室井からの指令を引き受け、下に行くと、何も知らない美香が待っていた。

「次の仕事に必要なものよ」

美香が机の上にディスクと携帯電話とぼろい腕時計を置いた。

ディスクは以前の任務のときにも観たＤＶＤだろう。小沢稔のことを隠し撮りした映像だ。携帯電話か腕時計の中には雨宮の居場所を監視するためにＧＰＳが内蔵されているにちがいない。

「これだけか」

皮肉混じりに言うと、美香は「これ以外のものは必要ないでしょう」と素っ気なく返した。

以前の任務のときにはかなりの額の準備金が用意されたが、今回はホームレスになって小沢稔を捜せということだから、たしかにこれだけで充分だ。

「しばらく大変だと思うけどがんばってね。一馬ならきっとやり遂げられるわ」

美香が姉ではなく、組織の同志の顔になって言った。

「ああ。早く任務を終わらせて姉貴を迎えにくるよ」

そう言うと、美香はぴんとこないという表情で雨宮を見つめた。

雨宮は組織があるビルから出るとエリカの部屋には戻らずに、ネットカフェに寝泊まりしながらこれからの演技プランを練った。

ホームレスになるのは簡単だ。今すぐにでもなれる。だが、自分ぐらいの若い年齢の男がホームレスとして溶け込むのは、意外と難しいのではないかと思った。

雨宮ほどの年であれば、いくらでもとはいわないまでも、ホームレスにならなくて済むぐらいの仕事はあるだろう。それでもホームレスにならざるを得ないという理由が必要だと思った。しかも、できればまわりから同情を得やすいような理由だ。そうすれば、小沢稔の情報も集めやすくなるかもしれない。

雨宮はいくつか考えた末に、右半身が不自由な役を設定することにした。そうすれば若い雨宮が仕事をすることができずに、ホームレスにならざるを得なかったというのも納得されるだろう。

だが、この考えが誤算だった。ホームレスの世界は雨宮が考えていたよりもずっとドライで弱肉強食だった。こんな役柄を設定してしまったせいで、持っていた荷物を奪われたり、先ほどのように食事にまともにありつけなかったりと散々な目に遭っている。

役柄を変更しようかと思ったが、自分のプライドがそれを許さなかった。

おそらくまわりでは組織の人間が雨宮のことを監視しているだろう。これぐらいのことで音《ね》をあげて早々に役柄を変えてしまったとあっては、組織の中でいい物笑いの種にされてしまう。

早く小沢稔を捜し出して、こんなことから解放されたい。

だがこの一週間、上野周辺を渡り歩きながら必死に小沢稔を捜しているが、見つけるどころか情報すら何も得られていない。

とりあえず今夜の寝床を探しに公園に入った。園内の芝生の上にいくつかの段ボール箱が転がっている。

段ボール箱の中で寝ることに抵抗があって、雨宮はベンチの上に寝転がった。

この数日、まともに食べずに歩き回っていたので頭の中がふらふらしている。

さっさと寝てしまおうと思って目を閉じたが、空腹のせいでいっこうに寝られない。

「よお、兄ちゃん——」

男の声がして目を開けた。

ゆっくりとベンチから起き上がると、中年の男が目の前に立っていた。上下スエット姿で頭からフードをかぶっている。その恰好と突き出した歯から漫画のねずみ男を連想させた。

「新顔だね」目の前の男がにやっと笑って言った。

雨宮は男が醸し出す不気味な雰囲気に一歩後ずさりながら、「はあ……」と曖昧に頷いた。

「兄ちゃん、どこから来たんだい」

男がさらに雨宮に近づいてくる。フードの中から向けられる視線がねちっこくからみついてくるようだ。

「どこからって……」雨宮は何と答えていいかわからず、言葉を濁した。

「兄ちゃん、金持ってるかい」

ただの物乞いか——

それにしても、こんなナリの自分にまで物乞いするとはホームレスとしてもそうとうな手練《てだれ》だと、雨宮は笑いそうになった。それとも本物からすれば、雨宮はまだまだホームレスに見えないということだろうか。

「悪いけど、一円も持ってないよ。金があったらこんなところで野宿なんかしないだろう」雨宮は軽くあしらうように言った。

「じゃあ、食い物は――？」

「ない」

「酒は――？　煙草は――？」男はあきらめることなく訊いてくる。

「ないよ！」

まったくうるさい男だなと、うんざりしながら返した。

「そうか……」

強い拒絶が伝わったのか、男は少し残念そうに顔を伏せた。

雨宮は溜め息をついてベンチに座った。

「じゃあ、出ていけ」

男の言葉に、「は？」と顔を上げた。

「何もないんじゃしょうがねえ。さっさと出ていけ」

雨宮を睨みつけながら男が言い放った。

何を言っているのだ、この男は――

「ちょっとおっさん……ここは別におっさんの公園じゃないだろう。出ていけって、いったい何の権利があってそんなこと……」

「うるせえ。権利もクソもねえよ。ここはうちらの縄張りなんだよ。よそ者が寝泊りするにはそれなりの礼儀が必要なのさ。金も、飯も、酒も、煙草も何もないんじゃ話にならんな。さっさと出ていきやがれッ！」男が有無を言わさずまくしたてる。

わけのわからない理屈をこねやがって。まったくむかつく男だ――

こんな男、本来なら一撃でぶちのめして言うことを聞かせられるのだが、今は右半身の自由が利かないという演技の最中だ。それにこういうホームレスの連中にはかなり広いネットワークがあるだろう。ここで変な事件を起こしてしまえば、これからの小沢稔の捜索に支障が出てしまうかもしれない。

「わかったよ……」

殴りつけたい衝動を必死に抑え込んで、雨宮は男に背を向けた。右足を引きずりながら、公園の出口に向かって歩いていく。

あれ――？

歩いているつもりなのだが、いっこうに出口が近づいてこない。それに、何だか頭の中がふらふらして、視界がかすんでいく。

いったいどうしたの……だ……ろう……

そこで、意識が途切れた。

目を開けると、薄闇の中に小さな炎のようなものが浮かんでいる。

雨宮は目を凝らしてそれを見つめた。どうやらガスコンロの炎のようだ。左の頬にひんやり

た。

思い出そうとしているときに、「おお……目を覚ましたみたいだぞ」という男の声が聞こえ

ここは……

とした感触があった。

顔を上げると、白髪の初老の男がこちらを覗き込むように見ている。

「大丈夫か……?」白髪の男が軽く頬を叩きながら問いかけてきた。

雨宮は頷きながら、ゆっくりと上半身を起こした。

ビニールシートの上で寝かされていたようだ。携帯コンロに置かれた鍋から湯気が立ち昇っている。鍋を囲むようにして、数人の男たちがコップに入った酒のようなものを飲んでいた。

「おれはいったい……」言いかけたとき、頭からフードをかぶった男が目に入った。

先ほど言い合いをした男だ。男はこちらに背を向けるようにコップ酒を飲んでいる。

「あんた、あそこで倒れたんだよ」

白髪の男が指さしたほうを見ると、公園の出口があった。

どうやら空腹と疲労のために、出口に向かっている途中で倒れてしまったようだ。

「ありがとう……ございます……」雨宮はとりあえず頭を下げた。

「礼を言うならスギさんに言いな。ここまで運んできたのは彼なんだから」

白髪の男が指さすのと同時に、スギさんと呼ばれたスエットの男がこちらを向いた。

「あんなところで野垂《のた》れ死にされたら迷惑なだけだ」スエットの男はそう言うと、すぐに顔を

そらした。

雨宮は先ほどから漂ってくるうまそうな匂いに引きつけられて、コンロの上の鍋に視線を向けた。

「それにしてもどうして……」

白髪の男が言いかけたときに、雨宮の腹が鳴った。今までの人生で聞いたことがないほど大きな音だ。まわりの男たちも爆笑している。恥ずかしくなって少し顔を伏せた。

「そういうことか……」

白髪の男がそばにあった小皿と割り箸を取って、雨宮に差し出した。

「ちょうどラーメンを作ってたんだ。食べていきな」

「でも、金もないし……」雨宮はちらっとスエットの男を見た。

「まあ、スギさんの言うようによそ者のすべてを歓迎するわけじゃない。だけど、困ったときにはお互い様だ。だいたい、あんな偉そうなことを言ってたスギさんだって、一週間前はよそ者だったんだから」

白髪の男が言うと、まわりの男たちも「そうだ、そうだ」と笑った。

「うるせえなあ。おれが来たおかげで今までよりもうまい飯にありつけてるだろう」スエットの男が抗議するように言う。

「たしかにそうだな。それにスギさんが来てから変な輩もよりつかなくなったし」

「変な輩？」雨宮は訊いた。

「ああ。いろんな人間がいるんだよ。いたずらでうちらの段ボールに火を放ったり、おもちゃの拳銃で撃ってきたりさ……」

横で話を聞いていたひげ面の男が言った。

「まあ、あんたはそういう人間じゃないってわかったから」白髪の男が笑顔で言ってふたたび小皿を勧めた。

「それじゃ……」

雨宮は厚意に甘えることにして、左手で小皿と割り箸を受け取った。口を使って箸を割ると、さっそく鍋に手を伸ばした。だが、利き手ではない左手ではなかなかうまく麺をつかめない。腹が減っていてしかたないのに、何とももどかしかった。

いきなりスエットの男が手を伸ばしてきて雨宮の小皿を奪った。無言のまま、小皿に麺とスープを盛るとフォークを添えて雨宮に差し出した。

「どうも……」

雨宮は小皿を受け取ると目の前に置いた。フォークで麺を巻きつけて口に運ぶ。想像していた以上にうまい。むせるのもかまわず、次々に口に運んだ。

「そんなに焦んなくても誰も取りゃしねえからよ」

スエットの男が雨宮を見ながら言った。フードの中の表情が少しほころんでいるように見えた。

「右手はどうしたんだい？」白髪の男が訊いた。

「去年、病気で……それ以来ずっと……」

「治るのかい？」

雨宮は首を横に振った。

「そうか……それは大変だなあ。まだ若いんだろう」

「二十一です」

「家族は」

「いません」

「いない？」白髪の男が訊き返した。

「ええ。子供の頃から施設で育てられたんで……」

「今でも施設で生活しているのかい」

「いや……十八を過ぎたら出ていかなきゃいけなくて。去年まで建設現場の住み込みで働いていたんですけどね」

「病気になってクビになったってわけかい」

同情するような目でこちらを見る白髪の男に、雨宮は頷きかけた。

「だけど病気なんだったらさあ、役所に言えば何とかしてくれるんじゃねえのか？　何たら給付金みたいなのが出たり、どっかの施設に入れてもらえたりさ」スエットの男が言った。

「もしかしたらそうかもしれないけど。ただ……」

雨宮は勿体《もったい》をつけるように、そこで言葉を切った。

「ただ、何だよ」

案の定、スエットの男が興味深そうに身を乗り出した。

「入院したり、施設に入ったりしたくないんです。自由が利かなくなってしまうんで。どうしてもやらなければいけないことがあるから……」

まわりの男たちの視線が雨宮に注がれる。

「何だよ、やらなければいけないことって……」

「人を捜しているんです」

雨宮はポケットから写真を取り出した。みんなが見られるように鍋のそばに置く。

「この男の人を捜しているんです」

白髪の男が写真をつまみ上げた。

「名前は小沢稔と言います。年齢は二十三、四歳で……身長は百八十センチ以上あってかなり大柄な男です」

「もっとわかりやすい写真はないのかね?」写真を見ていた白髪の男が顔を上げた。

監視カメラの映像の一部を引き伸ばした写真だからたしかに鮮明ではない。それでもたくさんあった映像の中で、最も小沢稔の特徴がわかるものだ。

「これしかないんです」

「うーん……他に特徴みたいなものはないかな……」白髪の男が考え込むように唸った。

「ええ、あります。年齢は二十二、三歳なんですが知的障害を抱えていて……何と言うか、見た目と言動にかなりギャップがあります」

「ここらへんにいるかもしれないってことか？」スエットの男が訊いた。

「ええ。この周辺で似ている人を見かけたと彼を知っている人から聞いて……この写真とは違って、髪もひげも伸ばし放題で小汚い恰好で歩いていたと」

「ホームレスになってるってことか」

「その人も彼かどうか確信が持てなかったと言ってました。だけど、藁《わら》にもすがる思いでずっとこの近辺を捜しているんです」

男たちは写真を回し見ながら、「見たことがないな」と首をひねっている。スエットの男のところに写真が回った。しばらくじっと食い入るように見つめている。やがて雨宮に視線を据えた。

「どうしてこの男を捜してるんだ。おまえとどういう関係なんだ？」スエットの男が興味を持ったように訊いてくる。

「話すと長くなってしまうんですけど……」

前置きをする間に、頭の中で最も関心を持たれそうなストーリーを考える。

「いいよ。ここまで聞いたら気になっちまうじゃねえか。なあ」まわりの男たちに同意を求める。

「施設の中で親友と呼べるほど仲のいい男がいたんです。ヒロシというんですが……」

たとえ嘘の話であったとしても、あの男を親友として登場などさせたくはないが、小沢稔を見つけ出した後のことを考えてその名前を使うことにした。

「ヒロシも不遇な生い立ちで、施設に入ってくるまでストリートチルドレンみたいな生活を送っていたそうです。そんなときに一緒に生活をしていたのがこの写真の小沢稔です。稔はヒロシよりも年上ですが知的障害を抱えているということで、どっちが兄でどっちが弟なのかわからないけど、とにかく本当の兄弟のようにお互い助け合いながら数年間一緒に暮らしていました――」

だが、ある事情からヒロシは稔と生き別れになってしまった。その後、施設に送られたヒロシは雨宮と出会い、友情を育んでいった。

「施設の中で平穏な生活を送れるようになっても、ヒロシはずっと稔のことを気にしていました。親友の自分が嫉妬してしまうほどに。ヒロシは何とかして稔と再会したいと、時間を見つけては彼の行方を捜していました。そんなときにヒロシは交通事故に遭ってしまったんです。病院に駆けつけると両手を切断したヒロシが……」

雨宮はそこで感情を昂ぶらせた。こみ上げてくる涙を必死にこらえる。

「ヒロシはもう虫の息でした。生死の境をさまよいながら、稔……ごめん……と、うわ言のように言って……奇跡的に少しだけ意識が回復したときにヒロシはおれに頼みました。稔を捜し出してほしいと……そして、自分の思いを伝えてほしいと……」

雨宮はこのタイミングで涙腺を思いっきり緩めた。

「稔とは会ったことがありません。だけど、親友の大切な人はおれにとっても大切な人です。

施設を出てからもずっと彼のことを捜し続けていました。だけど、病気になってしまって……そんなときに、稔に似た人物がこの近くにいたという話を聞いたんです」雨宮はそこまで話すと、左手で涙を拭った。

「そうか。まあ、おれたちもいろんな奴に訊いてみるよ。なあ」

白髪の男が言うと、まわりの男たちも「ああ」と頷いた。スエットの男は目を充血させている。意外と涙もろい奴なのだろうか。

とりあえず、最初の種まきは成功のようだ。

段ボールを押し上げると、眩しい光が差し込んできた。

雨宮は外に出ると、軽く深呼吸した。窮屈な段ボールの中にいたので本当は大きく伸びをしたいが我慢した。自分が入っていた段ボール箱を見下ろした。昨夜、寝る前にあのスエットの男が作ってくれたのだ。

今までずっと段ボール箱の中で寝ることに抵抗があったが、実際に寝てみるとそれはそれでなかなか快適だった。

あたりを見回したが、スエットの男や昨夜の男たちの姿はなかった。腕時計を見ると、朝の七時を過ぎている。みんなで揃って朝飯でも漁りに行っているのだろうか。

雨宮はベンチに座ってこれからのことを考えた。

とりあえず昨夜はたらふく飯にありつけたし、ゆっくりと休むことができた。ただ、あれだけの熱演の甲斐もなく、小沢稔の情報がまったく得られなかったことが残念だった。

ポケットから台東区《たいとう》の地図を取り出して、左手だけで広げた。

次はどこを捜そうか――

これだけ捜しても何の情報も得られないということは、すでに台東区にはいないのかもしれない。もうしばらく捜してみて何の情報も得られなければ、次は近隣の区まで足を伸ばしてみよう。

とりあえずこれから浅草《あさくさ》あたりに行ってみるかとベンチから立ち上がったときに、スエットの男が自転車を押しながら公園に入ってきた。

自転車の前後には大きなゴミ袋が積まれている。ゴミ袋の中には空き缶が入っているようだ。

「よお――」スエットの男が雨宮に気づいて声をかけた。

「昨日はありがとうございました」

「寝心地はどうだった」段ボール箱のほうを向いて顎をしゃくって訊いた。

「快適でした」

雨宮が答えると、スエットの男は「そうだろう」と頷いて、自転車に積んだゴミ袋を下ろして芝生のほうに持っていく。

「いろいろお世話になりました」

嫌な思いもしたが、自然とそう言って頭を下げていた。出口に向かおうとしたところで、

「どこに行くんだよ」と後ろから声をかけられた。

「もうすぐ飯だぞ」

その声に、雨宮は振り返った。

「さすがにそこまで甘えるわけには……」雨宮はためらった。

「もちろん、仕事はちゃんとしてもらう。おまえでもできる仕事だ。この空き缶をつぶしてくれ」男が両手に持ったゴミ袋を掲げた。

「ありがたいんですが……もう行かなきゃ」

こんなところで足止めを食らうわけにはいかない。

「昨日話してた男を捜すっていっても、これからどうするつもりだ」

「どうするって……とにかくいろんなところを回って手当たり次第に人に話を訊くしか……」

「そんなからだで一日どれだけのところを回れるっていうんだよ。しかも、文無しだろうが。稔とかいう男を見つける前にてめえが死んじまうぞ。もっと頭を使え」

少し好印象を持ちかけていたが、その言いかたに腹が立った。

「ここで仕事を手伝えば最低限の飯と寝床にありつける」

「だけどそれじゃ……」

人捜しなどできなくなるではないか。

「炊き出しに行けば何百人ものホームレスが集ってくる。まめにいろんな場所の炊き出しに行けばそのうち稔という男に会えるかもしれねえし、たとえ会えなかったとしても何らかの情報は得られるだろう。少なくとも、ただやみくもに動き回るよりはよっぽど効率的だ。そう思わねえか？」

たしかに男の言うとおりかもしれない。ホームレスの卵だから、炊き出しという手段を思いつかなかった。

「どうだ」男が問いかけてくる。

「そうですね……」

雨宮が頷くと、男が出っ歯を覗かせて笑った。

右足を引きずりながら男に近づいていく。男は袋の中から空き缶を取り出すと、雨宮にハンマーを渡した。石段に隣り合わせで座り、男と一緒に空き缶をつぶし始めた。しばらくすると、男がフードを外した。あらわになった横顔をちらっと見て、妙な既視感を覚えた。

どこかで見かけたような気がしたのだ。気のせいだろうか……

「あの……」雨宮が声をかけると、男がこちらを見た。

どこかで会ったことはないかと訊こうとしてやめた。代わりに——

「一週間前はあなたもよそ者だって言われてましたけど、それまでは？」

「あっちこっちの街を流れ歩いてるんだよ。もう何年もこんな暮らしをしてる。まあ、ホームレスのプロだな」

男が自虐的な口調で言った。

「ところで、名前を訊いてなかったな」

「加藤信二《かとうしんじ》です」雨宮は偽名を言った。

「とりあえず呼び名はシンジでいいか」

「ええ。あなたは……スギさん……」

「小杉《こすぎ》だ。だいたいスギさんと呼ばれてる」

小杉──特に覚えのない名前だ。

「稔という奴に会えるといいな。まあ、これからよろしく」小杉が握手を求めてきた。

思わず右手を出そうとしたが、瞬間的に手を止めた。

「ああ、すまなかった」小杉が言って、今度は左手を差し出した。

「こちらこそ」

今度は雨宮もがっちりと小杉の手を握り締めた。

13

耳を澄ますと、階上のドアが閉まるかすかな音が聞こえた。

楓はベッドに置いていた帽子を目深《まぶか》にかぶるとすぐに部屋を出た。二階から聞こえてくる町田の足音についていくように玄関に向かう。外の鉄階段を下りてくる足音を聞きながら靴を履いた。

鉄階段の音が聞こえなくなって、しばらく待ってから外に出た。少し先に、デイパックを肩から提げて歩いている町田の後ろ姿を捉えた。工場に向かっているようだ。

気づかれないよう注意しながら後をついていくと、町田が工場に入っていった。だがすぐに、片手に大きな袋を持って出てきた。駅に向かって歩いていく。

「楓、どこに行くの？」

工場の前を通ると母から呼び止められた。

いくら変装したつもりでも、母にはすぐわかったらしい。

「うん、ちょっと……」

「夏休みだからって遊んでばかりいないでね」

いつも言われていることだが、今日は心なしか勢いがないように感じる。

「さっきまで勉強をしてたんだよ」

それは本当の話だ。あの一件があってから、楓はほとんど遊びに出ないで勉強に励んでいる。拓也たちと顔を合わせることにためらいがあるのが一番の理由だが、それと同時にもう少し町田のことが知りたいと、勉強を教えてもらいながらそれとなく観察している。

さっきもわからないところがあって町田に訊きに行くと、「これから出かけなきゃいけないから、帰ったら教えてやる」と追い返された。

楓は部屋に戻ったが、町田がどこに行くのかという興味を抑え切れなくなった。尾行に気づかれないために、あまり着たことのないタイプの服を探して着替えた。だが、こんなに簡単に気づかれてしまうなら、もっと用心しなければならないだろう。

「そう……」

もっと小言を言われるかと思ったが、母は素っ気なく返すと機械に向き直った。

道路に目を向けると町田の姿がなくなっている。楓は町田の姿を求めて駅に向かった。しばらく歩くと、ふたたび町田の後ろ姿が見えてきた。少し距離を置きながら町田に続いて駅に入っていった。

町田が大森駅から大宮《おおみや》行きの京浜東北《けいひんとうほく》線に乗り込んだのを見て、楓も隣の車両に乗り込んだ。車両の端のドアから町田の様子を窺う。

町田はいったいどんな人間なのだろう――

部屋にあったＤＶＤを観てから、町田という人間のことが気になってしかたなかった。

楓はドアの窓から、隣の車両で座っている町田の姿を見つめていた。

町田がデイパックから分厚い本を取り出して読み始めた。じっと本に視線を据えたかと思うと、二十秒ほどの間隔で次々とページをめくっていく。

速読というものだろうか。だがいくらなんでも、あの短い時間で本に書かれている内容をすべて理解できるとはとても思えない。まわりの乗客たちも、そんな町田の姿が気になり始めたようだ。奇異なものでも見るような眼差しを向け、中にはくすくすと笑っている者もいた。

自分に注がれているそんな視線にかまうことなく、町田は本を凝視しながらひたすらページをめくっている。

まるで、ベルトコンベヤーを流れてくる部品を次々と組み立てていくロボットのような動作だ。

町田の姿を見つめながら、内藤が家にやってきたときに立ち聞きした話を思い出した。

母の話によれば、町田は毎日のように図書館で五冊の本を借りているそうだ。きっと装丁だけ眺めたら返しに来る変わった子だと図書館に勤める母の友人は笑ったそうだが、目の前の光景を見ていると、あながちそうとも言い切れないという気がしてくる。

戸籍がなかった町田は義務教育すら受けていない。それなのに少年院に入っていたわずか一年ほどの間に、九年間で学ぶことをすべて履修し、さらに大学を受験する資格も得たという。入るのが難しいと言われている東協大学の理工学部にも一発で合格したのだ。とても信じられない話だが、それらのことはすべて事実だ。

町田は十四歳で家を飛び出してから逮捕されるまでの四年間、ひとりで生きてきたという。戸籍すら持たず、社会からは存在していないとされていた町田は、生きていくためにいったいどんな世界に身を置いてきたのだろう。おそらく自分には想像すらできない闇の世界だったのではないか。

ここでこいつを殺らなきゃ、ムロイさんにとっておまえは裏切り者だ。一生逃げることなどできないぞ――

あのDVDの映像を観てから、町田と伊達という男が話していた言葉が耳から離れない。画面に映し出された恐ろしい光景が頭の中にこびりついている。

いったい町田はどんな恐ろしい人間たちと関わっていたというのだろう。

町田と伊達という男が話していた『ムロイ』とはいったい何者なのか。

そして自分の身を挺《てい》してまで守ろうとしたミノルとは、町田にとってどんな存在なのか。町田という人間をもっと知りたいが、それを知ろうとするのは、得体の知れないものが蠢《うごめ》く闇の中に手を差し入れるようで怖くもあった。

それでも知りたい。最も知りたいのは、町田がそんな闇の世界から本当に決別したのだろうかということだ。

「次は川口《かわぐち》——」

電車のアナウンスが聞こえるのと同時に、町田が本を閉じてデイパックにしまった。立ち上がって棚に置いた紙袋を取る。

楓もドアのほうに向かった。電車を降りると、人波にまぎれるようにしながら町田の後を追った。階段を上って改札を抜けた。

あまり近づきすぎると気づかれてしまう危険がある。かといって、距離をとりすぎると見失ってしまうかもしれない。人を尾行するのはこんなにも難しいものなのかと思いながら、楓は町田の後をついていった。

幸いなことに、町田は後ろをまったく気にする様子もなく歩いている。左側に大きな塀が続く歩道を進んでいると、町田が門のようなところから中に入っていった。

楓は少し早足になって、町田が入っていった場所に向かった。

門の中には駐車スペースがあり、その奥に大きな二階建ての建物があった。何かの施設のようだ。町田が建物の中に入っていく。

楓は門の横に掲げられているプレートを見た。『重度身体障害者更生援護施設』とある。からだに障害を持つ人たちのための施設なのだろうということはすぐにわかったが、どうして町田はこんなところに入っていったのだろう。

不可解な思いを抱きながらプレートを見つめていたが、足音が聞こえてきて顔を上げた。建物から出てきた町田がこちらに向かってくる。楓はとっさに町田に背を向けた。

ばれてしまった――

そう思いながらおろおろしていたが、町田は何事もないように楓の横を通り過ぎるとふたたび歩道を歩いていった。

え――？

どうやら町田には気づかれなかったようだ。気づかれなくてよかったという安堵の気持ちと同時に、不思議と腹立たしい思いもこみ上げてきた。

いくら普段とは違う恰好で変装しているとはいっても、こんなに近くで見かけてまったく気づかないものだろうか。それほど自分に興味がないということなのか。

楓は町田の後ろ姿を恨めしい思いで見つめた。

いや、そうではないだろう――

すぐに本来の目的を思い出して、楓はふたたび町田の後をついていった。

しばらく歩道を歩いていくと左側にずっと続く垣根があった。垣根の隙間から遊具が見えた。公園だ。町田が公園の中に入っていく。

楓は垣根の外で立ち止まると、隙間から公園の中の様子を窺った。町田がすぐ目の前にあるベンチに向かってくる。ベンチには男がひとり座っていた。こちらに背を向けているから男の顔は見えない。

「イソガイ――」町田がベンチの男に呼びかけた。

ベンチに座っていた男が町田のほうに顔を向けた。男の横顔が見えた。険しい表情で町田を睨みつけているようだ。

あの男はいったい何者だろう。町田の友人だろうか――

楓が初めて知る町田の交友関係だ。

「新しい試作品を持ってきた。さっそく試してもらいたい。施設に戻ろう」町田が紙袋を掲げながら言った。

「うっとうしいからもう来るなって言っただろうが」

イソガイと呼ばれた男が吐き捨てるような口調で返した。

「ああ。だからできるだけうっとうしさを感じないように改良を加えてきた。かなり自信がある」

「おまえのことを言ってるんだよ」

男が憎々しげに言ったが、町田はその言葉にかまう様子もない。

「試すだけ試してくれ。以前よりも動きがスムーズになっているし、かなり細かい動作ができるはずだ」

町田という人間は、誰に対してもいつもあんな抑揚のない口調で話すのだろうか。

「まったくしつこいな。それなら煙草買ってきてくれや」

「煙草？」

「ああ。施設の中は禁煙だからな。向かいのコンビニに売ってるからよ。買ってきたらここで試してやるよ」男が外に向けて顎をしゃくった。

「ここで試すのか？」

町田が少し躊躇《ちゅうちょ》するようにまわりに目を向けた。園内にはたくさんの子供たちが遊び回っている。

試すと言っているが、これからいったい何をするつもりだろうか。

「何か文句があるか？」

「わかった」

町田は紙袋を男の横に置くと公園の出口に向かった。

「セブンスターだからな。わかったか――」

楓は町田が公園から出て行く前に身を隠した。垣根の外を歩いてベンチの正面が見える場所を探した。ベンチに座った男の姿があらわになって、楓は少し身を引いた。

Tシャツから伸びた両腕の肘から先がなかった。

苛々したような表情で公園の出口を見ていた男が、こちらに目を向けた。一瞬目が合ったように思えて、楓はびくっとした。だが、男は楓には気づかなかったようでふたたび公園の出口に顔を向けた。

しばらくすると、町田が公園に入ってきた。ベンチの前まで来ると、紙袋の中から何かを取り出した。マネキンの手のようなものに見えた。どうやら義手のようだ。

「本当にここでいいのか」町田が訊いた。

「ご自慢のものだろう。ここで発表会をしてやるよ」

どこか投げやりな口調で男が言うと、町田は男の両腕に義手を装着した。

そういえば、仕事が終わってからも町田はよく工場で作業をしていると母が言っていた。あの義手を作っていたのかもしれない。

園内で遊んでいた子供たちが興味を持ったように集まってきた。これから何が始まるのかと、ベンチのまわりを取り囲んでいる。

義手を装着すると、町田が男の隣に座った。封を開けて煙草を一本取り出すと男に差し出した。

男は左の義手を持ち上げて、睨みつけるように煙草を見つめている。やがて、義手の指がゆっくりと動き出した。

「すげー。ガンダムみたい！」子供たちからどよめきが起こった。

その声に楓も思わず身を乗り出した。垣根の隙間から覗き込んで、義手の動きをじっと見つめる。義手の指が細い煙草をつかんだ。男がゆっくりと義手を持ち上げて煙草をくわえた。

「押すタイプのものならライターの火もつけられる」町田がそう言って、男の右手にライターを握らせた。

男が今度は右手を持ち上げてライターにじっと視線を据えた。親指がライターのボタンを押した。だが火はつかなかった。もう一度同じ動作をすると、ライターの火がついた。

すごいと、歓声を上げそうになってとっさに口を閉ざした。

楓の代わりに沸き上がる子供たちの歓声の中、男が煙草に火をつけた。うまそうに煙草を吸って煙を吐き出した。

「どうだ――」町田がかすかに表情を緩めて、男に訊いた。

「そうだな……」

男はそこで言葉を切って、ふたたび煙草をくわえた。ゆっくりと吸い込むと、町田の顔に向けて煙を吹きかけた。町田が煙たそうに顔を歪める。

「もうちょっとパワーがほしいな。目の前のクソガキどもの首をへし折れるぐらいにな」

男はそう言って、まわりの子供たちを睨《ね》め回した。子供たちが怯えたようにその場から逃げ出していった。

「あとな……」

男は町田を見つめながらふたたびライターの火をつけた。その火を町田の顔に近づけていき、目の前で止めた。

町田は目の前の炎をじっと見つめている。

男がライターを動かして、煙草をつかんだ左の義手に持っていく。炎を義手の指先に当てる。

しばらくすると義手の指先から煙が立ち上ってきた。何かが焦げる嫌な臭いがこちらまで漂ってきそうだ。

「痛みを感じさせてほしいな……」

町田は男の言葉を聞きながら、目の前で燃えている義手をじっと見つめている。

「それができるまでおれに会いに来るんじゃねえよ。わかったか――」

町田は何も答えず、男の右の義手を手で押さえた。義手からライターを離すと、左の義手の炎を手で払って消した。

「外そう」

町田は表情を変えずに言って、男の両手から義手を外して紙袋にしまった。

「また来る」

ベンチから立ち上がった町田を男が呼び止めた。

「天才のおまえなら痛みを感じる義手を作ることだって不可能じゃないだろう。もっとも……おまえが痛みというものを理解してればの話だがな」

嘲笑うような男の言葉を、町田は黙って聞いている。

「生きるためには何でもしてきた人間だろう。罪滅ぼしならおれではなく他の人間にしてやるんだな」

「これは罪滅ぼしじゃない」町田が言った。

「そうだろう。おまえにとってはただの暇つぶしだ」

町田は男から視線をそらすと、出口に向かって歩いていった。

男は公園から出ていく町田の後ろ姿を忌々しそうな目で見つめている。町田の姿が見えなくなると、溜め息をついてベンチに深くもたれた。

あのふたりはいったいどんな関係なのだろう。ふたりの間には、明らかに険悪な空気が流れていた。少なくとも男のほうは、町田に対して敵意を剝《む》き出しにしている。

ふたりがどんな関係なのかは定かではないが、あの男は町田の過去の一端を知る人物だろう。

楓は公園の入り口に向かって歩いていった。中に入るとさりげなさを装いながらベンチに座っている男の様子を窺った。男は足を投げ出して空を見上げている。

公園に入ったはいいが、どういうきっかけで男に話しかければいいかがわからない。

それに先ほどの態度から、かなり粗暴なところがある人物だと感じていた。全身から漂わせている危険な雰囲気が、楓に声をかけることをためらわせている。

男がベンチから立ち上がった。しばらくベンチの上に目を向けている。おそらくベンチに置きっぱなしの煙草とライターを見ているのだろう。

煙草を取ってあげれば話すきっかけになるのではないかと思ったが、足を踏み出す勇気が出なかった。

男はあきらめたように出口に向かって歩き出した。だがすぐに、何かにつまずいて前のめりに倒れた。男は肘先を使って起き上がろうとするが、なかなか起き上がれないでいる。

「大丈夫ですか――」楓は男のもとに向かっていった。

男の前にしゃがみ込んで両肩を持ち上げて立たせようとした。顔を上げた男と目が合った。鋭い視線に一瞬怯んだが、何とか男を立ち上がらせた。

「あんた、町田の知り合いかい？」

男に睨《ね》めつけられ、金縛りにあったように全身が固まった。

「あそこからずっとおれたちのことを見てただろう」

気づいていたのだ――

「あいつは鈍感な奴だからまったく気づいていなかったみたいだがな……あんた、いったい何者だ？」

男のからみつくような視線に、このまま押し倒して逃げ出したい衝動に駆られた。

「あの人と同じ家で生活しているんです……」楓は絞り出すようにして言った。

「へえ、あんたみたいな若い女とねえ。あいつも楽しい学生生活を送ってるようだな」

いやらしい笑みを浮かべながら楓のことを舐め回すように見る。

「そういうんじゃないです！　あいつはただの居候よ」楓は語気を強めて言った。

「それでいったいおれに何の用よ。町田が出ていってからずっとおれの様子を窺っていただろう。このナリがそんなに珍しいか？」

男が両手をぶらぶらさせながら、薄笑いを浮かべた。

「ちがう……あの人のことが聞きたかっただけです」楓は男の肘から視線をそらして言った。

「あの人……町田のことか？　町田の何を聞きたい？」

「あの人は一年ほど前に突然うちにやってきた。お母さんが引き取って家の上で生活させるようになったの。だけど……あの人がどういう人間なのかまったくわからないから……それで……」

「町田がどんな人間なのか聞きたい、か。それならおれは適任だな。聞かせてやるよ。あいつがどんな人間なのか」

男がベンチのほうに顎をしゃくったが、楓はそのまま向かうことをためらった。

「どうした。聞きたくないのか？　別に取って食おうってわけじゃない。このナリじゃ無理だろう」

男が自嘲するように言ってベンチに向かった。

楓はひとつ小さな溜め息をつくと、男に続いた。

「悪いが、煙草を吸わせてくれねえかな」ベンチの上にあった煙草を避けて隣に座ると男が言った。

楓はしかたなく箱から煙草を一本取り出して男の口もとに持っていった。次の瞬間、指先をぺろっと舐められ、男の頬を思いっきり叩いた。男は驚いたように真顔になったが、すぐに動揺を隠すように高笑いをした。

「冗談だよ、冗談。まったく気の強い女だな。あいつの顔を見たら苛々しちまってさ。悪かった……もうしないから一本だけ吸わせてくれねえか」

「次に同じことしたらライターで鼻を燃やすわよ」

楓はそう言って男に煙草をくわえさせた。ライターで火をつける。男は吸い込むと、煙草をくわえたまま煙を吐き出した。

男の口から煙草を取ってやると、不思議そうな目でこちらを見つめてきた。

「くわえたままじゃお話しできないでしょう。吸いたいときは言って」

「それもそうだな。ありがとうよ」

男はそう言うと、先ほどやっていたように足を投げ出して空を見上げた。

「あんた……名前は何ていうんだ」男がぼそっと訊いた。

「楓……前原楓。あなたは？」

「磯貝隼人《はやと》」

「磯貝さんはあの人のお友達なの？」

楓が訊くと、磯貝が苦笑を浮かべた。

「友達ね……それなりに付き合いはあるが友達なんかじゃない。まあ、しいていうなら腐れ縁ってやつかな」

「腐れ縁？」

「ああ、そうだ。あいつとは同じ少年院に入ってた。おっと、この話は内緒だったのかな」磯貝が探るような眼差しを向けてきた。

「知ってるわ。伊達という人を殺して少年院に入ったんでしょう。新聞記事で読んだ」

「それなのにおまえの母ちゃんは町田を引き取ったってわけか。あいつは身内がいないと言ってたが親戚か何かか?」

「ちがう。内藤さんという少年院の教官がお父さんの友達だったの。もっともお父さんは五年前に亡くなってるけど……それで……」

「内藤ねえ……」磯貝が何か思いを巡らすように言った。

町田と同じ少年院に入っていたのなら、とうぜん内藤のことも知っているだろう。

「それにしても赤の他人の……しかもあんな奴を引き取るなんて、おまえの母ちゃんはよっぽど奇特な人なんだな」磯貝が呆れたような口調で言った。

そうかもしれないと、楓も心の中で同意していた。

「いずれにしても、少年院を出たあいつはいい生活を送ってるってわけだ。こっちは実の親にさえ見捨てられて、あんな施設に押し込まれてるっていうのによ」磯貝がもう一服吸わせてくれと目で訴えかけてきた。

楓は磯貝の口に煙草をくわえさせた。煙草を口から離すと、溜め息をつくように煙を吐き出す。

「まあ……それもしょうがねえか。子供の頃からさんざん悪さしてきて、少年院に入れられたかと思ったら、こんなナリで出てきたんだ。見捨てられるのも当然だよな」磯貝が遠くを見つめながら、自虐的な口調で言った。

楓はTシャツから伸びた磯貝の腕の先をちらっと見た。

いったいどうして両腕を失ってしまったのだろうか。生まれつきなのかと考えたが、両腕がなければ少年院に入れられるような罪を犯せないのではないかと思い直した。仮に罪を犯したとしても、町田が入ったような少年院とは違う施設に入ることになるだろう。

「町田ともうひとりの仲間で少年院を脱走したんだ」磯貝がぽつりと言った。

「脱走?」

初めて聞く話に、楓は磯貝の横顔を見つめた。

「どうしても会いたい人ができちまったんでな。そのとき同室だった町田と雨宮って奴の三人で少年院を脱走しようって計画を立てたんだ」

少年院の行事である院外教育で老人ホームを訪ねたときに、町田がボヤ騒ぎを起こして三人で脱走したのだと磯貝は語った。

「逃げている最中に車に撥《は》ねられちまってこのざまだ……」磯貝が顔を上げて天を仰ぐようなしぐさをした。

「それで、あの人は磯貝さんのために義手を作って持ってきているのね。事故に遭った責任を感じて……」

事故の状況はよくわからないが、町田にそういう感情があることを少し意外に思った。

「別にあいつのせいで事故に遭ったわけじゃない。それにあんたはひとつ間違ってる」

どういうことだろうと、楓は首をひねった。

「あいつは別に責任を感じてあんなおもちゃを作っているわけじゃない。ただ単に自分の能力を実感したいからやっているだけのことさ」

磯貝は言い切ったが、本当にそれだけだろうかと、楓は少しだけ思いたくなった。

「あいつはたしかに常人離れした能力を持ってやがる。それほど長い付き合いじゃないがあいつの能力は嫌というほど思い知っている。本のページをちらっと眺めただけでそのすべてを記憶できるような……まるでコンピューターみたいな脳みそをしてやがるんだ。だけどそれだけの男だ。少年院に入るまではあいつのそんな超然としたところに憧れを抱いていたこともあった。おれより年下だけど、すげえ奴だと思っていた。だけど、少年院から出てこんな風になっちまって、はっきり気づいたのさ」

何に気づいたのだろう――楓は問いかけるような眼差しを磯貝に向けた。

「あいつはおれに会いに来ても、いつも機械の話しかしない。どうすればもっと性能がよくなるだとか、そんなような話ばかりだ。あいつの心は何かが欠けているんだ。大切な何かがな。こんなどうしようもないおれでさえ、わずかながらでも持ってるっていうのによ……だから、あいつは友達じゃないし、なりようもない」

もっとも……おまえが痛みというものを理解してればの話だがな――

先ほど、町田に言い放った磯貝の言葉を思い出した。

町田は本当に痛みという感情を持っていないのだろうか。人間にとって一番大切だと思える感情が……

「さっき……少年院に入るまではって言ってましたけど……それ以前からあの人とは知り合いだったんですか？」楓は訊いた。

「ああ。あいつとは少年院に入る前も振り込め詐欺のグループで一緒に活動してた。といってもあいつは組織の頭脳で、おれは単なる下っ端《ぱ》だったけどな」

映像の中で町田が言っていた組織とは、振り込め詐欺のグループのことだろうか。

「町田が殺した伊達って男は実行部隊のトップだった。もっとも殺されたと聞いても同情できないワルだったけどな」

やはりそうだ——

ということは、そのグループのさらに上にいるのが『ムロイ』という人物なのか。

だが、それを確かめるために磯貝に『ムロイ』という名を出すのはためらわれた。あまり深入りすれば、その組織から何らかの危害を加えられてしまうのではないかと恐れたからだ。それでも、ここまできて訊かずにはいられなかった。

「あの人の知り合いで……ムロイっていう人を知りませんか？」

楓は恐る恐るその名前を口にした。だが、磯貝の反応は鈍かった。

「ムロイ……？　そんな奴は知らねえなあ」

磯貝の表情を見ているかぎり、ごまかしているようには思えなかった。

「じゃあ……ミノルっていう人は？」楓はさらに訊いた。

「町田のペットだよ」

「ペット？」

「ああ。知的障害を抱えていて、いつも町田のまわりをちょろちょろしてた。だからおれたちは町田のペットだと陰で呼んでたんだ」

「そのミノルという人は、あの人とどうして知り合ったんですか」

「いつ知り合ったのかは知らないが、利用するために連れ出したんだろう」

「利用するためって……」

「町田はミノルの戸籍を奪ってたんだよ。ミノルは戸籍なんてものを理解できなかったんだろう。それをいいことに町田はミノルに成り代わって生きていたんだ」

その話を聞いて、楓は激しい衝撃を受けた。

「まあ、一心同体ってやつだな。どちらの存在が欠けても社会では生きていけねえ。だけど、本物の戸籍を手に入れた町田にとってミノルはもう用なしだろう。少年院で再会したときにミノルのことを訊いたら、どっかで野垂れ死んでるかもなって言ってたからな」

あの映像を見るかぎり、町田は自分の身を挺《てい》してミノルを守ろうとしているように思えた。

だがその一方で、ミノルを利用して生きてきたという。自分がされたことと同じように、ミノルの戸籍を奪い、社会から抹殺したのだ。

いったいどちらが本当の町田の姿なのだろう。

磯貝の話を聞いて、楓は町田という人間がますますわからなくなっていた。

「あんたはいい人間らしいからひとつだけ教えといてやるよ」

その言葉に、楓は磯貝を向いた。

「町田……いや、おれたちみたいな人間に関わるとろくなことにはならねえ。せいぜい注意するんだな」磯貝はそう言うとベンチから立ち上がった。

出口に向かって歩き出した磯貝の背中を見つめながら、ひとつ訊き忘れていたことがあったと思い、磯貝を呼び止めた。

「どうしても会いたかった人にはその後会えたんですか」

こちらを振り返った磯貝に訊くと、少し寂しそうな表情になって首を横に振った。

「いや……二重の天罰を受けたってことさ。神様ってのは本当に不公平だよな」

そう呟いて歩き去っていく磯貝の背中を、楓はしばらく見つめていた。


ドアを開けると、台所のほうから明かりが漏れていた。

楓は靴を脱いで玄関を上がった。まっすぐ廊下を進んでいく。ちらっと台所の中を覗くと、母がダイニングテーブルに向かっているのが見えた。

ただいま、と声をかけようとして、楓は言葉を飲み込んだ。

母は疲れた表情で帳簿のようなものを見つめている。近頃よく目にする光景だが、今日の母はいつも以上に疲れているようだ。ひどくやつれた顔でじっと帳簿を見つめ、重い溜め息を漏らした。

何かただならぬ様子を感じ取って声をかけられずにいたが、母が楓に気づいてこちらに目を向けた。

「おかえり。帰ってたの」

母は瞬時に笑顔になったが、かなり無理をして作っているのがわかる。

「ただいま……お母さん、体調が悪いんじゃない？」楓は台所に入って母に問いかけた。

「大丈夫よ。ちょっと疲れているだけだから」

とてもそれだけのようには見えなかったが、楓はそれ以上詮索できずにいた。

「鍋にカレーを作ってあるから自分で食べてくれるかな。お母さん、まだやらなきゃいけないことがあるの」

「わたしも食欲がないんだ」

先ほどまでの磯貝との話で、楓もそうとう疲弊している。自分ひとりで抱え切れないものを背負ってしまった気分だったが、とうぜん母にはそのことを話せるはずもない。

「少し勉強してから、お母さんが食べるときに一緒に食べるね」楓は冷蔵庫からパックのオレンジジュースを取り出してコップに注いだ。

「勉強のほうはどうなの？」

台所から出て行こうとした楓を母が呼び止めた。

「まあまあかな。再来週に模試があるんだ。それで尚友学園の合格確率がある程度判断できると思う」

「別に尚友学園じゃなくてもいいわよ」

母のあっさりとした口調が気になった。

以前にも、尚友学園以外の高校に行ってもかまわないと母は言っていた。だが、言葉のニュアンスから、そうは言っても本当は尚友学園に行くことを願っているのだと感じていたのだ。楓に前原製作所を継いでほしい——

そんな母の願いを感じたからこそ、尚友学園に入れるよう勉強に励んでいる。だけど今の口ぶりは、もうそんなことを願っていないように感じさせた。

もしかしたら楓ではなく、頭のいい町田に工場を継がせようとでも考えているのではないか。

「どうしてそんなことを言うの？　わたしに工場を継がせたいんじゃないの？　おじいちゃんや、お父さんや、お母さんが必死に守ってきた工場をわたしに継がせるつもりじゃなかったの？」

今まで積極的に工場を継ぎたいなどとは思っていなかったが、町田のようなよそ者に家族の歴史の一部である工場を任せるということには激しい抵抗を感じる。

楓の抗議にも似た視線を、母は黙ったまま受け止めている。やがて、ひとつ息をついて向かいに手を示した。

「大切な話があるから座ってちょうだい」

母の言葉に、楓は迎え撃つような気持ちで向かいに座った。

「先日……長年取引をしていた会社のひとつが倒産してしまったの」

帳簿を閉じると母が楓を見つめて言った。

「うちはその会社の発注で大量の部品を作っていたんだけど、倒産によってお金を回収できなくなってしまったの」

「もしかして……うちの工場もやばいってこと?」

楓の問いかけに、母は頷いた。

「楓も知っていると思うけど……二年前からうちもぎりぎりのところでやってきていたの。何とか今まで踏ん張ってきたけど、今回のことでさすがに……」

「その部品をよその会社に売るってことはできないの?」

母が力なく首を横に振った。

「そんな……うちはどうなっちゃうの?」

「銀行にもたくさん借金があるし、新しい融資も望めそうにないわ。このまま行ったら倒産するしか……」母はそこで口をつぐんだ。

「倒産って……そうなったらあの工場はどうなるの? この家は?」楓は動転して早口でまくしたてた。

「倒産したら明け渡さなきゃいけなくなるわね」

祖父や父や母が今まで守ってきた工場がなくなる。家族みんなの思い出が詰まったこの家がなくなってしまう。

あまりの衝撃に言葉を失っていた。じっと母を見つめているしかない。

「そんなに深刻な顔をしないで」母が優しい声音で言った。

「大丈夫……何も心配することはないのよ。たとえ工場がなくなってもお母さん、すぐに新しい仕事を探すから。楓を高校に行かせることぐらい何てことはないからね。それにこんなに大きな家は借りられないと思うけど新しいところに引っ越せばいいだけだから。親子ふたりなんだから、何もこんなに大きな家を借りる必要もないしね」楓を励ますように、母が明るい口調で言った。

だが、楓を励ます以上に、そうやって自分自身を鼓舞しなければとても耐えられないのだろうと察している。

母にとって唯一といえる家族の思い出が染みついた工場や家を失うことに、楓の何十倍もの無念を嚙み締めているはずだ。

母がちらっと天井を見上げた。

「申し訳ないけど、博史くんにもここを出て行ってもらわなきゃいけなくなるわね。まあ……博史くんだったらいくらでも働き口はあるでしょうし……わたしが知り合いの工場に頼んでみてもいいけど……」

母はもはや倒産は避けられないとあきらめているようだ。

どうしてこんなに気持ちが塞《ふさ》ぐのだろうと、楓は不思議だった。

たしかに、自分が生まれ育った家から出て行かなければならないことは寂しい。祖父や父から引き継いだ工場を自分が閉めなければならないという母の無念もよくわかる。しかしそれは少し前まで、楓が望んでいたことではないか。

何もこんなに苦労をしてまで工場を続ける必要などないと思い続けていた。母は工場を畳んで新しい仕事に就き、楓も高校には行かずに働きに出る。ついこの間までそんな生活を願っていた。

何より、この工場や家もなくなれば、町田と一緒に暮らすことはなくなるのだ。

おれたちみたいな人間に関わるとろくなことにはならねえ——

町田という得体の知れない男を前原家から追い払うことができるのだ。

楓が最も望んでいた生活になるというのに、どうしてこんなに気持ちが沈んでいくのだろう。

母は椅子から立ち上がって隣の客間に入った。仏壇の前で正座をすると、静かに両手を合わせる。

母が父や祖父に何を告げているのか、楓には容易に想像できた。

14

為井は時計に目を向けて、慌てて鏡の前から立ち上がった。

髪形を整えているうちにこんな時間になってしまっていたのか。まだまだ満足のいく髪形になっていないが、初めてのデートで遅刻してしまっては元も子もない。

布団の上に置いていたアルマーニのサマージャケットを羽織った。

親への反抗心から、それまで買ってもらった服のほとんどを実家に置いてきたが、これだけはとても気に入っていたので持ってくることにしたのだ。あのときの自分の決断に感謝する。

どこでデートをするのかわからないが、これを着ていけば恥ずかしい思いはしないだろう。

急いで靴を履くと部屋から飛び出して駅に向かった。

昨日の夜、晶子からメールがあって今日の予定を訊かれた。今日は午後から近くのコンビニでやっているバイトが入っていたが、もちろん何の予定もないと返信した。すると、『明日一緒に出かけない？』とメールが返ってきた。

晶子との初めてのデートだ。どんな一日になるのだろうと想像しているうちに、ほとんど眠れないまま朝を迎えた。

銀行のATMでなけなしのお金を下ろしてから、待ち合わせ場所である新宿《しんじゅく》アルタ前に向かう。晶子の姿を見つけて駆け寄っていった。

「遅くなってごめん」

笑顔を向けてきた晶子に声をかけながら、為井は少しばかりの戸惑いを感じた。

いつもスカートの晶子には珍しく、ジーンズにTシャツにスニーカーというカジュアルな恰好をしていて、頭にはキャップをかぶっている。これから海かキャンプにでも行くような恰好だ。

「そういう服も着るんだね。いつもの恰好でよかったのに」晶子が言った。

「いや、初めてのデートだしさ……一応……といっても、夏川のその恰好も何だか新鮮でいいよ」

「行こうか」晶子が歩き出した。

「どこに行こうか」

為井は訊きながら、手をつなぐタイミングを計った。

「わたしに任せてもらえる？」

伸ばした手をさりげなくかわすようにして、晶子が駅の中に入っていった。

「どこに行くんだよ」少しがっかりしながら問いかけた。

「着いてからのお楽しみよ」

改札を入ると階段を上って中央線に乗った。高尾《たかお》行きという電車を見て、もしかしたら山登りでもするつもりだろうかと考えた。だが、電車が荻窪《おぎくぼ》駅に着くと晶子は「ここよ」と言って降りた。

ずっと東京に住んでいるが、荻窪がどういう場所なのかよく知らない。このあたりに流行のデートスポットでもあるのだろうか。

「ちょっとコンビニに寄っていっていいかしら」

為井の疑問をよそに、晶子が駅前のコンビニに入っていく。為井も後に続いた。晶子は店内を回ってマスクと軍手とペットボトルのお茶を三本かごに入れた。

「こんなもの、何に使うんだ？」レジに向かう晶子に問いかけた。

「これから必要になるのよ。行けばわかるから」

いったいこれからどこに行こうというのだ。この暑い中、農園で芋掘りでもしようというのだろうか。まあ、晶子と一緒ならそれはそれで楽しいかもしれないが。

コンビニから出ると、晶子はメモと地図を取り出して商店街を歩いた。しばらく行くと住宅街に入った。

「ここね――」住宅街の中にある一軒家の前で晶子が立ち止まった。

「ここって……」

晶子の視線の先を目で追っていた為井は言葉を失った。

目の前の一軒家の敷地は塀の外までごみがあふれだしそうになっている。冷蔵庫や洗濯機やテレビなどの家電品や、ぼろぼろになった傘や何に使うのかわからないようなプラスチックの箱など、様々な日用品が危ういバランスで積み上がっている。テレビのワイドショーなどでよく見かけるごみ屋敷というやつだ。いや、今まで見たごみ屋敷がかわいいと思えるぐらい、目の前の光景は壮絶なものだった。

「驚いた?」

その声に、我に返って晶子に目を向けた。

「ここはいったい……」

「繁村さんの研究室よ」

為井はあらためて目の前の一軒家を見回した。たしかに門の横に『繁村』と表札が出ていた。

ここが、変人シゲムラ――いや、ドクター繁村の家――

「でも、研究室はアパートの一室だっていってなかったか?」為井は言った。

「ええ。一昨日連絡してみたら一年前に実家に戻ってきたんだって。前の研究室は手狭になったとかで」

「ご両親も一緒に住んでるの？」

「さあ、それは聞いてないなあ」

敷地の中を覗き込んでみたが、ごみに埋もれていてどこに玄関があるのかさえわからない。屋敷の二階に目を向けると、監視カメラのようなものが何台か設置されている。

「前の研究室もなかなかすごかったけど、ここに移ってはるかにスケールアップしてるわね」

晶子が建物を見上げながら感心するように言った。

「やっぱり持ってきて正解だったわ」袋からマスクと軍手を取り出すと為井に渡した。

「まさか、この中に入れっていうのか？」

「当たり前でしょう。繁村さんの発明を見るために訪ねてるんだもん」

晶子が門を開けて中に入った瞬間、警報音のようなものがけたたましく鳴り響いた。

「な、なんだ、いったい！」為井はびっくりしてあたりを見回した。

「ここにもトラップが仕掛けてあるのね」

「トラップって何だよ……」

「繁村さんはちょっと、というか……かなり警戒心が強いのよ。巨大な組織が自分のことを監視していて、発明を盗み出そうとしてるって。前のアパートにもドアや窓に赤外線のセンサーをつけてたわ」

巨大な組織が監視って……こんなごみ屋敷に興味を持つのはテレビ局か、近隣住民から苦情を受けた区役所の職員ぐらいだろう。

「誰だ――！　侵入者はッ！」

怒声が聞こえてきて、ごみの隙間からぬっと薄汚れた白衣姿の男が出てきた。ぼさぼさの髪に、牛乳瓶の底のような厚い眼鏡をかけた男がこちらに向かいながら睨みつけてくる。

「繁村さん、夏川です……」

晶子に目を向けると、とたんに柔和《にゅうわ》な顔に変わった。

「おお、夏川くん。よく来てくれたね」

「こちらが電話で話した為井くんです。ぜひ、繁村さんの発明を見せていただきたいと……」

晶子の言葉に、繁村が為井に目を向けた。瞬時に、険しい顔つきに戻って、じっと為井のことを睨みつけてくる。

「まさかＣＩＡの手先じゃないだろうね」

訝しそうな眼差しでじろじろとこちらを見つめてくる繁村に、為井は怯んだ。

「ちがいますって。同じサークルのメンバーなんですよ。ねえ？」晶子が笑いながらこちらに視線を向けた。

「ええ……理工学部一年の為井です。よろしくお願いします」為井は戸惑いを隠せないまま頭を下げた。

「わたしが為井くんに繁村さんのことを話したんです。いろいろとおもしろい発明をしている先輩がいるって。そしたらぜひ発明を見せてほしいって言うんで」

別にそんなことを言った覚えはないが、しかたがないので頷いた。

「夏川くん、それはちがうよ。わたしはおもしろい発明をしているわけじゃなくて、人類の役に立つ発明をしているんだよ」

繁村が牛乳瓶の底のように厚い眼鏡を少し持ち上げながら言った。フレームが折れてしまったのかセロテープで補強してある。

「そうでしたね。すみません」晶子が慌てて訂正した。

「本当にCIAの手先じゃないんだね。もしくはどこかの企業に雇われたスパイとか」

繁村が舐めるような視線で為井を見つめてくる。

「ちがいます……ちがいます……ただの学生です。もしどうしてもダメでしたらしょうがないのでここで失礼します」為井は大仰に手を振った。

ダメと言われなくても、できれば今すぐにでもこちらからおいとましたい気分だった。

「本来なら男を研究室に入れるのはお断りなんだが、夏川くんのたっての頼みならしかたがない。まあ、上がりたまえ」

為井の期待をよそに、繁村が扉を開けて中に促した。

この人は本当に大丈夫なのかと晶子に目配せする。

「ありがとうございます」

晶子が繁村に手を差し出して握手を求めた。繁村が嬉しそうに晶子と握手をする。

「為井くんも」

晶子に促されて為井もしかたなく右手を差し出した。

「わたしは男アレルギーだからあまり触れたくはないんだけどね」繁村はそう言いながらしかたなさそうに為井と握手をした。

晶子が軍手をしたのを見て、為井もそれに倣《なら》った。繁村と晶子に続いて埃が舞うごみの中を進んでいく。

よりによってアルマーニのスーツを着ているときに、こんなごみ集積所のようなところをさまようことになるなんて。

為井はできるだけスーツにごみが触れないようにしながら前に進んだ。今にも崩れ落ちそうな粗大ごみの間を縫って行くと、ようやく玄関のドアが見えてきた。ほっとしたのも束の間、繁村がドアを開けると部屋の中にもたくさんのごみが積み上げられている。

「ご両親も一緒に住んでいるんですか？」

さすがに気になったのか、部屋に入った晶子が訊いた。

「いや、親は仕事をリタイアして勝浦《かつうら》のほうに移り住んでるよ。理解のある親でね。わたしが研究に専念できるようにこの家を好きなように使っていいと言ってくれたんだ。親が生きている間にノーベル賞をとりたいものだね」

「兄弟とかはいないんですか」為井はごみの山を進みながら訊いた。

「一人っ子だ」

それを聞いて近隣住民に同情した。せめて兄弟でもいれば、財産分与のときにでもこのごみ屋敷が解消される可能性もあるだろうが。

廊下を渡ってようやく部屋にたどり着いた。昼間だというのに雨戸を閉め切っているようで薄暗かった。電気がつくと、広いリビング一面にごみやガラクタなどがあふれかえっている。

「何だかすごいことになってますねえ」晶子がなかば感心するように言った。

「そうだろう。この一年で新しく百七個の発明品が増えたからね」

繁村がガラクタを愛《め》でるように見回しながら答えた。

「えっ？　これが発明品……」

為井は呆気にとられてあたりを見回した。どう見ても、ただのガラクタのようにしか見えない。

ガラクタの中からギーギーとモーター音が聞こえてくる。そちらに目を向けるとごみに埋もれるようにして犬の顔が見えた。

「ドク！　元気だった？」晶子が笑顔になって犬のそばに寄っていった。

為井も近づいていくと、小型のルームランナーのようなものの上で犬が息を切らせながら足踏みを繰り返している。機械の後ろには箱のようなものが取り付けられていた。

「大きくなったねえ」

晶子が頭を撫でるが、鎖につながれた犬はそれどころではないようだ。晶子にかまう余裕もなく必死にその場で足踏みを繰り返している。

「ドクも新しい家に満足しているようだよ。以前はアパートだったから鳴き声が漏れないようにわたしが発明したマスクをつけてただろう」

「ええ、こんな顔をしてたんですね」晶子が無邪気に笑う。

「何ですか、これ……？」為井は思わず訊いた。

「『自動愛犬散歩機』だよ。毎日散歩に連れて行ってやりたいが、わたしも研究に忙しいんでね。これを作ってやってからドクも健康になったのか食欲が旺盛になってね。あまりにも食費がかさむから、今度は少ない量で同じだけの栄養があるドッグフードを開発しようかと考えてるところだ」

健康にって……どう見ても虐待されているようにしか見えないが。

ベルトコンベヤーの上で足踏みしていたドクがいい加減しんどそうに目の前のレバーをくわえた。するとベルトコンベヤーの動きが止まった。さらに後部のふたが開いて中からワイヤーで挟まれたビニール袋が出てきた。ドクの後脚《あとあし》のあたりまで来て止まる。ドクは片脚を上げてその袋の中に小便をした。小便を終えて脚を置くと、箱の中から霧のようなものがドクの後部めがけて噴射される。

「消臭器つきだよ」繁村が得意そうに口もとを歪めた。

ドクが晶子に顔を向けて鳴いた。その瞬間、首輪につながれていた鎖がパチンと外れて、ドクが晶子にじゃれついてきた。

「すごいですね！」晶子がドクのからだを撫でながら繁村に目を向けた。

たしかに仕掛けとしてはけっこうすごいかもしれないが、はたしてこんなものを誰が欲しがるだろうかというところが大きな問題だ。

「これも発明品ですか？」

為井はそばにあった注ぎ口がふたつついたやかんを手に取って訊いた。

「ああ、それは中が二重構造になっていてね、右の注ぎ口からは沸騰したお湯が出て、左の注ぎ口からは少しぬるいお湯が出るようになっているんだよ」

「どういうときに使うんですか？」

「わたしはよくインスタントのコーヒーと味噌汁を一緒に飲むんだけど、そういうときに便利だよ。コーヒーは熱いのが好みなんだけど、味噌汁は少しぬるいほうが好みでね」

「やかんを火にかけて少しぬるいときに味噌汁を作って、さらに沸騰させてからコーヒーを作ればいいだけじゃ……」

「そんなの面倒くさいじゃないか。だいいちそうしたら自分の好みの温度で一緒に飲めないだろうッ！」繁村が目を剝いて激昂した。

「たしかにそうですね……」

何だかなあと思ったが、これ以上機嫌を損ねないようにそう答えておいた。

そもそもコーヒーと味噌汁を一緒に飲みたいときなどあるだろうかと思ったが、もちろんそれも口にはしなかった。

たしかに須藤たちサークルのメンバーが言っていたように脱力ものの発明ばかりだ。

「小さなお子さんがいる家庭にはいいかもしれないですね。お母さんが熱いお茶を飲みたくて、お子さんにはぬるいものをあげるときなんかに」

晶子がフォローすると、繁村がすぐに機嫌を戻した。

「そうそう、さすが夏川くん。ぼくもそういう使い方を考えていたんだよ。まあ、立ち話も何だから座ってくれ」

繁村がダイニングテーブルを指さした。テーブルの上も物であふれかえっている。椅子に積もった埃を見て、為井は腰を下ろすのをためらった。座る前に手で椅子を拭うと軍手が真っ黒になった。

繁村が為井と晶子の目の前に空のマグカップを置いた。仮に高級なシャンパンを入れられたとしても飲む気が失せてしまうほど汚れきっている。

「きみたちも飲むだろう」

繁村がテーブルの上に置いたアルコールランプに火をつけた。三角フラスコや上に置かれたビーカーの中に何やら毒々しい色の液体が入っている。まさかあれを振る舞おうというのだろうか。

「何ですかそれは」為井は恐る恐る訊ねた。

「わたしがブレンドした頭のよくなるお茶だよ」

晶子に目を向けると、繁村に悟られないよう小さく首を横に振っている。

その表情を見て、そうとうひどい代物らしいと察した。

「こちらからお伺いしておいてそんな貴重なものをいただくわけにはいかないので」

「そんな遠慮することはないよ……」

「いえいえ、ちゃんと自分たちのお茶を買ってきたのでお気遣いなく。繁村さんのぶんも買ってきたんですけど」

晶子がすぐに袋からペットボトルのお茶を取り出して配った。

「本当にお気遣いなく。ぼくは発明を見せてもらえただけでじゅうぶんありがたかったので。本当にありがとうございました」

すでに過去形で話をしている。

「あのふたつは暇つぶしに作っただけのものだから。しょうがないからお茶を飲んだらもっとすごいのを見せてあげるよ。もっとも、わたしの発明品をすべて見ようと思ったら一週間はかかるだろうけどね」

その言葉に、為井はげんなりとした。

こんなことになるなら、ずる休みなどせずアルバイトに精を出していればよかった。

「為井くんは将来起業家を目指しているんです」晶子が言った。

「起業家？」

繁村が為井に目を向けた。からみついてくるような苦手な視線だった。

「世の中の役に立つようなものを見つけて、それを自分の力で広めていきたいって。そういう大きな夢を持っているんです」

「ふうん。起業家ねえ……」

どこか鼻で笑うような言いかたが癇に障った。絶対に友達にはなれないタイプだ。

「繁村さんもよくおっしゃっているじゃないですか。いつか必ず人の役に立つ大発明をするんだって。何だか志が似ているような気がして、引き合わせたいなと思ったんです」

「悪いけど、彼の志とやらと一緒にされちゃ困るなあ」

その言葉にさすがにカチンときて立ち上がりかけたときに、室内にけたたましい警報音が響き渡った。

「また侵入者か。ちょっと失礼」

繁村が舌打ちして立ち上がると部屋から出て行った。

「なあ、夏川……せっかく連れてきてもらって悪いんだけど早く帰ろう。ここにいると気分が悪くなってきそうだよ」

さっさとこんなところから出て行って、晶子と映画にでも行きたい。

「訪ねてきたばかりじゃない。せっかくだからもっといろいろなものを見せてもらったほうがいいわ」晶子が微笑みながら言った。

「さっきのでだいたいの見当はつくよ。夏川はもっと改良すれば商品として売り出せるようなものがあるんじゃないかって言ってたけど、おれにはとてもそうは思えないよ。たしかに斬新な発想ではあるかもしれないけどね。犬用のルームランナーだとか、熱いコーヒーとぬるい味噌汁を同時に作れるやかんだとか……そんなことに思いを向ける人間なんていやしない。だけど、そんなものが商売になると本当に思うか？」

「為井くん、さっき繁村さんと握手をしたときに何か感じなかった？」晶子が訊いてきた。

「握手したとき？　別におれは男アレルギーというほどではないから何も感じなかったな」

しいていえば、今日は晶子と手をつなげるのではと期待していたのに、何でこんな男と握手をしなければならないのかと悲しくなったぐらいだ。

「そう……じゃあ、最後にひとつだけ繁村さんの発明を見せてもらったら帰りましょう」

「ああ、そうしよう。ここを出たらどこに行こうか？　何かおもしろい映画でもやってるかな」

「ごめんなさい。この後水木さんと約束があるの」

「そんな……」為井は落胆の溜め息をついてうなだれた。

「待たせたね」

その声に顔を上げると、繁村が部屋に入ってくるところだった。

「どなただったんですか？」

晶子が問いかけると、繁村が不愉快そうに頭を振った。

「市役所の環境課の奴らだ。庭に置いてあるごみを処分しろと言ってきた。わたしの大切な資材をごみ呼ばわりしてまったく失礼な奴らだ」

繁村は怒りが収まらないといった様子で向かいの席に座った。ビーカー挟みを使って器用にビーカーの中の液体をコップに注いだ。

「で、何の話だったかな……」

コップの液体をうまそうに飲むと繁村が訊いてきた。

「ぼくの志と一緒にされちゃ困るって話ですよ」為井は忌々しい思いで答えた。

「ああ、そうだそうだ」

「繁村さん、そのお話はもういいんです。ところで例の合成樹脂ですけど前回お会いしたときよりもさらに進歩したみたいですね」

「例の合成樹脂？」為井は訊き返した。

「夏川くんもそう思うかい。だけどわたしが求めているところまではまだまだだなあ。もう少し研究が必要だろう」

「でも、今の時点でもじゅうぶんにすごいと思いますよ。為井くんもまったく気づかなかったみたいですし」

自分がまったく気づかなかったとはどういうことだ。ふたりが何の話をしているのかさっぱりわからない。

「おれがまったく気づかなかったってどういうこと？」為井は首をひねりながら訊いた。

「繁村さん、申し訳ないんですが為井くんに見せてあげてもらえませんか」

晶子が頭を下げると、繁村は「しかたがないな」と言って、左手で右手の指先をつかんだ。三本の指がぽろりととれたのを見て、為井は仰天した。

うろたえながら繁村の右手の指先を見つめた。人差し指と中指と薬指の三本が第一関節のあたりからなかった。

「二年ぐらい前に実験をしているときにアクシデントがあって指先を飛ばされたんですよね」

晶子が言うと、繁村はどこか誇らしそうな笑みを浮かべながら頷いた。

義指だったのか。だが、さっき握手をしたときにはまったく気づかなかった。

「いったい、どうなってるんですか……」

もっとよく見てみたいという衝動に駆られて、為井は身を乗り出した。

繁村が三つの義指を乗せた手のひらをこちらに差し出した。義指にはそれぞれ爪もあり、指紋も浮かんでいる。一見したところ本物と見紛《みまが》うほどの造形だ。

「わたしが発明した合成樹脂で作ったんだ」繁村が得意そうに言った。

「触ってみてもいいですか？」

為井が訊くと、繁村が頷いた。

軍手を外してそばにあったガラクタの上に置くと、繁村の手のひらから義指をひとつ摘み上げた。触れた瞬間、胸の中で驚きが広がっていく。まるで本物の指に触れているような弾力性があった。だが、爪の部分は硬い。また義指の内側も外側の弾力性と違って骨があるような硬さを感じる。

「この爪と内側の部分は違う合成樹脂を使っているんですか？」

「いや、すべて同じ合成樹脂から加工している。加工の仕方によって柔らかさを自在に変えられるのがこの合成樹脂の特徴のひとつだ」

信じられない思いでまじまじと義指を見つめた。ひとつ気がついた。

「どうやって装着するんですか。特殊な接着剤かなんかで……」

義指に関して詳しいわけではないが、こういうものを装着するにはキャップのようにはめ込むものだと思っていた。だがこの義指にはそういう穴はない。かすかなくぼみがあるだけだ。

「この合成樹脂は吸着性に優れてる。肌に貼り付いたら多少動いても簡単には取れない。それがふたつ目の特徴だ」

「まさか……」

さすがにそれは嘘だろうと為井は笑った。

「まだまだ改善の余地はある。たとえ吸着性に優れているとはいっても指一本ぶんの重みにはとても耐えられない。だが、これぐらいの大きさなら問題ない。これをつけてパソコンのキーボードを叩いてもまず取れることはない」

為井は右指の関節を曲げると半信半疑の思いでそこに義指をつけてみた。たしかに接着剤を使ったように貼り付いている。手を振ってみても義指は離れなかった。

「合成樹脂っていうことはいろんな形に加工できるんですか」

「もちろんだ」

「たとえばシート状にすることも」

「朝飯前だ。この合成樹脂の最後の特徴は透湿性だ。シート状にしたものをずっとつけていても汗で蒸れることはない」

「それは嘘でしょう」

そんな合成樹脂など聞いたことがない。

為井の言葉に繁村の表情が険しくなった。立ち上がって棚の引き出しから何かを取り出すとこちらに戻ってきた。

「嘘つき呼ばわりするとは心外な。自分で試してみろ！」繁村が為井の額をパシッと叩いた。

肩を叩かれて、為井は顔を向けた。

「どうしたのよ、さっきからぼーっとしちゃって」吊革につかまりながら晶子が訊いた。

「いや……」

電車に乗ってからずっと額の感触に気をとられている。

「ちなみにまだついているか？」

「うん。しっかりとついているわよ」晶子が為井の顔を見ておかしそうに笑った。

正面を向くと、目の前に座っている制服を着た女の子ふたりも為井のことを見てクスクスと笑っている。

だが、何かが額にくっついているという違和感は最初だけで、今ではもう何も感じない。

繁村の家から出ると晶子から鏡を借りて自分の顔を確認してみた。額に合成樹脂でできたこぶのようなものが貼り付けられていた。

これだけの暑さの中、駅までの道のりを歩いても汗で剝《は》がれることはなかった。やはり接着剤のようなものでつけられているのではと思い一回剝がしてみると簡単に取れた。ふたたび額につけると肌に貼り付いてくる。

汗で蒸れる感じもないし、何かをつけているという不快感もない。

今でも信じられない思いだが、繁村が言ったことはすべて本当かもしれない。

そう確信すると、いろいろな想像が膨れ上がってきた。この合成樹脂にはさまざまな可能性がある。真っ先に思いついたのは、かつらだった。どんなものにでも形を変えられ、肌への吸着性があり、透湿性もある。かつらのベースにうってつけではないか。

いや、そればかりではない。繁村のようにからだの一部を欠損してしまった人や、火傷《やけど》やひどいあざなどでコンプレックスを抱いている人たちにもきっと受け入れられる商品を作れるのではないか。

まさしく自分が求めていた世の中の役に立つものだ。

「次は中野《なかの》――中野――」

電車のアナウンスを聞いて、為井は晶子のほうを向いた。

「ごめん。おれ、ここで降りる」

「急にどうしちゃったの?」

「もう一度、繁村さんの家に行ってくる」

晶子に告げると、為井は逸《はや》る気持ちを抑えきれずに電車から飛び降りた。荻窪駅に戻ると繁村の家に駆け足で向かった。

人間的にはあまりお近づきになりたくないタイプだが、あの合成樹脂には激しく心を奪われている。

いったいどんな仕組みになっているのだろうか。あの合成樹脂の話をもっと詳しく聞きたかった。

家の前にたどり着くと、為井は呼び鈴《りん》を探した。だが、どこにも見当たらない。

繁村と話がしたいと言っても、ふたたびあのごみの中をくぐって家に入るにはためらいがある。できれば喫茶店かファミレスに呼び出したいのだが。

「繁村さん――」為井は家に向かって大声で呼びかけてみた。

だが、まったく反応がない。二階に設置されている防犯カメラに向かって手を振ってみたが、いくら待っても繁村が出てくる様子はない。

ごみ屋敷の前でうろついている為井に、道行く人たちが好奇の眼差しを向けながら通り過ぎていく。

為井は覚悟を決めると、門扉を開けて敷地に足を踏み入れた。すぐにけたたましい警報音が鳴り響いて、通りかかった人が驚いたようにこちらを注目した。

「侵入者かッ――」

しばらくすると、ごみの隙間から血相を変えて繁村が飛び出してきた。

「すみません……呼び鈴が見当たらなかったもので」為井は頭を掻きながら言った。

「なんだ、きみか。忘れ物でもしたのか？」

為井の顔を確認すると、繁村はとたんに興味をなくしたような顔になった。

「いえ……もう少し繁村さんとお話がしたいなと思って引き返してきたんです」

「わたしと話？」繁村が怪訝そうな表情で見つめてきた。

「お腹すいていませんか？　ファミレスで食事でもしながら繁村さんの発明の話をもっと聞かせていただきたいんです。もちろん、素晴らしい発明を拝見させていただいたお礼にぼくがごちそうしますよ」

為井は繁村の機嫌をとろうと、精一杯のおべっかを使った。

「残念だが、わたしはむさい男と一緒に食事をする趣味はないよ。夏川くんが一緒なら、まあ話は別だけどね」繁村が晶子の姿を捜すようにあたりを見回した。

「夏川は友達と用があるとかで先に帰りました」

「そう。じゃあ」

それなら用はないと、繁村が軽く手を振って屋敷に戻ろうとした。

「少しの時間でけっこうですから、ぼくに付き合ってもらえませんか」為井は繁村の手をつかんで食い下がった。

「きみに付き合っているほどわたしは暇じゃないんだ。昼飯のカレーを食べたらすぐに研究をしなければならない」

繁村から手を振り払われたのと同時に腹の虫が大きく鳴った。

そういえば、朝から何も食べていなかった。

「朝から何も食べていなかったもので……」

じっと為井の腹のあたりに目を向けている繁村に言い訳した。

「食べていくかね？」

しばらく為井のことを見つめていた繁村が眼鏡を少し持ち上げて訊いた。

繁村の誘いに少し迷った。先ほど部屋で見かけたコップのような汚れた皿に盛られていたら、どんなにうまそうなカレーであっても一気に食欲が失せてしまうだろう。

だが、ここで断れば話は終わってしまう。

「ごちそうしていただけるんですか？」

「しかたがない。入りたまえ」

為井は頭を下げると玄関に向かっていく繁村の後に続いた。

ごみの山を掻き分けて先ほどまで話をしていたリビングに入ると、強烈な異臭が鼻をついた。

為井は鼻をつまみたい衝動を必死に抑えて室内を見回した。どうやらこの禍々《まがまが》しい臭いは台所のほうから漂ってくるようだ。

「今温めるからそこに座って待っててくれ」

座って待っててくれと言われたが、不吉な予感に居ても立ってもいられなくなって台所に向かった。

「これがカレーですか……？」

鍋の中にある毒々しい色の液体を見ながら訊いた。

「ああ。わたしが独自にいろいろなものをブレンドして作った頭のよくなるカレーだ」

液体がぼこぼこと沸騰するにしたがって、寒気を催すような臭いがさらに強烈になっていく。

「いろいろなものって……いったい何が入ってるんですか？」為井は恐る恐る問いかけた。

「秘密だよ。これもいずれは商品化しようと思ってるんだ」

「やっぱり……」

遠慮したい——

「きみにモニターになってもらおうかな。このカレーを毎日食べ続けて偏差値がどれぐらい上がったか実証するんだ。きみも今よりちょっとは頭がよくなれるだろうし、わたしも商品化に向けたデータがとれる。いいアイデアだと思わないか」

「はあ……」

こんな得体の知れないものを毎日食べ続けたら、頭がよくなる前に内臓のどこかがどうにかなってしまいそうだ。

「どうだ、うまそうだろう。わたしは一日に一食はこのカレーを食べることにしてるんだ」

繁村が嬉々とした表情でふたつの皿に炊飯器のご飯をよそった。その上に鍋の謎の液体を注いで為井に差し出した。

「ありがとうございます……」

為井は漏れそうになる溜め息をこらえながら、皿を持ってテーブルに向かった。

向かいに座った繁村がうまそうに皿の中のもの——あえてカレーとは言わない——を食べ始めた。

どうやらこの洗礼を避けて通るわけにはいかないようだ。

「いただきます……」

為井はスプーンを握って皿の中のご飯と液体をすくった。口に入れた瞬間、おぞましい何かが背中を這いまわるような感覚に襲われた。顔のまわりに漂う臭気に気が遠くなりそうだ。

繁村はいったいどういう味覚をしているのだろう。

できるだけ皿の中の液体に意識を向けないようにしながら無心に口に運んでいく。

スプーンを握った繁村の手が目に入った。義指だと知ってあらためて見つめていても、本物の指と見分けがつかないぐらい自然だった。

早く目の前の厄介なものを片づけて、繁村と話がしたい。

「ごちそうさまでした……」

何とか皿の中のご飯と液体を平らげると、為井はスプーンを置いて頭を下げた。

すぐにでもトイレに駆け込みたかったがさすがにそれははばかられる。無理に笑顔を作って、「おいしかったです」為井は腹をさすった。

「おかわりもあるぞ」

「いえいえ、お気遣いなく。ものすごくおいしかったんですけど、あまり食べすぎちゃうと夕飯が食べられなくなっちゃうんで。それに繁村さんとお話がしたいですし」

「さっきも言ったが、わたしはきみとくだらない話をしていられるほど暇じゃないんだ。皿を洗ったらさっさと帰ってくれないか」繁村が皿に視線を向けたまま言った。

「くだらない話じゃないです。繁村さんほどではないかもしれないけどぼくだってそんなに暇じゃない。自分の人生を変えるかもしれないぐらい大切なことだから、迷った末にこうやって引き返してきたんです」

為井が言い返すと、繁村がこちらに目を向けた。皿を持って立ち上がると台所に向かう。皿におかわりをよそうとテーブルに戻ってきた。

「わたしはきみの人生なんぞにまったく興味はない。どうしてもしたい話があるというなら、わたしが食べ終えるまでにしてくれ。わたしがきみのためにやれる時間はそれぐらいだ」

繁村はそう言うとスプーンを握ってふたたび食べ始めた。

「これの話をしたいんです」

為井は額につけていたシートを剝がして繁村に差し出した。

「ここで見せてもらったときには正直なところ半信半疑でしたけど、たしかに繁村さんが言っていたとおりでした。肌に貼りついても簡単には剝がれないですし、透湿性もあってずっと貼っていてもまったくといっていいほど違和感がありません。たしかにこれはすごい発明です」

為井が訴えかけると、繁村が少し満足そうな顔をした。

「いったいどうやってこんな合成樹脂を作ったんですか？　どんな仕組みになっているのか……」

「そんなこと、きみなんかに話すわけがないだろう」繁村が突き放すような口調で返した。

その言いかたに少し腹立たしさを感じたが我慢した。

「そうですよね……もちろんです……ただ、この合成樹脂を見せてもらって、ものすごく興味を覚えたんです。いや、興味を覚えたなんてもんじゃない。心底すごいものだと、本当に感動しているんです」

「当たり前だろう」繁村がスプーンを口に運びながら淡々と答えた。

「これはすでにどこかの企業に売り込んだりしているんですか？」

「いや」

まだ企業に売り込んでいないということは、自分にもチャンスがあるということだ。

「どうしてですか？　これだけの発明ならきっとどこかの企業が飛びついてくるでしょう」

「これはまだ完成形じゃない。それ以前に自分の大切な発明を誰かに売り渡すつもりなんかない」

「だけど、そうしなきゃせっかくの発明も世の中に広まらないでしょう」

「たしかにどこかの企業にこの発明を見せれば飛びついてくるだろう。だけど、発明を盗まれていいように使われるのがおちだ。それに自分の思ってもいなかったような使われかたをされてしまうかもしれない」

「自分の思ってもいなかったような使われかた……？」

「ダイナマイトを発明したアルフレッド・ノーベルも、核エネルギーを発見した者たちも、それらがいずれ大量の人間を殺戮《さつりく》する兵器として使われることになるなど夢にも思っていなかったんじゃないのか」

たしかにこの合成樹脂はすごい発明だと思うが、そのたとえは少しオーバーではないだろうか。

「それに今のわたしには巨大な権力に立ち向かえるだけの力がまだ備わっていない。簡単に自分の能力を世間にさらすわけにはいかないんだよ」

「巨大な権力って……まさかＣＩＡですか？」為井は訝しい思いで訊いた。

「それもひとつではあるがそれだけじゃない。いいかい、きみのような凡人にはとても理解できないかもしれないが、偉大な力には偉大な責任が伴うんだよ」繁村がこちらに視線を据えながら言った。

「どこかで聞いたような台詞《せりふ》ですね」

「ピーター・パーカーの名言だ」

「ピーター・パーカー？」

「きみはピーター・パーカーも知らんのかね」

繁村が嘆かわしいというように溜め息をついた。

「またの名をスパイダーマンという」

「ああ……」

そういえば、映画のスパイダーマンを観たときにそんなような台詞を言っていたのを思い出して、為井は脱力しそうになった。

「スパイダーマンのピーター・パーカーも、バットマンのブルース・ウェインも、スーパーマンのクラーク・ケントも、自分の正体を世間にさらしているかね？　そんなことはしないだろう。わたしも彼らと同じようなものだ。いつの日か多くの人々を救うために日夜ここで研究に没頭して、表向きにはバカな大学生を演じているのさ」

あきらかに話が大きく脱線している。何とか軌道修正しなければ。

「繁村さんが大きな使命感を持って研究をしていることはよくわかりました。でも、この合成樹脂が人の役に立つことはあっても、人を殺すような兵器になるとはとても思えないんですが。いや、思えないというかそんなことは間違いなくありませんよ。ぼくはここに戻ってくるまでの間、いろいろなことを考えていたんです。この合成樹脂を使えば、今までになかった画期的なものを作ることができるって。そう……今でも充分人の役に立つものを作ることができますよ。そんな偉大な発明をこのまま眠らせてしまうのはもったいないような気がします」

熱っぽく訴えかけると、繁村が両手を組んで唸った。

「繁村さん……ぼくと一緒にこの合成樹脂を使って何か人の役に立つような商品を作りませんか」

為井が思い切って言うと、繁村の表情が少し変化した。探るような眼差しでじっと為井のことを見つめている。

「さっき夏川も言っていましたけど、ぼくは会社を作ることを目指しているんです。会社を作るといってもただ金儲けをするんじゃなくて、何か人々の役に立つようなものを見つけて、それを世界中に広げたいんです」

「会社をねえ……」繁村が鼻で笑った。

「ばかばかしいと思うかもしれませんが、ぼくは本気です。ずっと自分が世の中に広めたいと思えるものを探していました。この合成樹脂を見たときに、これだと思ったんです」

為井はここに来るまでに湧き出てきたアイデアを繁村に話してみた。

「どうですか？　もし、こういうものを商品化できればたくさんの人たちの生活にきっと役立つと思うんですけど」

繁村は両手を組んで顔を伏せたまま黙って為井の話を聞いている。やがてゆっくりと顔を上げた。

「きみが言うアイデアとやらはしょせん誰にでも思いつくものさ」

「そうかもしれません。でもそういうものこそ、多くの人たちが必要とするものじゃないかと思うんですけど」

「それで、きみにいったい何ができるっていうんだい？」

繁村の言葉に、為井は虚をつかれた。

「さっきから黙って聞いていれば勝手なことをべらべらと……人の役に立ちたいだの何だのときれいごとを言っているが、けっきょくはわたしの発明に乗っかって金儲けがしたいだけじゃないのか。だいたいきみのような人間に会社なんか作れるのか？」

何も言葉が出てこなかった。

「きみに会社を作って経営するような能力などあるのかい？」

おまえには経営の才覚がないと判断した——

呆然と繁村を見つめながら、父親から言われた言葉を思い出していた。

「わたしの発明はきみに言われるまでもなく素晴らしいものだ。わたしには世の中のためになるものを発明できる頭脳がある。きみにはいったい何があるのかな。会社を作るための金か？ 会社を経営する才覚か？ それとも人脈か？ 見たところそのどれも持ち合わせていないように思えるがね」

為井は次々に投げつけられる屈辱的な言葉を噛み締めていた。

たしかにそのどれも今の自分にはない。だけど……。

「どうしてわたしがそんなないない尽くしの人間に付き合わなければならないんだ。馬鹿も休み休み言うんだね」

「たしかに繁村さんの言うとおり、今のぼくには会社を作るための金も経営する才覚も人脈もありません。だけど、情熱だけは誰よりも強く持っているつもりです」

為井が絞り出すように言うと、繁村がおかしそうに笑った。

「情熱ね……自分の力では何もできない、何も持っていない無能な人間ほどそういう言葉を口にしたがるんだよ」

為井は悔しさに奥歯を噛み締めた。

何か言い返してやりたかったが、今の自分が何を言ったところでさらに情けなさが増すだけのような気がした。

「悪いが、きみのくだらない話に付き合っている時間はないんだよ。皿を洗ったらさっさと帰ってくれ」

繁村はそう言って立ち上がると部屋を出て行った。

「何か臭うわねえ……」

その言葉に、為井は我に返った。

斜め向かいに座っている大学の先輩、水木加奈子がこちらを見ながら顔をしかめている。

「おれですか？」

為井はシャツの袖を鼻に近づけて自分の臭いを嗅いだ。だが、特に何も感じない。どうやら繁村の家にいる間に完全に嗅覚が麻痺してしまったみたいだ。

「いったいどこにいればそんな臭いがつくのよ」加奈子が言ってアイスティーに口をつけた。

「いや……」

為井は頭を掻きながら加奈子の隣に座っている晶子に目を向けた。

晶子は加奈子と会う前にどこかで着替えたのだろう。繁村の家を訪ねたときのTシャツとジーンズではなく白いワンピースを着ている。

繁村の家を出て駅に向かっている途中に晶子から連絡があった。加奈子とこれからお茶をするけど一緒にどうかと誘われてやってきたのだ。

「さっきまで繁村さんのお宅に伺っていたんですよ」

晶子が言うと、加奈子が大仰に驚いた。

「えーっ！　繁村さんのお宅って、まさかあの繁村？」

「そうです」

「変人シゲムラの家にいったい何の用があるのよ」

変人シゲムラ――

たしかに加奈子やサークルのメンバーが言うように、繁村は為井が今までに出会ったこともない変人だった。

一週間は口臭が取れないだろうカレーを食べさせられ、ＣＩＡやら巨大な権力やら、はてはスパイダーマンまで、わけのわからない妄想に付き合わされた挙句、さんざん屈辱的な言葉を浴びせかけられた。

二度と顔も見たくない――

あの発明さえ知らなければそう思っていただろうし、この場を借りて繁村のことをこけにして憂《う》さを晴らしていただろう。

「繁村さんの発明を見せてもらっていたんです」晶子が答えた。

「発明って……あんな脱力系の発明品を見てどうしようっていうのよ」

「そういうものばかりじゃないんですよ。ねえ？」

晶子がこちらに目を向けたので、為井は小さく頷いた。

「たしかに……ひとつだけすごいものがありました」

為井が言っても、加奈子は「うそー」と取り合おうとしない。

「本当です。たしかにみなさんが言うように変人だと思うし、他に見せてもらったものはほとんどがしょうもないものでしたけど、あの発明は本物です」

「いったいどんな発明なのよ」

加奈子がようやく少し興味を覚えたというように訊いてきた。

「これです」為井は加奈子に右手を差し出した。

「何、これ……」

加奈子が身を乗り出して為井の手の甲に触れた。

繁村からもらったこぶつきのシートを貼っている。さすがにずっと額に貼っているのは恥ずかしかったので、繁村の家を出たときに手の甲に貼り直したのだ。

「繁村さんが発明した合成樹脂です」

「合成樹脂……？」

加奈子がシートのこぶをつんつんとつついた。

「ええ。加工の仕方によって自在に形や硬さを変えられるそうです。それに接着剤などを使っていないのに肌に貼りついたら簡単には剝がれません。それに透湿性もあります」

「うそだー。そんな合成樹脂なんか聞いたことがない」

「本当です。何でしたら試してみてください」

為井はシートを剝がすと加奈子の手の甲に貼りつけた。加奈子はしばらくシートを触ったり手を振ったりして為井の話が本当かどうか試している。自分の手の甲を見つめていた加奈子の表情が次第に変わっていった。

「本当にこれをあの繁村が……？」

ようやく為井の話を信じたようで、加奈子が顔を上げて訊いてきた。

「それだけではないんです」

為井は駅のトイレで手を洗っているときにこの合成樹脂のもうひとつの特徴に気づいた。試しに手の甲にこれを貼りつけたまま手を洗ったが剝がれることはなかった。かなり激しく水で流してみたのだがそれでもずれることもない。おそらくこれをつけたままプールで泳いでも皮膚から剝がれることはないだろう。

そう説明すると加奈子が席を立ってトイレに向かった。しばらくするとまじまじと自分の手の甲を見つめながら戻ってくる。

「すごい……信じられない……」

加奈子が呆然としたように言いながら席に座った。

「それであの後どうなったの？」晶子が興味深そうな顔で訊いた。

もしかしたら、繁村の家に戻ってからの顚末《てんまつ》を聞きたくて為井を誘ったのかもしれない。

「馬鹿にされておしまいさ」

きみにいったい何ができるっていうんだい？――

為井は繁村から言われた言葉の数々を晶子と加奈子に聞かせた。

「そんなひどいこと言われたんだ。あいかわらずイヤな奴だよね」加奈子が同情するように言った。

「だけど、すべて本当のことですよ」

繁村から言われたことを思い返すと嫌な気分になるが、それでもここに来るまでにそう思えるだけの冷静さを取り戻していた。

「人間性はともかく、こんなものを自分の家でひとりで発明した繁村さんを尊敬しています。これを使って何かすごい商品を作りたい。そう思えるほど魅力的な発明です。だけど、繁村さんが言うように今のおれには何もない」

「そうかなあ。人脈ならあるじゃない。須藤くんから聞いたけど、タメイドラッグの社長の息子さんなんでしょう。この合成樹脂を使って医薬品か何かを作ればタメイドラッグで……」

「タメイドラッグなんか当てにしたくないです」為井は加奈子の言葉を遮った。

親父や明になんか頼りたくない——もともとはその思いで起業したいと考えたのだから。

「じゃあ、このままあきらめるの？」

晶子に訊かれて、為井は首を横に振った。

「いや、簡単にあきらめるつもりはないよ。何とかして繁村さんに認めてもらえるようにがんばってみる」

そう言ってはみたものの、何をどうすればいいのかまったくわからないでいる。

「まずは起業するために必要なことを勉強するよ。時間はかかるだろうけど……」

「それなら、高垣教授に相談してみたらどう？」

加奈子の言葉に、為井は目を向けた。

「高垣教授って……水木さんの研究室の？」

「そう。高垣教授はご自身でも起業されているし、学生や院生の起業もいろいろと支援してるの。もしかしたら力になってくれるかもしれないよ」

高垣教授——

為井はその名前を呟きながら、心の中でいったんは止まってしまった歯車がふたたび動き出そうとしているのを感じた。

15

「よお、兄ちゃん——ここらへんでこういう奴を見かけなかったか？」

小杉が稔の写真を見せながら男に訊いた。

「さあ、知らねえな……」

男はろくに写真に目を向けることなく、精気のない声で答えた。

「もっとちゃんと見てくれよ。小沢稔っていってさあ、年は二十三、四歳で、かなりガタイのいい奴なんだよ」それでも小杉はめげずに男に写真を渡して訊く。

「知らねえよ。こっちは腹が減ってそれどころじゃねえんだよ」

男はうんざりしたように写真を突き返すと、手に持ったプラスチックの容器をボランティアスタッフに差し出した。カレーをもらうと男はうっとうしいと言わんばかりの目でこちらを一瞥《いちべつ》して立ち去っていく。

雨宮は公園の端に向かっていく男の背中を目で追いながら溜め息を漏らした。

小杉と行動を共にして五日が経つ。周辺で炊き出しがあるたびに出かけていって稔のことを訊ねているが、反応はさっきの男と似たり寄ったりだ。ここに集まってくるのは、人のことなど気にかけている余裕のない者ばかりだろう。

こんなことを繰り返していて本当に稔を見つけられるのだろうかと、雨宮もさすがに焦りを感じ始めている。

「兄ちゃんは見かけたことねえかな？　小沢稔っていうんだけどさ」

小杉はあきらめることなく、今度は大鍋の前に立っていたボランティアの若い男に声をかけた。

「最近、スタッフになったばかりなんでよくわからないですね……」若い男が写真を見ながら首を横に振った。

「おいッ、割り込むんじゃねえよッ！」

後ろに並んでいたひげ面の男に文句を言われた。

「別に割り込んでるんじゃねえよ」

小杉が言い返すと、ひげ面の男に近づいていった。

「人を捜しているんだよ。あんたは見かけたことはねえか？」

ひげ面の男に写真を差し出して訊いた。

「小沢稔っていうんだけどさ……かなりガタイがよくて、年は二十三、四歳なんだけど……年の割にとろいというか、ちょっとガキみたいな奴なんだ。なあ？」

小杉が雨宮に目を向ける。

「ええ……ちょっと知的障害を抱えていて、外見の割に言動が子供みたいなんです。そういう男を見かけませんでしたか？」

雨宮は訊いたが、ひげ面の男は「知らねえよ」と興味がなさそうにそっぽを向いた。

「おれは上野にいる小杉ってもんだけど、見かけたら教えてくれねえかな。謝礼は弾むぜ」

小杉がそう言い添えると、男の反応が変わった。

「謝礼ってなんだよ？」

「そうだな。その男を見つけてくれたら十万出そう。そうじゃなくても、有益な情報をくれたら日本酒一升ぐらいは進呈するよ」

「本当かい？」

ひげ面の男が興味を持ったように、写真をまじまじと見つめた。

「おい、おまえらは見かけたことねえか？」

急に積極的になって、まわりにいた男たちにも写真を回した。だが、その場にいた誰もが「見たことねえなあ……」と首をひねっている。

「まあ、何かわかったらよろしく頼むよ」

小杉は男たちにそう言うと、雨宮を見て列の後ろを指さした。

「シンジ、おれたちもそろそろ飯にしようぜ」

雨宮は右足を引きずりながら、小杉と一緒に最後尾に向かった。

「そうめげるな」小杉が雨宮の肩をぽんと叩いた。

「それにしても、みんな現金ですよね」

最前列でカレーをよそってもらっているひげ面の男たちに目を向けながら、雨宮は言った。

「ああ。ここらへんの奴らは目の前にニンジンをぶらさげねえと誰も協力してくれねえよ」

その言葉に、雨宮は小杉を見た。

「だけど、十万円なんてお金……」

「心配するな。ホームレスとはいってもそれぐらいの蓄えはある」小杉が軽く笑った。

カレーをもらうと小杉とともに公園の芝生に向かった。

芝生の上にゆっくりと腰を下ろすと、プラスチックの容器を膝の上に置いた。利き手ではない左手でスプーンを持って、器用にカレーを口に運んでいく。ようやくこの動作にも慣れてきた。

「それにしても……稔を見つけた後はどうするつもりなんだ?」

その言葉に、手を止めて小杉を見た。

「どうするって?」雨宮は訊き返した。

「おまえの友達だったヒロシって奴は、稔を捜してどうしようと思ってたんだろうな」

「それは……」

「おそらく知的障害を抱えている稔の面倒を見ようとしてたんじゃねえか？　稔がそういう奴だったからヒロシは心配で必死に捜してた……」

その言葉を聞いて、少年院での光景が頭をよぎった。

町田は寝ているときによくうなされていた。

ミノル……ミノル……と、うわごとのように言いながら。

「そうですね……」雨宮は頷いた。

「だけど、言っちゃなんだが……そのからだじゃ、仮に見つけられたとしても稔の面倒なんかとても見られやしないだろう。自分ひとりが生きていくのでやっとって感じじゃねえか」

面倒なんか見るつもりはない。室井からの指令は、小沢稔を捜し出して友達になれというものだ。

ほんの一時、稔の気持ちを自分に引きつけて、時期が来れば室井に差し出すだけ。

「そうかもしれませんね……だけど、どうしても捜さなきゃいけないんです。それからのことは捜し出してから考えます」

今は何としても、町田よりも先に稔を捜し出すことを考えるだけだ。

「友のために、か――」

小杉の言葉に、雨宮は「ええ」と頷いた。

「そのヒロシって奴に興味があるな」

「どうしてですか？」

「おれのまわりには今まで目の前にニンジンをぶらさげられた奴しかいなかった。ニンジンがなきゃ、人のために何もしない人間ばっかりだ。友達とはいえ、他人のためにそこまでするってことは、そのヒロシって奴がそうとうイイ人間だったのかなと思ったわけさ。もちろん、他人のためにホームレスをやってまで人捜しをするおまえも充分にイイ奴だけどさ」

小杉は雨宮が作り上げたヒロシという人間に興味を示しているようだが、たとえ嘘の話であっても町田のことをよく語りたくなかった。

「そんなことを言ったらスギさんのほうが……」

「おれがどうした？」

「まったくの赤の他人のおれのためにいろいろとよくしてくれてる。おれはニンジンなんて持ってませんよ」

「そうだな。おれの前にぶらさがるものが何もないことは最初からわかってる」

「じゃあ、どうして……」

いくら雨宮の作り話に同情したとはいっても、十万円もの大金を自分の懐から出そうというほど協力してくれる理由がわからない。

「さあなあ……まあ、乗りかかった船だからよ」

小杉はそう返したが、その言葉だけでは納得できなかった。

雨宮は小杉の表情から真意を探ろうと、じっと見つめた。

「まあ、いいじゃねえかよ……ところで、子供の頃から施設で育てられたって言ってたけど、親とか兄弟は？」

そう問われて、一瞬、美香の顔が脳裏にちらついた。

「いません」雨宮は答えた。

「親もか？」

「母親はおれを捨ててどっかの男と蒸発しました」

それは本当の話だ。

「親父さんは？」

「父親のことはよく覚えてません」

雨宮は父親のことをまったく覚えていないが、姉の美香はかろうじて記憶があるという。全身に刺青《いれずみ》を入れたやくざ者だったらしい。だが、父親のことは小杉には話さなかった。

「そうか……何か嫌なことを思い出させちまったみたいだな」

雨宮の表情から何かを察したのだろう。小杉は視線をカレーに戻すと食べ始めた。

食事を終えると、雨宮と小杉はふたたび公園に残っているホームレスたちに訊ねて回った。

「とりあえず今日は退散するか」

公園にいる者たちにひと通り声をかけ終えると、小杉はあきらめたように出口に向かった。

公園の外に出ると小杉が置いていた自転車を引いて歩き出した。雨宮も右足を引きずりながら小杉の横をついていく。ねぐらにしている公園に向かっている途中で、小杉が何度か後ろを振り向いた。

「おまえ……何か厄介事でも抱えこんでねえか？」小杉が雨宮に目を向けた。

「え？」

「さっきからおれたちの後をつけてきているような奴がいるんだ。まさか、警察の厄介になるようなことはねえよな？」小杉が訝しそうな表情で見つめてくる。

雨宮も先ほどから気づいていた。公園を出てから組織の人間が雨宮たちのことをつけているのだ。

まったく、下手くそな監視をしやがって――

「いや、まさか……」雨宮は驚いたように言って後ろを振り返った。

その瞬間、五十メートルほど後ろを歩いていた背広姿の男がさっと路地に身を隠した。

小杉が交差点で足を止めてふたたび後ろを見た。

「そうだよなあ……気のせいだよな」

男の姿がなくなったことを確認して言った。

「じゃあ、おれは缶カラ探してくっから、先に公園に戻っててくれ」

小杉が自転車に乗って公園とは違う方向に走らせていった。

信号が青になると、雨宮は右足を引きずりながら歩き出した。さりげなく店のウインドーに視線を向けると、先ほどの男が路地から姿を現してふたたび雨宮の後ろをついてくるのが見えた。

雨宮は徐々に歩道の左側に寄っていった。さっと身をひるがえすように路地に入ると、全力で駆け出した。路地にある建物の隙間に身を隠す。その場で息をひそめていると、焦ったように駆けてくる足音が聞こえてきた。

目の前に男の姿が見えた瞬間、路地に飛び出していった。男が振り向く前に、後ろから首に二の腕をまきつけてネックロックをかける。

「くそったれがッ！　監視するのはけっこうだがばれねえようにやりやがれ」

雨宮は男の耳もとで言いながら首を絞めつけていく。

「それにおれはおまえの操り人形じゃねえんだよ。舐めんなよッ！」

いつも監視され続けている苛立ちが言わせた。

男が必死に雨宮の腕を叩いてくるが、さらに絞め上げた。苦しそうに悶《もだ》えていた男のからだから力が抜けた。

失神した男を路地に転がすと、雨宮はふたたび右足を引きずりながら歩いていった。


ポケットの中で携帯が震えている。取り出してみると、見慣れない番号からの着信だった。

この携帯に連絡があるとすれば組織の人間からだろう。

だが、任務中にあからさまに携帯に電話をかけてくるということはない。雨宮は正体を偽って任務についている。どこで誰が見ているかわからないから、組織から何らかの連絡があるときは、メールに添付された写真の中に組織の人間しか知りえない暗号を忍ばせたりして知らせる手はずになっている。

いったい誰だろうか――

「もしもし……」雨宮は小声で電話に出た。

「一馬……？」

美香の声が聞こえて、雨宮は驚いた。

「今、大丈夫？」

美香の問いかけに、雨宮は段ボールを押し上げた。小杉たち仲間は段ボールの中で寝ているようで、あたりは静まり返っている。

「ちょっと待ってくれ」

念のために段ボールから出ると、公園の端にある一人用のトイレに向かった。トイレに入ると水を流してから携帯を耳に当てた。

「何考えてんだよ。直接電話してくるなんて、組織のルールに反するだろう」

「ええ……このことが知れたらきっと制裁を受けるわね。だけど、今日の話を聞いてどうしても不安になったの」

「どんな話だ」雨宮はふたたび水を流して笑った。

「いったいどういうこと？　組織の同志を襲うだなんて、気でも狂ったの？　かれは病院に担ぎ込まれたのよ」

手加減してやったつもりだが、何ともやわな奴だ。

「別に狂っちゃいないさ。ただ、あいつに仕事のやりかたを教えてやっただけさ。下手くそな尾行をしやがって、もう少しでこっちの計画がおじゃんになるところだったんだぜ」

「操り人形っていうのはどういうこと？」美香が訊いてきた。

「あいつが報告したのか」

あのネックロックをかけられながら雨宮の言葉を覚えていられたのなら、なかなかたいした奴だ。

「かれの意識は戻ってないわよ」美香の声音が厳しくなった。

「そうか……」

ということは、あの男のからだのどこかに……と考えたが、腕時計に目を向けた。ＧＰＳだけではなく、盗聴器も仕込まれた最新型か。

ずいぶん信用されたものだと、雨宮は苦笑した。

「まさか室井さんに逆らうつもりじゃないでしょうね？　ねえ、一馬が今何を考えているのかが知りたいの」美香が心配そうに問いかけてくる。

「どこの誰だか知らねえけど、忠告ありがとうよ。もう切るぞ。おれはちゃんと任務を遂行してると大将に伝えといてくれ」

雨宮はそう言うと、美香の言葉を遮って電話を切った。

腕時計を見つめる。この会話を盗聴している人間をごまかせただろうか。

雨宮に連絡してきたということが知られたら、美香は組織から何らかの制裁を受けるにちがいない。

それとも、美香は自分の意志ではなく、室井の命令によって雨宮に連絡してきたのだろうか。

雨宮の真意を探り、組織を裏切る可能性があるかどうかを見極めるために。

そんなことあるはずがない――と、その考えを頭から振り払った。

美香は唯一の肉親なのだ。自分を嵌《は》めるわけがない。

そう自分に言い聞かせたが、胸の中に蠢いている不安を拭い去ることはできなかった。

今の美香は組織に、いや、室井に完全に洗脳されてしまっている。

室井は、雨宮が今回の任務を遂行すれば美香を組織から解放すると言ったが、どこまで信用できるかわかったものではない。

稔を捜し出すという任務を終えれば、雨宮は組織にとって用なしだろう。それどころか、今の雨宮は組織にとって危険分子だと見なされているかもしれない。

雨宮は常に室井の手の中にいる。

水槽の魚のように目の前で泳がされ、室井の気まぐれでいかようにでもなってしまうのだ。

冗談じゃない――

このままではいけない。このままでは美香を自由にするどころか、自分の身さえいつどうなってしまうかわからない。

稔を捜し出すまでに、何か手を考える必要がありそうだ。

突然、ドンドンと外からノックがあった。

「おい、大丈夫か？」

小杉の声が聞こえて、雨宮はトイレのドアを開けた。

「なかなか出て来ねえもんだから、夕飯の何かに当たっちまったんじゃねえかと思ってな」

「大丈夫ですよ」

雨宮は答えると段ボールに戻っていった。


「小杉さん、いるかい――？」

公園で空き缶をつぶしていると、昨日炊き出しで声をかけたひげ面の男が訪ねてきた。

「もしかして、稔のことが何かわかったんですか？」

雨宮は立ち上がってひげ面の男に近づいていった。だが、男は小杉を呼んで来いというだけで何も話さない。

実際に目の前のニンジンを見ないと、走らない馬のようだ。

小杉は先ほどまで芝生にいたが今はいない。公園から出ていった様子はないから木陰にでもいるのだろう。

木々が生い茂った場所に行くと、人の気配があった。

スギさん――と声をかけようとして、雨宮は息を飲んだ。

小杉は上半身裸になってタオルでからだを拭いている。こちらに向けた背中一面に昇り龍の見事な刺青が彫ってあった。

「あの……スギさん」気を取り直して声をかけると、小杉がこちらを向いた。

「どうした」

刺青を見られても、特に表情は変わらない。

「昨日、炊き出しで声をかけた人がやってきて……」

雨宮が言うと、「わかった」とスエットを着てこちらに出てきた。ふたりで芝生に向かうと段ボールハウスの前にひげ面の男が立っていた。

「何かわかったのかな」小杉が訊いた。

「あれからおれもあちこち訊いて回ってようやくそれらしい話を仕入れられたんだよ。本当に苦労したぜ」

「まあ、飲んでくれよ」

小杉がバケツの中から氷水で冷やした缶ビールを一本取り出した。

「トミさんって老人が、昨日あんたらが言ってたような男を連れていたって話だ。とろそうな男と小汚ねえ野良犬を連れて立石《たていし》あたりを歩いてたって」男が缶ビールをうまそうに飲みながら言った。

「そのトミさんってのはどこをねじろにしてるんだい」

「四《よ》ツ木橋《ぎばし》あたりに小屋を建ててるってさ」

「ありがとう。とりあえずの手間賃だ」小杉が男に缶ビールを四本差し出した。

「なあ、十万円は？」

「その男が稔だったらあんたのところに謝礼を届ける」

トミさんの小屋はすぐに見つかった。

荒川《あらかわ》に架かる四ツ木橋の下に、ベニヤ板で組まれた小さな小屋があった。

雨宮たちが向かっていくと、背中まで髪を伸ばした老人が小屋の前に座っていた。周辺の河川敷を走り回っている黒い犬を眺めている。

「あんたがトミさんかい?」

小杉が訊ねると、老人が頷いた。

「こういう男を知っているだろう」

写真を差し出すと、老人はポケットからフレームの折れた眼鏡を取り出して顔を近づけた。

「小沢稔っていうんだ」

「そういう名前の奴は知らんね」老人が首を横に振った。

「あんたと一緒に歩いてるところを見たって人がいるんだ。ガタイがよくて、子供みたいな奴さ」

「ああ……マナブのことかな」

「マナブ?」雨宮は小杉と顔を見合わせた。

「ああ、そう名乗ってたよ。からだはプロレスラーのようにでかいが、中身は小学生みたいでな」

「この写真の男ですか？」雨宮が訊くと、老人はじっと写真を見つめた。

「似てなくはないかな。ただ、こんなぼやけた写真じゃよくわかんねえよ」

「今どこにいるんだ？」

「一週間ほど前にふらっと消えちまったよ。二週間ほど飯を食わせてやったりしたのに何も言わずにふらっとさ」

「行く当てについては何か言ってなかったか？」

「さあな……ただ、拾ったときから誰かを捜してるんだと言ってたな」

「捜してる誰かっていうのはヒロシという名前でしたか？」雨宮は訊いた。

「どうかな。忘れちまったよ……」

河川敷を走り回っていた犬がこちらにやってきて、雨宮たちを威嚇するように吠えだした。

「ドン！　吠えるな」

老人が言っても犬は吠え止まない。さらに敵意を剝き出しにしてくるようだ。

「マナブが拾ってきたんだよ。タダ飯を食わせてやってるのにちっとも懐《なつ》きゃしない。あんたら、マナブを捜してるのか？」

答えようがなかった。

「もしあいつに会ったら伝えてくれ。ドンが待ってるから早く戻って来いってな」老人が呟くように言った。

「残念だったな」

小屋を後にすると小杉が声をかけてきた。

「いや……おれはこれからあそこにいたマナブという男を捜してみようと思います」

「だけど、名前が違うぞ」

警察や室井の組織から自分が追われているということを察していて、偽名を使っている可能性もあるだろう。

「何か事情があって偽名を使っているのかもしれない。勘でしかないけど、その男が稔のような気がしてならないんです」

「そうか……」

「今まで本当にお世話になりました」雨宮は頭を下げた。

「おれもついていってやるよ。おれはいろんなところを渡り歩いてる。道案内にはもってこいだろう」

「どうしてそこまで……」

「あそこのねぐらもそろそろ飽きてきた。それに大切な人を捜せるおまえが少し羨ましくてな」

「どういう意味ですか？」

「おれにはおまえと同い年の息子がいたんだ」

いた——？

「どこかで生きているだろうが、捜そうにももう捜すことができない。そういう生き方をおれはしてきたんだ。だからせめてな……」

それで、雨宮に対してこれほど親切にしていたのか。

この男はもっと使えそうだ――

その本心を隠して、雨宮は小杉に礼を言って歩き出した。

16

着替えをして出ると、町田が作業台に置いた義手をじっと見つめている。

「そろそろ工場を閉めるぞ」

徳山は町田に近づきながら言った。

それでも町田は作業台から視線を離さない。

「さっきから何にらめっこしてんだよ」

「ああ……」町田がぼそっと呟いた。

そういえば一昨日の午後、町田が義手を取りに工場にやって来た。珍しく得意げな表情で出ていったが、戻ってきたときにはいつもの仏頂面《ぶっちょうづら》に戻っていた。

「一昨日、義手を試しにいったんだろう。どうだった、知り合いの反応は？」

「不満だったみたいだ」

「そうか……なかなかよくできてるみたいだけどなあ」

「痛みを感じさせてほしいんだとさ」

町田の言葉に、思わず笑った。

「またずいぶんと……難題を吹っかける知り合いだな」

「おれなら痛みを感じる義手を作ることだって不可能じゃないだろう。もっとも、おれが痛みというものを理解してればの話だがと言われた」

「ほう」その話に興味が湧いた。

「痛みのメカニズムはとうぜん理解している。痛みとは簡単に言えば電気信号だ。物理的刺激、あるいは損傷を受けた場所が発したセロトニンやブラジキニンなどの発痛物質が知覚神経の先端を刺激すると電気が生じる。それが神経を伝わり脳に電気信号が届き、脳が認識して痛いと感じるんだ。だが、そのメカニズムをどうやって義手に取り入れればいいのかがわからない」

「難しい宿題を与えられたな」

徳山は町田に付き合って言った。

「まったくだ」

町田は呟くと、義手を袋にしまった。

「なあ、これから飲みに行こうぜ」

工場を出ていこうとする町田の肩を手で押さえた。

「悪いけど、やることがいっぱいあるんだ」町田がその手を振り払って歩き出した。

「何だよ……家に帰ってお勉強かよ。いつ誘ってもそうやってつれねえけど、たまには老いぼれに付き合えよ。本を読むよりも何かのヒントが見つかるかもしれないぜ」

町田が足を止めて振り返った。

「わかったよ……今晩だけだ」

無駄だろうと思いながら誘ってみたが、よほど行き詰まっているようだ。

「ああ……そのつもりだ。おまえと飲むのはきっと最後だろうよ」

どういう意味だと目で問いかけられたが工場の話はしなかった。町田もそれ以上詮索しない。

工場の電気を消してシャッターを閉めると商店街にある行きつけの居酒屋に連れていった。

店に入ってまわりに人がいない一番奥の座敷席に向かい合わせに座ると、町田が物珍しそうにあたりに目を向けている。

「あらあ、徳さん……もしかしてお孫さん？」

おしぼりを持ってきた女将《おかみ》が言った。

「勘弁してくれよ。おれはそんなに年食ってねえよ。だいいちおれの孫はこんなに可愛げのねえ奴じゃない」

「なかなか男前じゃない」

女将の言葉を鼻で笑い、泡盛を注文した。

「こちらは」

女将に訊かれて、町田が「オレンジジュース」と答えた。

「おまえ、下戸《げこ》か？」

「何だよ、ゲコって……」

「酒が飲めねえってことだよ。おまえは難しいことはたくさん知ってるくせに、そんなことも知らねえのかよ」

「飲めないわけじゃない。飲む必要がないだけだ」

「今日は飲む必要があるんだ。こいつにビールをくれ」徳山は女将に言った。

酒が運ばれてくると形ばかりの乾杯をして泡盛を飲んだ。

「どうだ、仕事上がりの酒はうまいだろう」ビールに口をつけた町田に言った。

「苦くてまずいな……だいたい酒なんていうものをどうしてみんなありがたがって飲むのかまったく理解できない」

「どうして飲むかってそりゃ……愉快になったり、はめを外したり、嫌なことを忘れたりしたいからだろう」

「酒を飲めば忘れられるのか？」初めて知ったというように町田が訊く。

「まあ、こっちを五杯ほど飲めば明日の朝までは忘れられるだろう」

徳山は町田にも泡盛を頼んだ。泡盛に口をつけた町田はビールを飲んだときよりもさらに大きく顔を歪めて「まずい」とこぼした。

「ずいぶんと熱心に義手を作っているみたいだな。ただの知り合いって言ってたが、それだけ悩んでいるところを見ると、そうとう大切な奴なんだろう」

「別に大切な奴なんかじゃない」

町田が言って泡盛に口をつけた。まずいと言ったわりに、ちびちびとではあるが口をつけ続けている。

「少年院に入ってたときに同じ部屋だったというだけだ」

「そうか……」

「社長から聞いてたのか」町田が訊いた。

徳山が驚かなかったのでそう思ったのだろう。

「いや、社長はそんなことは何も言ってなかったな。ただ、身寄りがない子を預かることになったとしか……何をやって入ったんだ」

「殺人」

おそらく、そう言えば自分のことを避けるだろうと考えてあっさりと言ったのだろう。

「驚かないのかよ」町田が探るように言った。

「別に驚きゃしねえよ……何か訳ありだとは感じてた。そいつの夢は見たりするのか？」徳山は訊いた。

「そいつの夢……？」町田が首をひねった。

「ああ。死なせちまった奴の夢さ。いや……別に説教しようっていうんじゃねえ。説教できる立場でもねえしな……」

「見ないな」町田が素っ気なく答えた。

「おれは今でもよく見るよ……四十年以上前の話だっていうのにな。いまだに自分が死なせてしまった男の顔が夢に出てくる」

徳山はあのときのことを思い出しながらコップの酒を飲んだ。

「どういうことだよ……」

「喧嘩の延長だった。殺そうだなんて考えてなかった。集団就職で雇われた工場の上司から故郷の訛《なま》りを馬鹿にされ、仕事ができねえのはろくな教育をさせてこなかった親のせいだと罵られてかっとなっちまった。思いっきり突き飛ばしたら打ちどころが悪くて死んじまったんだ……」

徳山はそこでいったん話を中断すると女将におかわりを頼んだ。酒が運ばれてくるととりあえず口をつけた。

「刑務所を出て仕事を探しても前科持ちにはなかなかまともな仕事なんかねえ。とうぜん事件を起こしてからは家族とは音信不通になった。そんなときに訳を知ったうえで拾ってくれたのが先々代だった。まあ、おまえにしてみれば今の社長のような存在だな」

「そんな話を聞かせるために飲みに誘ったのか？」

町田が冷ややかに言ってコップに口をつけた。

徳山の言いたいことがわからないようで苛立っているみたいだった。

「まあ、聞けよ。それからは真面目に仕事に打ち込んださ。女房と知り合って結婚もした。子供がふたりできて幸せな生活を送ってきた。だがなあ、幸せを感じるのと比例して、意外なものに苦しめられるようになっちまったんだ。警察に捕まったときも、刑務所に入ってるときも、その男の夢なんか見ることはなかった。あいつが先におれを挑発したのが悪いんだと、死なせたことの罪悪感さえほとんど持っていなかった。それなのに……いい仕事に就き、結婚して、子供ができて、自分に幸せが訪れるたびにそいつの顔が夢に出てくるようになったんだ。夢だけじゃねえ。女房や子供の顔を見ているときにも、ふいにそいつの顔が脳裏をかすめてくる。胸を引き裂くような痛みを伴ってな……」

今でもその痛みに苦しめられながら生きている。

「痛みっていうのは……自分がある程度幸せでなけりゃ感じられねえものなのかもしれねえなあ。おまえは……ここが裂けるような痛みを感じたことがあるか?」徳山は自分の胸のあたりに手を添えて問いかけた。

「ないな」

「じゃあ、そうなれるようにもっともっと幸せになるんだな」

「そんな痛みなんか感じたくもないさ」町田が鼻で笑うように言った。

「それを恐れることなんかねえ。そういうときのためにこういう鎮痛薬があるんだよ」徳山はそう言ってコップの酒を一気に飲み干した。

「ばかばかしい。そんなことのために世の中の奴らはこんなまずいものに金を払ってるっていうのか?」

「まあ、みんながみんなそのために飲んでるわけじゃないだろうが……ときにはそういう効用もあるってことさ」

「だいたい幸せって何だ？　今もこうやって生きている……それがおれにとってのすべてだ。いちいち痛みを感じなきゃならないのなら、別に幸せにならなくていいさ」

町田がそう言いながら視線をそらした。酔いが回ってきたのか、何かに思いを巡らせているのかわからないが、ゆらゆらとした視線を店内に漂わせている。

「幸せって何だと聞かれてもなあ……まあ、それは人それぞれだろう。おれにとっては月並みな答えだが、家族だ。自分にとって大切な家族ができるとものの考え方なんかががらっと変わっちまう。まあ、おまえにもいつかそういう日が来るからわかるだろうが……」

町田がこちらに視線を戻した。

「そんなものが幸せというなら、おれには一生縁がないだろうな。家族なんか持ちたくもねえ」

「身寄りがないと聞いていたが……施設か何かで育ったのか？」

「施設に預けるだけの頭がありゃまだましだがな。おれは戸籍を与えられず十四歳ぐらいまで犬猫同然に飼われていたのさ」

「戸籍を与えられず？」徳山は驚いて訊き返した。

「ああ。おれを生んだヤク中女は学校にやる金も惜しかったんだろう。そいつのヒモをナイフで刺して家を飛び出したのさ。わかったかい？　おれにとって、イメージできる家族ってのはそういうものなんだよ」

「それから少年院に入るまでは？」

「ひとりで生きてきた」

「そうか……」徳山は溜め息をついた。

自分が思っていた以上に深い傷を負っていたということか。

「おまえにとって家族とは忌まわしいものでしかないのかもしれねえが、だからこそ知ってほしいんだよ……家族っていうのは自分で作ることができるんだよ。自分の気持ち次第で、いくらでも温かくてかけがえのないものにすることができるんだよ。おそらく、おまえとサシで話すのはこれが最後になるだろうから言わせてもらうが……幸せを望むことを拒んじゃいけねえよ。もしかしたら、義手の友達に何らかの負い目を感じているのかもしれねえが、おまえ自身が幸せにならなきゃ、その友達のことも幸せになんかしてやれねえと思うぜ」

町田が徳山を睨みつけながら、目の前に置かれた酒を一気に飲み干した。

17

バタンという大きな音がして、楓は天井を見上げた。

町田が帰って来たみたいだがいつもと様子が違う。

楓は気になって部屋から出ると二階に向かった。だが、ドアを開けて玄関に入ったが町田の靴がない。廊下の先を見ると町田の部屋のドアが開いていて、明かりが漏れている。楓は靴を脱いで町田の部屋に向かった。

ドアの奥の光景を見て、楓は驚いた。

町田が靴を履いたまま床に仰向けになって倒れている。呻き声を上げながら頭をゆらゆら揺らしていた。

「何してるの？」楓は怪訝な思いで訊いた。

「見ればわかるだろう。寝てるんだよ」そう答えると目を閉じた。

どうやら酔っぱらっているようだ。

「酔っぱらってるの？」

「ああ……」町田が目を閉じたまま答えた。

「あんたでも酒を飲むんだ」

「徳山のじじいに騙されて飲まされた。おまえこそ、こんな時間にいったい何だよ。勉強するような時間でもないだろう」

「バタンって大きな音が聞こえたから心配になって……」

「悪かったな」

「それにちょっと話がしたかったから」

「話……？」町田が目を開けて訊き返した。

「だけど、そういう場合でもなさそうだね。お水持ってこようか」

「頼む。頭の中がぐるぐる回って気持ち悪い」町田が苦しそうに顔を歪めた。

楓は一階に戻って冷蔵庫からペットボトルの水を取ると町田の部屋に戻った。だが、いない。町田の部屋の隣にあるトイレの中から嘔吐する音が聞こえてくる。しばらく待っているとトイレから町田が出てきた。先ほどに比べれば少し楽になったようだ。

ペットボトルの水を差しだすと、町田が受け取ってぐびぐびと飲んだ。全部飲み干すと溜め息をついた。

「で……話って何だよ」町田が楓に目を向けて訊いた。

「別に今日じゃなくてもいいよ」

町田にこんな話をするべきか今でも迷っている。

「でも……今日じゃなかったらもうしないかもしれないけど……今日のわたしはちょっと変だから」

「早く話せよ。こんなところを社長に見られたら変な誤解をされかねない」

「うちの会社、倒産しそうなんだって」楓は思い切って告げた。

「倒産?」

楓は頷いたまま顔を伏せた。

「よかったじゃないか」

その言葉に、楓は顔を上げた。

「どうしてよかったのよ」

「この工場を継ぐ必要がなくなるし、尚友学園に行かなくても済む。自分が求めていた高校生活を楽しめるだろう。それに……工場とこの家を手放すってことはおれもここから出て行かなきゃいけないってことだろう。めでたしめでたしじゃないか」

「この工場を救う方法はないかな？」

「ついこの間まで工場を継ぐのは嫌だって言ってただろう」

「だけど、この工場を残したいの。おじいちゃんやお父さんやお母さんが今まで必死に守ってきた大切な場所だから」

楓は訴えたが、町田は興味がないというようにベッドに横になった。

「あんたにこんな話をするべきかどうかさんざん悩んだ。あんたにこんなことを頼める筋合いなんかないのはわかってる。都合のいい奴だって思われるかもしれないけど……あんたしか相談できる人はいないんだ」

「おれには関係ないことだ」

その言葉を聞いて、視界に潤みかけていたものが一気に引いた。町田が冷ややかな目で楓を見つめている。

「この工場がなくなろうがどうしようがおれには関係ない。どこかよそに移って新しい仕事を探すだけだ」

「お母さんに対して感謝の気持ちはないの？　あんたのことを預かって、本当の家族のように大切に思ってきたんだよ。そのお母さんが困ってるっていうのに何も感じないの……？」

「別におれが求めたわけじゃない。社長と内藤が勝手に決めたことだ。それにこんな生活に愛着もないさ」町田が事もなげに言った。

「ひどい……そんな言いかたって……」

「いずれにしても、おれにできることなんか何もない。おまえもくだらないことを考えてないで、これからの自由で楽しい高校生活に思いを馳せるんだな」

楓は町田を睨みつけながら唇を嚙み締めた。

正直なところ、こんなことを頼んだとしても、町田にはどうすることもできないだろうとわかっていた。

町田が倒産の危機を救える金を持っているとは考えてもいなかったし、いくら頭がいいといっても、状況を変えられるような秘策を考えつくことなど大学生の町田には不可能だとわかりきっている。

ただ、話を聞いてほしかったのだ。そして、一緒に悩みを共有して、この生活がなくなってしまうことを寂しがってほしかっただけだ。

「そろそろ寝たいんだけどな」町田がそう言って出て行けと手で示した。

「やっぱり話すんじゃなかった！」

楓は部屋から出るとドアを思いっきり叩きつけて閉めた。


「おはよう――」

台所に入ると、流しの前に立っていた母がこちらを向いた。

「おはよう……昨日、夜遅くに出かけたみたいだけど、どこに行ってたの？」母が咎《とが》めるような口調で訊いた。

「あの人のところに……」楓は天井を見上げて言った。

「博史くんのところ？」

「ちょっと勉強でわからないところがあって……酔っぱらってたから、ろくな答えが返ってこなかったけど」

昨夜のことを思い出して、ふたたび腹立たしさがこみ上げてきた。

「博史くんが酔っぱらってたの？　珍しいわね」

微笑ましいというように、母が笑った。

「徳山さんと飲んでたって」

「そう……それじゃ、もしかしたら会社のことも聞いたかもしれないわね。今日にでも博史くんとちゃんと話をしなきゃ」

楓は反応を返さず椅子に座った。目の前に用意されているパンをかじった。

「ねえ、新しい部屋を探すとしたら楓はこの近くがいい？」

母に訊かれ、楓は顔を上げた。

「別に……」楓は素っ気なく返した。

ここから出て行くことなど、まだ現実のものとして考えたくなかった。

「長年付き合ってきた友達と離れるのは嫌でしょう」

「高校に入ったらどうせみんなばらばらになっちゃうんだし」

「あれから電話で仕事関係の人にいろいろと聞いてみたの。博史くんを預かってくれるところがないだろうかって。うちみたいにバイトで雇ってくれながら、住むところも用意してくれるところがいいかなってね……できれば学校からも、わたしたちが住むところからも近いところがいいしね。練馬《ねりま》にある工場の社長さんが博史くんを預かってもいいって言ってくれてるんだけど、どうかなあ？」

どこでもいいとは言ったが、町田のために楓がよその土地に行かなければならないなんて冗談ではない。

「あの人のためにそこまですることないじゃない！　自分の住むところや仕事なんか、勝手に探させればいいのよ」楓は腹立ちまぎれに言った。

「そういうわけにはいかないわ。わたしは彼の身元引受人なのよ。少なくとも、彼が大学を出るまではそばにいてあげなきゃ」

つくづく母のことをお人よしだと思った。いくら町田のことを考えたとしても、あの男は母に対して微塵《みじん》の感謝も抱いていないというのに。

「図書館に行ってくる」

町田の話を聞いているのが嫌で、楓は立ち上がった。

図書館に入ると、机に向かって本を読んでいる智美を見つけた。

「なんか目が充血してない？」

隣に座ると、智美に言われた。

「うん……昨日、家でタイタニックを観てたんだ。やっぱりいつ観ても泣けるね」楓はごまかした。

「あんな長い映画……ずいぶん余裕があるわねえ」

「もちろん早回しでだよ。ところで智美はどこに行くか決めてるの？」

「うーん、わたしの頭だったらせいぜい聖北《せいほく》女子がいいところでしょう」

聖北女子高はこの近くにある私立校だ。偏差値でいえば楓も狙えるところだった。だが、これからのうちの経済状況を考えると私立校は難しいだろう。

「楓は尚友学園で決まりなんでしょう。これから頑張らないとだね」

楓は曖昧に頷いた。

目標がなくなってしまい、いまさら勉強しようという気も起きない。

「あれ……あの人、楓んところの居候さんじゃない？」

智美の言葉を聞いて、楓は書棚が並んだほうに目を向けた。

町田が書棚の前で立ち止まったまま本を読んでいる。

楓は忌々しい思いで町田を見つめた。書棚に本を戻した町田がちらっとこちらを見た。目が合った。こちらに向かって歩いてくる町田から視線をそらした。

「気が変わった」

町田の声に顔を上げた。目の前に立った町田が楓のことを見つめている。

「尚友学園に入れるよう勉強しておけ」

町田はそれだけ言うと、背を向けて歩いていった。

18

為井はカフェテリアで晶子と待ち合わせて一緒に高垣教授の研究室に向かった。

「悪いな、夏川にまで付き合わせちゃって」

「気にしないで。わたしもものすごく興味があるし。何だかわくわくしちゃう」晶子が弾んだ笑顔を向けた。

おそらく本当にわくわくしているのだろう。だが、為井自身は期待と不安がない交ぜになった思いで歩いている。

研究室の前に来るとドアをノックした。

「どうぞ――」

男性の声に、為井はドアを開けた。

「失礼します」

研究室に入ると奥の机で年配の男性がサンドイッチを食べていた。おそらく高垣教授だろう。

「あの……お食事中すみません。理工学部一年の……」

「為井くんだね。水木くんからさっき話を聞いたよ」

穏やかそうな笑みに少しだけ緊張感がほぐれた。

「そちらのかたは？」高垣教授が隣の晶子に目を向けた。

「理工学部三年の夏川です。一緒にお話を聞かせていただいてよろしいでしょうか」

「どうぞ。汚いところで恐縮だけどそこらへんにある椅子を適当に持ってきてくれるかな」

たしかに研究室内は、様々な機械や工具や誰かの私物などであふれ返っている。

為井は近くにあったパイプ椅子をふたつ持って高垣教授がいる机の前に置いた。

「食事をしながらでもいいかな。昼休みが終わったらすぐに実験をしなきゃいけないんだ」

「ええ、もちろんです。お忙しいところ申し訳ありません」

為井は椅子に座りながら軽く頭を下げた。

「起業のことで相談したいとのことだけど、いったいどういうことを？」高垣教授がサンドイッチを頬張りながら訊いた。

「ええ……実は近い将来会社を作りたいと思っているんですけど、何から手をつけていいのかよくわからなくて……」

「どうして会社を作りたいなんて思ったの？　ぼくは自分でも起業しているし、学生たちの相談にも乗っているけど、正直なところむやみに起業を勧めたりはしていないんだ」高垣教授が為井を見つめながら言った。

「これを見ていただきたいんです」

為井はポケットからこぶつきのシートを取り出すと机の上に置いた。

「何だい?」高垣教授がシートを見つめて訊いた。

「これはある合成樹脂で作ったシートなんです。おそらく今までになかった合成樹脂だと思います」

「今までになかった合成樹脂?」

「ええ。この合成樹脂は加工の仕方によって自在に形や硬さを変えられて、肌に貼りついたら簡単には剝がれない性質を持っているんです。それに透湿性にも優れていて、ずっと肌に貼っていても汗で蒸れることはありません。あと、水にも強いんです。これを貼りつけたまま手を洗っても剝がれないんです」

為井がこの合成樹脂の特徴を説明すると、高垣教授が「そんな……」と一笑した。

その気持ちはよくわかる。為井も繁村からこの合成樹脂の説明を聞いたときには、とても信じられないと、こんな顔をしていたことだろう。

「そんな合成樹脂なんか聞いたことがないよ」

「実際に貼ってみていただけませんか。それが本当だということがすぐにわかります」

高垣教授が疑わしそうな表情でシートを手に取った。手触りをたしかめると手の甲に貼りつけた。自分や水木加奈子がやったように、シートを触ったり手を振ったりしてその話が本当かどうか試している。

為井は隣の晶子と顔を見合わせた。晶子はまるで自分が提出したレポートの評価を待つような期待と不安が入り交じったような顔をしている。

最初は疑わしそうにシートを見つめていた高垣教授の表情がだんだんと変わっていく。

「何でしたら手を洗ってみてはいかがですか」

為井が声をかけると、高垣教授が「ああ……」となかば呆然とした様子で立ち上がった。高垣教授が部屋を出て行くのを見て、晶子がぱっと笑顔になった。

「もしかしたらわたしたちが知らないだけで、こういう合成樹脂がすでにあるんじゃないかと少し思ったけど、高垣教授も知らないってことは本当に繁村さんの大発明なんだね」

「ああ」

高垣教授が部屋に戻ってきた。為井たちの前に座るとシートを剝がしてまじまじと見つめた。

「これをいったいどこで？」高垣教授が先ほどとは打って変わって真剣な眼差しを向けてきた。

「工学システム学科の繁村さんという人が発明したんです」

「彼がこんなものをねえ……」高垣教授がシートを触りながら感心したように呟いた。

「繁村さんをご存じなんですか？」

「直接話をしたことはないけど、この学内じゃ何かと話題の絶えない学生だからね」高垣教授が軽く笑みを漏らしながら答えた。

繁村は教授たちの間でも変わり者として通っているようだ。

「この合成樹脂を使えば今までになかった画期的な商品を作れると思うんです。広く世の中の役に立てるようなものが……」

為井はこの合成樹脂を見てから湧き出てきたさまざまなアイデアを高垣教授に話した。

「そうだね。この合成樹脂を使えばそういうものもできるかもしれないね」

「それで……そのための会社を作りたいと思ったんです」

為井が言うと、それまで笑みを浮かべながら話を聞いていた高垣教授の顔つきが変わった。

「そうだねえ……」高垣教授が言葉を探すように考え込んだ。

「何か問題でもありますか」

為井はとたんに反応を変えた高垣教授に不安を抱きながら訊いた。

「いや……たしかにこの合成樹脂はものすごいものだと思う。これを繁村くんが作ったということが信じられないし、そうであったなら本当に感心する。分野は違うが、ぜひうちの研究室に来てもらいたいぐらいだ。ただね……」高垣教授がそこで言葉を切った。

「ただ……何でしょうか」

「この合成樹脂を使った商品を作るための会社をきみたちの手で起業するというのはとても難しいと思う」

「もちろん会社を作るのは簡単なことだとはぼくも思っていません」

「いや……どう言えばいいのだろうか。これはとても学生の手に負えるようなものじゃないというのが正直な感想だ」

「ぼくたちの手に負えるようなものじゃない？」

「そう。ぼくは学生が起業することをすべてではないにしても応援している。実際、何かいいアイデアを思いついて、それをもとに起業して成功している学生たちも多く見ている。特にIT関係が多いよね。パソコンのスキルと多少の資金があればできることだから。ただ、これに関してはは学生で起業するというのはかなり厄介だよ。この合成樹脂を使って何か商品を作るにしても、そうとうな設備が必要になるだろう。それに研究開発にだってかなりの時間とお金がかかるはずだ。それらの資金はいったいどうするんだい？」

高垣教授に訊かれたが、為井は言葉に詰まった。

そんな資金などどこにもない――

「銀行から融資してもらうというのは……」とりあえず考えたことを口にした。

「何の実績もない学生にそれだけの融資をしてくれる銀行などないと思う。仮にその発明に目をつけて融資してくれたとしても……いや、それでもぼくは絶対に勧めないな。あまりにもリスクが大きすぎる。さっき、起業して成功した学生たちを多く見てきたといったけど、同時に失敗した者たちもたくさん見てきた。二十代でとんでもない負債を抱えてしまって次の人生を踏み出すことも難しくなってしまった者や、中にはどうにもならなくなって自殺してしまった者もいる……」高垣教授の表情が厳しいものになった。

会社を作ることを決して簡単に考えていたわけではないが、高垣教授の話を聞いてあらためて現実の厳しさと、自分の考えの甘さを思い知らされたような気がする。

「ぼくが学生の起業を応援すると同時に、むやみに起業を勧めない理由はそこにあるんだ。もし、失敗してしまったとしても、ふたたび引き返せるぐらいのチャンスなら踏み出してみるのもいいと思うけど……」

為井は言葉なくうなだれた。

「ぼくに何らかのアドバイスができるとしたら……この合成樹脂の特許を取って企業に売り込んでみたらどうだろうということだ。売り込むための会社を設立して、同時に自分たちの商品化のアイデアなども企業に提案していく。特許使用料やアイデア料をいただいてさらに新しい発明をする資金に充《あ》てる。これならばまだ可能性があるんじゃないだろうか」

たとえ特許使用料が入ったとしても、自分の発明を企業に売り渡すことを繁村は決して認めないだろう。

「繁村さんはこの発明を企業に売り込むことは考えていないみたいなんです」

「どうして？」高垣教授が訊いた。

為井は、ＣＩＡや巨大な権力やスパイダーマンの話には触れないように、繁村が思っていることを話した。

「それに……ぼく自身もやっぱり他の企業の力を借りるんじゃなくて、自分たちの手でこの合成樹脂を使った商品を作りたいと思っています。自分たちが本当に納得できて世の中の役に立つようなものを。ものすごく時間のかかることかもしれませんけど……いつか……」

先ほどまではそう遠くない未来に感じていたが、今ではその『いつか』が途方もない最果てのように感じていた。

「せっかく訪ねてきてくれたのに申し訳ないが、ぼくにはそれ以上の具体的なアドバイスはちょっと難しいね」

「いえ、たいへん参考になりました。お忙しいところありがとうございます」

為井は落胆の溜め息を飲み込みながら立ち上がろうとした。

「だけど、きみの情熱にちょっと魅《ひ》かれてもいるんだ。どうだろう。ひとりおもしろい人物を紹介させてくれないか」

高垣教授の言葉に、為井は動きを止めた。

「おもしろい人物……ですか？」

為井は椅子に座り直しながら高垣教授に訊き返した。

「ああ。きみがその夢を持ち続けていくのだとしたら、とても刺激になる人物だと思うよ」

「どんな人ですか？」為井は興味をそそられながら訊いた。

「きみと同じ理工学部の一年生で町田博史というんだ」

町田博史——

どこかで聞いたことのある名前だと考えて、すぐに思い出した。この研究室によく出入りしている男で、高垣教授が舌を巻くほどの秀才だと水木加奈子が言っていた。

同時に、カフェテリアで晶子が町田に声をかけたときの光景が頭によみがえってきた。

晶子が渡したサークルのチラシを馬鹿にしたような顔でテーブルに放り投げた。まったく愛想がなくていけ好かない男だった。

「いや……」

拒否反応を示そうとしたとき、隣の晶子が身を乗り出した。

「町田さんって起業に詳しいんですか？」

「特に起業に詳しいというわけではないよ。ただ、彼ならばすぐにそのノウハウを吸収してしまうかもしれないな」

「水木さんからお聞きしたんですけど、町田さんってかなり頭のいいかたなんですよね」

今まで黙っていた晶子が町田の話になったとたん矢継ぎ早に話し始める。

「かなり、という形容は正しくないかもしれない。怖い……というのがぼくの正直な感想だよ。今までにあんな学生と……いや、あんな人間と知り合ったことがない」

その言葉に、為井は晶子と顔を見合わせた。

為井はあまりにもおおげさな言いかたに訝しい思いしか抱けないでいるが、晶子は興味を掻き立てられたというように目を輝かせている。

それを見て、町田と知り合いになどなりたくないという思いがさらに募ってくる。

「彼は信じられないほど頭のいい男だけど、人間的には……何て言えばいいのかな……ちょっと未熟なところがあってね」

「未熟、ですか……？」晶子が訊いた。

「ああ。人間関係を築くのがどうも苦手なようでね……いつもひとりでいるところしか見たことがない。彼にはいろいろと助けてもらっているし、ぼくも何かと目をかけているんだけど、だからこそ彼の行く末が少し気にかかっているんだ。同世代の人たちともっと触れ合えば彼の視野も今よりも広くなるんじゃないかとね。少し癖のある男だけど、繁村くんとも仲良しだというきみたちなら、きっといい友達になってやれるんじゃないだろうか」

町田のことを語る高垣教授の表情はどこか、一学生のことについて話しているというよりも、まるで甥っ子の身の上でも案じているようなものに思えた。

なぜだか先ほどから苛立ちがこみ上げてきてしかたなかった。

「ぼくたちはここに友達を捜しに来たわけじゃありません」

為井が語気強く言うと、晶子がたしなめるような目でこちらを見たのがわかった。

「たしかにそうだね。だけど……これはきみにとっても有意義なことだと思うんだ。将来、会社を作りたいという夢があるのならそれもきっといい経験になるだろう。優秀だけど人間的に気難しい人材とうまく接していって手綱《たづな》を握ることも、経営者にとっては必要な資質だからね」

高垣教授が説くように言った。


「これから行ってみようよ――」

廊下を歩いていると、横から晶子が声をかけてきた。

「行くってどこに……これから映画でも観に行くか？」

わかっていたが、為井はあえてとぼけた。

「町田さんのところに決まってるじゃない」

冗談じゃない――

繁村みたいな変わり者ひとりだけでも手を焼いているというのに、これ以上、訳のわからない知り合いを作ってどうする。

起業するために役に立つというのならまだしも、今の町田にはそんな知識はないだろうということだ。

それに以前会ったときの鼻持ちならない態度がいまだに癇に障っている。

秀才だか天才だか知らないが、きっと自分以外の学生を馬鹿にして見ているのだろう。あんな態度をとっていれば友達がいなくてとうぜんだ。

「高垣教授も言ってたじゃないか。町田は起業のことに詳しいわけじゃないって」

それらの感情はいっさい顔に出さず、為井はやんわりと言った。

「だけど、すぐにノウハウを吸収しちゃうかもとも言ってたわ。もしかしたら為井くんの話に興味を示して協力してくれるかもしれない」

「カフェテリアで話しかけたときのことを覚えてないのか？　おれたちのことを馬鹿にしたようにチラシを放り投げてさ」

「別に馬鹿にされたとは思わなかったよ。ただ人見知りが激しいだけかもしれないじゃない」

「でもさあ、急に訪ねていくっていうのもなあ……気が向いたら電話してみるよ」

為井は高垣教授からもらったメモで顔を扇ぎながら言った。

町田が住んでいる家の住所と電話番号が書いてある。

「そんなこと言って……為井くんって行動力があるのかないのかわかんないよねえ」

むくれるように言った晶子の言葉が心に突き刺さった。

「自分の夢を持ってるところがとても素敵だなあって思って、わたしなりに力になりたいといろいろと考えてたのに。わかった、為井くんが行かないならわたしひとりで行ってくる」

晶子がメモを手から奪うと為井を置いてすたすたと廊下を歩いていく。

素敵――

自分のことをとても素敵だと、晶子はたしかに今そう言ったよな。

「夏川――ちょっと待ってくれよ！」

為井はそのひと言でエンジンがかかったように晶子の後を追った。


大森駅に降り立つとメモと地図を頼りに町田が住んでいる家を探した。

町田は前原という人の家で居候をしているという。町田の部屋には電話はなく、携帯も持っていないので、メモに書かれた電話番号は前原のものだとのことだ。

商店街を進んで行くと小さな町工場が連なる一角があった。そこからさらに五分ほど歩くと目当ての番地が見つかった。

二階建ての家の玄関に『前原』と表札が掛かっている。二階まで外階段がついていて、一階とはまた別のドアがついている。二世帯住宅なのか、二階が下宿になっているのか。

「とりあえず前原さんを訪ねてみようか」晶子が言って、玄関のベルを鳴らした。

しばらくするとドアが開いて、中から女の子が出てきた。

「突然お邪魔して申し訳ありません。わたしは東協大学に通っている夏川といいますが、町田博史さんはいらっしゃいますか？」

晶子が告げると女の子は虚をつかれたような顔をした。

「ちょっと待ってください」

しばらく呆然としたように突っ立っていたが、事態を飲み込むとサンダルを履いて表に出てきた。

「二階に住んでるんです。今、いるかどうかわからないけど……」

階段を上っていく女の子に続いた。女の子がドアを開けて中に入っていく。晶子とドアの前で待っていると中から女の子が町田のことを呼ぶ声が聞こえた。すぐにドアを開けて出てきた。

「部屋にはいないですね。もしかしたら工場かも……」

「工場？」晶子が訊くと女の子が頷いた。

「母がやっている工場を手伝ってるんです」

「すみませんが、工場の場所を教えていただけますか？」

女の子は頷くと階段を下りて一階の玄関の鍵を閉めてから歩き出した。先ほど通った道をしばらく戻っていくと『前原製作所』と看板の掛かった小さな工場があった。外から中の様子が窺える。作業服を着た女性が大きな機械の前に立っていて、その奥のほうで町田らしい男の姿が見えた。女の子が中に入っていく。

「町田——さん……お客さんが……」

さん——というまでの間に、女の子のためらいをかすかに感じ取った。

女の子が呼びかけると、手前にいた女性と町田が同時にこちらを向いた。

「お忙しいところ突然お邪魔してすみません。東協大学の夏川です」晶子が為井よりも一歩前に出て言った。

Tシャツ姿の町田がタオルで顔の汗を拭いながら近づいてくる。

町田の冷ややかな視線に為井は少し怯んで身を引いた。

「たしか……」

こちらに視線を据えていた町田が呟いた。カフェテリアで会ったことを思い出したようだ。

「こんなところまで来てサークルの勧誘かよ? 大学生ってのは本当に暇なんだな」町田が面倒くさそうな顔で言った。

やはり想像していたような反応だ。

「いえ、今日はサークルの話ではないんです。高垣教授から町田さんの話をお聞きして……」

「高垣教授?」訝しそうな顔になった。

「ええ……それでもしお時間があったら少しお話ししたいなと」

「ない」

町田が踵《きびす》を返そうとしたのと同時に、手前にいた女性が笑顔で近づいてきた。

「まあ、博史くんの大学のお友達なんですか? こんなところまで来てくださってありがとうございます。ちょっと散らかってますけど、ぜひうちに寄って行ってください」

女性が為井たちを誘うと、町田が露骨に顔を歪めた。

町田の心のうちが手に取るようにわかった。余計なことをしやがって、だろう。今の為井も同じ心境だったからわかるのだ。

「楓、みなさんにジュースとお菓子をお出しして」

楓と呼ばれた女の子が「わかった」と工場から出てきた。女性に背中を押されて、町田も渋々といった表情で工場から出てきた。


「どうぞ」

楓が為井と晶子の前にジュースとクッキーが入った皿を出した。

「ありがとう」

晶子が笑顔を向けると、楓はどぎまぎとしたように「いえ……」と視線をそらした。

先ほどからずっと好奇の眼差しで見つめられていると感じていた。よほど町田のことを訪ねてくる人間が珍しいのだろうか。

「ごゆっくりどうぞ」

楓はぺこりと頭を下げると、隣の台所に立っている町田をちらっと見てから部屋を出ていった。

町田は家に上がってから、自分たちを無視するように台所に立ったまま牛乳を飲んでいる。

「あんな機械を動かせるなんてすごいですね」

晶子が声をかけると、町田がしかたなさそうにこちらを向いた。

「別に。あんなもの誰でも動かせる」

「そうですか？　だけどやっぱりすごいですよ……だって……」

必死に話を広げようとしているのがわかったが、さすがの晶子も、何者も寄せつけようとしない町田の空気になかなか踏み込めないでいるようだ。

「で、話っていうのはいったい何なんだ？」

町田がこちらにやってきて為井たちの前であぐらをかいた。

「悪いが、それほど暇じゃないんだ。話があるならさっさとしてくれ」

晶子が為井に何か言えと肘で腕をつついてくる。為井はしかたなくポケットからこぶつきのシートを取り出して座卓の上に置いた。

「これを見てほしいんだ」

「何だこれ」町田が感情をまったく窺わせない視線をシートに向けた。

「おれたちの大学の先輩が自分で発明した合成樹脂から作ったものなんだ」

為井は高垣教授にしたのと同じ説明を町田にした。

町田はシートを手に取ってはみたものの、それ以上の反応を示さなかった。驚くわけでもなく、為井の話を信じられないというでもなく、手でシートをもてあそびながら淡々とした表情で聞いている。

捉えどころのない町田の反応に為井はどうしていいのかわからなくなった。

「実際に肌に貼りつけてもらえば、為井くんが言ったことが本当だとわかってもらえると思います」

晶子が助け舟を出すように言い添えた。

「それで……これがおれにいったい何の関係があるんだ？」町田がシートを座卓の上に投げ出して訊いた。

「わたしたちはこの合成樹脂を使って何か世の中の役に立つような商品を作れるんじゃないかと考えているんです。ねえ？」

わたしたち――いつしか晶子も自分の夢を共有しているうれしさに、為井は「そうそう」と大きく頷いた。

「それで会社を作ろうと高垣教授のところに相談に行ったんだ。そしたらきみの話が出たんだよ。会社を作るにはまだそうとうな時間がかかるかもしれないけど、きみと話をすればきっといい刺激を受けられるんじゃないだろうかって」

「あのおっさんも余計なことを……」町田が吐き捨てるように呟いた。

「いきなり押しかけてきてこんなことを言って本当に迷惑な話だと思います。ただ、正直に言ってわたしたちは町田さんにものすごく興味を持っているんです。今の時点では一緒に会社をやりませんかなんてことはとても言えません。それだけの準備もできていませんし。もちろん、町田さんがこの話に興味を持ってくれたらとてもうれしいですすし心強いですけど……今はただ、高垣教授がそこまで買っている町田さんに何らかの形でお話を聞かせてもらえれば……」

「くだらない――」

晶子の懸命の思いを町田がそのひと言で一蹴した。

「くだらない？」

今までひたすら町田の失礼な態度を我慢してきたが、そのひと言に為井は憤然とした。

「さっきも言ったが、おれはそんな会社ごっこに付き合っているほど暇じゃないんだ」

「会社ごっこ……」

もう我慢ならなかった。立ち上がって何か言い返してやろうと思ったが、晶子が為井の膝を押さえて制した。

「たしかに町田さんからすれば会社ごっこのように映るかもしれません。そんなことに付き合っている暇はないと思う気持ちもわかりました」

こんな不愉快な思いをするぐらいならさっさと帰ろうと、晶子に目で訴えた。

「それならば……言いかたを変えさせてください」

晶子の視線はじっと町田を見つめたまま離れない。

「わたしたちのお友達になってもらえませんか」

晶子が告げると、今まで冷ややかだった町田の目が反応した。

「友達……？」

瞬時に動揺を押し隠そうとしたが、心の中ではあきらかにうろたえているようだ。

「そうです。わたしたちのお友達になってほしいんです。本当に暇なときでいいですから、電話やメールで話をしたり、時間があったら居酒屋でお酒を飲んだり……くだらない話や将来の夢やそんな話をし合える友達になってほしいんです。忙しい合間の息抜き程度に思ってもらっていいですから」

町田は晶子に目を向けながら言葉を失ったように押し黙っている。

「だめですか？」

晶子に見つめられ、町田が視線をそらした。

それは女性から見つめられる照れからではなく、怯えのように為井には思えた。

「これからあそこの仕事を手伝わなきゃならない。そろそろ帰ってくれ」

町田が言うと、晶子が頷いてハンドバッグからメモ帳とペンを取り出した。晶子は携帯番号とメールアドレスを書き込むと紙とペンを為井に渡した。

為井はしかたなく晶子の下に名前と携帯番号とメールアドレスを書いた。

「今日はお時間を作ってくれてありがとう」

笑顔で言うと晶子が立ち上がった。それに倣うように為井も立ち上がった。町田はあぐらをかいたまま座卓の上に置いたメモをじっと見つめている。自分たちを見送る気はないらしい。

為井と晶子は部屋を出ていった。ふと、奥の部屋からこちらを見ていた楓と目が合った。楓は驚いたような顔で軽く会釈をすると部屋のドアを閉めた。

19

「ねえ、さっきのお友達だけど……どんなサークル活動をしているの？」

母が目の前の野菜炒めを小皿に盛りながら訊いた。

「知らない」町田が素っ気ない口調で返した。

「だってお友達なんでしょう。勉強もいいけど、博史くんもサークルとかに入ってみたら？きっと楽しいわよ。それにそういう仲間は社会に出てからも大切な存在になるわよ」

楓は母の言葉に反応を示さずに黙々と食事をする町田に目を向けた。

あの人たちが町田を訪ねてきたときにはかなり驚いた。町田に大学の友人がいることなど想像もできなかったからだ。特に夏川という女性はずっと意味ありげな眼差しで町田のことを見ていた。あんなきれいな人が町田の近くにいたとは想像していなかった。

立ち聞きするのはいけないと思っていても、どうしても興味を抑えきれなかった。

あの人たちの話はサークルうんぬんの話ではなく、合成樹脂がどうとか、会社がどうとかといった楓にはよくわからないものだった。

町田は食器を持って立ち上がると流しに向かった。食器を洗うと台所から出ていく。楓は残りのごはんを急いで食べると立ち上がった。

「ごちそうさま」

食器を残したまま台所から出ようとすると、母に「自分の食器ぐらい洗いなさい」と叱られた。

「後でちゃんと洗うから。勉強でわからないところをちょっと訊きたいの」

玄関に行って靴を履くとドアを開けた。やはり町田は二階の部屋には戻らずにどこかに行こうとしているところだった。

この数日、町田は夜中からどこかに出かけている。戻ってくるのはいつも朝方になってからだ。

あんな事情がなければ町田が夜中に何をやっていようが気にもならないが、今は町田が部屋に戻ってきた足音を聞くたびに不安がこみ上げてくる。

「ねえ――」

楓が呼びかけると、町田が立ち止まって振り返った。

呼びかけてみたものの、どう話を切り出せばいいかわからず言葉に詰まった。

「いったい何なんだ……おれはこれから用があるんだ。勉強でわからないところがあるんだったら明日にしてくれ」

「こんな遅くにどこに行くのよ」

「おまえはいつからおれの保護者になったんだ？」町田が楓を見ながら滑稽そうに笑った。

「そういうわけじゃない……ただ、最近までこんな時間に出かけることなんかなかったから少し気になっただけ」

「ちょっと一杯ひっかけてくる。おまえも二十歳になったら連れて行ってやるよ」

飲みに行くなんて嘘だとすぐに思った。

「この前言ってたよね、尚友学園に行けるように勉強しておけって。あれってどういう意味なの？」

「そのまんまの意味だ」

「本当にうちの工場の負債をどうにかするっていうの？」

楓は信じられない思いで問いかけたが、町田は「そうだ」と事もなげに答えた。

「そんなこと……いったいどうやって……」

「おまえには関係のないことだ」町田が楓の言葉を遮るように言った。

「関係なくなんかない！　わたしが言い出したことなんだから」

「勘違いするな。別におまえから言われたからどうこうしようと思ったわけじゃない」

「じゃあ、どうして……」

町田はなぜ前原製作所を倒産の危機から救うというのか。

「ほんの退屈しのぎさ」

「退屈しのぎ……？」その言葉に呆気にとられて町田を見つめた。

「ああ。学生生活ってのはほとほと退屈なものなんだよ。何の刺激もない生活にうんざりしていたところに暇つぶしのネタが転がり込んできたってだけのことさ」

暇つぶしのネタ——

自分の家にとっての死活問題をそんな言葉で表す町田に、楓は落胆を覚えた。

それが町田の本心なのだろうか。

ただ単に自分の能力を実感したいからやっているだけのことさ――

磯貝に言われた言葉を思い出した。

自分が抱き始めている思いは、町田が言うようにただの勘違いなのだろうか。

母やこの居場所のことを大切に思っているからこそ、何とかして力になろうとしてくれるわけではないのか。

「あんたみたいな学生がいったいどうやってそんなお金を用意するっていうのよ」

楓は傷心を顔に出さないようにして訊いたが、町田は何も答えない。

「毎晩、夜中に出歩いているのはその暇つぶしのためなの？　いったいどんなことをしてお金を作ろうっていうの」

楓が問い詰めると、町田は面倒くさそうな顔で肩をすくめた。

「くだらない詮索をしている暇があるんだったら英単語のひとつでも覚えるんだな。今のおまえのおつむじゃ尚友学園はぎりぎりだろう」

町田は憎まれ口を叩くと、楓を無視するように歩き出した。

「ちょっと待ってよ！　まだ話は終わってないわよ」

楓が呼び止めても町田は振り返ることもなく歩いていく。町田の姿が見えなくなると、楓は唇を噛み締めながら家に戻った。

台所のほうから母が呼びかけてきた。

「楓、戻ってきたの？」

「うん」

今、母と顔を合わせたら、自分が抱えている不安を悟られてしまいそうで怖かった。

「お母さん、これから仕事があるから食器を洗ってね」

本当はこのまま自分の部屋に入りたかったが、しかたがないので「わかった」と答えた。

少し気を落ち着かせてから台所に入ると、母は隣の居間で座卓に向かっていた。相変わらず疲れ切った表情で溜め息まじりに帳簿を見ている。

楓はすぐに母から顔をそらしてテーブルに残った食器を流しに運んだ。

町田はいったいどんな方法でそれだけの大金を用意しようというのだろう。

町田は振り込め詐欺グループの頭脳的な存在だったと磯貝が言っていた。まさか、ふたたびそのような犯罪に手を染めて金を用意しようというのでは――

食器を洗いながら、胸のざわめきが激しくなるのを抑えられずにいる。

祖父や父や母が必死に守ってきた工場を倒産させたくない。何とかならないだろうかと、すがるような思いで町田に相談してしまった。だけど、そのことでもし、町田がふたたび悪事に手を染めるようなことになれば、犯罪組織に属するようなことにでもなったら、とても耐えられない。

それに、そんな金で工場を立て直したとなれば、今まで必死に頑張って築いてきた家族の歴史も汚してしまうことになるのだ。

どうすればいいのだろう。あんなことを相談してしまったことで、町田も、自分たち家族も、とんでもない不幸にさらされてしまうことになるのではないかと怖かった。

「洗い終わった？」

突然の母の声に、楓はびくっとして振り返った。

「ううん、もうちょっと……」

ずっと考え事をしていたので、ろくに洗えていなかった。

「そう。洗い終わったらちょっと来てくれる」

楓は急いで食器を洗うと居間に向かった。

「何？」座卓に向かっている母に声をかけた。

「今日、仕事の合間に練馬に行ってきたの」

「練馬って……？」母が何を言いたいのかわからないまま、楓は向かいに座った。

「ほら、この前話したじゃない。博史くんを預かってもいいっていう工場が練馬にあるって」

「ああ……」

そういえば、数日前に母がそんなことを言っていたのを思い出した。

「社長さんも優しいかたでね。博史くんの事情を知ったうえで受け入れるって言ってくださったの。工場の近くに寮があってね、空いている部屋があるからそこに住んでもいいって。それに大学を卒業するまでは学業を優先させてくださるって……ねえ、いい話だと思わない？」

「そう……」今の楓にとってはどうでもいい話だった。

「それでね……その後、何軒か近くの不動産屋を回ってみたの」

母が鞄から何枚かの紙を取り出して座卓の上に置いた。アパートの物件情報だ。自分たちが住む家を探していたのだろう。

「この家のものを持っていくとしたらとても二DKじゃきついでしょう。せめて三DKは欲しいわよね。実際にこの物件を見せてもらったんだけど、近くに大きな公園があって住みやすそうなところだったのよ。この近辺だとここらへんに比べて家賃も安く済むしね……」

楓の反応などおかまいなしに、母が楽しそうに物件情報を見ながらあれこれとしゃべっている。

母は工場を続けることを完全にあきらめて、すでに新しい生活に目を向けているようだ。

いや、ちがう――

しばらく母の様子を見つめていて、工場を畳まなければならない悲しみから、必死に自分を鼓舞するような痛々しさを感じた。

母は工場を続けたいと思っている。ここから出て行かなければならない無念さを噛み締めている。

「ねえ……もし……」

楓が口を開くと、物件情報を見ながら話していた母がこちらに目を向けた。

「もし、誰かがこの工場に融資してくれるってなったら……お母さんは工場を続けたい？」

「当たり前じゃない」母が即答した。

「そんな可能性はほとんどないとあきらめているし、あなたにあまり変な期待を持たせるのはどうかと思っているけど。でもね……」

「何？」楓が問いかけると、母はゆっくりと仏壇のほうを向いた。

「もしかしたら……お父さんやおじいちゃんやおばあちゃんが最後の最後に力を貸してくれるんじゃないかって……心のどこかで願っているのよ」

母の横顔を見つめながら、町田のことを話しておいたほうがいいのではないかという思いが胸に広がってきた。

町田が工場の負債をまかなえる金を用意しようとしていることを。だけど、その金をどういう方法で得ようとしているのかわからないということを。

でも、それを母に話したところできっと本気にはされないだろう。学生である町田にそんな大金を用意できるはずがないと一笑されるだけだ。

町田が振り込め詐欺などの犯罪組織に属していたことを知らなければ、いくらそんな話をしようが与太話にしか思われない。

楓は、町田がその組織の頭脳と言われるほどの役割を担っていたことを知っているから、これほどの危惧を抱いているのだ。

少し前であれば、母に町田に関するすべてのことをぶちまけていただろう。

町田が少年院に入ったのは単なる喧嘩の末に起きた事件などではなく、その奥に得体の知れない犯罪組織がからんでいたことを。

だが、今はそれを母に告げることをためらっている。それがどうしてなのかは、自分の中でもうまく説明することができない。

ただ、あのＤＶＤに映し出されていた町田の姿は自分の心の中だけにしまいこんでおきたかったのだ。

20

「磯貝さん、お客さんです——」

その声に、磯貝は顔をしかめた。

「追い返してくれって言ってるだろう！」介護士の千春に吐き捨てた。

「女の子だけど」

「女？」千春に訊き返した。

「前原楓さんと言ってました。帰ってもらいますか？」

「いや……」

磯貝はベッドから起き上がると千春と一緒に食堂に向かった。

食堂に行くとたしかに先日会った女が座っている。磯貝に気づいて立ち上がった。

「なんだ、あんたか」

近づいていって声をかけると、楓が頭を下げた。

何やら思い詰めた顔をしているが、自分に告白するために来たわけではないだろう。いったい何の用だ。

「若い女が訪ねてきたっていうから誰だろうかと思ったぜ」

磯貝が向かいに座ると、楓もうつむきがちに腰を下ろした。

「ちゃんとお名前は告げたんですけどね」隣に立っている千春が抗議するように言った。

「一回しか相手してない女の名前なんかいちいち覚えてねえよ」

「わたし、相手なんかしてませんから」軽い冗談だというのに、楓がむきになって言った。

「わかってますよ。磯貝さんはいつもこんな感じですから」

千春が呆れたように言ってその場から離れた。

「で、おれにいったい何の用なんだよ」楓を舐めるように見ながら訊いた。

「磯貝さんと少しお話がしたいんです」

自分に対する警戒心は薄れていないようで、からだを小刻みに震わせている。

「ちょうどよかった。ちょっと煙草が吸いたかったんだよ。この前の公園に行こうぜ」

磯貝が言うと、楓がテーブルの上に置いた紙袋を取って立ち上がった。

玄関でサンダルを突っ掛けると建物から出た。楓は少し後ろのほうから磯貝についてきているみたいだ。立ち止まって振り返った。

「隣を歩くのが恥ずかしいか？」

磯貝が言うと、楓が小さく首を横に振って歩き出した。

公園まで並んで歩いたが、お互いに会話はなかった。公園に入るとこの前話をしたベンチが空いていた。

「アイスコーヒーを買ってきたんです」

ベンチに座ると楓が紙袋からテイクアウトのアイスコーヒーを取り出した。

「ガムシロップとミルクは入れますか？」

「いい」

紙コップにストローだけさすと、磯貝の横についている肘掛けの上に置いた。

「サンキュー。それと煙草も頼む」

ズボンのポケットに視線を向けた。男の下半身に触れることに多少の抵抗を抱いたみたいだが、それでもポケットから煙草とライターを取り出すと口にくわえさせてくれた。

火をつけて吸い込んだところを見計らって、楓が煙草を口から離した。

「で、おれにしたい話っていったい何なんだ」

楓に目を向けて訊いたが、迷っているようでなかなか話さない。

「あいつの話かい」

楓が頷いた。

「あいつの話をするためにわざわざおれのような男のもとを訪ねてくるとは……あいつはそうとうな果報者らしいな。忠告してやったはずだぜ。おれたちみたいな人間と関わるとろくなことにならねえって」

「そういうんじゃないです」楓がきっぱりと否定した。

「まあいい……アイスコーヒーの礼ぐらいはしてやる。いったい何の話だ」

「あの人がどんなことを考えているのか知りたいんです」

磯貝の目をじっと見つめながら楓が言った。


しばらく待っていると、二階のドアが開いて町田と楓の母親が出てきた。

「よお――」

町田に向けて言うと、怪訝な表情をしながら階段を下りてきた。

「うちに上がってもらっていいわよ。楓は学校でいないし、お菓子とジュースがあるから」

楓の母親が一階のドアを指さした。

こんな自分がいきなり訪ねてきて、内心では戸惑いがあるはずなのにそんなことはおくびにも出さずに笑みを浮かべている。

「いや、いい――」町田が言った。

「じゃあ、わたしは買い物に行ってくるから。ゆっくりしていってくださいね」楓の母親はそう言うと歩いていった。

楓から住所は聞いていたが二階に住んでいるとは知らず、一階のインターフォンを鼻の頭で鳴らした。出てきた楓の母親に町田を訪ねてきたと話すと、二階に呼びに行ったのだ。

「なかなかいい人じゃねえか。おまえみたいな奴の身元引受人になるなんてどんな変人かと思っていたが……」磯貝は悦子の背中を見つめながら言った。

「いったいどうしたんだ」

そう言った町田に目を向けた。

何のために磯貝が訪ねてきたのかと探るような眼差しだ。

「ずいぶんとつれねえ挨拶だな。ダチがわざわざ会いに来てやったっていうのによ。こんなナリで大森までやってくるのは簡単じゃねえんだからな」

「よくここがわかったな」

「おまえが義手を入れてた紙袋に『前原製作所』って書いてあったのを思い出してな。身元引受人がやってる工場で働いてるって言ってただろう」磯貝は嘘をついた。

「義手はあれから手を加えていない。今、研究中だ」

「そんなことはどうでもいいんだよ。大学生になった町田くんがどんな暮らしをしているのかちょっと興味があっただけだ。こんなおれに訪ねられて迷惑だったかな？」

「そんなことはない。たいした暮らしをしているわけじゃないが、上がっていってくれ」

町田が磯貝を促しながら階段を上った。ドアを開けると、履いていたサンダルを脱ぎ捨てて玄関を上がった。

「ずいぶんと部屋があるんだな」磯貝は廊下を進みながら言った。

「もとは工場の従業員の寮だったそうだ。もっとも今では二階に住んでいるのはおれだけだが」

「女も連れ込み放題ってわけか」

磯貝は言ったが、町田は聞き流して一番奥のドアを開けた。「ここがおれの部屋だ」

部屋に入ると町田が机の前の椅子を引いて磯貝に勧めた。磯貝はどかっと椅子に座るとあたりを見回した。

とても二十歳の大学生の部屋とは思えない簡素な部屋だった。

「ずいぶんと殺風景な部屋だな。シャバに出て自由を謳歌してるっていうのにエロ本の一冊もねえのかよ」

「昔から本には金を出さない主義だ。図書館にはそんなものは置いてないからな。何か飲み物を買ってくる」

「ビールが飲みてえなあ。それに煙草も吸いたい。施設じゃ両方とも禁止されてるんでな」

「わかった。少し待っててくれ」

町田が出ていくと、磯貝はあらためて室内に目を向けた。机の上に何冊かの本が積み上げられている。あいかわらず磯貝にとってはちんぷんかんぷんの難しそうな本だ。その中に三冊ほど株に関する本があった。

二十分ほど待っているとコンビニの袋と紙袋を提げて町田が戻ってきた。

「ここにいると少年院の単独室を思い出すぜ」

磯貝が言うと、町田が苦笑した。

「たまにガキが訪ねてくること以外は居心地のいい環境だ」

コンビニの袋から缶ビールや煙草を取り出して磯貝の前に並べた。

「株でも始めたのか?」磯貝は机の上に向けて顎をしゃくった。

「単なる暇つぶしだ。さあ、これをつけてくれ――」町田が紙袋から義手を取り出して言った。

「うっとうしいって言ってるだろう」

「ストローでビールを飲むつもりか?」

磯貝は返す言葉をなくした。ビールの誘惑には勝てず、渋々右腕に義手を装着した。

プルタブを開けた缶ビールと箱から取り出した煙草とライターを磯貝の前に置くと、町田は自分のぶんの缶ビールを持ってベッドに腰を下ろした。

義手で缶ビールをつかむと口につけて喉に流し込んだ。町田も舐めるようにビールを飲んでいる。

「酒なんか飲むのかい」磯貝は訊いた。

「最近……少しだけだ」

「煙草は吸わないのか?」

「細胞を死滅させるようなものをわざわざ口にしたいとは思わない」

「まったくつまらねえ答えだな。おまえなんか脳細胞が少し死滅するぐらいでちょうどいいだろう。ひとくち吸ってみろよ」磯貝は机の上の煙草に目を向けてそそのかした。

「意味のないことはやらない主義だ」

「健康に悪いからじゃなく、意味がないことだからやらないか。まったくおまえらしいぜ。まさか子供を作る気はないからセックスもしないと言うんじゃないだろうな」

磯貝が挑発すると、町田が溜め息をついて立ち上がった。箱から煙草を取り出すと口にくわえた。

「おれにもくれ」

磯貝の口に煙草をくわえさせるとライターで火をつけた。町田は煙を吸い込んだ瞬間、激しくむせた。

「最初はみんなそうだがそのうち慣れてくる。何でも経験だろう。おまえは恐ろしいほどに頭がいいが、経験値は小学生並みだな。もしかしてまだ童貞っていうんじゃないだろうな」

「そんなことを訊きたいがためにわざわざこんなところまでやってきたのか？」町田は少し苛立ったように言った。

「まあ、暇つぶしだ。一日中施設の中にいるのは退屈でしょうがねえ。おまえは義手を作るっていう自己満足の暇つぶしのためにたびたびおれのところにやってくるから、その仕返しのつもりだ」

「あいにくだが、おれはそれに付き合えるだけの暇はない」

「ちょこっと世間話をしたら帰ってやるよ。大学ってのは楽しいかい？」

「どうだろうな……」

「サークルやなんかでお友達はたくさんできたかな？」

「言っただろう。意味のないことはやらない主義だと。そんなことが無意味なのは煙草を試しで吸ってみるよりあきらかだ」

「もったいないねえ。おれが大学生なら毎日ナンパしてやりまくってるさ。まったく神様ってのは本当に不公平だぜ。同じ人殺しだっていうのに、おれはこんなナリにされちまって、おまえは大学生になって楽しい毎日を送ってる」

「別に楽しみたいから大学生をやってるわけじゃない」

「そうだろうな」

その言葉に、町田が探るような眼差しになった。

「おまえは今の生活に満足などできやしない。おまえが真面目に大学に通って、卒業して、どこかの会社に就職するなんて姿は想像もできない。犯罪組織の頭脳と崇《あが》められ、組織の人間を殺すという刺激的な日々を送ってきたおまえがこんなしみったれた生活に落ち着くわけがねえよな。今のおまえは大学生という仮面をかぶっているだけだ。そうだろう？」

「何が言いたいんだ」

「おまえ、これから何をやろうとしてるんだ」

磯貝が言うと、町田が首をひねった。

「ここの人間を丸め込んでどうしようっていうんだ」

「おまえの言っていることがよくわからない」町田がとぼけた。

「この前、おれのところに楓って女が訪ねてきたよ」

「楓……」町田が驚いたように目を見開いた。

「得体の知れない居候のことを調べたかったんだろう。おまえの後をつけてきたんだ。義手をつけた公園さ。おまえが帰った後で少し話をした」

やはり気づいてなかったようだ。

「おまえがどんな人間なのかを知りたいっていうからいろいろと話してやったさ。少年院での話や、振り込め詐欺グループにいた頃の話だ。おれたちみたいな人間に関わるとろくなことにならねえと忠告してやったが、どうやらそれでもおまえのことが気になるみたいだな。あんなガキをどうやってたらし込んだのか知らねえが」

「それで……」

「三日前にまたおれのところを訪ねてきた。聞くところによると、多額の負債を抱えちまって工場が倒産しそうなんだってな。その負債をおまえがどうにかしてやると言ったそうじゃねえか。もしかしたら、おまえがその金を用意するために犯罪に手を染めるんじゃないかと心配しておれのところにやってきたんだとよ。おれだったらおまえがどんな手段で金を作ろうとするのかわかるんじゃないかって。それに、おれだったらおまえが犯罪に手を染めるのを止めることができるかもしれないって相談してきたんだ。まったく健気《けなげ》な女の子だねえ」

「それで探りを入れるためにおれのところにやってきたのか」町田が謎が解けたというように言った。

「そうだ」

「あいつが心配するようなことは何も……」

「安心しな。別におまえを止めるためにやってきたわけじゃねえよ。楓はおれたちのことを何もわかってねえよな。おれたちが人様のために何かするような人間だと勘違いしてやがる。おれもおまえも人のために何かをやるような人間じゃねえ。いったい何が狙いなんだ」

「狙いも何もない。工場を立て直すってだけだ」

町田はなかなか認めない。

「しらばっくれるなよ。楓やさっきのおばさんを丸め込んで工場を乗っ取ろうっていうんだろう。いったい何をするつもりなんだ。まあ、おまえのことだから何か金になるようなネタをつかんでいるんだろう」

「それこそおまえの勘違いだ」町田が首を横に振った。

「楓やここの人間には黙ってるさ。おまえの計画におれも一枚かませろよ」

「そんなくだらない話がしたいなら帰ってくれ」

町田が立ち上がってドアを開けた。

「おれはもう限界なんだよッ！」

磯貝が叫ぶと、町田が振り返った。

「あんな施設に閉じ込められるのはもううんざりなんだよッ。だけど、こんなナリじゃどうしようもねぇ。働くこともできねえし、好きな女を抱きしめることもできねえ。おまえと違っておれの人生には闇しかねえんだ。おれは毎日死ぬことばかりを考えている。だけど、自殺する勇気を持てない自分を蔑《さげす》み、あのときおれを死なせなかったおまえを恨みながら生きるしかないんだ」

磯貝は事故に遭ってから溜め込んできた感情を爆発させた。

退院して家に帰されたが、母親も再婚相手もその子供もおぞましいものでも見るように自分に接していた。そしてすぐに施設に預けられた。いや、捨てられた。

道を歩けば通り過ぎる人間が必ずといっていいほど好奇の目で磯貝を見る。

そいつらを殴りつけてやりたくてもそれすらできない。そいつらを自分の両手でひれ伏させられないのであれば、金の力でひれ伏させるしかない。それを可能にしてくれるのはもはや町田しかいない。

たとえどんなに虫が好かない相手であっても、もはや町田しか頼れる人間がいないのだ。

「正直言って、おれはおまえのことを憎んでいる。こんな不平等なことをしやがった神様の次におまえを憎んでる。だけど、今のおれはそんな憎むべき奴にすがることしかできないんだ。言っただろう？　いつかおれと仕事することを考えとくって。おまえのその頭を使えば闇の世界でいくらだって稼げるだろう。こんなおれでも何不自由なく一生暮らせるだけの金を手に入れられるだろう」

「帰ってくれ」

町田の言葉に、下げていた顔を上げた。

哀れそうに見つめてくる目を見て、胸の奥から激しい憎しみが突き上がってきた。

「そうかい……ひとり占めするつもりか。まあ、ミノルやおれのぶんまでせいぜい幸せになることだな。この邪魔なものを外してくれ」

町田が近づいてきたときに、顔に向けて唾を吐きかけた。町田は顔についた唾をそのままにして、磯貝の義手を外すとベッドに放った。

「いつかおれのように、おまえにも報いがあるのを楽しみに待ってるぜ」磯貝は吐き捨てた。

「残念だがそれはしばらくないだろう」

そう言って首を振った町田を睨みつけた。

「たった今から、おれは自分の幸せを求めることにした」

町田が磯貝を見つめ返しながら言った。

21

携帯の着信音が聞こえて、為井はカップラーメンに伸ばしかけていた箸を止めた。深夜の零時前だ。こんな時間にいったい誰だろう。

もしかしたら晶子からの電話かもしれないと期待したが、公衆電話からの着信となっている。

「もしもし……」

為井は警戒しながら電話に出た。

「為井純か――?」ぶっきらぼうな男の声が聞こえた。

「そうだけど」

「町田だ」

名前を告げられてもすぐに相手の顔が浮かばなかった。考えているうちに、鼓動がせわしなくなっていく。

「町田って……理工学部の町田か？」

「そうだ」

まさか町田から電話がかかってくるなんて夢にも思っていなかった。

「何だよ」次の言葉が見つからず、とりあえずそう返した。

「あの合成樹脂を発明したという先輩……」

「繁村さんか」

「その人を連れて明日うちに来てくれ」

町田の言葉に首をひねった。

合成樹脂を見せたとき、町田はまったく興味を示していなかったではないか。いったいどういうつもりなのだろう。

「ちょっと……急にそんなことを言われても繁村さんの都合だってあるだろうからさ」

「そうだな。明日がだめなら違う日でもかまわない。とにかくできるだけ早く連れてきてくれ」

そう言うと電話が切れた。

「もしもし……もしもしッ……」

言いたいことだけ言ったらさっさと電話を切りやがった。

為井は呆気にとられながら携帯を見つめた。

「遅くなってごめん――」

荻窪駅前で待っていると晶子がやってきた。

「いきなり悪かったな。バイトは休めたのか?」

為井が訊くと、晶子は「仮病を使ったから大丈夫」と頷いた。

今朝、晶子に電話をして町田から連絡があったことを話した。本当は昨晩のうちに連絡したかったのだが、夜中の十二時近い時間とあってさすがに遠慮したのだ。

為井は町田からの話をするべきか迷った。晶子と町田をあまり接触させたくない。だが、為井ひとりで訪ねて行っても、繁村におとなしく言うことを聞かせられる自信もなかった。

「無理することなかったのに。別の日でもよかったんだから」

為井は商店街を歩きながら隣の晶子に目を向けた。

町田からの話をすると、晶子は昼から入っているバイトを休んで繁村の家に付き合うと言い出した。

「町田さんからそんな電話がかかってきたって聞いたら居ても立ってもいられないわよ。いったいどういうことだろう。もしかしたら、わたしたちが話した起業に興味を示してくれたのかな」晶子が目を輝かせながら言った。

「そんなに期待しないほうがいい。単なる気まぐれかもしれない」

「とにかく何とかして繁村さんを連れ出さなきゃね」

「繁村さんにはまだ連絡してないのか？」為井は訊いた。

「さっき電話してみたんだけどつながらなかったの。家にいるといいんだけど……」

繁村の家にたどり着くと門を開けた。溜め息を押し殺して中に入ると、けたたましい警報音が鳴り響いた。その音にも慣れたものでしばらく待っていると、ごみの中から繁村が血相を変えて飛び出してきた。

「ああ、夏川くんか」晶子を見るとすぐに柔和な表情に変わった。

為井のことも視界の中に入っているはずなのだが、空気ほどの関心もないようだ。

「突然、お伺いしてすみません。今日は繁村さんにどうしてもお願いしたいことがありまして……」

晶子が少し甘えるような笑みを向けながら言った。

「お願いって……いったい何だい？」

「今日はこれから何か予定は入っていますか」

「相変わらず研究で忙しいんだがね。でも、夏川くんのたっての頼みということなら多少の時間は割《さ》いてあげよう。まあ、上がりなさい」

「繁村さんに会っていただきたい人がいるんです。これから一緒に大森に行っていただけませんか」

「会ってほしい人……いったい誰だ？」繁村が怪訝そうに訊いた。

「理工学部にいる町田博史さんという人です」

その名前を聞くと、繁村の表情があきらかに不機嫌なものに変わった。

「町田さんのことをご存じなんですか？」晶子が問いかけた。

「噂だけは耳にしてる。教授たちから天才だと騒がれているらしいが……」

「そうです。その人です」

「何とも眉唾《まゆつば》ものの話だね。天才を装うことはそう難しいことではないが、本当の天才などそんなにいるもんじゃない。わたしの能力すら理解できない教授どもが言ってる話だからね。その男の天才ぶりとやらもたかが知れてる」

今まで接していて初めて繁村と意見が一致した。

「高垣教授は繁村さんの能力を高く買ってらっしゃいます。あの合成樹脂をお見せしたんですけど、本当にすごいと感心していました。ぜひ自分の研究室に来てほしいと」

晶子が言うと、繁村が「当たり前だ」と少し機嫌を戻した。

「うちの大学の中ではまだ見どころのある教授だね」

「その高垣教授が町田さんのことも買っていらっしゃるんです。繁村さんほどの天才ではないともちろん思いますが、ちょっと興味が湧きませんか？」

晶子が繁村の自尊心をくすぐりながら町田の話に持っていく。

ね」

「だからといって、どうしてわたしが忙しい時間を割いてその男に会わなければならないのか
「あの合成樹脂を町田さんに見せたんです」

晶子が言うと、繁村の表情がふたたび険しいものになった。

「勝手にこんなことをしてしまって本当に申し訳なかったと思います。ただ、わたしも為井くんもあの合成樹脂に本当に心を奪われてしまって。ねえ——？」

晶子がこちらに目を向けたので、為井は頷いた。

「あのすばらしい合成樹脂を使って世の中の役に立つ何かすごいものができないだろうかと、繁村さんが安心して研究に打ち込めるような環境を作れないだろうかと、高垣教授に相談したんです。これはもう為井くんだけの夢じゃないんです。わたしも繁村さんの偉大な発明に心酔しているんです」

「まあ、きみがわたしに夢中になるのはわからないでもないが……そのこととあの合成樹脂を町田に見せたことにどういう関係があるんだ」

『わたし』ではなく『わたしの発明』だと、為井は心の中で突っ込みを入れた。

「高垣教授の紹介で町田さんに会ったんです。それであの合成樹脂を見せたらすごいものだと身を震わせていました」

身を震わせるどころか、町田はまったく関心がないというように合成樹脂を放ったのだが。

「仮にも町田さんも天才だと騒がれている人です。ただ、繁村さんの発明を目にして上には上

がいるのだと感心したのではないでしょうか。天才のすごさを知るのはやはり天才だと思いますからね。それでどうしてでも自分よりもすごいかたに直接お会いしてみたいと考えて、繁村さんとお付き合いのあるわたしたちに頼んだんだと思います」

「だが、それならば彼のほうからわたしに会いに来るのが筋じゃないかね」繁村が眼鏡を持ち上げて言った。

「大切な客人として何らかのおもてなしをしたいと考えているのかもしれません」

晶子の言葉に、繁村は顔を伏せてしばらく考え込んだ。

「しかたがない。そこまで言うのなら訪ねて行ってやるか」

「ありがとうございます！」晶子が弾けたように言った。

「向こうがわたしをもてなそうというのなら、こちらもきちんとした恰好で伺わないと失礼だな。着替えてくるから少し待っていてくれたまえ」

繁村が家の中に入っていくと、晶子がしてやったりという顔を為井に向けた。

「夏川は交渉事の天才だな。だけど、あいつがもてなしの気持ちなんか持ってるとはとても思えないけど……」

「そのときはそのときよ。とにかくふたりを会わせることが先決なんだから。すごい化学反応が起きるかもしれない」

晶子が楽しみでしょうがないというように笑顔を見せた。

だが為井は、ふたりを引き合わせたときの化学反応とやらがはたしてどんなものになるのか、大いなる不安を抱えていた。

「夏川くんは、学校が休みの日は何をしているんだい？」

繁村が隣に座っている晶子に訊いた。

「友達と遊びに出かけたり、あと、アルバイトをしてますね」晶子が答えた。

「アルバイトって、どんな仕事をしてるんだい」

「ファミレスです。『ジョニーズ』っていうんですけど」

「知らないね」

自分から訊いておきながら、繁村が素っ気なく答える。

「けっこう有名なチェーン店なんですよ。女の子の制服がとてもかわいいんです」

「そうなのかね？」繁村が食いついてきた。

「それにファミレスの中でもおいしいって評判で、特に温野菜カレーがお勧めです。今度、ぜひ食べてみてください」

カレーという言葉を聞いて、為井のからだが敏感に反応した。

先日、繁村から振る舞われたカレーもどきの味と臭いを思い出してしまって、胃の奥から不快なものがこみ上げてきそうになる。

「わたしはいっさい外食をしないことにしているんだ。どんな得体の知れないものが入っているかわかりゃしないからね」

少なくとも、あの中に入っていたもの以上に得体の知れないものなど入っていないだろうと、心の中で突っ込みを入れる。

「ジョニーズは無添加の食材を使っているので安心ですよ」晶子が明るい口調で答えた。

「そこまで夏川くんが言うんなら、しかたがないからそのうち行ってみることにするか。店はどこにあるんだね」

「一番有名なファミレスだからどこにでもありますよ」

為井は言ったが、繁村がこちらに視線を向けることはない。

品川《しながわ》駅から京浜東北線に乗って繁村を挟むように座っているがずっとこんな調子だ。繁村は為井のことなど空気ほどの関心も抱いていない。

「夏川くんが働いている店はどこにあるんだね」

為井のことなどいっさいかまわずに繁村が話を続ける。

「小田急線の世田谷代田《せたがやだいた》駅の近くです。環七通り沿いにありますよ」

「それでは暇ができたら行ってみるかな。ついでに夏川くんが働いている時間を教えてくれたまえ」

「来月のシフトが決まったら繁村さんにお知らせしますよ」

「そのバイトはいくらもらえるんだい」繁村が訊いた。

「時給千円です」

「一時間働いて千円しかもらえないのかね？」

繁村が大仰に驚いた。

「今の日本経済はまったくどうかしてる」

「学生のバイト代なんてだいたいそんなものですよ。ねえ？」晶子が同意を求めるように為井に訊いてきた。

「そうですよ。ぼくがやってるコンビニのバイトなんて時給八百五十円ですよ」

為井が答えたのと同時に、繁村が面倒くさそうにこちらに目を向けた。

「まあ、きみの場合はそんなもんだろう。それでも払い過ぎではないかと経営者の資質を疑ってしまうが……」そう言ってすぐに晶子のほうに視線を戻した。

何て言われかただ――

「夏川くんほどの優秀な人材がそんなに安い金で使われているなんてもったいない。わたしのところで秘書をやってくれればその倍は払ってあげるのに」

あんなところで秘書って――いったい何をやらせるつもりなのだ。

そんなことを言われてさぞ戸惑っているだろうと思ったが、繁村の頭が邪魔で、晶子がどんな表情をしているのかわからない。

「秘書って何だかいい響きですよね」

晶子のいたずらっぽい口調に、為井は溜め息をつきそうになった。

たまに晶子という女性がわからなくなる。

「次は大森――大森――」

電車のアナウンスが聞こえ、為井は憮然として「降りますよ」と言って立ち上がった。

「町田くん――町田くん――」

為井は二階のドアを叩きながら呼びかけてみたが、中から応答はなかった。しかたがないので階段を下りて晶子と繁村のもとに向かった。

「いないの?」

晶子に訊かれて為井は頷いた。

「いないって、いったいどういうことなんだ!」繁村が憤然とした顔で問い詰めてくる。

やはりという反応に、為井はまいったなあと頭を掻いた。

大森駅からここまでやってくる間、繁村はずっと文句を言っていたのだ。

忙しい合間を縫ってわざわざ大森まで足を運んでいるというのに、駅まで客人を迎える車すら来ないというのはどういうことなのだと。

晶子が気難しい客人をもてなすホステス役に徹して、何とかここまで連れてきたのだが。

「工場のほうにいるのかもしれないね」

「工場?」

晶子の言葉に、繁村が訊いてきた。

「ええ。町田さんはお世話になっているかたがやっている工場を手伝っているそうなんです」

「また歩かされるのかい? わたしは直射日光にさらされるのが何より嫌なんだけどね」繁村

だろう。

がうんざりしたように言った。

「すぐ近くですから」

　晶子が答えたのと同時に、一階のドアが開いて女の子が顔を出した。先日来たときに、為井たちにジュースを出してくれた楓という女の子だ。騒がしい外の様子が気になって出てきたのだろう。

　楓は話しかけるわけではなく、玄関の中から怪訝そうにこちらを見つめている。

「こんにちは」

　晶子が笑顔で声をかけると、楓が「どうも……」とぎこちない口調で返した。

「町田さんを訪ねてきたんですがお留守のようで……工場にいらっしゃるんでしょうか」

「たぶん……」楓が警戒心をにじませた硬い表情で小さく頷いた。

「ありがとうございます。お騒がせしてごめんなさい」

　笑顔で軽く会釈すると為井と繁村を促して工場のほうに歩き出した。

「あの——」

　後ろから呼び止められて振り返ると、楓が目の前に立っていた。

「あの人……」じっとこちらを見つめていた楓がそこで言葉を切った。

「町田さん？」

　何か言い淀んでいる様子の楓に、晶子が優しく問いかけた。

「あの人は人付き合いが苦手だから……何度訪ねても無駄だと思いますけど」楓が突き放すよ

うに言った。

「今日は町田さんのほうから来てほしいって言われたの」

晶子が答えると、楓が驚いたように目を見開いた。

「そうなんですか……あまりあいつには関わらないほうがいいと思いますよ」

最後のほうは聞こえるか聞こえないかという弱々しい声だった。楓はすぐに背を向けると家に戻っていった。

「どういう意味だろうね」晶子が微笑みながら首をひねったが、さして気に留めた様子もなく歩き出した。

「さあ……」

為井はとりあえずそう答えたが、晶子に向けられた険しい眼差しを見ていて、楓の女心らしきものをわずかに感じ取っていた。おそらく楓は町田に好意を抱いていて、彼の前に現れたきれいな女性の存在に嫉妬のようなものを感じているのではないか。

あの年頃の女の子の態度は、自分のような鈍感な男であっても微笑ましくなってしまうぐらいわかりやすい。

はたして晶子のほうはそれに気づいているのか、いないのか——

ちらっと目を向けてみると、楓からかけられた言葉などすっかり忘れてしまったように、繁村と楽しげに話している。

自分と同世代の高度で複雑な女心など、今の為井にはわかりようもなかった。

しばらく来た道を戻ると『前原製作所』の看板が見えてきた。以前訪ねたときにはすべてのシャッターが開け放たれていて中の様子が見えたが、今はひとつだけが半開きになっている。為井はとりあえずシャッターを叩いて中を覗いてみた。工場の中は薄明かりが灯《とも》っていた。一見したところ誰もいないようだが、奥のほうから機械の音が漏れ聞こえてくる。

「すみません――為井といいますが、誰かいらっしゃいますか」

奥のほうに呼びかけると、機械の音がやんだ。

「中に入ってくれ」町田の声が聞こえた。

為井は外で待っている晶子と繁村に頷きかけるとシャッターをくぐって工場に入った。後ろから晶子と繁村もついてくる。

工場内にふたたび機械音が響き渡る。しばらくその場で待ったが、町田はいっこうに姿を現さない。繁村が苛立ったような表情をこちらに向けてきた。

「おい――繁村さんが来てくださってるんだぞ」為井は奥に向かって叫んだ。

「手が離せないからそこらへんに適当に座って待っててくれ」

「適当にって……」

町田の言葉に、繁村はあきらかに立腹しているようだ。

「まあまあ、急ぎの仕事をしている最中なのかもしれませんし」

晶子がなだめるように言って、そばにあった埃まみれのパイプ椅子を勧めた。

おもしろくなさそうな顔で繁村がどかっと椅子に座った。自分をもてなすはずの町田の態度に腹を立てているのだろうが、ここに置いてある様々な機械に興味を感じてもいるようであたりに視線を配っている。

しばらくすると機械音がやんだ。奥のほうから町田が姿を現した。Tシャツにジーンズという恰好で、片手に何やら機具のようなものを持っている。

あれは何だろう——

為井は町田が持っているものを見つめたが、ここからではよくわからなかった。

「待たせたな」

町田が立ち止まって軍手で額の汗を拭った。

「まったくだ。人をこんなところまで呼んでおいてたいしたもてなしだ」繁村が嫌みったらしく吐き捨てた。

「あのけったいな合成樹脂を作ったのはあんたか？」町田が訊いた。

「けったいなって……失礼なッ！　わたしにどうしても会いたいというから、わざわざこんなところまで来てやったというのに」

繁村が猛然と椅子から立ち上がった。町田の言葉に怒り心頭に発してしまったようだ。

「馬鹿な教授たちから天才だともてはやされて調子に乗っているようだが、わたしと対等に話をしようだなんて百万年早いんだ。帰らせてもらうッ！」

為井はどうすればいいだろうかと晶子に目を向けた。だが、さすがの晶子もかける言葉が見つからないようだ。

「まあ、待ってくれよ」

町田が軽く笑いながら、出て行こうとする繁村を呼び止めた。

「あんたの噂はいろいろ耳に入ってる。けったいなものばかり発明してる変人シゲムラって学校中で言われてるんだろう」

為井は頭を抱えそうになった。喧嘩を売るために繁村をここに呼んだというのだろうか。

「言いたい奴には勝手に言わせておけばいい。何もわかっていない無知で愚かな奴らだ」

「同感だ」

町田の言葉が意外だったようで、繁村の表情が変化した。

「けったいなっていうのは、おれにとっては最上級の褒め言葉なんだ。自分の想定を超えたものはけったいに映っちまう。よくあんなものを思いついて、実際に作ったものだ。まさしく変人だな」

「変人？」

機嫌を直しかけた繁村が、その言葉でふたたび険しい表情に戻った。

「すごい人という意味ですよね？」

すかさずフォローを入れた晶子に町田が目を向けた。

「あんたもいたのか」今気づいたというように町田が言った。

晶子が少し顔を伏せた。町田の言動に傷ついたのだろうか。初めて見る晶子の寂しそうな表情が気になった。

「まあ、そうだな……おれにとってはそういう意味だ」

町田はそんな晶子にかまうことなくすぐに繁村に視線を戻した。

「大学に入る前に、小学校の国語の勉強からやり直したほうがいいかもしれんな」繁村が鼻で笑った。

「そうかもしれない。あいにく学校には行けなかったんでな」

学校には行けなかったとは、どういう意味だろう。病気か何かで学校には通っていなかったということか。それとも不登校だったということか。

「それで、こんなけったいなものを作った変人の顔が見てみたいと、わたしを呼び出したのかね」

為井の疑問をよそに、繁村が皮肉めいた口調で言った。

「もし、そこの宣伝マンが言ったことが事実なら、たしかにあの合成樹脂はすごいものなんだろう。だけど、あのシートだけでは判断できない。どれだけ実用性があるのかわからないからな。それであんたから直接話を聞いてみたかったんだ」

「別にこんな奴を雇った覚えはない」

繁村がちらっと為井を見て迷惑そうに言った。

「この男が何を言ったか知らんが、あの合成樹脂は今までにない画期的なものだ。自在に形や硬さを変えられ、肌に貼りついたらなかなか離れない吸着性と、汗に蒸れない透湿性を兼ね備えている」

「たとえば……」町田が繁村に近づいていって手に持っていた機具を差し出した。近くから見てそれが義手であることに気づいた。

「その合成樹脂でこの義手を覆うことはできるのか？」町田が訊いた。

「できるだろう。今の研究室ではそれほど大きなものを加工することはできないが、設備さえあれば人間がまるごと入れる着ぐるみを作ることだってできる」

「見た目も、感触も、本物と区別がつかないようなものに加工することは？」

「本物と区別がつかないというのは無理な注文だ。しょせん人工的なものだからな。レストランなんかに置いてあるよくできた食品サンプルだって食べることはできない。ただ、これぐらいの距離で見て、かぎりなく本物のように見せることはできる」そう言って繁村が町田に右手をかざした。

町田は意味がわからないというように繁村の右手を見つめている。

「握手してみたらどうだ？」

為井が提案すると、町田はこちらを向いて怪訝な表情を浮かべた。

「どうして」

「友情の証としてさ」

「こんな生意気な男を友人にしたくはないが」

繁村がそう言いながら、握手してみろと右手を差し出した。町田はしかたなさそうに軍手を脱いで、繁村の手を握った。

「で……？」

手を放した町田が問いかけると、繁村が口もとを歪めて差し出したままの右手から三本の指を引き抜いた。その瞬間、町田がびくっとして少し身を引いた。

いつも憎らしいほどに感情を表に出さない町田だが、さすがにこれには驚いたようだ。

「合成樹脂で作った義指だ。気づいたかね？」

町田が呆気にとられたように首を横に振った。

「よく見せてくれ」

繁村は町田の手のひらに三本の義指を置くと、代わりに義手を受け取った。

町田は義指をつまみ上げると食い入るように見つめた。そして、為井もやったように感触を確かめている。

繁村も町田の義手がどういう仕組みになっているのか興味を持ったようで眺めている。

「これはきみが作ったのかね」繁村が町田に視線を向けて訊いた。

「ああ」

「何のためにこんなものを」

「知り合いが両手をなくしちまったんだ」

「それで見た目も本物のような義手を作りたいというわけか。ずいぶんと大切な知り合いのようだな」

「別にそういうんじゃない。単なる暇つぶしだ」

「暇つぶしでこんなものを自分で作ろうとするなんて、きみはよほど酔狂な奴か、それこそ変人だな」

「そうかもな。いくら改良を重ねても満足しないからむきになっているだけなのかもしれないが」

「満足しない？　素人が作ったにしてはなかなかの出来だと思うが」

「着けるのがうっとうしいと言っていた」

「この装着部分がネックなんだろう。義手の重みがすべて肘にかかってしまうから、かなりの負担を感じる。それに装着したときの肌の違和感だな。長時間つけていると汗がこもってかゆくなってしまうだろう。わたしならあの合成樹脂をシート状にして、肩と腕を覆い尽くすように装着する。そうすれば義手の重さを分散できるからな」

「義手の動きもまだまだスムーズではない」

「筋電義手か」繁村の口もとがいつの間にかほころんでいる。

「ああ」

「あの、筋電義手って――」

思わず為井が問いかけると、繁村がこちらに目を向けた。

「筋肉が収縮することによって発生する表面筋電位を利用して動かす義手のことだ」

「はあ……」説明されたがちんぷんかんぷんだった。

「まあ、きみにはわかるまい」

為井には興味がないというように、繁村が町田に視線を戻して話し始めた。為井や晶子のことなどまったくおかまいなしで、何のことやらさっぱりわからない話をふたりでしている。

「何か完全に置いてきぼりだな……」晶子のもとに向かいながら為井はぼやいた。

「まあ、いいじゃない。化学反応が起こったわけだし」

「そうなのかなあ……」為井は町田と繁村のほうに目を向けた。

どうやら表面筋なんとかの話は落ち着いたようで、合成樹脂を加工するために必要な機材の話に移っているようだ。

「それにしてもちょっと意外だったな」晶子がぽつりと呟いた。

「何が？」

「町田さん……そんなに人に対して情があるようには見えなかったんだけど」

知り合いのために義手を作ったという話だろう。

「本人も言ってたじゃないか。単なる暇つぶしだって」

「為井くんは暇つぶしでそんなことできる？　というか、しようと思う？」

晶子に見つめられて、何も言葉を返せなかった。

「一千万円あればある程度の機材は揃えられるのか――」

町田の声に、為井と晶子は同時に目を向けた。

「この義手を覆うぐらいの加工はできるだろうがね」

繁村が町田に義手を返しながら言った。町田は義手を見つめながら何かを思案しているようだ。やがて、町田がゆっくりと為井たちのほうに向かってきた。

「会社ごっこに付き合ってやる」

「え？」

すぐに町田の言葉の意味が理解できなかった。

「えっ！　それって起業に協力してくださるってことですか？」為井よりも先に、晶子が飛び上がるように反応して言った。

「ただし三つ条件がある」

町田が三本指を出した。

「何だよ……条件って」為井は訊いた。

「ひとつはここを使ってもらう」

「ここってどういう……」為井は意味がわからず工場内を見回しながら問いかけた。

「しばらくはこの工場の半分を間借りさせてもらう。あと、会社はおれが住んでいる二階に設ける。他にも部屋がいくつか空いているからな」

「ここの社長さんは許してくれますか？」晶子が不安そうに訊いてきた。

「大丈夫だろう。どうせほとんど使ってない状態だ」

「それはいい考えかもしれませんね。一から事務所や工場を探すとなったら大変ですもんね」

「その代わり、契約の際に一年分の使用料をまとめて払ってもらいたい」

「他の条件っていうのは？」

為井は突然の話にためらいながら、とりあえず話を先に進めた。

「できるだけ早く会社を立ち上げる」町田が言った。

「できるだけ早くって……」

「猶予は一ヶ月ってところだ」

「そんな……」

一ヶ月で会社を立ち上げるというのはあまりにも無謀ではないか。

「会社って……繁村さんの合成樹脂を使った商品を作る会社ってことだろう？」

「他に何がある」

きみたちの手で起業するというのはとても難しいと思う――

高垣教授から言われた言葉を思い出していた。

「それならばもっと準備に時間をかけないと……」為井はためらいながら言った。

「だめだ。やるなら今しかない」

「どうして？」

「おれは飽き性なんだよ。今やらないならおれは協力しない」

「だけど、一ヶ月って……そんな……」

「大丈夫だ。起業までの面倒くさい手続きはすべておれがやる」

「そんなこと言ったって資金はいったいどうするんだよ。さっき繁村さんと話してただろう。

合成樹脂を加工する設備に一千万円はかかるって。それにここに一年分の使用料をまとめて払うとなったらいったいどれぐらいの金が必要に……」

「そんなもの、どうにでもなるだろう」

町田が意味深な笑みを浮かべた。

「おまえ、タメイドラッグの社長の息子なんだろう。それぐらいの金、親に頼み込めばどうにでもなるだろう」

知っていたのか――

だけど、自分が起業すると言って親が金を出してくれるとは思えない。いや、それ以前にそんなことは絶対に頼みたくない。

「いや……」

言葉を詰まらせていると、町田が晶子や繁村に見えないように「そんなものは当てにしてない。金のことは心配するな」と囁きかけてきた。

どういうことだと、目で問いかけたが町田は何事もなかったように黙ったままだ。

町田に何か当てでもあるということなのか――

だけど、自分と同世代の男にそんな大金を用意できる当てがあるとは思えない。

「おまえはここの社長を納得させられるだけの計画書か何かを作ればそれでいい」町田が為井に言った。

「何か忘れていないかね」

その声に、為井たちは振り返った。

「勝手に何やら話を進めているようだが、わたしはそんなことに協力すると言った覚えはないぞ」繁村が口をとがらせている。

「そうだな。これはあんたの発明だ。あんたが乗ってくれなければ何も始まらない」町田が繁村を見つめて言った。

「繁村さん……わたしも為井くんも、そして町田さんも、繁村さんのこの素晴らしい発明に心酔しているんです。この合成樹脂を使って何か世の中の役に立つようなものができるんじゃないかって……繁村さんの発明はわたしたちにとっての夢なんです。どうか一緒にやっていただけないでしょうか」

晶子が懇願するように問いかける。

「けっしてあんたの悪いようにはしない。研究に必要な設備や金はこちらがすべて用意する。会社を作るといっても、あんたの発明があってこそのものだ。あんたが望む条件を最優先に考えよう」

町田も説得するが、繁村を説き伏せるのは難しいだろうと為井は思った。

繁村には、他人にはなかなか理解できないが自分が発明したものに対しての強い信念がある。

偉大な力には偉大な責任が伴うんだよ——

以前、為井が同じようなことを頼みに行ったときに、アルフレッド・ノーベルや核エネルギーや、はてはスパイダーマンの話まで持ち出して自分の信念を主張していた。

「わたしが望む条件を叶えるというのかね」

「可能なことなら」町田が軽く頷いた。

「わたしが望む条件はひとつだ……」

いったいどんな無理難題を吹っかけてくるのだろうと、息を呑みながら次の言葉を待った。

「夏川くんに秘書になってもらいたい」

「えっ？」

――そこ？

為井は繁村を見つめながら脱力した。

「そんなことお安いご用ですよ」

脱力した為井をよそに、晶子が弾けるような笑顔で言った。

「為井くん、よかったね」

晶子が為井の手を握り締めて喜びをあらわにした。

「ああ……」

本当にこれでよかったのかどうかわからないでいるが、とりあえず今は胸の中にある不安を見せまいと晶子に微笑み返した。

晶子が何かを思い出したように為井から手を放して町田のもとに向かっていく。

「あの、町田さん――」

晶子が呼びかけると町田が振り返った。

「さっきお話ししていた起業に協力するための条件ですけど……三つの中のふたつしか聞いて

ないんですが……」

そういえばそうだった。

町田が口を開くと、それまで笑顔だった晶子の表情がとたんに暗くなったように感じた。

「三つめの条件とは何だろう。為井には聞き取れなかった。

町田は義手を手にすると奥のほうに消えていった。

「三つめの条件って何だったんだ?」為井は晶子に近づいていって訊いた。

「友達にはならない、だって」

為井を見つめながら晶子が寂しそうに呟いた。

22

「そろそろ飯にするか」

スーパーの前を通りかかると、小杉がこちらに目を向けて言った。

雨宮は立ち止まって腕時計を見た。夜の八時を過ぎている。朝、おにぎりをひとつ食べてから何も口にしていないのでさすがに腹が減っていた。

「そうしましょうか」

ちらっとドアのガラスに視線を向けてから、小杉に続いてスーパーに入った。総菜売り場に向かうと、閉店間際の時間帯とあってか、ほとんどの弁当に半額のシールが貼られている。

「一日中歩き回ったから腹ペコだろう。好きなもの買っていいからな」小杉が牛丼弁当を手に取ってかごに入れた。

「じゃあ、お言葉に甘えて……」

雨宮は売り場に並んだ弁当を一通り眺めてから、半額のシールが貼られた握り寿司のパックをつかんだ。

「肉のほうがいいんじゃねえのか」小杉がかごに入れた寿司を見て言った。

「いや……腹は減ってるんですけど肉はちょっと……暑かったからかなあ」

雨宮は左手で額の汗を拭いながら答えた。

「たくっ……若いっていうのにこの程度の暑さで何やわなことを言ってんだよ。そんなことじゃいっぱしのホームレスにはなれねえぞ」周囲の目も気にせずに、小杉が大きな声で言った。

「いやあ、暑いのが苦手で……」

炎天下の中をずっと歩き回っていることにもそうとうまいっているが、それ以上にきついのが、小杉の前ではずっと右半身が不自由な演技をしなければならないことだった。せめて食事のときぐらいは楽をしようと、利き手でなくても気軽につまめる寿司を選んだのだ。

「まあ、別にいっぱしのホームレスを目指してるわけでもねえか」

大口を開けて笑うと、小杉が総菜売り場から離れて酒のコーナーに向かった。

「北区《きた》突入を祝って乾杯しようぜ。ビールでいいか？」

雨宮が頷くと、小杉が発泡酒を四本とパック酒をふたつかごに入れてレジに行った。

スーパーから出るとさりげなくあたりに視線を配った。瞬間的にまわりの光景を記憶に焼きつけながら、苦笑が漏れそうになるのを必死にこらえた。相変わらずうっとうしい小蝿どもがまとわりついている。

路肩に停車している原付に乗った奴も、向かい側の歩道で立ち止まって携帯電話をかけている若い男も、三軒先のコンビニの前でいちゃついているカップルも、みんな組織の人間だろう。雨宮に悟られないよう頻繁に人員を入れ替えているが、そんな下手な尾行で気づかれないとでも思っているのだろうか。

ずいぶんと舐められたものだ。

それとも室井は、わざとその存在に気づかせて雨宮を牽制しているに過ぎないのか。

おまえの動きはすべて自分の手の内にあるのだと――

「今日はどこで休むんですか？」

コンビニの前でいちゃつく芝居をしているカップルの横を通り過ぎると小杉に訊いた。

「この先に公園がある。数ヶ月前におれもちょっといたことがあった。昔の仲間が残ってりゃ話が早いんだが……」

「スギさんは本当に顔が広いんですね」雨宮は小杉の顔を窺いながら感心するように言った。

小沢稔を捜しだすためにホームレスになってから一ヶ月近く経つが、いまだに見つけられないでいる。いや、見つけられないどころか、手がかりさえほとんど得られていない。唯一の手がかりらしいものといえば、トミさんというホームレスから聞いた話だけだ。

トミさんが語ったマナブの特徴は、稔に似ていた。

それからは小杉とともに近隣の荒川区、足立区《あだち》、葛飾区《かつしか》、江戸川区《えどがわ》、北区と渡り歩きながらその男を捜している。

道案内にはもってこいだと自分で言っていたように、小杉にはその土地その土地に親しいホームレス仲間がいた。小杉の連れということもあってか、みんなすぐに雨宮の話に耳を傾けてくれた。おそらく自分ひとりの力ではこうはいかなかっただろう。だが、誰もそのような男に心当たりはないということだ。

「あそこだ」

小杉が指さしたほうに目を向けた。たしかに公園がある。

公園に入っていくと、薄ぼんやりとした外灯に照らされた広場があった。

「誰かいるかい？」

小杉が声をかけると、明かりの届かない公園の端から人の気配がした。薄闇の中から人影が現れた。ゆっくりとこちらに向かってくる。

外灯の明かりに照らされて、男の姿が浮かび上がってきた。小杉と同世代に思える痩せた中年男だ。

「スギさんか……？」

それまで警戒心を滲ませていた男の表情がとたんに緩んだ。

「松《まつ》ちゃんか。ひさしぶりだな」小杉が目の前の男に笑いかけた。

「どうしたんだい、急に……びっくりしちゃったよ」

「驚かせちまって悪かったな。ここらへんを通りかかったもんだからよ。これ、差し入れだ」

小杉がスーパーの袋のひとつを差し出した。

「悪いなあ」

松ちゃんと呼ばれた男が袋の中に入っていたパック酒を確認して嬉しそうに頭を掻いた。

「他の奴らは元気にしてるか？」小杉が公園の端のほうに目を向けて訊いた。

少し目が慣れてきて、公園の端の草むらにいくつかの段ボールハウスがあるのがわかった。

「いや、スギさんが知ってる人間はもういないな。みんな入れ替わっちまって、おれがここの重鎮になっちまった」

「松ちゃん以外には何人いるんだ？」

「三人だ」

「おれがいた頃の三分の一か。ここらへんのシノギはそうとうきびしいってことか？」

「それはどこも変わんないんだろうけどねえ……定住するのはお勧めしないね。もっともスギさんが戻ってきてくれたんなら少し心強いけどさ」

「あいにくおれたちは旅の途中なんだよ。すぐに出て行くつもりだけど、二、三日ここにいさせてもらえるとありがたい」

「そりゃぜんぜんかまわないけど……旅の途中ってどこに行くつもりだい？」

「息子と一緒に当てのない旅さ。なあ——」

小杉の視線につられたように、松ちゃんが雨宮に目を向けた。

「息子……スギさん、息子さんがいたのかい？」

松ちゃんが驚いたように雨宮を見つめてくる。

「冗談だよ。相棒のシンジだ」小杉がおかしそうに笑った。

「シンジです……どうも……」

雨宮はぎくしゃくとした動きで軽く頭を下げた。

松ちゃんは雨宮の挙動を見て、少し怪訝そうな表情を浮かべている。

「ちょっとからだの自由が利かないんだ。右半身が麻痺してってさ」

小杉が言うと、「そいつは大変だなあ……」と、松ちゃんの眼差しが同情のようなものに変わった。

「それでスギさんが面倒を見てるってわけかい？」

「別にそういうわけじゃねえんだ。シンジは人を捜しててさ。ダチのまたダチらしいんだけど、ホームレスになっちまったらしいそいつを捜すために自分もこういう生活に飛び込んできたってわけさ。それでおれと知り合ってな……」

「スギさんも人捜しの手伝いをしてるってわけかい」

「まあ、そういうことだ。これを見てくれねえかな」

小杉がポケットから写真を取り出した。

「こういう奴を見かけたことはないか？」写真の一枚を松ちゃんに手渡しながら訊いた。

松ちゃんは写真がよく見えないようで外灯のすぐ下まで移動した。小杉が松ちゃんに近づいていく。雨宮も右足を引きずりながらついていった。

「どうかな……本名は小沢稔っていうんだ」

「小沢稔……」松ちゃんが写真を見つめながら呟いた。

「だけど、もしかしたらマナブって名乗ってるかもしれねえ。年は二十三、四歳で……えらくガタイのいい奴でな」

「ガタイがいいってどれぐらいだい」

「背恰好はぼくと同じぐらいです」雨宮は言った。

「あんたぐらいのガタイの男ならうちにもいるけどな」

松ちゃんが段ボールハウスのほうをちらっと見た。

「ちょうどあんたと同じぐらいの年だろう。でも、稔でもマナブでもない。ケンっていうんだ。二週間ぐらい前にここにやってきたんだけど」

トミさんの話によるとマナブという男がいなくなったのは三週間ぐらい前の話だ。

もしかしたら――

雨宮は小杉と顔を見合わせた。

「今、いるのかい?」小杉が段ボールハウスのほうに顔を向けた。

「いや、今夜の飯の調達に出かけてる。一番の新人だから奴の役目だ」

「この写真の男じゃないか?」

「この写真じゃ何とも言えないなあ。似てるようにも思えるし、そうでないようにも思えるよ……だいいちあんただってこの写真の男に雰囲気が似てるじゃないか。最初、写真を見たときにあんたじゃないかと思ったからね」松ちゃんが雨宮を指さしながら言った。

たしかに雨宮と稔は体格や雰囲気が似ている。そのために、少年院に入って町田と接触するという任務を与えられたのだから。

「言われてみればたしかにそうだなあ……髪を切ってひげを剃ったら写真の稔に似てるかも」

小杉も雨宮と写真を交互に見ながら言った。

「そのケンっていうのはどんな奴なんだい？」

「どんなって……気のいい奴だよ。新人だからしょうがないにしても、嫌な仕事も率先してやってくれるしな」

「そのケンっていう人は言動が子供っぽくありませんか」

「言動が子供っぽいって……」松ちゃんが雨宮を見つめながら首をひねった。

「おれたちが捜している男は知的障害を抱えてるんだ。三週間ぐらい前まで荒川の四ツ木橋あたりでホームレスをしていたそうだがふらっといなくなっちまった」

「行動に子供っぽいところは見られないな。ただ、言葉のほうはわからない。しゃべらないから」

「しゃべらない？」

「耳が聞こえないみたいでね。おれたちも身振り手振りや筆談でコミュニケーションをとってるんだ」

松ちゃんの言葉に、雨宮は小杉に目を向けた。

「まあ、実際に会ってみないとなあ……」小杉も判断がつかないという顔で呟いた。

「あっ、噂をすれば……」

松ちゃんの言葉に雨宮と小杉は同時に公園の入り口を見た。

ビニール袋を提げた大柄な男がこちらに向かってくる。丸刈り頭に眼鏡をかけた男を見つめながら落胆の溜め息を押し殺した。

「どうだ？」

小杉が訊いてきたので、雨宮は首を横に振った。

稔ではない――

たしかに体格や全体的な雰囲気は稔に似てなくもない。だが、顔つきがあきらかに違っている。手持ちの不鮮明な写真では判断しづらいかもしれないが、何百時間も隠しカメラで撮った稔の映像を観てきた自分にはわかった。

「おつかれさま」

松ちゃんが声をかけるとケンがぺこりと頭を下げた。

「たしかにおまえに似てるな」小杉が雨宮とケンを見比べるようにして言った。

「そうですかね」

「ああ。丸刈りにしてひげを剃ったら双子で通るんじゃねえかな」

嬉しくもなんともないが、おかしそうに笑う小杉に付き合って、雨宮もとりあえず笑みを浮かべた。

「他のふたりとも話がしたいんだけどな」

小杉が言うと、松ちゃんは頷いて段ボールハウスのほうに向かっていった。

しばらくするとふたりの男を引き連れてこちらに戻ってきた。ふたりとも小杉とそれほど年が離れていないように見える。面倒くさそうな表情を浮かべていた。

「ちょっと前にここで生活していたスギさんと相棒のシンジくんだ。数日ここに泊まることになったからよろしくな。差し入れをもらったから後でみんなでひっかけよう」

松ちゃんが雨宮と小杉のことを紹介したが、男たちの反応は鈍かった。唯一、ケンだけがこちらを見つめながら笑みを浮かべている。

「くつろいでたところをすまないが、ちょっとこれを見てくれないか」

小杉が男たちに写真を配って先ほどと同様の説明をしている。だが、ふたりの男たちは関心がないようでケンが持って帰ってきた袋の中身を気にしている。

小杉はケンにも写真を渡した。写真を裏返してペンで何かを書きとめる。ケンがわかったと頷いた。

「この写真の男をどこかで見かけたり、こいつの話を聞いたりしたら、おれのところに連絡してくれねえかな。裏に電話番号が書いてあるから。もし、見つけてくれたら謝礼を出すからさ」

「謝礼って——」

今までまったく関心がなさそうだった男たちがその言葉に色めき立った。

「見つけてくれたら十万円出そう。そうじゃなくても有益な情報をくれたらそれなりの礼はする」

「こいつは何をやったんだ？　借金でも踏み倒して逃げ回ってるのか？」

男のひとりが興味を持ったように訊いてきた。

「そうじゃねえ。こいつのダチのダチなんだよ。まあ、よろしく頼むよ」

話が終わると、男たちはケンが持っていた袋の中から弁当やサンドイッチを取り出して散っていった。

「あっちに段ボールがあまってるからそれを使えばいい」松ちゃんが段ボールハウスから少し離れた草むらを指さした。

「ありがとう。ところでこのへんの炊き出しは今度いつあるんだ？」

「土曜日の夜に赤羽《あかばね》駅の近くの中央公園でやるって話だ。まあ、おれも仲間に訊いてみとくよ」

松ちゃんがねぎらうようにケンの肩を叩いて一緒に戻っていく。

「おれたちも飯にしようぜ」段ボールがあるという草むらを指さして小杉が歩き出した。

積み上げられた段ボールを草むらに敷くと小杉がその上に座った。雨宮は小杉の隣に座ると袋から弁当とビールを取り出すのを見つめた。

小杉がパックのふたとプルタブを開けてから雨宮の前に置いた。右手が使えない雨宮のために小杉はいつもそうしてくれている。

「すみません……」

小杉を騙し続けていることに少しばかりの心苦しさを感じながら寿司を頬張った。

「そうめげるなって」

小杉の声に顔を向けた。

「これだけ必死に捜しているんだ。いつか必ず見つかるって」そう言いながらも小杉が小さな溜め息をついた。

あくまで他人事のはずなのに、自分のことのように悔しがっているのがわかって気が引けた。

三週間ほどの付き合いではあるが、小杉の人のよさは身に染みてよくわかっている。口は悪いが、情に厚い人物だ。

室井からの指令を果たすために、自分はそんな小杉を利用している。

今までの自分だったらそんなことに何ら良心の呵責《かしゃく》を感じなかった。室井の指令であれば人を殺すことさえ厭《いと》わなかったのに。

それなのに……何なんだろう、この気持ちは。

室井に対する忠誠心が著しく薄れてしまったせいだろうか。

自分は室井から信頼されていない。だからこそ、あれだけの組織の人間を動員して自分を監視し続けているのだ。

室井はこの指令を果たしたら美香を組織から解放すると言ったが、そんな口約束をどれほど信用できるというのだ。そればかりか稔を見つけ出した瞬間、室井は自分の命を狙うかもしれない。そうなれば一緒に行動している小杉も巻き込むことになってしまう。

「そうですね……でも、スギさんはそろそろいいですよ」

「そろそろいいってどういうことだよ」小杉が不満そうに言った。

「スギさんのおかげで本当に今まで助かりました。だけど、これ以上迷惑をかけるわけにはいかない」

「別に迷惑なんかかかってねえよ。おれは好きでやってるんだから」

「だけど……このままおれと一緒にいてもスギさんにとっていいことなんかないじゃないですか。いったいいつまで稔を捜し続けなきゃならないのかもわからない。それどころか本当に稔のことを捜し出せるのかも……」

「さっきのことは残念だけど、本当は少しばかりほっとしてるんだよ」

「どういうことですか」

「稔を見つけちまったらおれの役目は終わりだ。そうなったら寂しくなっちまう。おまえと一緒にいると楽しいからよ」小杉が照れくさそうに笑った。

「息子さんのことを思い出すからですか?」

小杉には雨宮と同い年の息子がいると言っていた。この三週間の自分に対する接しかたにそんな思いを抱いていた。

「そうだな……それもあるかもしれねえ」

「スギさんはどうしてホームレスをやっているんですか」雨宮はずっと不思議に思っていたことを訊いた。

小杉が今のようなホームレスの状態でいなければならない理由がよくわからないのだ。雨宮と一緒に行動を始めてから小杉はまったく仕事をしていない。それなのに飲食代や写真の印刷代などすべての費用を小杉が持ってくれている。稔を見つけた者に十万円の謝礼を出すと言っていることも含めると、それなりの蓄えがあるはずだ。

それだけではない。小杉には人望があり、行く先々に様々な人脈を持っているようだ。そんな姿を見ていると、家を借りて新しい暮らしを始めることぐらい訳ないだろうと思える。

「特に理由なんかねえよ。こういう暮らしがむいてるんだよ」

寂しそうに呟いた小杉の目をじっと見つめた。

「まあ、おまえはわかってるかもしれねえが、おれは昔やくざだったんだよ」

背中一面に彫られた刺青を見たときからそうだと思っていた。

「十代の終わりからそういう世界に入ってひたすら頂点を目指してきた。おかげでいい生活をしてきた。金もうなるほどあった。毎日、うまい飯を食って、いい女を抱いて……欲望の赴くままに生きてきたんだ。もっともそんな生活をするためにあらゆる人間の尊厳を踏みにじりながらな。気づいたときには一番大切だった人間がおれの前からいなくなっていた」

「それが息子さんですか」

「そうだ。女房はずっと昔に蒸発しちまった。きっとろくでもねえ亭主に愛想を尽かしたんだろう。それ以来、ひとり息子がおれにとって唯一の家族だったんだ」

「息子さんの消息はわからないんですか」

「ああ。住民票も移さないままだから捜しようがない。どこにいるかわからねえが、もしかしたら蒸発した母親とどこかでひっそりと暮らしているのかもしれない。せっかく目指してた大学に合格したばかりだっていうのによ……自分の将来を思うよりも、おれの前から消えたいっていう気持ちが勝ってたんだろうな。おれはあいつがいなくなってすぐに組を辞めた。今までのすべてを捨てたかったんだ。権力も、金も、家も、自分勝手な欲望も……そんなことをしたってシンジが許してくれるとは思っていねえが……」

「シンジ……」

思わず問いかけると小杉がゆっくりとこちらに視線を向けた。目が潤んでいる。泣くまいと必死にこらえているのがわかった。

「迷惑かもしれねえがおまえに持っていてもらいたいものがあるんだ」小杉がそう言って鞄の中から何かを取り出して雨宮に差し出した。

腕時計だ。しかも金とダイヤモンドで装飾された高級時計だ。

「あいつの入学祝いに買っておいたんだがおれにはもう必要ない。稔と一緒に生活して金にでも困ったら売ってくれてかまわねえ。だけど、せめて稔を見つけるまでは身につけていてくれ」

「ホームレスがこんなものをしてちゃおかしいでしょう」

「そうだな。ズボンのポケットにでも入れといてくれや」

「これは預かっておくだけにします。稔が見つかったら今度は息子さんを捜せばいいんですから」雨宮は腕時計をズボンのポケットにしまった。

23

いったいどんな話をしているのだろう――

楓は参考書に目を向けながら落ち着かずにいた。昼過ぎに、町田と同じ大学に通っている為井という学生が母を訪ねてやってきた。それから二時間近く、隣の居間で母と話をしている。

町田と同じ大学の学生が母にいったい何の用だろうかと気になっていたが、襖を開けたままなので廊下で立ち聞きするわけにもいかず、机に向かいながら隣の部屋に聞き耳を立てている。

だが、ふたりがどんな話をしているのかはわからなかった。

廊下に出てきたようで、母と為井の声が漏れ聞こえてきた。

楓は立ち上がると、ドアを少しだけ開けて、廊下の様子を窺った。

「突然お伺いしたのに、お時間を作ってくださって本当にありがとうございました」

玄関口で為井が母に頭を下げている。

「いえいえ、こちらこそ、何のおかまいもできませんで。うちとしては非常にありがたい提案ではあるのですが、なにぶん突然のお話ですので……少し考える時間をいただけますか」

母が少し戸惑うような口調で言った。

「もちろんです。今日はぼくの話を聞いていただけただけで本当に感謝しています。ただ、できましたら、少しでも早くお返事をいただけるとありがたいです。こちらがだめということになりますと、代わりの候補を探さなければなりませんので」

「わかりました。一両日中にお返事させていただきます」

母が言うと、為井は「よろしくお願いいたします」と深々と頭を下げて出て行った。

ドアを閉めて居間に入っていった母を見て、楓は廊下に出た。居間に入ると、母が座卓に置いたお茶を片づけている。座卓の上には紙の束と、薄切りにしたこんにゃくのような物体があった。

「何の話だったの？」

楓が問いかけると、台所の流しに茶碗を運んでいた母が振り返った。

だが、すぐに言葉が出てこないようで、楓を見つめながら思案顔をしている。

「あいつが何かやらかしたの？」楓は町田の部屋がある二階を見上げて訊いた。

「いや、博史くんの話じゃないわ。あの人……為井さんは会社を作ろうとしているそうなの」

「会社――？」意外な言葉に、楓は訊き返した。

「そう……それでここの二階と工場の一部を使わせてもらえないだろうかって」

「会社って、あの人学生でしょう？」

「ええ。博史くんと同じ理工学部の一年生だって言ってたわ。大学の先輩がある画期的な発明をしたので、それを使った商品を作って販売する会社を起業したいんですって」母が座卓を指さした。

「画期的な発明って……この、こんにゃくみたいなもの？」

母が頷いたのを見て、楓は座卓の上にある物体を手に取ってみた。やはり、見た目で感じたようにぷにぷにとしている。

「何、これ？」

「今までになかった合成樹脂なんだって」

「合成樹脂……」

「加工の仕方によって自在に形や硬さを変えられて、肌に貼りついたらなかなか離れない吸着性と、汗に蒸れない透湿性を兼ね備えているんだって」

こんにゃくみたいな物体を手でもてあそんでいたが、母の言葉を聞いて、自分の手の甲にそれを貼りつけてみた。たしかに湿布みたいに肌に貼りついてくる。だが、それが本当に画期的な発明なのかどうかは、自分には判断ができない。

「わたしもそんな合成樹脂は聞いたことがなかったから最初は半信半疑だったんだけど、ここでいろいろと試していて、たしかにすごい発明かもしれないって……」

「だけど、これがすごい発明だったとしても、学生が……しかも一年生が会社を作るなんてちょっと……」

無謀ではないかと、中学三年生の自分でさえわかる。

「そうね。大学生が在学中に会社を作るのはけっして珍しいことじゃないらしいけど……でも、これを商品にして販売する会社を作るのは簡単なことではないんじゃないかって、わたしも為井さんに言ったわ」

「そしたら？」

「大丈夫です。自信がありますって『事業計画書』を見せてくれた」

楓は座卓の上にある紙の束に目を向けた。『事業計画書』と書かれている。

「とても学生さんが作ったとは思えないほどしっかりしたものだった。少なくとも、ちょっとした思いつきで会社を作ろうというのではなさそう」

「だけど、うちは……」

もうすぐ会社は倒産して、家も工場も明け渡さなければならないだろう。

「それがね……ここの二階と工場を使わせてもらえるなら一年分の賃料をまとめて払わせてもらうって。一千万円っていう金額を提示されたの」

「一千万!?」楓は驚いて目を見開いた。

「いくらなんでも学生さんでそれだけの融資を受けるのは難しいと思うから、どこまで本気にしていいのかわからないんだけど……もし、それが本当だとしたら、今抱えている負債も何とかなるからこの会社を畳まなくて済む。うちにとっては願ってもない話なんだけどね……」

母がそう言いながら居間にやってきた。『事業計画書』を手に取ってしばらくそれを見つめる。やがて、仏壇に目を向けた。

「もしかしたら……お父さんやおじいちゃんたちが天国から助け舟を出してくれたのかしらねえ」

母はその話にすがるような眼差しで呟いたが、楓はそうではないと感じていた。

あまりにもタイミングがよすぎる。

町田がからんでいるのではないか――

そういえば先日、為井と夏川という女性が訪ねてきたとき、町田に合成樹脂がどうとか、会社がどうとかなどの話をしていたのを思い出した。

町田は前原製作所を倒産の危機から救うために金を用意すると断言した。だが、仮にそれだけの大金を用意できたとしても、出所が不明なそんな金を母は受け取らないと町田なら察しているだろう。それで、為井たちと会社を作り、家賃を払うという名目で、母にその金を渡そうと考えたのではないか。

もしそうだとしたら、一千万円などという大金を町田はどうやって用意したのか。

その方法に思いを巡らせていると、不安で胸がいっぱいになった。

「それで……お母さんはどうするの?」楓は訊いた。

「とりあえず高垣さんに相談してみようと思う」

高垣――町田が通っている大学の教授で、ときどき実験に使う機材などを前原製作所に発注している。

「為井さんも起業の相談をしたそうだし……高垣さんなら、この計画がどれぐらい現実的なものなのか客観的な意見を聞かせてくださるかも」

母はそう言うと、『事業計画書』を手にしたまま電話に向かった。

楓は手の甲からシートを剝がして座卓に置くと居間から出た。靴を履いて家を出ると、二階の町田の部屋に向かった。

町田はいなかった。工場にいるのだろうかと思い、前原製作所に向かった。休みであるはずの工場のシャッターがひとつ開いている。

楓は少しためらいながら、シャッターをくぐって中に入った。奥のほうから人の話し声が聞こえてくる。進んでいくと町田の姿が見えた。町田のまわりには為井と、夏川と、先日ふたりと一緒にいた男がいる。寝癖のついたぼさぼさの髪に、牛乳瓶の底のような分厚い眼鏡をかけている。

町田が工場の一角を指さしながら何やら話をしている。そばにいる夏川が、町田に真剣な眼差しを向けながら手に持ったノートに何かを書き留めている。

ぼさぼさの髪の男が楓に気づいてこちらを向いた。それにつられたように、町田たちが一斉に楓に視線を向ける。

「こんなところで何してるんだ」町田が訊いた。

「そっちこそ、何してるのよ」

夏川の姿が目に入ってしまったせいか、声が少し尖っていると感じた。

「会社ごっこの相談だ」

このメンバーで会社を作るつもりだろう。

「お母さんはまだOKしてないでしょう」楓はむきになって言った。

「そうだな。だけど断る理由もない」

町田が言うのと同時に、夏川が笑みを浮かべながら楓に近づいてきた。

「まだこちらでお世話になれるかどうかわかりませんけど、もしそうなったら、よろしくお願いします。できるかぎりご迷惑にならないようにしますので」夏川がそう言って頭を下げた。

デパートの受付嬢のようなその丁寧さが、楓の苛立ちをさらに煽った。

「今、忙しいんだ。勉強なら後で見てやるから出て行ってくれ」町田が手で払うようなしぐさをした。

楓は町田の態度に悔しさを感じながら背を向けた。

「社長のお嬢さんにそういう態度はないだろう。もう少しさあ……」

為井の言葉を背中に聞きながら早足で出口に向かった。工場から出ると、『前原製作所』の看板を見上げた。

おじいちゃんや、お父さんや、お母さんが必死に守ってきた会社——

それが、自分のあずかり知らないものに変わってしまうような寂しさを感じながら、とぼとぼと家に向かった。

ふと、前原製作所の近くに停まった車が目に入った。車のことなど詳しくないが、一目見ただけで、かなり高級なものだということがわかった。ここらへんでは見かけることのない高級車に、楓は少し興味をひかれて近づいていった。

スモークガラスになっていて車内の様子は窺えない。このあたりの工場の人が使っている車とは思えない。いったい誰の車だろうと見つめていると、いきなり後部座席のスモークガラスが開き、楓はぎくりとして身を引いた。

「失礼——驚かせてしまったかな」

後部座席に乗っていた男性が楓に微笑みかけてきた。

高級そうなスーツを着て、眼鏡をかけている。

「いえ……すみません……」

別に悪いことをしていたわけではないが、思わずそう言って立ち去ろうとした。

「もしかしたら、前原さんのところのお嬢さんかな」

その言葉に、楓は思わず振り返って男性を見つめた。

男性は穏やかな笑みを浮かべながら楓を見つめ返している。

四十代に思えるが、どこか少年のような澄んだ眼差しに引き寄せられそうになった。

「博史くんは元気にしているかな」男性が訊いてきた。

「ええ、まあ……あの人のお知り合いですか？」

「ちょっとしたね」

男性は答えると、前原製作所のほうに目を向けた。

「楽しそうにやっているみたいだね。あなたやお母さんのようないい人たちに囲まれて、友達もできたようだ」

まるで自分の子供をいとおしむような優しい声音だった。

町田とどんな関係なのだろうと、楓は興味を覚えた。

「あの……今工場にいますので呼んできましょうか」楓が言うと、男性は首を横に振った。

「わたしの顔を見たら嫌なことを思い出してしまうかもしれないから、このことは彼には黙っておいてもらえるかな。わたしはもうしばらく、彼にとっての足長おじさんのような存在でいたいからね」

「わかりました」どういう意味かわからないまま、楓はとりあえず頷いた。

「ありがとう。彼のことをよろしく」

男性は丁寧に頭を下げると、運転手に目を向けて「行ってくれ」と告げた。

走り去っていく車を、楓はしばらく見つめていた。男性の穏やかで優しいたたずまいに好感を抱いている。

あんな上品そうな紳士が町田とどんな関係なのだろうか。車が見えなくなると、ふたたびその疑問が湧きだしてきた。

男性は、自分の顔を見たら町田が嫌なことを思い出してしまうかもしれないと言っていた。

内藤のように、町田が入っていた少年院の法務教官だろうかと思いかけて、それは違うだろうと打ち消した。

少年院の法務教官が運転手つきのあんな高級車に乗っているとは考えづらい。

そのすぐ後に、町田が逮捕されたときに担当した弁護士ではないだろうかと思い至った。

少年院を出た町田がきちんと更生しているかを確認するために、定期的に彼の様子を見に来ているのではないか。

そう考えれば、先ほどの男性の言葉も、町田を見守るような温かい表情も理解できる。

楓は納得しながら家に戻った。


「ねえ。博史くん——」

母に呼びかけられ、町田が箸を止めて顔を向けた。

「知っていると思うんだけど……昼間、博史くんと同じ大学の為井さんがうちにおみえになったの」

「ああ……」

町田は素っ気なく答えて、ふたたび夕食に箸を伸ばした。

「博史くんも為井さんたちと一緒にその会社を始めるの？」母が訊いた。

まだ、為井からの話を受けるかどうかを決めかねているようだ。

前原製作所から家に戻ってくると、母がちょうど高垣教授との電話を切ったところだった。

高垣教授は、為井が持ってきたあの合成樹脂はたしかに画期的な発明だと、興奮したように話していたそうだ。だが同時に、あの合成樹脂を使った商品を開発して販売する会社を学生たちだけの手で起業するのはとても難しく、そうとうなリスクを伴うだろうとも語ったという。

「おれはちょっと手伝いをするだけだ。あいつらと心中するつもりはない」

「心中って……博史くんは会社を作ってもうまくいかないと思ってるの？」母がさらに訊いた。

「そうじゃない。あの合成樹脂はたしかにすごいものだ。いくらでも商売になるだろう。おれにとっては、まわりにうっとうしい連中がいるってことが心中と同じ意味なのさ。会社が軌道に乗ったら、おれはさっさと消えるつもりだ」

「それならどうしてうちを勧めたりしたの？　うちが負債を抱えているから何とかしようと思ったの？」母の問いかけに、町田がかすかに笑った。

「たまたまだ。会社を始めたいがどこに事務所や工場を作ればいいかわからないとあいつらが言っているのを聞いて、そういえば、おれが住んでいる二階と手伝いをしている工場の一部が空いていると教えただけだ。別に勧めたわけじゃない」

「それにしても一千万円だなんて大金……本当に……」母が不安そうな表情で呟いた。

「あいつにとってはそんなもの、はした金なのさ」

「はした金？」

「ああ。為井はああ見えてタメイドラッグの御曹司なんだよ」

町田の言葉に驚いて、楓は母と顔を見合わせた。

「タメイドラッグって、あの……？」母も驚いているようで町田に問いかけた。

「そうだ。全国に五百店舗以上あるらしいな。おれは観たことはないがアホみたいなＣＭを流しまくってるんだろ。まあ、二、三千万ぐらいの金ならいくらでも親が出してくれるんだろうよ」

楓は町田の顔を注意深く見つめた。

本当だろうか――

「そうなんだ……」母が溜め息を漏らした。

「何もそこまで悩むことはないだろう。あいつらが始める会社が成功しようが失敗しようが、前原製作所が迷惑を被ることはない。それだけはたしかだ。一年分の家賃をいただいて会社を立て直せばいいだけだろう」

町田が淡々とした口調で言った。

先ほどからずっと机に向かっているが、ぜんぜん勉強がはかどらない。

母は町田の話を聞いて、為井からの申し出を受けることを決めたようだ。

だが、さすがに一千万円という金額は気が引けるようで、明日にでも不動産屋に行って適正な家賃を聞いてみるつもりだという。それでも、今までまったく想定していなかった収入が入ってくることによって、前原製作所が抱えている負債は解消されるだろうと、母は安心したような表情で仏壇に手を合わせていた。

この家も、工場も、手放さなくて済む。

何よりも、ここのところずっと滲んでいた悲壮感が母の顔から消えた。

すべては自分が求めていたことのはずなのに、どうしてだろうか、素直に喜ぶことができなかった。

楓は天井を見上げた。町田は部屋にいるはずだが、しんと静まり返っている。

もうしばらくすると、自分たちが住む家の二階に、あの人たちが居つくことになるのだ。

ふいに、町田を見つめる夏川の意味深な眼差しが目の前によみがえってきて、楓はうろたえた。

そうではない。そういうことでは決してない。

楓は心の中に芽生えそうになったその感情を必死に否定した。

自分が不安に思っているのはただひとつ――

母に支払われる金は本当に為井が出すのかということだ。

町田が悪事に手を染めて作った金ではないのかということだけだ。

もし、町田がそうやって作った金であったとしたら、たとえ会社や家が残ったとしても、自分たち家族も町田が犯した罪の一端を引き受けることになってしまう。

いや、楓や母だけではない。今まで地道にがんばってこの工場を守ってきた祖父や父の存在をも汚してしまうことになるのだ。

楓は椅子から立ち上がると部屋から出た。そっと母の部屋の前を通って玄関に行き、二階に向かった。

町田の部屋のドアをノックすると、「誰だ――」と声が聞こえた。

「わたし」

しばらくすると、ドアが開いて町田が顔を出した。

「何だ」町田がつっけんどんに言った。

「ちょっと話したいことがあるんだけど……入っていいかな」

楓が言うと、町田は溜め息をついてその場から離れた。

机の上に何冊かの本が広げられている。『会社の作り方』といった類《たぐい》の本のようだ。どうやら今まで勉強していたらしい。

「話って何だ」

町田が面倒くさそうな表情で椅子に座った。

「あのお金って……本当に為井さんが出すの？」楓は単刀直入に訊いた。

「そうだ」

町田がこちらに目を向けることなく本を広げながら答えた。

「本当……？」

「しつこいな。そうだと言ってるだろう」

「ちゃんとわたしの目を見て答えてよ」楓が言うと、町田がゆっくりとこちらに顔を向けた。

「詐欺か何かをして手にした金だと心配してるのか」

町田が薄笑いを浮かべながら見つめてくる。ひさしぶりに見せる冷ややかな視線に、楓は怯みそうになった。

「磯貝から聞いたんだろう」町田が口もとを少し歪めて言った。

「おまえたち家族を救うために、おれが悪事に手を染めて手に入れた金だと思っているんじゃないのか」

「ちがうの？」

楓は町田の目をじっと見つめながら訊いた。

「ばかばかしい」町田が鼻で笑った。

「だってあまりにもタイミングがよすぎる。わたしがあんなことを頼んだすぐ後に、うちにとってこんな願ってもない話がくるなんてちょっと出来すぎで……」

「おまえはまだおれのことをわかっていないようだな」町田が遮るように言った。

「どういうこと？」

「磯貝からどんな話を聞いたのかは知らないが、おそらくそれらはすべて本当のことだ。前にも話したと思うが、おれは生きるためにどんなことでもやってきた。詐欺だろうと、人殺しであろうと……」

そして、自分を慕っていた人間の戸籍を奪うことも――

町田にじっと見据えられて、楓の動悸が激しくなっていく。

その目をじっと見つめながら町田の心の中に分け入りたいと思ったが、冷ややかな眼差しはそれを頑なに拒んでいる。

「今でも、これからもそうだ。おれは生きるためならどんなことでもする。ただし、それは自分が生きるためだけにすることだ。他人のためにそんなことはしない。よく覚えておくんだな」

町田を見つめながら、磯貝の言葉が脳裏によみがえっていた。

あいつの心は何かが欠けているんだ。大切な何かがな――

なぜだか涙がこみ上げてきた。胸の奥からせり上がってくる感情をどうしても抑えることができなそうで、楓は部屋を飛び出していった。

24

段ボールを押し上げると、額に水滴が当たった。見上げると、朝の八時だというのに空は薄暗かった。ぽつりぽつりと小雨が降っている。

隣の段ボールを覗いてみたが小杉はいなかった。公園の中を捜してみたがやはり見当たらない。

「おはようございます。スギさんを知りませんか？」

雨宮は段ボールハウスにブルーシートをかけている松ちゃんを見つけて訊いた。

「ああ、おはよう……スギさんだったら朝早くに出かけていったよ。ここらへんを回って写真の男について訊いてみるって。あんたが気持ちよさそうに寝てるから起こすのはかわいそうだってね」

「そうですか……」

公園の入り口に目をやると自転車を押してケンが入ってきた。自転車の前後にアルミ缶を詰め込んだビニール袋を載せている。

ケンが雨宮に気づいてにこっと笑いながら頭を下げた。知り合ってまだ三日だが、本当に愛想のいいやつだと感心する。

小杉は雨宮に似ていると言って笑っていたが、とてもこんな風に——

そこまで考えた瞬間、頭の中で閃《ひらめ》きがあった。

雨宮はデイパックからペンとメモ帳を取るとケンのもとに向かった。

『今日、炊き出しがあるんだよね』とメモを書いてケンに渡した。

ケンが大きく頷いた。雨宮の手からメモ帳とペンを取ると何かを書いて渡した。

『あそこの炊き出しのカレーはおいしいよ』

雨宮はメモを見て微笑み返したが、カレーの味などどうでもよかった。すぐにペンを走らせた。

『炊き出しのときにあなたにどうしてもお願いしたいことがあるんです』

メモを見て、ケンが少し思案するような表情になった。

雨宮は必死に右腕を持ち上げる演技をしながら「お願いします」と両手を合わせた。

じっとこちらを見つめていたケンが頷いた。メモ帳に書いて雨宮に差し出した。

『ぼくにできることなら。何をすればいいの？』

『それは後でお話しします。あなたにとって損のない話ですから安心してください』

そのメモをケンに見せると軽く頭を下げた。段ボールに戻るとデイパックを取って公園の入り口に向かって歩き出した。

「おい、シンジ――」

公園から出たところで小杉と会った。

「おはようございます」

「どこ行くんだ？」

「ちょっと軽く散歩してきます」

「散歩って……一雨来そうだぞ」小杉が空に向かって指をさした。

雨宮は空を見上げながらさりげなくまわりの光景に視線を配った。昨日見かけた面子《メンツ》とは変わっているが、何人かの怪しそうな連中が雨宮のことを監視している。

「大丈夫です。すぐに戻ってきますから」雨宮は歩き出した。

案の定、背後から雨宮のことをつけてくる気配を感じている。これから夜のためにいくつか準備をしなければならない。

ちょっと遊んでやるか――

雨宮はしばらく行ったところで路地に入るとすぐに駆け出した。同時に、後ろからこちらを追ってくる足音が響いてきた。何度も路地を曲がりながら、その足音が消えるまで走り続ける。

ようやく追っ手をまけたと確信できたところで大通りに出た。やってきたタクシーに手を上げた。

「とりあえず出してくれ」

タクシーに乗り込むとすぐに運転手に告げた。

「どこに行けばいいんですか」

運転手が車を走らせて訊いてくる。

「そうだなあ……」

雨宮は答えながらポケットから携帯を取り出し、腕時計を外した。運転手に悟られないように座席の下に携帯電話と腕時計を隠す。

「そこらへんで停めてくれ」

ワンメーターも走らないところにあったコンビニの前でタクシーを停めた。

「あまり金を持ってないんだった」

ポケットから千円札を取り出して運転手に渡した。同時に、助手席の前にある乗務員証に目を向ける。釣りをもらいながら、タクシー会社の電話番号と運転手の名前を記憶した。

「サンキュー」

タクシーを降りながら運転手に言うと、ドアが閉まって走り去っていった。

これでしばらく時間稼ぎができそうだ。

コンビニに入るとすぐにトイレを借りた。トイレに入ると上着を脱いで裏返した。爪で裏地の縫い目をほどいていく。いざというときのために、この中に自分のキャッシュカードを一枚隠している。

徹底的な役作りをするのが自分の信条だからできるだけ使いたくなかったが、こうなってはしかたがない。

キャッシュカードを取り出すと、上着を羽織ってトイレから出た。コンビニのATMで二十万円を引き出す。雑誌の棚から地図を取り出して、この近くにディスカウントショップがないかと確認した。ここから五キロほど行ったところの国道沿いに、チェーンのディスカウントショップがあった。

窓の外に目を向けた。先ほどから怪しい空模様だったが、雨が降り出してきた。道行く人たちが雨宿りのためにコンビニに駆け込んでくる。

どうやら神様も自分の味方をしてくれているようだ。

雨宮は地図を置くと黒い傘を買った。コンビニを出ると、傘をさしてディスカウントショップに向かって歩き出した。

ディスカウントショップに入ると、買い物かごに目当てのものを次々と入れていった。まずはバリカンとひげ剃りだ。次にかつらを探した。自分が求めていたようなものはなかったがしかたがない。女性用の長い黒髪のかつらとハサミをかごに入れた。

最後は眼鏡だ。だが、いくら探してもケンがかけているのに似た眼鏡が見つからない。あるのは老眼鏡かサングラスだ。やはりこれは眼鏡店に行って探すしかなさそうだ。

雨宮は買ったものをデイパックに詰め込むとトイレに向かった。洗面台の前に立ってデイパックから先ほど買ったひげ剃りを出した。ひげを剃ってさっぱりすると帽子を脱いだ。ぼさぼさの自分の髪をつかんで長さを確認すると個室に入った。

便器に座ると今度はかつらとハサミを取り出した。できるかぎり自分の髪形に似せるようにかつらをカットしていく。あきらかに髪質が違うが、帽子をかぶれば、ある程度はごまかすことができるだろう。

ディスカウントショップを出ると眼鏡店を探した。国道を進んでいくと駐車場のついた大型の眼鏡店があった。店内に入って、ケンがかけていたのと似たような眼鏡を探した。

眼鏡を買って店から出ると近くにあった電話ボックスに入った。先ほど覚えたタクシー会社の番号にかける。

「はい。東通《とうつう》タクシーです」男の声が聞こえた。

「もしもし……先ほどそちらのタクシーに乗った者なんですが」

雨宮はタクシーの中に携帯と腕時計を忘れてしまった旨を伝え、運転手の名前を告げた。

「少々お待ちください」

電話が保留になった。おそらく先ほど乗ったタクシーの運転手に連絡を入れているようだ。しばらく待っているとふたたび男の声が聞こえてきた。

「今、運転手に連絡をとってみましたが、座席の下に落ちていた携帯電話と腕時計を見つけたそうです」

「そうですか。よかった」

「営業所に取りに来ていただけますか」

「至急、その携帯が必要なんです。こちらに来ていただけないでしょうか。もちろん、今乗っているお客さんを降ろしてからでいいですし、こちらに来ていただく料金はお支払いします」

雨宮は努めて丁寧に話した。

ふたたび電話が保留になり、すぐにつながった。

「お客様は乗せていないので、すぐに向かえるそうです。どちらにいらっしゃいますか？」

雨宮は国道沿いにある眼鏡店の名前と住所を伝えた。

十五分ほど待っていると先ほどのタクシーが駐車場に入ってきた。あたりを見回してみたが、このタクシーをつけているような不審な車両は見当たらなかった。

あまり精度のいいＧＰＳではないようだ。もしくは、雨宮の突然の行動に慌てふためいてそこまで考えが至らなかったのか。

「先ほど乗ったところまで乗せていってください。今度は金は持っていますから」

タクシーに乗り込むと運転手に告げた。

先ほどタクシーに乗った場所で停めてもらうと、雨宮は一万円札を差し出した。

「お手間をかけました。釣りはいりません」

「恐れ入ります」運転手が恐縮するように一万円を受け取った。

タクシーが走り去っていくと、雨宮は右足を引きずって公園に向かった。

公園が見えてくると、まわりにいた通行人にさりげなく目を向けた。公園を出たときに怪しいと感じていた男が歩道で携帯電話をかけている。男の靴を見て自分を追ってきた奴ではないと察した。おそらくひとりだけここに残って待機していたのだろう。

男は雨宮の姿を確認すると、かすかに表情を変えた。雨宮がここに戻ってきたのが意外だったみたいだが、それを悟られまいと、すぐに視線をそらした。

雨宮は心の中でほくそ笑みながら、さっぱりした自分の口もとを手で撫でながらその男の脇をすり抜けていった。

公園に入ると広場の端で段ボールを片づけている小杉や松ちゃんやケンの姿を見つけた。

「どこに行ってたんだよ」雨宮に気づいた小杉が近づいてきた。

「ひげがうっとうしかったんで、近くのスーパーのトイレで剃ってきました」

「ひどい通り雨だったな」

「ええ、まったく……」

自分にとっては恵みの雨だったが。

「おかげでおれたちの段ボールはぐじょぐじょだ」小杉が段ボールを指さした。

もうここに戻って来るつもりはないからどうでもいい。

「新しいのを探さなきゃですね」

盗聴器を通じてこの会話を聞いているであろう誰かに、聞こえよがしにそう言った。

「今日も朝早くから稔を捜してくれてたみたいですね。すみません。遅くまで寝てしまって」

「いや、そんなことはいい。だが、残念ながら成果はなかった」

「今日の炊き出しに期待ですね」

「ああ、そうだな」

夕闇が迫ると、雨宮は小杉とともに炊き出しが行われるという公園に向かった。

赤羽駅から十分ほど歩いたところにある公園は思いのほか大きかった。木々に覆われた公園の中には池やキャンプ場もある。これからやろうとすることにはうってつけの場所だ。

広場に向かうと中央に煌々《こうこう》と明かりが灯っている。テントの前にたくさんのホームレスが列をなしていた。炊き出しのカレーをもらうと広場の四方に散っていく。

「どうする。おれたちもとりあえず飯にするか？」小杉がテントの列を見ながら訊いてきた。

「そうですね。ケンさんがここの炊き出しのカレーはうまいと言ってました」

「たしかにうまそうな匂いだな」

小杉がテントの列に向かっていった。雨宮もついていく。

「ちょっとすまないが……」

列の最後尾につくと、小杉がさっそく前に並んでいた数人を呼び止めた。

「こういう奴を捜しているんだが知らないかな。小沢稔というんだ」小杉が写真を手渡しながら男たちに訊いていく。

男たちは関心がないというようにわからないと首を横に振った。

雨宮は最前列に目を向けた。松ちゃんとケンがスタッフからカレーをもらっている。プラスチックの丼を手に持ったふたりがこちらに向かってくる。

ケンと目が合って、雨宮はかすかに頷いた。ケンがこちらに微笑みかけると、松ちゃんと広場の端のほうに向かっていった。石段の上に腰をおろしてうまそうにカレーを食べ始める。

小杉はカレーをもらうと松ちゃんたちがいるほうに向かおうとした。

「あっちにしませんか」雨宮は松ちゃんたちから少し離れたほうに目を向けた。

数人の集団が輪になってカレーをつまみに酒盛りをしている。

「そうだな。時間をムダにはできねえ」

雨宮と小杉は集団の輪に向かっていった。そばにやってきた雨宮たちに気づいて、酒を飲みながら盛り上がっていた男たちが怪訝そうに顔を上げた。

「おれたちも一緒させてもらっていいかな」小杉が男たちに笑いかけて近くに座った。

「知らねえ奴に飲ませてやる酒はないんだがな」

「そうじゃねえ。飲みながらでいいから聞いてくれねえかな。おれたちは人を捜してるんだ。こういう奴なんだがな」

小杉が写真を男たちに配りながら稔の名前や特徴を説明する。だが、心当たりがないようで、一様に首を横に振るとふたたび酒盛りの続きを始めた。

「そうか……おれたちにも一杯ずつわけてもらえねえかな。もちろん金は払うからさ」

小杉が千円札を二枚差し出すと、このグループのボスらしい男が今までの仏頂面をひるがえして破顔した。一升瓶からコップに注いで小杉と雨宮に差し出した。コップ酒を飲みながら腹ごしらえをすると、小杉が立ち上がった。

「そろそろ始めるか」

「手分けして訊いてみませんか」雨宮はゆっくりと立ち上がりながら言った。

「ああ、そのほうが効率的だろう」

小杉は答えると、人がたくさんいる広場の中央に向かっていった。

雨宮はさりげなく広場の隅々に視線を配った。百人以上の人間が広場のあちこちに散らばっていて、炊き出しのカレーを食べたり、仲間と談笑したりしている。

おそらくこの中にも自分を監視する組織の奴らがいるのだろう。

雨宮は左手に持ったプラスチックの丼をごみ袋に捨てると、とりあえずそばにいた老人に近づいていった。

「あの……すみません……こういう人を捜しているんですが心当たりはありませんか」老人に写真を示しながら訊いた。

「いやあ、わかんないねえ」

その後も、広場にいる何人かの人間に次々と訊いていく。だが、反応はどれも同じだった。わからないと首を振るか、「あそこにそういう奴がいるよ」とケンのほうを指さした。

雨宮は広場の外に視線を向けた。鬱蒼と生い茂る木の下で寝ている男に目をとめた。まわりにはその男以外誰もいない。あそこであれば悟られないのではないか。

あとは、あの男が組織の人間でなければ——

雨宮は広場を出ると男のもとに向かっていった。男は帽子を顔の上に乗せていびきをかいて寝ている。まわりにはプラスチックの丼と空になったカップ酒が三つ転がっている。酔いが回って寝ているようだ。

組織の人間ではないと確信して、雨宮はゆっくりとしゃがみ込んで男の肩を叩いた。だが、何度か叩いてみたが起きる様子がない。顔にかぶせた帽子を取った。五十をとうに超えているように思える男の煤けた頰を叩いてみた。男がゆっくりと目を開けた。

「何だよッ！」

目の前にいる雨宮に驚いたように、びくっと上半身を起き上がらせた。

「お休みのところすみませんでした。ちょっと訊きたいことがありまして」

「はあ？　訊きたいことだあ？　気持ちよく寝ていたところをじゃましやがって」

赤ら顔の男がつかみかからんばかりの勢いで起き上がった。

「人を捜しているんです。こんな男を見かけませんでしたか」雨宮は動じることなく男に写真を差し出した。

「知らねえよッ！」

男が写真を持った左手を払いのけた。

「よおく見てください」

射貫くような目を男に向けた。男にじっと視線を据えながらゆっくりと写真を裏返した。

「何だよ……よく見えねえよ」

雨宮の視線に怯んだのか、手もとの紙に目を向けた男の声音が弱々しいものに変わった。

「ライターはありませんか」

雨宮が言うと、男はポケットから百円ライターを取り出して火をつけた。差し出した紙に火を近づける。そこに字が書かれていることに気づいたようだ。

「ぼくはこの男を捜しているんです。名前は小沢稔といって……ガタイのでかい奴です。そうですねえ……ぼくと同じぐらいの体格です。年齢は二十三、四……ですが、言動がどこか子供っぽくて……」

そこまで言ったところで、目の前の男に頷きかけた。

「ああ……そんな奴なら大宮で見かけたことがあるよ」男が言った。

「本当ですか？」

「おれは三日前まで大宮にいたんだ。小沢という名前かどうかはわからねえけど、ミノルと呼ばれている男でそういう奴がいた。ガタイがおまえのようにでかくて、どこかとろくさいガキみたいな奴だったから印象に残ってる」

「大宮のどこですか」

「どこをねじろにしているのかまではわからねえ。繁華街を徘徊しているところを何度か見かけたよ」

思ったよりも、目の前の男は演技力があった。写真の裏に書いた言葉を自然な口調で話している。最後には、この台詞通りに話せば一万円をやる、と書いてあるからそれなりに真剣にやっているのだろう。

「ありがとうございます」

雨宮は写真をポケットにしまうと代わりに一万円札を取り出した。丸めて男につかませる。男のもとを離れて広場に戻って小杉の姿を捜した。広場の端で数人の男たちと話をしている小杉を見つけて近づいていった。

「小杉さん」

呼びかけると小杉がこちらを向いた。

「稔のことを知っているという人がいました」

雨宮が告げると、小杉が「本当か？」と驚いたように訊き返してきた。

「ええ。三日前まで大宮にいたという人がそこで稔らしい男を見かけたと……小沢という名前かどうかまではわからないけど、ガタイがよくて子供みたいな男だったと」

「そいつは稔と呼ばれてるんだな」

「そうです」雨宮は頷いた。

「そうかあ……ついに手がかりをつかんだか。よかったな」

小杉が自分のことのように喜んでいる。

その顔を見ながらわずかばかりの後ろめたさを感じた。とりあえず今はこうするよりしかたがない。

「それでどうする？」

「さっそく大宮に行ってみましょう。赤羽駅から電車で一本です」

「そうだな。じゃあ、行くか」

「その前にちょっと寄っていきたいところがあるんです。とりあえず小杉さんひとりで向かってもらえませんか」そう言うと、小杉が怪訝な表情になった。

「寄っていきたいところってどこだよ？　付き合ってやるよ」

「いや……用事が済んだらすぐに向かいますんで。小杉さんの携帯に連絡します」雨宮は小杉を見つめた。

自分の眼差しに何かを感じ取ったようで、「わかった。じゃあ、後でな」と声をかけると、公園の出口に向かって歩いていった。

雨宮は小杉の背中を見送るとケンがいるほうに歩き出した。

「スギさんは帰っちまったのかい？」

前を通りかかると松ちゃんが声をかけてきた。

「ええ」

雨宮は松ちゃんに答えながらさりげなくケンに目を向けた。ケンに目で合図すると広場から出たところにある公衆トイレに向かう。

自分の意思が伝わっただろうかと不安になりかけていたところで、ケンが公衆トイレの中に入ってきた。

個室に入ってケンに手招きをする。ケンは戸惑ったような表情を浮かべたが、小さく頷いて入ってきた。ふたりで個室に入ると、すぐにポケットからメモ帳を取り出してめくった。

『しばらくの間、おれと入れ替わってほしい』

そう書いたページをケンに示した。

ケンはその文字を見つめながら意味がわからないというように首をひねっている。

雨宮はじれったい思いで紙をめくった。

『悪い人間に追われているんだ。この公園の中にいる。服を取り換えておれを逃がしてくれないだろうか。きみに迷惑がかかるようなことは絶対にない』

ケンはメモを見つめながら考え込んでいるようだ。

雨宮はさらに紙をめくった。

『協力してくれたら十万円を払う』

その文字を見てケンが顔を上げた。雨宮を見つめながら首を横に振る。

ダメか――

やはりこんな怪しげなことに協力してくれる人間などいないだろう。

今までの自分であれば、このままケンを失神させて服を拝借してしまうだろうが、なぜだかそうしようという気が湧かなかった。

今朝のように走って組織の人間をまくか――

そう思っていたところで、目の前のケンが服を脱ぎ始めた。協力してくれるようだ。

雨宮は急いで服を脱いだ。下着だけになると自分の服をケンに渡した。

目の前のケンが奇異なものでも見るような眼差しで雨宮を見つめている。さっきまで右半身を不自由そうにさせていたのに、突然、素早い動きで服を脱いだからかもしれない。

雨宮はかまわずにデイパックからバリカンを取り出した。

あまり時間が経つと組織の人間が怪しんで様子を見に来るかもしれない。

和式トイレのレバーを足で踏んで水を流しながら、バリカンで自分の髪の毛を刈っていく。

頭を丸刈りにすると、ケンの服に着替えた。眼鏡を取り出してかける。ケンの頭にかつらを乗せて帽子をかぶらせた。最後に自分の腕時計を外してケンの腕につけた。そこまで準備が整うと、メモ帳にペンを走らせた。

『広場の端に行ってしばらくじっとしていてくれるだけでいい。眼鏡を取っても大丈夫か？』

ケンが雨宮の手からメモ帳とペンを取って書いた。

『何とか。きみみたいな演技ができるかどうかわからないけどとりあえずやってみる』

『ありがとう。恩に着る』

ケンが眼鏡を取ってポケットに入れたのを見て、雨宮は札束を取り出して渡そうとした。いらないと手を振るケンのポケットに無理やり札束を突っ込んだ。そのとき、個室の外で誰かが入ってくる音がした。

雨宮は警戒しながら外の様子に聞き耳を立てた。足音がこちらに近づいてきた。どんどんとドアをノックしてくる。

雨宮は息を整えてゆっくりとドアを開けた。ドアの前に立っていた若い男は雨宮と目が合って一瞬、戸惑ったような顔をした。すぐに事態を把握してポケットから何かを取り出そうとするよりも先に、雨宮は男の背後に回り込んで首を絞め上げた。男を失神させると個室の中に引きずり入れる。

呆然とした様子でそれを見ていたケンに、広場に戻ってくれと手で示した。

ケンは右足を引きずるようにしながら公衆トイレから出て行く。なかなかの演技だ。数分ぐらいなら奴らを騙せるだろう。

雨宮は内側からドアの鍵を閉めた。取っ手に足をかけて上によじ登ると隙間から個室の外に飛び降りた。

洗面台の下のごみ箱に携帯を捨てるとトイレから出た。ちらっと広場に目を向ける。右足を引きずったケンが人気の少ないほうに向かっていくのが見えた。

雨宮は広場から出ると木々が生い茂る薄闇の中を走り抜けた。公園の出入り口には組織の人間が待機しているかもしれない。

しばらく進んでいくと公園のフェンスが見えた。光が差し込んでくる。あのフェンスの向こうは道路のようだ。高いフェンスをよじ登って道路に降り立った。やってきたタクシーを捕まえて乗り込んだ。

「どちらまで?」運転手が訊いてきた。

「そうだなあ……とりあえず新宿まで」

特に理由はなかったが、人が一番多そうなところに行って身をまぎれさせたかった。

「お客さん、クーラーがきついですか？」運転手が問いかけてきた。

「いや、別に……」

どうしてそんなことを訊いてくるのだろうかと思ったのと同時に、自分の手足がぶるぶると震えているのに気づいた。

自分はついに室井の組織に反旗を翻したのだ。

室井にとって自分は使い捨ての駒でしかない。あいつの命令に従っても自分との約束を守るかどうかさえもわからない。

そればかりか、小沢稔を見つけた瞬間、もう用なしということで殺されてしまうかもしれないのだ。

それならば、あいつらの監視の目から抜け出してこれからは自分の思うようにやってやろう。自分の力で小沢稔という切り札を手に入れて、室井と直接交渉してやるのだ。

別に恐れているから震えているのではない。これは武者震いというやつだ。

自分ひとりが組織の監視の目を欺くのはそれほど難しくない。今朝のような方法を使えばいいのだ。だが、できればもう少し小杉と一緒に行動していたかった。

別にあんなおっさんに情が湧いたわけではない。今でもホームレスとして生きているであろう稔を捜すために、小杉という存在が必要だと考えただけだ。

そのためにこんな面倒くさい方法を使って組織の監視の目を欺いたのだ。

新宿でタクシーを降りると電話ボックスを探して小杉の携帯に連絡した。

「もしもし……」警戒心を滲ませた声で小杉が電話に出た。

「シンジです」

「おお、シンジか――公衆電話からだから誰かと思ったよ」雨宮からだとわかると小杉の声が明るくなった。

「携帯電話をなくしてしまって」

「なくした？」

「ええ……それはいいんです。それよりも今、大宮ですか」

「そうだよ」

「実は小杉さんと別れた後にわかったんですが、あの話はデマだったんです」

「デマ？」小杉が驚いたように言った。

「ええ。どうやらからかわれたみたいです」雨宮は落胆した声を作った。

「ぬか喜びだったってわけか。これからどうする？」

「どこか別の場所で合流して作戦を練り直しましょう」

「そうだな。シンジは今どこにいるんだ」

「新宿《しんじゅく》にいます」

「じゃあ、池袋に来てくれ。おれのホームグラウンドだ。これから一時間後に西口公園でどうだ」

「わかりました」

公園の石段に腰を下ろして待っていると、ひとりの男がこちらに近づいてきた。薄手のジャンパーを羽織った茶色い長髪の男だ。見覚えのない男だがまっすぐこちらに向かってくる。

組織の人間かと警戒したが、目の前に立った男の目を見て小杉だと気づいた。

「ずいぶんと頭が寒そうだな。このかつらを貸してやろうか？」

「どうしたんですか。その恰好……」雨宮は呆気にとられて言った。

「それはこっちの台詞だ」

小杉の顔を見つめたが、これまでの印象とずいぶんと変わっている。その理由に気づいた。出っ歯ではないのと、頬のふくらみがなくなり顔の輪郭がシャープになっているのだ。それ以外にも顔の色つやが今まで見てきた小杉と違っていた。

小杉を見つめながら、知り合う前にどこかで見かけたことがあるとあらためて感じた。だが、どこで見かけたのかまったく覚えていない。

「おれがずいぶんと男前だったんで驚いたか」

雨宮は言葉を返せなかった。

知り合ってからの三週間以上、入れ歯と口の中に詰め物をしていたというのか。

いったい何のためにそんな――

「とりあえずねぐらに行って一杯やろうぜ」

雨宮の疑問をよそに、小杉が公園の外に向けて顎をしゃくった。

雨宮はゆっくりと立ち上がると小杉の後についていった。ちらっと背後に視線を配る。

「尾行はまいてきたから安心しな」小杉が言った。

「え？」

「あの公園を出たときから三人張りついていたがな。追われるのは昔から慣れてるから、なんてことはねえ」

それはやくざだったときの経験なのだろうか。それとも――

どうして今まであんな変装をしていたのか。それに、自分が何者かにつけられていたことを知りながら、どうしてあんなに平然としていられるのか。

小杉の背中を見ながら、雨宮はこの男の正体を計りかねていた。

だが、警戒心を抱きながらも、今はこの男についていくしかないと考えた。

〈下巻に続く〉

二〇一四年七月　光文社刊

光文社文庫

神《かみ》の子《こ》（上）
著者　薬《やく》丸《まる》岳《がく》

2016年12月20日　初版1刷発行
2017年2月20日　6刷発行

発行者　鈴木広和
印刷　萩原印刷
製本　ナショナル製本

発行所　株式会社　光文社
〒112-8011　東京都文京区音羽1-16-6
電話　(03)5395-8149　編集部
8116　書籍販売部
8125　業務部

落丁本・乱丁本は業務部にご連絡くだされば、お取替えいたします。
ISBN978-4-334-77391-5　Printed in Japan

組版　萩原印刷